石家庄经济学院学术著作出版基金资助

工业化与城市化

——唐山城市近代化进程研究

冯云琴/著

天津古籍出版社

图书在版编目（CIP）数据

工业化与城市化：唐山城市近代化进程研究/冯云琴著. —天津：天津古籍出版社，2010.12
（学者文丛）
ISBN 978-7-80696-859-8

Ⅰ. ①工… Ⅱ. ①冯… Ⅲ. ①工业化—研究—唐山市—近代②城市化—研究—唐山市—近代 Ⅳ. ①F429.223②F299.272.23

中国版本图书馆CIP数据核字（2010）第172430号

工业化与城市化——唐山城市近代化进程研究

冯云琴/著
出版人/刘文君
*
天津古籍出版社出版
（天津市西康路35号　邮编300051）
http://www.tjabc.net
E-mail:tjgj@tjabc.net
唐山天意印刷有限责任公司印刷
全国新华书店发行
开本880×1230毫米　1/32　印张11　字数280千字
2010年12月第1版　2010年12月第1次印刷

ISBN 978-7-80696-859-8
定价：32.00元

序

林家有

冯云琴博士的新作《工业化与城市化——唐山城市近代化进程研究》即将出版,这是值得庆贺的事。本书是在她博士论文的基础上经过修改补充而成的,是一部具有学术价值,又富有新意的好书,值得一读。

唐山是从一个荒凉的小村,因矿因路而成长起来的新兴工业城市,是由工业化向近代化城市转换的典型。在内陆城市近代化过程中,唐山具有许多特色,也具有普遍的意义,但由于材料分散和缺乏,学术界对唐山城市的发展变化及其由工业化向近代化城市转型的研究显得薄弱,有关的专著也很少见到。冯云琴对唐山工业化的关注较早,她在河北师范大学就读硕士研究生时,在她的导师苑书义先生的指导下曾就唐山启新洋灰公司以及周学熙等做过研究,对唐山市的发展有所了解。她到中山大学中国近现代史专业攻读博士学位后又选取唐山城市近代化进程作为研究的方向,这看似驾轻就熟。然而,自从开展史料搜集,冯云琴就发现,困难比她想象的要大得多,主要的原因是近代以来唐山经过战乱和天灾人祸保留下来的档案材料不是很多。冯云琴几次闯南走北，由河北而广东，又由广东而河北、北京、天津，不辞辛劳地拜访专家，深入基层，进入图书馆、档案馆，此中的艰辛，我略有所知。但她经过三年的努力，终于写出了这部《工业化与城市化——唐山城市近代化进程研究》，我作为她的导师，对于她的执著和刻苦，当然了然于心。冯云琴将对唐山城市发展产生重要影响的几个大型近代化企业置于晚清近代化运动的大背景下，通过对这些企业生产设备、技术革新、经营手段、生产状况、市场营运、经济效益等工业化程度的分析，及工业化给唐山带来的交通、商业、服务业、城市设施以及人口增长、文化、教育、卫生以及管理方式的转变，说明唐山城市近代化如何由工业化、城镇化向城市近代化转型。尽管如此，冯云琴在文中指出，直到20世纪30年代唐山虽已发展为华北重要的工商业中心，但其城市化的水平仍然处于低度状态，城市化的水平滞后于工商化的发展程度。这是实事求是的态度，也符合当时唐山市的状况。从唐山工业发展为中心论述唐山城市的发展，这是一个经济史的研究课题，也是城市史的研究课题。冯云琴在文中将工业化与城市化的互动作为透视唐山城市发展的切入点，进而探讨由此带来的城市的变迁及相关问题，这个研究，颇有新意，既可以在学术上丰富城市史研究的内涵，也可为当今中国城镇化建设提供有益的借鉴。

中国城市的发展，东南沿海城市与内陆城市的发展常常因为建城的目的不同，而规定不同城市的格局，与此同时，城市特色也不同。

东南沿海城市的发展许多都是以商业、对外交往或工业发展相联系。但因为近代中国是一个落后的农业国,城镇的发展都要面对农村或农业人口向城市转移。对于这大量的农村、农业人口入城应该如何管理,又应该如何改变他们的素质以适应城市的工作和生活方式的转变,服务行业又应该如何面对都是关系到城镇发展的重大问题。冯云琴在文中重点论述开平煤矿、启新洋灰公司以及机械制造业、建材工业、棉纺织业等关键工业的发展带动唐山城市的发展,但由此引起的大量农业、农村人口向城市转移及带来的问题,虽有提到,由于资料的缺失仍然未能理论得很清楚。但本书的研究在许多方面都是一种新的尝试,在工业化与城市化互动方面所做的研究已有新的成就和突破。我相信冯云琴在坚持历史唯物主义观点、运用经济学方法和城市史研究的理论方面继续努力,将会使自己成熟起来,并做出新的研究成果。

是为序。

2010年5月

于广州中山大学蒲园寒舍

目 录

绪　论

一、选题缘由及意义

近代中国发展嬗变的历程,既是中国一步一步沦为半殖民地半封建社会的过程,也是中国亦步亦趋走向近代化的过程。在激荡起伏的时代巨变中,伴随着工业化浪潮的推进,中国城市也经历着急剧的变动。一方面,一些传统城市渐趋衰落;另一方面,因开埠通商、工业发展,一批新兴城市迅速崛起。唐山即是近代随着工业发展和铁路修建而成长起来的新兴工业城市之一。它原本只是一个荒僻的小村落,直到光绪四年(1878 年)随着开平煤矿的创办才逐渐发展起来,并且在近代中国工业发展史上创造了许多华北乃至全国的第一,唐山也因此成为近代华北重要的工业中心之一,而且一定程度上对华北经济近代化起了开风气之先的作用;同时对唐山城市发展起了至关重要作用的几个大型工矿企业至今仍然在唐山的经济建设中发挥着作用。这些企业能够历经百年而不衰,自是有其可供借鉴的经验。因此对唐山城市进行研究既有重要的学术价值,也具有一定的现实意义。

对唐山城市进行研究属于城市史研究的范畴。国外有关中国近代城市史的研究起步于 20 世纪 20 年代,到 20 世纪 50 年代已有相当的研究成果问世。中国虽然是城市发展较早的国家,但有关近代城市史的研究直到 20 世纪 80 年代才逐渐兴起。作为一个新兴的研究领域，相对于国外的城市史研究来说中国近代城市史研究虽然起步较晚，但经过近三十年的发展，无论是理论探索，还是实证研究都已取得了丰硕的成果。中国近代城市史的研究由大城市到中小城市，由沿海、沿江城市再到内陆城市，由个体到群体都已有相当的研究成果问世，尤其对一些大中型城市的研究更是成绩斐然，不仅有对城市的宏观研究，而且涉及城市政治、经济、文化以及社会生活的方方面面①。然而，具体到对唐山这一中小型城市的研究则是城市史研究中相对薄弱的一个环节，虽然在这方面也取得了一定的成绩，但还有许多可供探讨的空间，工业化与城市化的互动就是其中的一个方面；同时对唐山城市进行研究也是地方史研究的一个重要组成部分，学术界对唐山地方史的研究也只是对唐山历史发展、政治、文化着墨多些，对唐山经济、社会变迁及其相互关系则尚欠深入探讨。所以选择工业化与城市化互动作为透视点对唐山城市发展、变迁进行研究，既可丰富城市史研究，也可为地方史的研究增加一些新的内容，具有一定的学术价值。

工业化是城市化的直接推动力。工业对基础设施和劳动力市场等的需求，刺激城市发展，从而引起区域社会的变迁，两者之间紧密关联。现阶段中国的城市化进程加速发展，如何使得工业化和城市化协调发展，是当今中国建设小康社会首先需要解决的问题，直接关系到社会主义经济建设事业的大局，同时也关系着城市的持续繁荣。故从历史的角度把握城市的形成、发展和功能的演变，系统研究工业化与城市化的相互关系，分析企业经营的得失成败，既可以为企业界提供可供总结的经验，同时也可以为今天的经济建设、城市发展提供有益的借鉴和启示，具有重要的现实意义。

---

① 具体研究状况可参见何一民：《从农业时代到工业时代：中国城市发展研究》，四川出版集团巴蜀书社2009年8月版，第531—612页。

二、学术史的回顾

(一)对唐山城市形成、发展有重要影响的骨干企业的研究

长期以来,学术界对唐山城市经济的研究着眼于影响唐山发展的支柱产业。对唐山城市发展产生重要影响的企业主要有开滦煤矿、启新洋灰公司、华新纺织股份有限公司、唐山机车车辆厂。对于各企业的个案研究,学术界着墨较多的只有开滦煤矿和启新洋灰公司,对于其他企业如华新纺织股份有限公司、唐山机车车辆厂则鲜有涉猎。现将研究情况简述如下。

1. 关于开滦煤矿

开滦煤矿是由开平矿务有限公司和滦州矿务有限公司联合组成的。新中国成立后,为了响应党的号召,南开大学经济研究所经济史研究室的教师们开展了对中国近代经济史有关资料的搜集、整理工作,其中一项就是对开滦煤矿资料的搜集和整理。随着资料整理工作的进行,相关的研究工作也逐步展开。同时一些从事经济史研究的学者也对开滦煤矿进行了一定的研究,至今已取得了相当丰富的成果。其研究涉及面相当广泛,从早期开平煤田的开发到开平、滦矿的矿权交涉,从开滦煤矿的生产、运输、销售到资本构成、利润变动、财务管理等一系列经济活动等。统观其研究成果,主要包括:

(1)开滦煤矿的创建原因、经过

开滦煤矿是由开平煤矿和滦州煤矿合并而成的。对于开平煤矿创办的原因,学术界基本上取得了一致意见。徐永志认为:列强经济侵略的刺激、大量军用工业的相继建立急需煤炭供应、轮船招商局经费拮据是开平煤矿创办的最直接动机,并且对其创立给予了肯定的评价:“它迎合了发展民族经济的需要,是和洋商争夺利权的一种措

施,具有明显的进步性”,“揭开了中国近代史上收回矿权运动的序幕”①。张国辉认为:“外国洋行的‘挟制’和在售价上‘故意居奇’,使洋务派人物深感自办新式煤矿的必要。”“自办新式煤矿已成新兴企业在非常时期能否正常运转的关键所在。”②丁长清认为:“新式交通运输和工矿业对煤炭的需求促进了中国近代煤矿业的诞生。”③对于滦州煤矿的创建,学术界一致认为是出于抵制开平煤矿而设立的。关于开平煤矿创办的经过,徐永志、唐少君等进行了详细论述;郭士浩则对开平煤田的早期开发进行了研究,论述了开平煤田开发前当地的落后状况④。

(2)开滦煤矿矿权交涉

西方资本主义列强对中国经济侵略的方式之一就是对中国矿权的掠夺,英国对开平煤矿的骗占和对滦州煤矿的侵吞就是明证。从光绪二十六年(1900 年)开平煤矿被骗占到 1912 年滦州煤矿被吞并,中英双方围绕矿权问题进行了旷日持久的交涉,因此开滦煤矿矿权问题也就成为学者们探讨的重要内容之一。由台湾“中研院”近代史研究所编印、发行的王玺所著《中英开平矿权交涉》一书对开平矿权的丧失,以及从光绪二十八年(1902 年)至 1934 年分三期围绕开滦矿权问题进行的交涉进行了详尽的探讨⑤。开滦矿权问题也是

---

① 徐永志:《李鸿章与开平煤矿》(1878—1900 年),《河北师范学院学报》1987 年第 1 期。

② 张国辉:《论开平、滦州煤矿的创建、发展和历史结局》,载丁日初主编:《近代中国》第三辑,上海社会科学院出版社 1993 年 5 月版。

③ 丁长清:《从开滦看旧中国煤矿业中的竞争和垄断》,《近代史研究》1987 年第 2 期。

④ 徐永志:《李鸿章与开平煤矿》(1878—1900 年),《河北师范学院学报》1987 年第 1 期。唐少君:《周学熙与滦州煤矿公司》,《历史教学》1989 年第 1 期。郭士浩:《早期开平煤田的开发》,《南开学报》1980 年第 6 期。

⑤ 王玺:《中英开平矿权交涉》,“中研院”近代史研究所专刊(6),1978 年 6 月再版,台湾“中研院”近代史研究所编印、发行。

内地学者所关注的一个问题，一些学者就开平、滦州煤矿矿权的丧失原因、经过也进行了广泛的讨论。基本认为开平煤矿是被英国所骗占的，而滦州煤矿名为与开平煤矿“联合营业”，实则是被英国控制下的开平矿务有限公司所兼并。究其原因，一是由于清朝政府与封建官僚的昏庸腐朽以及资本家牟利的本性使然；二是开滦煤矿所实行的官督商办经营模式弊端发展的必然结果①。除此之外，熊性美则通过对英国资本从经营方面对开滦的控制，论述了开滦矿权丧失的原因；还有一些学者对这一问题也提出了不同的看法，阎永增认为：“滦开合并不应被简单地归结为开平公司吞并了滦州公司，而应是开、滦双方从各自的经济利益出发，消弭竞争、妥协共存的产物。尽管在合并中滦州公司做出了很大让步，但这对于相对劣势的滦州公司来说是必要的：维系了滦矿的生存和发展；维护和收回了国家的一些权利；在某种程度上抵制了外国垄断资本的侵略。”与阎永增相似，李玉也认为对袁世凯在晚清直隶矿权交涉中的作用应给予肯定的评价②。

(3)关于开滦煤矿的经济活动

开平煤矿是中国最早创办的大型近代化煤矿，也是洋务运动时

① 姜铎：《中国近代经济史上触目惊心的一页——开滦矿权被断送经过》，《江海学刊》1982年第6期。陈绛：《开平矿务局经济活动试析》(1878—1900年)，《复旦学报》1983年第3期。丁长清：《中英开平矿务案始末》，《南开学报》1994年第4期。徐永志：《李鸿章与开平煤矿》(1878—1900年)，《河北师范学院学报》1987年第1期。唐少君：《周学熙与滦州煤矿公司》，《历史教学》1989年第1期。王波：《开平煤矿被英商骗占及收回经过》，《历史档案》1991年第4期。张国辉：《论开平、滦州煤矿的创建、发展和历史结局》，载丁日初主编：《近代中国》第三辑；《从开滦煤矿联营看近代煤矿业发展状况》，《历史研究》1992年第4期。董增刚：《官督商办酿苦果——有关开平煤矿被英商骗夺的思考》，《首都师范大学学报》1997年第4期。

② 熊性美：《论英国资本对开滦煤矿经营的控制——开滦矿权丧失的原因分析之一》，《南开经济研究所年刊》1986年，天津大学出版社1987年11月版。阎永增：《试论滦州矿务公司与开平矿务公司的合并》，《唐山师范学院学报》第24卷第6期，2002年11月。李玉：《袁世凯与晚清直隶矿权交涉》，《贵州师范大学学报》2001年第4期。

期经营最为成功的近代企业之一，其在与滦州煤矿联合营业后，经济效益颇佳。对开滦煤矿的经济活动，学界人士进行了系统的研究，写出了一系列高水平的论文。刘佛丁从矿山的建设和生产、运输、销售、盈利分配、资金运用和财务管理着手，考证了中国近代工业早期发展缓慢和洋务派企业大多以失败告终的原因之一，就在于学习西方时所取的片面态度①。丁长清对开滦煤矿的财务管理制度及其改革、开滦的利润及其分配以及影响开滦营利的因素、劳动生产效率、市场运销及经营策略、中国煤矿业中的竞争和垄断等都做了较为细致的分析；王玉茹则对开滦煤矿的资本构成和盈利水平的变动进行了计量分析；张国辉也对开滦煤矿的生产发展、市场开拓、盈利和分配等进行了论述；陈绛通过对开平矿务局经营得失成败的分析，说明了官督商办体制的利与弊②。孙海泉、李志英对唐廷枢时代开平煤矿成功的原因、近代化进程进行了初步的探讨，并对唐廷枢在开平煤矿发展过程中所起的作用也进行了论述③。

---

① 刘佛丁：《开平矿务局经营得失辨析》，《南开学报》1986 年第 2 期。

② 丁长清：《开滦煤矿的市场经营策略》，《南开经济研究所年刊》1986 年，天津大学出版社 1987 年 11 月版；《开滦煤在旧中国市场上的运销初析》，《中国经济史研究》1988 年第 3 期；《旧开滦煤矿的劳动生产效率研究》，《南开学报》1990 年第 4 期；《从开滦煤矿看旧中国煤矿业中的的竞争和垄断》，《近代史研究》1987 年第 2 期；《从开滦看中国近代企业经济活动和中外经济关系》，《中国经济史研究》1997 年第 1 期。王玉茹：《开滦煤矿的资本集成和利润水平的变动》，《近代史研究》1989 年第 4 期。张国辉：《论开平、滦州煤矿的创建、发展和历史结局》，载丁日初主编：《近代中国》第三辑；《从开滦煤矿联营看近代煤矿业发展状况》，《历史研究》1992 年第 4 期。陈绛：《开平矿务局经济活动试析》(1878—1900 年)，《复旦学报》1983 年第 3 期。

③ 孙海泉：《唐廷枢时代开平煤矿成功原因浅析》，《徐州师范学院学报》1994 年第 4 期；《开平煤矿近代化进程简论》，《徐州师范学院学报》1992 年第 1 期；《唐廷枢时代开平煤矿的投资环境及其优化》，《中国经济史研究》2001 年第 1 期。李志英：《唐廷枢与轮船招商局、开平矿务局的资金筹措》，《北京师范大学学报》1994 年第 2 期；《从唐廷枢看买办在洋务企业管理中的作用》，《河北学刊》1994 年第 1 期。

(4)开滦煤矿的工人状况

南开大学经济研究所经济史研究室郭士浩主编的《旧中国开滦煤矿工人状况》及该研究室主编的《旧中国开滦煤矿的工资制度和包工制度》两部著作,使我们对开滦煤矿工人所受的剥削与压迫以及工资收入的各个组成部分有一个系统的了解,对旧中国开滦煤矿中实行的包工制有一个比较明确的认识,也为我们从事研究工作提供了丰富的资料。在编辑史料的过程中,郭士浩、丁长清、阎光华还撰写了一些文章,对旧中国开滦煤矿工人队伍的形成、工人工资水平、煤矿中的包工制进行了研究。通过对开滦煤矿工人的来源、入矿条件、队伍发展的论述,说明了中国工人阶级具有和广大农民存在着天然的联系、遭受剥削和折磨严重、集中程度较高三大特点;通过对工人工资水平的考察,说明了煤矿工人所受的剥削之重;通过对帝国主义和封建包工头的勾结和矛盾的剖析,论述了旧开滦煤矿中的包工制[①]。历史研究必然会打上时代的烙印,综观这些研究,政治色彩较为浓厚,但毕竟为我们进一步探讨唐山城市人口结构奠定了初步基础。

2. 启新洋灰公司

周学熙是近代杰出的企业家,启新洋灰公司是周学熙实业集团的中坚企业,凡研究周氏集团必然会提到启新,故对这一企业学术界探讨也比较多。

(1)关于启新洋灰公司的创办

唐少君对启新洋灰公司的创建和发展进行了论述,目的是为了

---

① 郭士浩主编:《旧中国开滦煤矿工人状况》,人民出版社1985年10月版。南开大学经济研究所经济史研究室编:《旧中国开滦煤矿的工资制度和包工制度》,天津人民出版社1983年1月版。阎光华、丁长清:《旧中国开滦煤矿工人工资水平剖析》,《南开经济研究所年刊》1981—1982年。郭士浩、阎光华:《旧中国开滦煤矿工人队伍的形成》,《南开学报》1984年第4期。阎光华:《旧开滦煤矿包工制中帝国主义和封建包工头的勾结与矛盾》,《南开经济研究所年刊》1981—1982年。

探讨周学熙在其中的作用。认为周学熙对启新的收回自开办到以后的壮大发展都起到了积极作用,使之成为天之骄子,也促进了近代中国工业的发展①。

(2)关于启新洋灰公司的经营特色

欧阳跃峰对启新洋灰公司的经营之道曾进行了专门研究。他通过剖析启新的经营特点,揭示了其成功的奥秘。他认为,资本主义企业与非资本主义因素并存、对经济规律的适应与超经济手段的运用、实行资本主义的垄断及其独特性、合理性是启新经营的特点所在。启新洋灰公司从创办目的、投资方式到经营管理等各个方面都表现出私营资本主义企业性质,但企业机体上不可避免地带有封建主义的瘢痕。启新作为一个资本主义企业,其经营管理必然要受到资本主义经济规律的制约,启新的发展首先是靠技术更新、资本积累取得的。但超经济手段的运用对于启新的发展同样具有十分重要的作用,启新运用超经济手段谋取了一系列特权,这些都有力地加速了启新的发展。另外,采用资本主义垄断的方式来谋求自身的发展也是启新经营的一个重要特点,并且也是它成功的奥秘之一②。冯云琴也曾对启新洋灰公司的经营管理体制、资金筹措、市场营销等经营管理手段以及启新与官僚政权的关系进行过分析③。胡中应则从寻租经济学的角度,对启新洋灰公司经营中与政府之间的关系进行研究,认为启新的成功离不开其寻租行为,同时寻租行为也加大了企业成

---

① 唐少君:《周学熙与启新洋灰公司》,《安徽史学》1989 年第 4 期。

② 欧阳跃峰:《论启新洋灰公司的经营特点——周学熙集团企业个案研究》,《安徽师大学报》1992 年第 3 期;《启新洋灰公司成功的奥秘——周学熙实业集团经营之道管窥》,《安徽教育学院学报》1995 年第 3 期。

③ 冯云琴:《周学熙与启新洋灰公司》,《领导之友》2000 年第 3 期;《官商之间——从周学熙与袁世凯北洋政权的关系看启新内部的官商关系》,《河北师范大学学报》第 26 卷第 4 期,2003 年 7 月;《启新洋灰公司经营管理体制论略》,《石家庄经济学院学报》第 27 卷第 5 期,2004 年 10 月。

本、造成生产效率和消费者福利下降及社会资源的浪费①。

(3)关于启新洋灰公司的垄断

启新洋灰公司是中国近代经营比较成功的近代化企业之一,它在1923年前曾一度垄断了国内的水泥市场。郭士浩对启新洋灰公司中的垄断活动、资本集中问题进行了研究。郭士浩通过启新洋灰公司与上海华商水泥公司和南京中国水泥公司竞争、联营经过的论述,认为在旧中国水泥业中出现了垄断活动及类似卡特尔式和辛迪加式的垄断组织,并剖析了其形成的原因,一是由于追逐利润的冲动和内部的竞争;二是由于中国水泥市场容纳量的限制和外国竞争的压力;三是水泥生产集中在少数大资本之手;四是水泥工业本身所具有的一些特点,使中国的水泥工业能够抵抗得住外国水泥在中国无限制的泛滥。"但是这种垄断不同于帝国主义的垄断或官僚资本的垄断",它"只能是特殊条件下所产生的一些个别现象,不能构成当时中国社会的主要生产关系",它"并不是中国民族资本资本发展的规律",其"在组织上是涣散的,在存在时间上是短暂的",这种垄断组织虽然对整个国民经济的作用不十分显著,但仍有不利于生产发展和抵制外货两方面的作用。郭士浩通过详细介绍启新洋灰公司兼并湖北水泥厂的经过,分析了中国民族资本资本集中的原因在于:资本本身的要求、中国近代资本主义工业产生的道路决定、帝国主义的压力、官僚资本的软弱;并且他还对中国民族资本资本集中的方式和作用进行了分析②。

欧阳跃峰在探讨启新洋灰公司经营特点时指出,启新洋灰公司在经营方面表现了强烈的垄断性,这"属并不多见的大胆尝试",是

---

① 胡中应:《启新洋灰公司的寻租活动分析》,《北京航空航天大学学报》第20卷第3期,2007年9月。

② 郭士浩、孙兆录:《从启新洋灰公司看旧中国水泥业中的垄断活动》,《经济研究》1960年第9期。郭士浩:《从启新洋灰公司兼并湖北水泥厂看旧中国水泥工业中的资本集中问题》,《南开大学学报》(经济科学)第4卷第1期,1963年12月。

启新经营的一个重要特点,也是它成功的奥秘之一。他认为这种垄断"是世界资本主义发展史上的独特现象,但在当时的社会条件下又具有一定的合理性",对于合理性,欧阳跃峰进行了具体的分析。他认为,启新垄断的合理性包括两重含义:一是具有可能性,如水泥生产企业规模大、数量少;水泥工业发展迅速,水泥市场相对饱和;有国际垄断资本的经验可供借鉴。二是具有必要性,即攫取垄断利润,加速自身发展;防止因投资过度集中于水泥业而导致生产过剩;避免同行业之间在竞争中相互削弱;一致抵制外货,维护民族资产阶级的共同利益。另外,他认为,与西方垄断资本主义相比,启新的垄断具有一定的独特性。其表现在时间上的超前性和行业上的单一性,启新的垄断"不仅不是中国资本主义趋于成熟的表现,而恰恰反映了中国资本主义的畸形发展,反映了启新的经营者不适应在自由竞争中发展资本主义,总是企图把自己的企业摆在能够优先发展的位置上。他们的垄断意识实际上是封建特权思想的延续,表现了浓厚的封建色彩",而且这种垄断"仅仅是发生在水泥制造等个别行业中的单一现象"①。凌宇、方强也认为运用超经济手段、垄断经营是启新洋灰公司在没有健全的法制作为竞争平台的社会环境中适应时世的发展策略②。

3. 华新纺织股份有限公司和唐山机车车辆厂

对于这两个企业,目前学术界成果寥寥。关于华新纺织公司由于资料所限,目前所见只有唐少君的一篇文章,对华新纺织股份有限公司的创办背景、经过进行了考察。至于唐山机车车辆厂则只有本厂厂志编审委员会所编《跨世纪的历程——唐山机车车辆厂大事

---

① 欧阳跃峰:《论启新洋灰公司的经营特点——周学熙集团企业个案研究》,《安徽师大学报》1992 年第 3 期;《启新洋灰公司成功的奥秘——周学熙实业集团经营之道管窥》,《安徽教育学院学报》1995 年第 3 期。

② 凌宇、方强:《启新洋灰公司发展策略浅论》,《唐山师范学院学报》第 28 卷第 3 期,2006 年 5 月。

记》(1881—1994 年)及《唐山机车车辆厂志》,为了解此厂提供了基本的前提①。

(二)关于唐山史的研究

1. 关于唐山地方史的研究

关于唐山地方史研究的状况,王士立、牟鸿玺曾进行了系统总结。根据他们的研究,唐山地方党史、革命史的研究,成就最为突出。早在20世纪50年代后期至60年代中期,唐山地方党史、革命史和工人运动史研究即取得了重要成就,曾编写了《冀东革命史初稿》、《开滦煤矿史》、《八十春秋——唐山机车车辆工厂史》,但因"文革"的发生未能正式出版;20世纪80年代以来重又出现繁荣景象,已出版的著作有:《冀东革命史》、《冀东革命史大事记》、《冀东武装斗争》、《冀东土地制度的改革》、《冀东隐蔽斗争》、《唐山革命史简明读本》、《唐山革命史大事记》、《冀东抗日暴动》、《冀热辽人民抗日斗争简史》、《中共唐山市路北区党史纲要》、《中共开滦党史大事记》、《唐山工人运动史》、《唐山百年工运大事记》、《唐山工运史话》、《开滦工人运动史》等数十种。其次,唐山历史人物研究成果也比较多,已出版的著作有:《冀东名人传》、《唐山名人》、《冀东革命人物》等。再次,唐山地方志研究也成果丰硕,已出版的专业志有:《唐山市商业志》、《唐山市财政志》、《唐山市金融志》、《唐山市工商行政管理志》、《唐山市对外经济贸易志》、《唐山市水利志》、《唐山市畜牧志》、《唐山市科技志》、《唐山市教育志》、《唐山市军事志》等十多部,部门志有《唐山市工会志》、《开滦煤矿志》、《唐山市民政志》、《唐山市城市建设志》、《河北理工学院校志》、《煤炭科学院唐山分院

---

① 唐少君:《周学熙与华新纺织股份有限公司》,《安徽史学》1990 年第 4 期。唐山机车车辆厂厂志编审委员会编:《跨世纪的历程——唐山机车车辆厂大事记》(1881—1994 年),中国铁道出版社 1995 年 12 月版;《唐山机车车辆厂志》(1881—1992 年),中国铁道出版社 1999 年 8 月版。

志》、《唐山工人医院志》、《中国人民银行唐山分行志》、《华北煤矿医学院志》、《唐山市交通运输志》等十多部。此外,关于唐山通史、唐山经济史、唐山文化教育史的研究也取得了一定的成绩①。

2. 唐山城市、社会史研究

唐山城市史、经济与社会变迁的研究是学术界的一个薄弱环节,虽然近年来已有学者开始关注这一领域,但研究仍很欠缺,其研究成果几如凤毛麟角。究其原因,主要是因为资料的缺乏和研究条件所限,一些大的研究机构不屑为之,地方研究机构往往各自为政,互相之间联系不多、交流不够,力量分散所致。基于此,虽然唐山作为中国近代因工、因路而兴的一个典型城市,一些研究中国近代城市史的著作往往都会提到唐山,可只能是概述性的,研究远没有展开也没有深入。如隗瀛涛主编《中国近代不同类型城市综合研究》,徐纯性主编《河北城市发展史》,刘金声、曹洪涛合著《中国近现代城市的发展》这三部著作,皆对唐山城市进行了简短介绍②。此外,研究唐山城市发展、社会变迁的论文也寥若晨星。杨振歧通过对唐山在中国近代所创造的中国第一进行论述,说明了唐山在中国近代民族工业发展史上的地位;阎永增、王经会等则以唐廷枢在唐山的实业活动为切入点,论述了在唐山近代工矿交通业兴起过程中唐廷枢的作用;阎永增还论述了唐山教育事业的发展,认为唐山教育事业的发展得益于近代工业的创办;裴赞芬把唐山作为河北城市化的一种类型进行了粗略分析。冯云琴就开平煤矿与唐山城市崛起的关系进行了简略

---

① 王士立、牟鸿玺:《建国以来唐山地方史研究的成就》,《唐山师范学院学报》第24卷第1期,2002年1月。

② 隗瀛涛主编:《中国近代不同类型城市综合研究》,四川大学出版社1998年12月版。徐纯性编:《河北城市发展史》,河北教育出版社1991年版。刘金声、曹洪涛:《中国近现代城市的发展》,中国城市出版社1998年5月版。

论述①。从这些研究来看，虽然21世纪以来出现了一些新进展，但大都就人与事进行简单论述，从宏观方面进行有联系的把握还很欠缺，所以我们只能说对唐山城市经济社会的研究还处于刚刚起步阶段。

三、研究的基本思路和基本框架

基于上述对唐山工业和城市发展状况研究的考察，本书把对唐山城市发展产生重要影响的几个大型近代化企业置于晚清近代化运动的大背景下，通过对这些企业资金筹措、经营管理、生产设备、技术革新、生产状况、利润水平、市场营运、经济效益等工业化程度的分析，揭示它们对唐山城市近代化所产生的作用。

不同地方不同城市走向近代化的道路千差万别。唐山作为近代新兴的工业城市，其城市化进程也就是城市走向近代化的进程，而其城市化是与工业化同时起步的，正是工业化的直接推动才促进了其城市化的发展。本书在对相关资料进行爬梳整理的基础上，试图利用现代化、城市化和社会史的相关理论和方法，以光绪四年(1878年)开平煤矿的正式创建到20世纪30年代末唐山工业体系的初步确立及唐山正式建市为段限，对唐山工业化和城市化的相互关系做一纵向考察，借以观察唐山城市变迁的历史轨迹。唐山直到1938年才正式明令设市，但随着日本侵华势力进入冀东，冀东防共自治政府的成立，为了配合日本建设大东亚共荣圈的舆论欺骗，唐山经济发展

---

① 杨振歧:《唐山——中国近代民族工业的摇篮》,《档案天地》2000年增刊。阎永增:《唐廷枢与唐山近代工矿交通业的兴起》,《唐山师专学报》第22卷第1期,2000年1月;《论近代工业与唐山教育事业的发展》,《唐山学院学报》第21卷第3期,2008年5月。王经会:《唐廷枢与唐山近代工业》,《唐山学院学报》第21卷第3期,2008年5月。阎永增、韩松青:《周学熙与唐山近代工业》,《唐山学院学报》第21卷第3期,2008年5月。裴赞芬:《近代河北城市化试论》,《河北师范大学学报》1998年第4期。冯云琴:《开平煤矿与唐山城市的崛起》,《河北师范大学学报》2006年第5期。

虽然受到严重影响，一方面部分工商业急剧衰退，另一方面适应战争的产业却畸形发展，而城市管理机构的正式设置却对唐山城市发展起到了一定的积极影响，所以本书的研究又不完全囿于这一时段。关于唐山的地理概念，需要顾及的因素也很多。唐山正式建市时以所辖12个村庄为界，但唐山几个大型企业的直接生产地，大致以今天的唐山市路南区、路北区、开平区、古冶区为中心地带，远远超出了12个村庄的范围，为了照顾企业集团的整体性，本书考察范围也并不仅仅限于唐山正式建市时12个村庄的区域，而是以几个大型近代化企业的生产基地为中心。正是基于这样的思路，对著作作如下构架：

工业化的启动需要相应的条件和环境，唐山由于优越的自然地理环境使其工业化的启动有了充足的前提；而晚清洋务运动的开展又为其实现提供了历史契机，正是唐山本身的资源、区位优势和清政府主观动机的正效应才促成了唐山工业化的启动。本书第一章对唐山工业化启动的客观环境和历史契机进行分析，以揭示唐山工业化发展的时代背景。

开平煤矿的创建标志着唐山工业化的起步。本书第二章通过对开平煤矿生产设备、技术引进、管理体制、资金筹措、生产经营、市场营销等工业化程度的分析，论述了开平煤矿的经济效益和由此所产生的社会效应，说明正是由于开平煤矿的建立，唐山城市才由此兴起，由一荒僻小村落迅速崛起为一个近代化的工业重镇。时间段限以光绪四年(1878年)—光绪二十六年(1900年)为准，因为光绪二十六年(1900年)由于义和团运动的兴起，开平煤矿也由此发生了重大转变。

光绪二十七年(1901年)随着清末新政的逐步展开，以北洋新政为契机，启新洋灰公司及其附属企业相继设立，并都取得了良好的经济效益。而这一时期的开平煤矿在英国人控制之下以及以后与滦州煤矿"联合营业"后也得到了进一步发展，唐山工业化进程逐渐深入展开，这些都对唐山城市产生了重要影响。本书第三章重点分析20世纪20年代前唐山工业化进程及其对唐山城市发展、变迁的影响，论述了随着工业化的发展，唐山逐渐由工业重镇发展为华北重要的工商业城市。

20世纪20年代以后，随着华新纺织有限公司的建立，唐山建材工业也有了进一步的发展。与此同时，唐山还出现了一些新兴工业部门，逐步建立起以煤炭、电力等能源工业为骨干，以水泥、纺织、陶瓷、机械制造为主体的近代工业体系，形成以大机器生产为主、手工工场为辅的工业生产系统，工业化的广度和深度皆有所拓展。而唐山城市近代化进程也逐步深入发展，唐山城市面貌也有了进一步的变化。本书第四章对唐山工业化体系的建立及唐山城市近代化程度进行论述，以期对唐山城市变迁有较明了的概念。

唐山以开平煤矿的创办为契机，到20世纪30年代已发展成为华北仅次于天津的工商业城市，其城市化及城市近代化水平都有了大幅度地提升。本书第五章从人口结构的演进、管理机构的完善、社会经济生活的变迁方面对唐山城市近代化水平作整体考察。

本书通过对唐山工业化和城市化互动关系的分析，说明正是工业化的发展带动了唐山城市近代化，但由于种种因素的影响，唐山虽然在20世纪30年代发展成为华北重要的工商业中心，但其城市化水平仍然处于低度状态，城市化水平远远滞后于工业化水平。

第一章 唐山城市形成、发展的自然地理环境和历史契机

第一节 唐山源流考

唐山地处河北省东北部，本是一座风景秀美的山峦，“周围数里复岭重岗，中多幽境，其东麓则陡河潆带，有流泉十余道注之，旧有姜将军祠及其他庙宇数处，鸟道微通，游览不倦，且多产木石材物，滦邑山水之佳宜推此为胜”①。到了近代，随着开平煤矿的创办和唐胥铁路的修建，这一地区一个只有18户居民的名为桥家屯的小村落逐渐发展起来，因其背靠唐山，遂改这一聚落名为唐山。今天的唐山已成为一个拥有百万人口的中等城市，是冀东政治、经济、文化中心，而对于唐山这一城市最初的发源地学术界却说法不一，现做一简单梳理。

一、关于唐山发源地的两种说法

唐山是因开平煤矿的创办而崛起的新兴工业城市，对于开平煤矿初设地点即唐山城市的发源地目前却有两种说法。

其一为1939年新民会中央指导部对冀东进行调查后所写报告

① ［清］吴士鸿修，孙学恒纂：《滦州志》卷一《疆理·山川》，嘉庆十五年（1810年）刻本，第9页。

《河北省滦县事情及唐山市事情调查》,1942 年唐山市公署秘书室印行的《唐山市概览》及 1948 年唐山工商日报社印行的《唐山事》一书的记述。《河北省滦县事情及唐山市事情调查》关于唐山市的沿革是这样记述的:"该市位于滦县之西隅,与丰润交界之处;在煤矿事业开发之前,乃一名谓桥头屯之冷落村庄。"①《唐山市概览》对唐山市略史有如下记载:"唐市区域原属河北省丰滦两县辖境,前清同治季年,仅一乔头屯村,维时居民只百余户,人口不满二千,虽有商号数家,均系小本经营,以每月四、九日为集期,附近各村农民多来乔头屯村交易,情况极为冷落,迨光绪三年,开采开平煤矿(按唐山煤矿初名开平煤矿),居民及商号日渐增多,遂改乔头屯村为乔屯镇,因乔头屯北有山曰唐山,并同时命名为唐山焉。"②《唐山事》也记载了唐山史地政治武备沿革史,称"唐山之名称,由来已久,盖远在唐代以前,于唐虞时为冀州幽州之地,周近山戎,秦汉属右北平郡,隋唐隶石城县(市东十五里开平镇),宋陷,辽金元因之,至大明复国,永乐年间,徙民实边,编屯编社,人烟始集,迨清即位,诸王公跑马行圈,唐山之地,变为八旗王公私产,是谓之旗租地,同治季年,桥头屯辟为乡集,光绪三年成立开平煤矿,在唐山南山麓设厂采煤,光绪七年将茨榆镇之武汛移来,负维护治安之责,于光绪二十四年改称唐山镇,但行政司法仍属于丰滦两县管辖(铁道南属丰润铁道北属滦县),唐山市之称,则为民国三十五年五月五日明令确定者。"③从这些资料看来,开平煤矿初设于桥头屯,是一个已有定期集市的村落,这也是近年来所编唐山史志著作及所写文章所普遍采用的说法。

其二为当时人之记述。《申报》光绪四年八月初四(1878 年 8 月

① 陈佩:《河北省滦县事情及唐山市事情调查》,中华民国新民会中央指导部 1939 年 11 月编印,第 1 页。

② 于文成:《唐山市概览》,唐山市公署秘书室 1942 年印行,第 2 页。

③ 王知之:《唐山事》第一辑,唐山工商日报社 1948 年 8 月发行,第 10 页。

31日)载《柴维振致友人书》记述了开平煤矿选址情况,"弟自五月初十日随同唐景星观察由上海扬帆,十五日安抵天津。廿八日观察委弟前往开平先行布置一切,于六月廿日观察偕洋人矿司等亦抵开平,廿二、廿三、廿四连日往勘煤铁各矿,廿五日开局,名曰开平矿务总局。廿六、廿七、廿八、廿九复往各矿查勘煤铁成色,查得开平镇之西廿里乔家屯地方数处所产之煤,比别矿更高,满地皆是,非煤即铁,气脉甚旺,虽二三百年采之不竭。昨日矿司巴尔将煤块化验,内中只有土灰二厘三毫,据矿司云,此煤与英国上等之煤相埒。查据土人称,廿六年之前有刘姓开过此矿,其层极厚,均系大块高煤;后因泉水来源甚急,以致中止,迄今旧迹尚在。观察现拟于此处开办。"[①]开平煤矿创办人唐廷枢光绪四年(1878年)在《禀陈开平矿务开办情形恳请核奏由》中也有记述,机器等件已"会同矿司洋人巴尔,督率机司匠工人等,择在唐山南麓乔家屯村西地方,设放停妥"[②],正好验证了柴维振信中所言。天津海关税务司署的加莱尔(Carrall)光绪三年(1879年)参观开平煤矿后的报告对此也有记录:"……此矿名开平煤矿,坐落于本省滦州乔家屯,在开平东南(应为西南)十八里。该矿系在柏爱特(R. B. Burnett)矿师监督下,用西法开采烟煤。公司名曰'开平矿务总局。'[③]《申报》光绪六年十二月二十六日(1881年1月25日)有一则关于开平煤矿的记载也有相同记述:"余昨游历冀北,闻开平矿务局在唐山之乔家屯,因往觅马,查唐山地属滦州界于丰润,高耸五十丈袤延十余里,山之南麓有石根一道,其下垒垒有煤井状,曾经土人开采,因泉涌无法提干,停采已三十余年矣。"[④]另外

① 《申报》,光绪四年八月初四日(1878年8月31日),上海书店出版社1983—1987年10月影印本,第213页。

② 孙毓棠:《中国近代工业史资料》(1840—1895年)第一辑,下册,科学出版社1957年4月版,第637页。

③ 孙毓棠:《中国近代工业史资料》第一辑,下册,第639页。

④ 《申报》,光绪六年十二月二十六日(1881年1月25日),第97页。

曾任开平煤矿会办的徐润在光绪二十一年(1895年)春《在建平金矿寄故乡父老信》中也提到:"是矿(开平煤矿)初设地名桥家屯,阖村烟户只十八家,现已千计;附近各庄亦随之增多。"[①]从以上几则报道来看,开平煤矿最初无疑是设在滦州之桥家屯,乃是一个只有十八户居民的小村庄,如果以每户六人来计算,也不过百十人而已,对于这一说法也间有采用者,但为数较少。

从以上两类资料可以得出如下看法:一、开平煤矿初设地为桥头屯或桥家屯;二、桥头屯居民百余户,人口不足两千;桥家屯乃一只有十八户居民的小村庄,两者相差悬殊;三、在冀东有关地方志中只有桥头社并无桥头屯,而这两类资料都未提及桥头社。这就提出了几个重要的问题,桥头屯与桥家屯是否是同一个村庄?它们与桥头社又是什么关系?如果两者为同一村庄,一个十八户人家的小村庄怎么可能有商号数家,又怎么可能有定期的集市?如果不是,那唐山发源地到底该为三者中的哪一个?

二、桥头社与桥头屯及桥家屯之关系的考察

(一)关于桥头社与桥头屯

考诸有关地方志,滦州(县)只有桥头社并无桥头屯之名,其故何来?中国封建王朝建立之初,为休养生息巩固政权,往往都会采取一些有利于社会经济恢复的举措,其中即有"宽民力而裕兵食"[②]的屯田制,从汉代开始实行,到明代发展到极致。明永乐元年(1403年),移边外开平中屯卫(旧在口北大宁沙岭,后调真定府)于滦州之

---

① 徐润:《徐愚斋自叙年谱》,载沈云龙主编:《近代中国史料丛刊续编》第五十辑,总491,台湾文海出版社1978年2月版,第76页。

② 嵇璜、刘墉、曹文埴纂修兼总校:《清朝通志》卷九十二《食货略十二》,志,浙江古籍出版社1988年11月版,第7289页。

石城废县,“诏流民复业,迁南民来屯,特免北平差税3年”[①],据《弘治永平府志》记载,这一卫所屯田地278顷[②],其区域扩展至陡河沿岸,当时,唐山山麓,陡河之上架有“唐山桥”,开平中屯卫的士卒便在桥畔建立屯堡,猬成聚落,称为桥(乔)头屯。军卒屯田,自立军籍,称为军户,不隶属于州县。而当时也有从外地迁来的移民进行屯田,成为民户,被编为里甲,要向国家交纳田赋,出徭役。到了清朝康熙中期(18世纪初),改屯为社,又省军归农,而以前明官军屯田之地,编为里甲。从此,明朝沿袭下来的军屯制开始瓦解。屯田军卒解甲归田,由军变民,由军户变为民户,军事屯堡也随之被改编为民社,照章向国家交纳赋税,出徭役。军事屯堡改为民社之后,桥头屯便改称桥头社,这个名称一直延续到建镇之后,但人们习惯上仍称它为桥头屯,隶属于开平镇[③]。由此看来,桥头屯乃桥头社之前称,两者是同一名称。

(二)关于桥头屯与桥家屯

明代,出于征收赋税的需要,迁民编屯,土民编社。据弘治年间所修《永平府志》记载,滦州有社四十一,屯二十六,下有桥头社[④]。又据清嘉庆十五年(1810年)所修《滦州志》记载,桥头社距城一百二十里,计有村庄四十六[⑤],但下辖村庄并没有桥家屯。光绪二年(1876年)所编《永平府志》也记载:“州西南一百二十里为唐山城亦曰桥头社。”[⑥]民国年间所修《滦县志》则记载:桥头社,村庄六十,桥

---

① 袁棻、张凤翔纂修:《滦县志》卷十六《故事·纪事》,1937年铅活字印本,第11页。

② 张廷纲、吴祺:《弘治永平府志》卷五《兵制》,天一阁藏明代方志选刊续编(三),上海书店出版社1990年12月版,第61页。

③ 刘秉中、阎景新:《开平镇今古》,载中国人民政治协商会议唐山市委员会文史资料委员会编:《唐山文史资料选辑》,第四辑,1992年10月,第221页。

④ 张廷纲、吴祺:《弘治永平府志》,卷一《里社》,第16页。

⑤ [清]吴士鸿修,孙学恒纂:《滦州志》卷一《屯社》,第37页。

⑥ 游智开总修:《永平府志》卷三十三《城池下》,光绪二年(1876年)刻本,第4页。

家屯在西一百二十里[①]。据此可以推断出，在清嘉庆年间此地还没有出现桥家屯这一村落，为后来随着人口聚集而形成的村落。

从以上分析来看，桥头屯与桥头社乃为同一地方，在开平煤矿创办之前，已算是一个规模不小的集镇了，而桥家屯则为桥头社下属之一个小村庄。开平煤矿最初在桥家屯开钻也当无疑，因其背靠唐山，随开平煤矿的建立，唐山之名不胫而走，与开平煤矿如影随形，其影响已远远超出了这一范围，桥家屯之名逐渐被湮没。随着人口增多，遂改这一聚落名为唐山，光绪二十四年（1898 年）称唐山镇。随着这一区域的扩展逐渐形成以桥（与乔通用）家屯命名的一条街道，称乔屯街。唐山城市即是由桥家屯发展而来。

第二节　唐山工业化启动的自然地理环境

唐山市是近代随着工业发展和铁路修建而成长起来的一个新兴城市。它在开平煤田开发前，只是冀东一个小村落，与其周边小镇相比名不见经传，经济落后，但在后来它却先这些小镇而成为华北仅次于天津的工商业城市，成为中国近代工业的发源地之一。究其原因，离不开其优越的自然地理环境，以及当时有利的社会条件，正是诸种因素的合力作用，促成了唐山这个新兴工业城市的崛起。

一、唐山近代工业化启动的天然优势——优越的自然地理环境

唐山工业化的起步肇始于开平煤矿的创建。开平煤矿是中国近代第一个采用西法开采的近代化矿山，在李鸿章的庇护和总办唐廷枢的悉心经营下，“著著进步，出矿之额岁有增加”[②]。随着廉价煤炭

---

① 袁棻、张凤翔纂修：《滦县志》卷七《赋税 · 田赋》，第 21 页。

② 顾琅：《中国十大矿厂记》第七篇，开滦矿务总局，商务印书馆 1916 年 8 月版，第 3 页。

的供应和便利的交通条件，一批近代化大工业也相继而起。光绪三十二年(1906 年)《捷报》报道:“无论如何，我们不能认为(开平)公司的业务，只是限于采煤。除此之外，它还制造焦炭、焦油、水泥、砖瓦、地下水管和石灰。”[①]开平煤矿最初的发展也正如《捷报》所说，早在光绪四年(1878 年)矿山筹建时开平煤矿即建有砖窑烧砖自用；光绪六年(1880 年)为修理运煤机具及铁路机车在胥各庄设立修车厂；为使开采的各种煤都能得到充分利用，在光绪七年(1881 年)开始出煤时就在矿内设立炼焦炉生产焦炭；还开办林场种植树木以作井下坑木使用；光绪十五年(1889 年)为适应国内军事工程和铁路建设的需要又建成细绵土厂(即后来的启新洋灰公司)，该厂自光绪三十二年(1906 年)由周学熙收回自办后，逐步发展成为闻名遐迩的近代化大企业，也是周学熙实业集团的中坚企业。周学熙以创办启新洋灰公司为起点，相继投资和创办了 22 个大型近代化企业[②]，如启新修机厂、秋浦电灯厂、启新瓷厂、北洋滦州矿地有限公司、滦州官矿有限公司、华新纺织有限公司、京师自来水公司、耀华玻璃有限公司等，形成了包括水泥、煤炭、纺织、机器制造、自来水、玻璃制造、金融保险等多种部门的综合性资本集团，而其骨干企业的主要基地就在唐山。一批近代化大工业的创立使唐山由一个落后的小村落发展为华北著名的工业城市，这一切皆发端于开平煤矿，而开平煤矿的兴办则离不开这一地区优越的自然环境。

唐山本是一座风景秀美的山峦，1955 年考古学家发掘的大城山(唐山)文化遗址，出土的文物有石器、玉器、骨器和大量陶器。石器多系磨制而成，陶器造型各异，上面还刻有各式各样的花纹，而且从发掘的器物来看，这里的居民们已懂得用玉圭、玉琮来装饰自己，他

---

① 汪敬虞:《中国近代工业史资料》(1895—1914 年)第二辑，上册，科学出版社 1957 年 4 月版，第 65 页。

② 虞和平:《中国现代化历程》第二卷，江苏人民出版社 2001 年 9 月版，第 393 页。

们用石器来砍伐林木、射杀野兽,用骨器来捕鱼,用陶器来烧煮食物,主要靠着打渔捕猎来维持生活。这些都与龙山文化有许多相似之处,说明早在新石器时代,在大城山、贾家山、陡河一带土地上就有人类繁衍生息,过着艰苦的原始生活。

随着时间的延续,社会在不断地发展、进步。公元前221年,秦始皇统一中国,建立起中央集权制的封建国家,到隋、唐时封建制度发展到繁盛的顶峰,疆域的辽阔也远非前代可比。唐朝时曾设安东都护府统辖这一地区,由于运道艰远,安东都护府的治所曾一度内迁到永平府之卢龙县,但因当时漕粮主要依赖黄河中下游地区及太湖流域来提供,所以对此地的开发十分有限。再加上这里地处边陲,历年来战乱不断,尤其经过元末农民大起义和明初统一全国以及争夺王位的战争,"河北诸郡,自兵后田多荒芜,居民鲜少"[①];更由于北方本身土地贫瘠,又受大陆性季风气候影响,冬、春干旱少雨,夏、秋则雨水连绵,而且历代统治者又疏于水利的兴修,一切农耕悉听天命,导致旱涝频仍,本来土地肥沃的地方也收成不佳。所以直到近代,与地狭人稠、经济比较发达的江南相比,这一区域仍然村庄零落,人烟稀少,呈现一片萧条景象。这样的状况固然反映了这里贫穷、落后的面貌,但广阔的地域环境却为近代化大工业的兴起提供了某种便利。在当时风气未开的情况下,兴办近代化大工业困难重重,既受到封建顽固势力的阻挠,又有受几千年儒家思想熏陶的平民百姓"忠"、"孝"观念的束缚,认为祖坟任意搬迁属大逆不道之事,有"风水"、"地脉"之碍。由于这里人烟稀少、村庄零落,就免去了田园庐舍坟冢搬迁的辛劳与耗费,省去了诸多的麻烦。

唐山北依燕山余脉,地下蕴藏着煤、铁等多种多样的资源,正是凭借这丰富的矿产资源,唐山才成为中国近代工业起飞的基地。早

---

① 《明太祖实录》卷一百九十三,转引自白寿彝主编:《中国通史》(十五),上海人民出版社1999年3月版,第655页。

在开平煤田开发前,唐山地区丰厚的煤藏已为时人所关注,并把它作为谋生的一种手段。此地“每年夏秋之间,山水涨发,奔流散漫,常患歉收,穷民无地可耕,惟有藉凿石挖煤,作工糊口”①。但开掘方式落后,设备简单,故开发十分有限,“他们只能挖取头层煤,头层采完,窑即放弃,另开他井”②,且“无一井能开煤至底者”③。这一地区煤炭资源的最终大规模开发始于开平煤矿的创办,而开平煤田的开发是在实地调查的基础上所做出的选择。在开平煤田开发前,清政府曾派人在开平镇周围方圆百十里的地方进行了详细勘察。据开平煤矿的创办人唐廷枢报告:“查风山至古冶由西而东,连绵五十里……由山根而至山脚,尽是煤井。查该处煤井乃明代开起,遍地皆有旧址,现在开挖者亦有数十处。”④可见此地煤藏之丰厚。据曾在当地(开平镇)挖煤的工人说:“煤层约厚 7 英尺,依此估计,则全区煤的储藏量即有六千万吨。”⑤

煤、铁两种矿物质往往是可以共存互生的,“矿中有煤则必有铁”⑥。唐山地区不仅煤炭资源富足,而且还蕴藏着相当的铁矿资源。“查风山铁石乃随山根而生,连绵四五十里,或隐或显,或两行,或一行,宽约四五丈,深则不知几许,所谓取之无穷,用之不竭。”这些铁矿、矿砂据有名化学师与矿冶师化验,“品质甚为优良,有些矿石含铁量达百分之 52 至 54”⑦。唐山地区矿藏分布一个最大的特点是“铁根之傍另生灰石,铁根之下亦有煤块”⑧,煤、铁、石灰石三宝荟

① 孙毓棠:《中国近代工业史资料》第一辑,下册,第 613 页。

② 孙毓棠:《中国近代工业史资料》第一辑,下册,第 615 页。

③ 孙毓棠:《中国近代工业史资料》第一辑,下册,第 618 页。

④ 孙毓棠:《中国近代工业史资料》第一辑,下册,第 617 页。

⑤ 孙毓棠:《中国近代工业史资料》第一辑,下册,第 622 页。

⑥ 中国史学会主编:《洋务运动》(一),上海人民出版社、上海书店出版社 2000 年 6 月版,第 488 页。

⑦ 孙毓棠:《中国近代工业史资料》第一辑,下册,第 619、623 页。

⑧ 孙毓棠:《中国近代工业史资料》第一辑,下册,第 619 页。

萃于一方，故除了煤、铁资源外，唐山地区也有大量的石灰石。此地煤井在开凿时，一般会出现这样的状况，“首先五六尺是泥土；下面接着是八十到一百尺的石灰石”[①]，既然煤藏如此丰厚，则可见其石灰石之储量。在一些矿层中，在石灰石和煤层之间有黏土存在，可作为制作陶瓷的原料。另外，除了这些资源外，还拥有相当储量的花岗岩、铝土等矿藏。这里矿藏不仅储藏量大，而且品质优良，就拿煤、铁来说，“磷酸乃铁所忌，硫磺乃煤所忌。今验开平所产，其铁既无磷酸，其煤又无硫磺”[②]，是制造轮船、枪炮以及船舶运输、铁路修建的理想原料和燃料。此外，这里土地肥沃适宜种植，“自榛子镇至开平迤南稻地一带，土惟黄壤，种宜麦菽秫；南自马城至倴城迤西胡家庄一带，土惟黑坟，种宜木棉秫，稗皆上上田”[③]。同时，唐山也是东河棉的重要产区，这里的棉花以绒细而长著称，是纺精纱的重要原料。这样丰富的矿产资源和农业资源为唐山早期工业化的启动准备了必要的物质前提和雄厚的基础，也决定了唐山工业日后发展的方向。

唐山地处滦河和蓟运河两大水系之间，又有陡河纵贯其间，河网交织，舟楫便利。自来“河道有经有纬，而纬常多于经”，但唐山地区大的河流则经流居多，其中既有独流入海的，也有合流入海的。滦河、陡河、还乡河自西向东纵贯南北，一些小河或湖泊又将这几大河流与蓟运河相连，形成沟通滦河、陡河与蓟运河的水上网络。在这大大小小的河流中，虽然通河航道较少，但有些只要稍事疏浚即可行舟，即使不能通航也可借以灌溉农田。如“丰润负山带水，涌地成泉，疏流导河，随取而足……城东之天官寺牛鹿山铁坎，以及沿河沮洳之处，或疏泉，或引河，可种稻田数百亩，多至千余亩而止。……县南接连大泊一带，平畴万顷，土膏滋润，内有王家河汉河龙堂湾泥河

---

① 孙毓棠：《中国近代工业史资料》第一辑，下册，第614页。

② 孙毓棠：《中国近代工业史资料》第一辑，下册，第623页。

③ ［清］吴士鸿修，孙学恒纂：《滦州志》卷一《疆理·风俗》，第50页。

共四道，皆混混源泉，春夏不涸。王家河汊河流入大泊，龙堂湾泥河西入蓟运河而田畴不沾”，只要东北“引陡河为大渠，横贯四河，中间多开沟洫，度陌历阡潆洄宣布，数十里内取之左右，皆逢其源，涝则田水达于沟，沟达于渠，渠会于河，河归于大泊，大泊广八里，长方十余里，若于东南穿河，导入陡河以达于海，而泊内可耕之田多矣”，而“运河自三台营会诸山之水，东南至宝邑，会白龙港，又南经玉田丰润，合�婯水（即还乡河）达于海”①。几大河道的贯通及唐山地区丰富的水资源，为工业的发展提供用水及产品的运输都起到积极作用。

同时，唐山地区陆路交通也比较发达。唐山地处出入我国东北的枢纽地位，元、明时期围绕北京所修通往东北的御道从这里经过，明朝由山海关至北京的驿路，从山海关经迁安驿、榆关驿、卢峰口驿、永平府滦河驿、七家岭驿、丰润义丰驿、玉田阳樊驿、渔阳驿、三河驿、潞河驿、通州驿而达北京②。清朝是满洲贵族入主中原而建立的政权，所以清朝皇帝每年都要前往盛京拜谒祖陵，对明代通往东北的驿路不断进行维护、整修，这样就有西达北京、东连关外的陆上交通的便利，也说明唐山在沟通关内外交通中起着重要的作用。另外，离唐山十八里之“开平离芦台一百二十里，均属平坦大道”③，而芦台又与蓟运河相接。唐山地区如此便利的水陆运输条件，无疑是创办近代化大工业所必须考虑的因素之一，也成为近代化大工业选择唐山作为投资场所的原因之一。

二、唐山近代工业化启动的区位优势

唐山近代工业化的启动既与这一地区优越的自然地理环境密切

① 朱轼：《京东水利情形疏》，见贺长龄辑：《皇朝经世文编》（八），载沈云龙主编：《中国近代史料丛刊》第七十四辑，总 731，台湾文海出版社 1972 年 3 月版，第 3816—3818 页。

② 杨正泰：《明代驿站考》，上海古籍出版社 1994 年 6 月版，第 110 页图。

③ 孙毓棠：《中国近代工业史资料》第一辑，下册，第 625 页。

相关,同时也离不开其所处的理想区位。

作为城市,唐山最初是由滦州桥头社一个名叫乔家屯的小村落发展来的。据徐润在光绪二十一年春(1895 年)《在建平金矿寄故乡父老信》中所记:"是矿(开平煤矿)初设地名乔家屯,合村烟户只十八家"[①],可谓一冷落小村庄,单就这一村庄而言,在经济、政治、军事上皆无任何重要性可言。但其所属冀东一带,则为古幽燕之地,北扼长城,东通关外,处于联系北疆及东北的枢纽地位,故历来为兵家必争之地。隋、唐两代多次东征高丽,都曾经过此地,可见它在地理位置上的重要性,是中原通往东北的孔道。但由于当时首都设在长安,这里在军事上的重要性并不明显,尤其在和平时期更是如此。直到元、明、清三代王朝都定都北京后,这里成为畿辅重地,军事上的重要性日益突显,此处"布置稍疏,则天津山海关两处均难联络一气"[②]。可见其在联系东北、屏蔽京师的地位,故各朝统治者都十分重视这里的防卫与建设。

明王朝建立后,为了恢复凋敝不堪的社会经济,先后颁布了一系列奖励垦荒的政策,并大规模地开展军屯、民屯和农田水利建设。为了首善之区的防卫,明永乐元年(1403 年),卫所内迁,移边外开平中屯卫(旧在口北大宁沙岭,后调真定府)于滦州之石城废县,"诏流民复业,迁南民来屯,特免北平差税三年"[③],明成化时筑城,周四里[④]。随着开平城的建筑,人口逐渐增多,商业渐趋繁荣,逐渐发展为区域性的乡村集镇,但它仍然是以军屯戍守之地受到瞩目,其经济意义则微不足道,正如葢特生在《开平煤产纪略》中所说:"开平是个小地

---

① 徐润:《徐愚斋自叙年谱》,第 76 页。

② [清]朱寿朋编,张静庐等校点:《光绪朝东华录》(一),中华书局 1984 年 9 月版,第 118 页。

③ 袁棻、张凤翔纂修:《滦县志》卷十六《故事·纪事》,第 11 页。

④ 田易等纂,唐执玉、李卫等监修:《畿辅通志》卷四十《关津》,文渊阁四库全书,史部 262,地理类,总 504 册,台湾商务印书馆 1986 年景印,第 894 页。

方,除了集日以外,没有任何重要性。”①

虽然这一地区在开平煤田开发之前在经济上并不占有重要地位,但由于毗邻华北两大重要城市北京和天津,又与北方最大的常年深水不冻港——秦皇岛港距离较近,且处在中原联系东北的枢纽地位,这样得天独厚的地理位置,是其他地区难以望其项背的。

北京是随着北方民族的大发展而发展成为国家的都城的,但由于唐代后期中国经济重心开始南移,北方相对来讲经济比较贫乏,所以长期以来北京主要是政治、文化中心而非经济中心。从历史上来看,北京也一直是个消费型城市而非生产型城市,它的经济需要,除靠河、漕、海运外,主要就得靠周围城市的补给和辅助。北京作为首善之区,自然是重点建设的对象,所以围绕着京城有通往全国各地的四通八达的水陆运输网,唐山与北京毗邻,自然也可以享受到这些便利,其工业产品可以通过北京运往全国各个地区。北京既然是都城之所在,就必然设置有庞大的官僚机构管理京师及全国日常事务,有着众多的官员及其亲属在这里居住,同时还驻扎有警察和军队来负责京城的防卫,另外首都也是人口稠密的地区之一,这众多人口的消费就必然促进城市商业的发展和繁荣。所以对于唐山来说,北京既是一个巨大的消费市场,又是商品的集散地和中转站,这里便捷的交通条件,对工业产品销售网络的拓展无疑会起很大的促进作用。

相对于北京来说,天津城市的出现要晚得多。三国时,曹操开凿运河,沟通了海河水系;隋朝时,隋炀帝又修通了整个大运河,天津地区的水上枢纽形势才日渐突显。隋唐以后,随着漕运和盐业的早期开发,海河岸边人口逐渐增多,到金时始形成聚落,天津城市就由这里一个小聚落逐渐成长起来。经过元、明两代的继续发展,到清朝时天津仍然是南北漕运的重要枢纽,也是长芦盐和辽东粮食的集散地,同时又是南北商品贸易的重要中心,说明这时的天津已成为华北一

① 孙毓棠:《中国近代工业史资料》第一辑,下册,第614页。

个重要的商业城市了,但它也只是作为一个重要的货运码头而显示出其在华北的地位。直到第二次鸦片战争后,天津被开辟为商埠,以此为契机,天津"由内贸城市变为进出口贸易枢纽"①,随着城市性质的转变,其地位也相应发生重大转折,"由为漕运服务的运河码头转变为海运港口和以华北腹地为市场的通商口岸城市"②。随着天津的开放,北洋派的经济、政治活动也逐渐转移到这里,天津成为北洋权舆之地。时任直隶总督兼北洋大臣的李鸿章,是当时清政府中较开明的官僚,当然他也希望在自己所管辖的区域通过增强经济实力来扩充自己的政治资本,故从19世纪60至70年代,近代军事、民用工业在李鸿章等洋务派官僚的努力下相继在天津创办起来。天津机器局、大沽船坞皆是这一时期经营规模较大、较有成效的近代化企业,开平煤矿更是在其一手扶植下创办的。天津机器局经李鸿章五次扩充成为当时仅次于江南制造局的军事工厂,大沽船坞实力也比较强,虽然在义和团运动中被毁,但其造就了北方第一代产业工人,其技术工人对唐山工业发展起了很大作用。另外天津开埠后,许多军阀、官僚、政客、富商纷纷在这里购地建房,再加上得风气之先,天津由此成为北方重要的工商业中心,同时也是一个巨大的消费市场,冀东、东北地区丰富的物产都通过这个商埠源源不断地输往全国各地,甚至运往海外。唐山地区作为天津的重要腹地,货物可以通过天津这个水运码头转输,同时唐山兴办近代工业也可以在技术、设备、资金、人才等方面得到天津的大力资助,而唐山后来也正是作为天津的辅助工业基地而发展起来的。

唐山还处在中原联系东北的枢纽地带,与北方常年深水不冻

---

① 陈克:《近代天津商业腹地的变迁》,载天津社会科学院历史研究所、天津城市科学研究会合编:《城市史研究》第二辑,天津教育出版社1990年1月版,第88页。

② 刘海岩:《近代华北交通的演变与区域城市重构(1860—1937)》,载天津社会科学院历史研究所、天津城市科学研究会合编:《城市史研究》第21辑,天津社会科学院出版社2002年3月版,第29页。

港——秦皇岛港口相距较近，这样的地理位置也为其发展工业提供了良好的条件。中国东北地区向来土地肥沃，物产丰饶，是中国北方重要的农、林、牧产品的主要产区，唐山处在平、津与关外的要冲位置，东北的粮食、蔬菜、大豆、皮毛、木材等农、林、牧产品可以源源不断地运到这里来，这就为工业的发展提供了必要的商品粮和工业原料。秦皇岛虽是近代开辟的贸易港口，早在古代这里的海运已有所发展，但"直到清同治以前，岛上还是荒凉一片，只有少量帆船停泊，栈房三两个，代卸粮盐，并无一般住户"①。它虽然开发较晚，但毕竟有通航历史且在近代以前一直发挥着功能，唐山靠近这一地区，也可为产品的运输提供诸多的便利。

综上所述，唐山在开平煤田开发之前，与周边小镇开平、古冶、稻地、榛子镇相比显得十分不起眼。当时的开平为滦县四大镇之首，"西达天津，北通口外，商贾辐辏，财物丰盈，五、十日大集，二、七日小集"，榛子镇也是"畿东巨镇，三省通衢，东西门三重，市肆民居环列四五里，一、六日大集，四、九日小集"，而古冶、稻地也逢二、七日，三、八日皆有集市②。唐山何以能先这些小镇而发展成为近代华北仅次于天津的工业城市，主要就是基于其优越的自然地理环境和本身的地理区位优势，再加上"乔家屯地方数处所产之煤，比别矿更高，满地皆是，非煤即铁，气脉甚旺，虽二三百年采之不竭"③。由此可见，唐山的近代化启动于19世纪60年代以后，而它的启动是由于它具备了原料、市场、交通等诸多优势。正由于它具备了工业发展的原材料，以及运输便捷，又有天津、北京，乃至关外的稠密人口所提供的广大市场，所以以李鸿章为首的北洋派在开发煤炭资源，创办近代工业时自然地选择了乔家屯作为其投资兴办矿业、工业的基地，并因

① 王玲：《北京与周围城市关系史》，燕山出版社1988年11月版，第237页。
② [清]吴士鸿修，孙学恒纂：《滦州志》卷二《建置·市集》，第12—13页。
③ 孙毓棠：《中国近代工业史资料》第一辑，下册，第637页。

为工业的发展才使乔家屯这个小村落得以以此为契机迅速地发展起来。

第三节 唐山近代工业化启动的社会背景

唐山早期近代工业化的启动肇始于开平煤矿的创办，作为中国近代第一个大型机械化开采的煤矿，它的兴办固然与其境内蕴藏丰富的矿产资源及所处地理区位有关，但同时也离不开当时有利的社会环境。

一、采矿业发展的历史状况

中国采矿业有着悠久的历史，古代典籍史册记载比比皆是，只是没有关于矿务的专书留传，故开矿之事不知创自何人始自何时。《周礼》地官丱人即掌管矿务一事，"丱人，掌金玉锡石之地而为之厉禁以守之，若以时取之则物其地图而授之（物地，占其形色，知咸淡也。授之，教取者之处），巡其禁令（行其禁，明其令）"①。"丱人"即相当于后来的矿师，可见早在周朝时就有专人负责开矿事宜，能识别矿产之所在，根据土色石质定其层次成色，对所开矿山定有明细规条。"汉书地理志州郡有铜官、铁官者凡数十处。"②唐、宋时期，中国的采矿业一直持续发展，北宋汴都已是"数百万家，尽仰石炭，无一家燃薪者"③。元、明时，采矿业更形发展，"明万历二十四年开矿遍天下，命中官为矿使，编富民为矿头"④，煤的应用已十分广泛。但由

① 《周礼》卷三《地官司徒上》，《十三经》第一册，上海书店出版社 1997 年 8 月版，第 398 页。

② 中国史学会主编：《洋务运动》（一），第 385 页。

③ ［宋］庄绰：《鸡肋编》卷中，中华书局 1983 年 3 月版，第 77 页。

④ 王先谦：《条陈洋务事宜疏》，载［清］朱寿朋编，张静庐等校点：《光绪朝东华录》（一），第 129—130 页。

于当权者政策失误,用人不当,以致矿监、税使往往借开矿之名行搜刮、勒索之实,"良田美宅指为矿脉,征榷之使,急如星火,搜刮之令,密如牛毛"①,国家人民交受其困,流毒达二十余年,最终激起民愤酿成大乱,乃下令封禁全国诸矿,开矿业遂被宣为禁令。清王朝有鉴于明之弊政,再加上惑于风水之说,对开矿也没有统一的政策颁行,时开时禁,即使间或有开采者也听民自采,官不与闻,"其初尽力阻挠,而官不问;及稍得利,群起而争为之,互相侵夺,官亦不问","故凡矿户自治其私,亦皆习而安之;一闻有集股开办。万目睽睽,必不能容,悉力倾之而后已;以保全山脉为言,亦律法所必禁也。士绅既假律法以相难,在工执役者又相与乘势侵冒,耗散滋多。一经委员主办,视为公家私利,恣意侵蚀,益无所惜"②。所以直到开平煤矿创办前,虽然中国一些地区的手工业和家庭炊爨取暖以煤为燃料已有近两千年的历史,但中国的采矿业始终处于停滞、落后状态,仍然沿用最为原始的手工采掘方法:用轱辘提升,牛皮袋或柳条戽水,手镐刨煤,人挑肩背。这种方法主要依靠人力,使用原始简陋的生产工具,从事着极为繁重的手工劳动,故地下宝藏虽然丰富,无奈生产方法和设备落后,却不能充分利用。

二、近代求富致强思想舆论的影响

在跨入近代以前,中国是一个领土完整、主权独立的封建国家。道光二十年(1840年)鸦片战争的隆隆炮声,西方列强用大炮轰开了中国的大门,在条约制度的特权保护下,"它的商品的低廉价格,是它用来摧毁一切万里长城、征服野蛮人最顽强的仇外心理的重

① 王先谦:《条陈洋务事宜疏》,载[清]朱寿朋编,张静庐等校点:《光绪朝东华录》(一),第130页。

② 中国史学会主编:《洋务运动》(一),第321页。

炮。”[1]随着外国廉价商品纷至沓来，中国传统的自然经济结构开始瓦解，中国社会开始一步步地向半殖民地半封建社会的苦难深渊迈进。近世中国逐渐沉沦的历程也是中国逐步走向近代化的过程。面对西方列强政治、经济、军事、文化的全面侵略，中国社会一些有识之士开始觉醒，为探寻救国救民、国富民强的真理而不断努力，并相继提出了自己的社会改革主张，企图救中国于水火之中。

鸦片战争的隆隆炮声首先使地主阶级中的一些开明之士开始觉醒，林则徐便是近代中国开眼看世界的第一人，继林则徐之后的魏源，其思想对中国思想界的影响也很大，故后人给予了他很高的评价，把他在19世纪早期思想界的影响比作更早时期顾炎武或戴震对思想界的影响。“在魏源身上看到他是集十九世纪初一切主要思潮于一身的人，他这个人不仅是一位经世致用论作者和今文学的拥护者，而且也是他当时社会所面临的变化的一面镜子。”[2]面对鸦片战争后中国社会的剧烈变化，魏源在总结林则徐思想的基础上进一步提出了“师夷长技以制夷”的主张，同时他也是近代中国最先提出开矿主张的先进人物之一。他极力宣传开矿的好处，举实例驳斥了地主阶级顽固派所持的开矿“聚众难散”、“税课滋弊”等等谬说，指出：“有矿之地，不惟利足以实边储，且力足捍外侮，何反畏其生内患？”他还强调了在当时开矿的必要性，“矿课开采之事，可不行于雍正，断不可不行于今日”[3]。19世纪50年代末60年代初，继魏源之后，农民阶级的领导人洪仁玕也提出了开采矿产的主张。洪仁玕在《资政新篇》中，建议“兴宝藏”，凡测出金、银、煤、铁、锡各矿者，有民采出者准其禀报，并招募工匠探取，所获利润，“总领获十之二，国库获

---

① 马克思和恩格斯：《共产党宣言》，《马克思恩格斯选集》第一卷，人民出版社1972年5月版，第255页。

② ［美］费正清编，中国社会科学院历史研究所编译室译：《剑桥中国晚清史》（1800—1911年）上卷，中国社会科学出版社1985年2月版，第158页。

③ 魏源：《军储篇》（二），《魏源集》下册，中华书局1976年3月版，第474、479页。

十之二,采者获十之六"[①]。地主阶级改革派的后期代表人物冯桂芬在《校邠庐抗议》一书中,要求"采西学"、"制洋器",同样也盛赞开矿实乃藏富之道,他说:"开矿一事,或疑矿税病民,矿徒扰民,且疑风水。不知风水渺茫之说,非经国者所宜言。开矿非利其税,即经费之外全以与民,不失为藏富之道。矿徒非贼比,在驾驭得人而已。诸夷以开矿为常政,不闻滋事。且夷书有云'中国地多遗利',设我不开,而彼开之,坐视其捆载而去,将若之何?"[②]魏源、洪仁玕、冯桂芬等人的主张,在当时皆具有一定的影响,他们的思想为后来早期维新派进一步发挥,对近代中国新式矿业的诞生无疑产生了一定的作用。

在这一时期,早期维新派的代表人物王韬、马建忠、薛福成、郑观应等人目睹时艰,对清政府的腐朽无能感到不满,对中国如何能致富致强也纷纷提出了自己的见解,这些在他们的著作中都有体现。王韬在《理财》篇中提出了兴利的主张,并且把用西法开采煤铁五金等矿藏,用机器纺织耕播以及发展轮船货运、铸造金银铜币等列为"兴利"的具体内容。在其《兴利》一文中,列举了兴利的各个方面,包括"广贸易"、"开煤矿"、"兴铁路"、"兴织纴"、"造轮船"、"兴筑轮车铁路"等[③]。薛福成在《西洋诸国导民生财说》中,指出中国贫弱的原因在于百工不兴,"若中国之矿务、商务、工务,无一振兴,坐视民之困穷而不为之所,虽人不满,奚能不贫也"[④]。他们的经济思想反映了当时人们要求发展资本主义工商业的强烈愿望,对后来近代新式矿业的产生不失为一剂催生的良药。

学习西方的科学技术,在地位相对较低、往往充当高级官员的幕

---

① 中国史学会主编:《太平天国》(二),上海人民出版社、上海书店出版社 2000 年 6 月版,第 534 页。

② 冯桂芬著,戴扬本评注:《校邠庐抗议》下篇,中州古籍出版社 1998 年 9 月版,第 148—149 页。

③ 赵靖、易梦虹:《中国近代经济思想史》下册,中华书局 1980 年 6 月版,第 270 页。

④ 赵靖、易梦虹:《中国近代经济思想史》下册,第 286 页。

僚的人士中间得到了广泛讨论，在统治者中间也日益引起了重视。19 世纪 60 年代，经过第二次鸦片战争及太平天国农民起义和捻军起义的沉重打击，清政府中的某些高级官员在同外国打交道的过程中开始认识到外国的“坚船利炮”，倡导引进西方的科学技术。从咸丰十一年(1861 年)开始，“自强”一词在奏折、谕旨和士大夫的文章中经常出现。这表现出人们认识到需要一种新的政策，以应付中国在世界上的地位所发生的史无前例的变化。为达此目的，一些社会贤达之士就提出了许许多多方案，虽然“并非每个建议都是付诸实施的，也不是所有建议都是成功地得到贯彻的”①，但是在自强思想的指导下，从 19 世纪 60 年代开始，掀起了为时 30 年之久的洋务运动。洋务运动涉及的范围相当广泛，包括政治、经济、军事、文化、外交等方方面面，在经济方面的成就最初表现在一批近代军事工业的创办。但军事工业的兴起如果没有民用工业相匹配，没有稳固的社会经济作基础，如果能源缺乏、资金短缺，它的发展便困难重重。军事工业创办后需要大量的煤、铁等作材料或燃料，但“中国产煤铁少，则轮船所用必取给外洋”②，如天津“自设火药局以来，需用煤铁，为款甚巨，皆从海外购来”③。洋煤的入口“1867 年为 11.3 万余吨，1869 年增为 12.6 万吨，1872 年更增加到 13.4 万余吨，1878 年达到 20.3 万余吨”④，而外国洋行则往往以此挟制，故意囤积居奇抬高售价，洋务派在同外国洋行打交道的过程中屡屡受气，逐步认识到自采

---

① ［美］费正清编，中国社会科学院历史研究所编译室译：《剑桥中国晚清史》(1800—1911 年)上卷，第 531 页。

② 王先谦：《条陈洋务事宜疏》，见葛士濬辑：《皇朝经世文续编》(五)，载沈云龙主编：《中国近代史料丛刊》第七十五辑，总 741，台湾文海出版社 1972 年 11 月版，第 2646 页。

③ 《中西闻见录》1874 年 3 月，转引自徐永志：《开埠通商与津冀社会变迁》，中央民族大学出版社 2000 年 8 月版，第 66 页。

④ 杨端六、侯厚培等：《六十五年来中国国际贸易统计》，“中研院”社会调查所 1931 年，第 45 页。

煤铁矿的重要性和紧迫性,“各厂添办船械,煤铁需用尤多,专恃购自外洋,殊不足备缓急”①。早在同治七年(1868 年),曾国藩“初回江南,有试采煤窑之议,而未果行”②。在同治十一年(1872 年)李鸿章也向清政府提出了开采煤矿的必要性,指出:“设有闭关绝市之时,不但各铁厂废工坐困,即已成轮船,无煤则寸步不行,可忧孰甚。”③可见近代军事工业能否正常运转,煤的供应至为关键,与其受人牵制,不如变被动为主动,自开煤矿,但这时的清政府鉴于明代弊政,再加上顽固势力的阻挠,对于采用西法开采矿产仍然疑虑重重。

三、解决财政危机的迫切需要

19 世纪 70 年代至 90 年代,世界资本主义已开始向垄断资本主义过渡,其国内投资已经饱和,为寻找新的投资场所和掠夺原料、抢占市场,列强开始了在远东的激烈角逐。美、日侵略中国台湾,英、法侵入中国西南,沙俄则把魔爪伸向中国西北边疆,中国边疆地区普遍出现了危机,为此清政府内部开展了一场关于海防、塞防的大争论。在这场争论中,筹饷是他们讨论的重点问题之一,他们已经意识到“求强”没有经济基础是不行的,“必先富而后能强,尤必富在民生,而国本乃可益固”④。这时的清政府由于连年内外战争,巨额的战后赔款及军费支出的浩繁,已使财政入不敷出,所办军事工业就屡患经费不足,当时只有“借用外国开挖之器,兴中国永远之利”⑤一途,只

---

① 中国史学会主编:《洋务运动》(一),第 216 页。

② 《李鸿章全集·奏稿》卷十九,同治十一年(1872 年)五月十五日《筹议制造轮船未可裁撤折》,第二册,海南出版社 1997 年 9 月版,第 679 页。

③ 《李鸿章全集·奏稿》卷十九,同治十一年(1872 年)五月十五日《筹议制造轮船未可裁撤折》,第二册,第 678 页。

④ 《李鸿章全集·奏稿》卷四十三,光绪八年(1882 年)三月初六日《试办织布局折》,第三册,第 1339 页。

⑤ 孙毓棠:《中国近代工业史资料》第一辑,上册,第 209 页。

有这样矛盾才会迎刃而解。因此在这场争论中,各督抚及其他高级官员大多赞同开发矿产,他们认为:"中华有矿之地,半皆民间产业……前明万历年间,矿使流毒天下若彼……若当时特派廉明大员,早有今日西洋机器,以之兴办,则明季之富可立而待,何至远东有警,户部只存银八万两而束手待毙哉? ……我朝二百余年不敢轻言矿务,乾嘉以后上下莫不患贫,道光一朝勉强支持已有难以敷衍之势,至于咸丰年而力绌矣,开捐抽厘、纳粟补官,诸弊益甚,不可究诘。……乃今大局尚可支持,若仍不变通以择地开矿而采之,则理财之法已穷,国家大用将安出也?"[①]薛福成在《矿屯议》一文中对中国贫弱的原因及解决办法也进行了论述:"通商以来仅三十年,而外国日富,中国日贫,复数十年,则益不可支矣,是可不筹所以振之哉。且中国矿产之饶,甲于地球诸国,苟善取而善用之,固大可为之资也。"[②]惇亲王等也上奏,指出:"中国以开矿为虐政,例有专条,非惟民间不愿,即自奉旨以来,官工官采亦从无实济;纵有废弃山岙,无人耕种之处,亦虑其一起是议,必致滋生事端。查前明之流毒,实由税使以公事为名,以私肥为实。故通达事体者不必以明之开矿为戒,而宜以明之用阉人为戒。我朝以矿务为戒,亦以乾隆年间国富民足,本不需此。今中国患贫日甚一日,抽厘津贴诸弊,欲罢不能。夫卝人之法始自周官,山泽之利古人所重,设使将来取民之法已穷,而尚以地力为不可尽,以矿务为必致乱,以风水为不可破,不妥筹善法以兴地利,则国家之大用,将安所出?"[③]李鸿章这时也对开矿进一步阐发了自己的主张,指出:"惟中国积弱由于患贫,西洋方千里数百里之国,岁入财赋

---

① 张培仁:《论开矿之益》,《静娱亭笔记》卷一,第 37 页,载中国史学会主编:《洋务运动》(一),第 473 页。

② 薛福成:《矿屯议》,见盛康辑:《皇朝经世文编续编》卷五十七《户政·开矿》,载沈云龙主编:《中国近代史料丛刊》第七十五辑,总 840,台湾文海出版社 1972 年 11 月版,第 6525 页。

③ 中国史学会主编:《洋务运动》(一),第 216 页。

动以数万万计，无非取资于煤铁五金之矿、铁路电报信局丁口等税，酌度时势，若不早图变计，择其至要者逐渐仿行，以贫交富以弱敌强，未有不终受其敝者。”可见“居今日而策富强，开矿诚为急务矣”①。逐利的动机促使新式矿业诞生。

到了19世纪70年代，关于开矿的言论也屡屡见之于报端。这些言论大多督促政府速开煤铁矿，深为中国不能自开煤矿，徒为外人增利而可惜，“夫中国昔日之煤仅用之以代炭薪，故有之不足为重无之不足为轻，是在可有可无之列，自不必劳心经划也。至通商以后，用兵之时仿照西法设立机器制造局制造枪炮，旋又购用火轮船以运军需。肃清之后，又行仿照轮船以供巡海捕盗之用，复设招商局购用西国轮船以为载客运营之资，其用煤之事日甚一日，早宜开挖煤矿以应用矣。乃复迁延日久，日向西人出重价购买各煤以供各项之用，使中国之银又是流出于外洋，岂不可惜”②。今则铅、铁、煤“凡此数物每岁价银流出于外洋者亦实难以数计，夫目下所用诸物皆系购自外洋，而此诸物又非中国所必无者，特令藏之地中皆不肯开取而用之，徒使中国之金银日流出于外洋而不之惜”，“矿务之兴，上益于国下益于民且中益于各官也”③，这些言论自然不会不对清政府及其官员造成一定的影响。

四、外国资本主义侵略的刺激

西方列强对中国丰富的矿产早已垂涎已久，自开埠通商以来就不断到中国各地去探测矿藏。19世纪60年代，西方国家的轮运航线已经从中国的沿海口岸骎骎乎伸向长江内河，这些轮船需要消耗大量煤炭。美国驻华公使蒲安臣在1864年曾指出：“中国沿海的

① 中国史学会主编：《洋务运动》(一)，第536页。

② 《申报》，光绪元年五月十三日(1875年6月16日)，第549页。

③ 《申报》，光绪二年七月十八日(1876年9月5日)，第225页。

[外国]轮船每年消耗煤炭达四十万吨,费款四百万两。"①有鉴于此,19 世纪 60 年代中期,外国人日渐向清政府提出了开采中国矿产的要求。对此,当时的封建政府给予了回绝。如同治五年(1866 年)五月,英国驻华公使阿利国谒见福建督抚,要求开采澎湖地方东北五十里之地的煤炭,"督抚饬属拟议。台湾府叶宗元以海岛民风强悍,种种不便。平潭同知郑元求等复称,英阿公使所指产煤之处,系澎湖厅署东北土名青螺乡之虎头山。经绅耆禀称,该山为全澎发源龙脉,风水所关,前乡民盗挖,曾禀经示禁在案"②。英公使的要求虽然被拒,但清政府官员的思想已开始动摇,同治六年(1867 年)总理衙门的一封奏折即体现了清政府惧怕洋人,对开矿、筑路等新式事业疑虑重重、前怕狼后怕虎的心理。同治六年(1867 年)九月十五日,总理各国事务衙门恭亲王等奏:"比来各国骎骎乎于条约外多方要索,臣衙门但可据理辩驳,无论如何哓渎,总不轻易允许。即如请觐、遣使、铜线、铁路,以及内地设行栈、内河驶轮船,并贩盐、挖煤、各省传教,而横生枝节等事,皆其处心积虑,志在必遂者。平日屡次饶舌,均经坚持定议,再四折辩,未肯稍涉依违。惟转瞬修约届期,臣等私衷揣度,彼必互相要约,群起交争。甚至各带兵船,希冀协制,务满所欲。若不允准,无难立启衅端。"③总理衙门就此问题征询于各省将军督抚,要求妥筹善法,"上年湖广大军山有洋商在彼开石寻煤,经本衙门照会英公使饬令禁止。又福建税务司美理登欲租台湾鸡笼山开采煤石,亦经彼处绅民禀请严禁。两事虽已照辩论内地行栈轮船之言斥驳,而利在必争,根株依然未断。来年换约,定为首先饶舌之一端。

---

① 《美国外交文件》(*Papers Relating to Foreign Relations of the United States*),1864 年,第 362 页,转引自张国辉:《洋务运动与中国近代企业》,中国社会科学出版社 1979 年 12 月版,第 181 页。

② 孙毓棠:《中国近代工业史资料》第一辑,上册,第 207 页。

③ 孙毓棠:《中国近代工业史资料》第一辑,上册,第 207 页。

如何制令不行,亦希公商"[1]。对此当时的两江总督曾国藩、湖广总督李鸿章、船政大臣沈葆桢皆认为"借外国开挖之器,兴中国永远之利,似尚可以试办","官为设厂","由官督令试办,以裕军需而收利权"[2]。从中我们可以看出,清朝的封疆大吏们对于用西法开采煤矿,其态度由坚拒到犹豫不决,直到主张自开矿源以杜外人觊觎,这种思想的发展最终促成了新式矿业的产生。

"开平乃是西方势力在中国所引起的两种特殊感应的共同产物:即传统的由学者而官吏(学而优则仕)的感应和通商港口的商人或买办的感应。"[3]对于西方势力的入侵、国势的衰微,一些开明的、有权势的官僚采取了相应的对策,在中国掀起了以"求强"、"求富"相号召的洋务运动,如果不考虑他们的阶级立场,站在经济近代化的角度,他们确实做了许多前人所未做的事,开创了经济领域的新局面。与此相对应,在中国对西方侵略迅速作出反应的还有在中国通商口岸从事对外贸易的商人。鸦片战争后,随着外国势力的入侵,外国商品纷至沓来,但外国商人也很快意识到,虽然有不平等条约的保护,但他们要直接与中国内地商人做生意仍然很困难。由于语言不通,不熟悉当地风俗和商业习惯,为了扩大洋货市场和进行土产收购,他们只能依靠华商居间办理,顺应时势,中国社会出现了买办阶级。他们出于商业的本能反应,通过代理外商进出口业务,很快暴富,成为中国社会最有钱的人,由代理外商生意到自办企业,中国社会有了一定的资金积聚,这为开平煤矿的创办提供了可供利用的充足的资金和人才。

正是思想舆论的影响、外国侵略的刺激、国内工业发展的内在需要以及清政府迫切需要解决所面临的经济危机等诸种条件的合力作

---

① 孙毓棠:《中国近代工业史资料》第一辑,上册,第208页。

② 孙毓棠:《中国近代工业史资料》第一辑,上册,第208—209页。

③ 卡尔逊著,南开大学经济研究所译:《开平煤矿》第一章,第1页。(未刊稿)

用,最终促成了新式矿业的产生。同治十三年(1874 年),李鸿章、沈葆桢筹议海防,向清政府提出“开采煤铁,以济军需”①。次年即光绪元年(1875 年)四月二十六日,上谕“着照李鸿章、沈葆桢所请,先在磁州、台湾试办”②。中国近代煤矿工业的诞生已是势所必然。

① 孙毓棠:《中国近代工业史资料》第一辑,下册,第 567 页。

② 孙毓棠:《中国近代工业史资料》第一辑,上册,第 382 页。

第二章 开平煤矿的创办与唐山城镇格局的形成

第一节 开平煤矿的筹建与发展

一、开平煤矿的筹建

开平煤矿是洋务运动结出的硕果。在李鸿章等洋务派官僚的大力推动下，清政府于光绪元年(1875 年)四月二十六日发布上谕："开采煤铁事宜，着照李鸿章、沈葆桢所请，先在磁州、台湾试办，派员妥为经理。即有需用外国人之处，亦当权自我操，勿任彼族搀越。"[①]李鸿章、沈葆桢在得到清政府的允准后，分别派人在直隶磁州、台湾基隆进行查勘。基隆煤矿的钻探工作开始于光绪二年(1876 年)，到光绪四年(1878 年)正式投入生产，进展比较顺利，后来也一度成为中国近代经营比较有成效的矿厂之一，但在中法战争中煤矿遭到破坏，战后虽经设法恢复，却收效甚微。与基隆煤矿的迅速投产相反，磁州煤矿却因"矿产不旺，去河太远"[②]，官民冲突，再加上"运道艰远"，

① 孙毓棠：《中国近代工业史资料》第一辑，下册，第 568 页。

② 《李鸿章全集·朋僚函稿》卷十六，光绪二年(1876 年)八月二十六日《复丁稚璜宫保》，第五册，第 2696 页。

李鸿章与购办机器的蓭特生又在订购机器的价格上“意见龃龉”[1]等原因的影响,最终不得不放弃。自采煤铁矿以备军械、船舶使用已成当务之急,而李鸿章又是最积极倡导开采煤铁矿者之一,所以在准备放弃磁州的同时,李鸿章也在物色新的投资目标。他听说直隶滦州煤藏丰富,便派招商局总办唐廷枢前往勘察,而开平煤矿的勘察和开采就是唐廷枢等经过实地调查后所做出的决定。

唐廷枢在总办轮船招商局的过程中,由于精明能干颇得李鸿章赏识。唐廷枢作为一个地地道道的商人,他看重的是其投资能否得到最大的回报,一切的出发点均围绕能否获得经济效益来进行。他认为:“天下各矿盛衰,先问煤铁石质之高低,次审出数之多寡,三审工料是否利便,四计转运是否艰辛。有一不全,均费筹划。”[2]开发矿产,如果矿源不理想,一切均无从谈起,在中国近代因为盲目开发而投资效益不理想甚至成为累赘的事例比比皆是,而唐廷枢在这方面却表现得老练许多。为了较有把握地开发开平地区的矿产资源,唐廷枢带领矿师马立师(morris)对开平周围方圆几十里的地方进行了勘察,并就当地煤铁储量、时人采掘状况、中西方不同的采煤方法、是否可以获利、如何才能更好地取得效益等向李鸿章作了详细汇报。唐廷枢经过勘察,对开平一带煤藏、铁矿储量十分满意,“由山根而至山脚,尽是煤井。查该处煤井乃明代开起,遍地皆有旧址”,“现在所开之井,均同一格。有无别格,土人不得而知”。唐廷枢本人曾“历查各国煤山,从未有一处只得一格之煤者。既据西人马立师禀称,已开采之一格,尚有煤六百万吨,则将来探有别格,其数更巨矣”[3]。此地不仅煤藏丰厚,而且还蕴藏着丰富的铁矿资源,“查风山铁石乃随山根而生,连绵四五十里,或隐或显,或两行,或一行,宽约

---

① 孙毓棠:《中国近代工业史资料》第一辑,下册,第570—572页。

② 孙毓棠:《中国近代工业史资料》第一辑,下册,第624页。

③ 孙毓棠:《中国近代工业史资料》第一辑,下册,第617—618页。

四五丈，深则不知几许，所谓取之无穷，用之不竭。铁根之傍另生灰石。铁根之下亦有煤块。可谓天造地设，以为人生利用”①。地下虽然蕴藏着无尽的宝藏，但由于生产方式落后，设备简陋，从来未曾充分利用过。土人采煤“无论煤之高低厚薄，见煤即锄，由面至底。每进三四尺，用木椿撑持，以防土陷。锄至有水之处，又须戽水，不知锄愈深，水愈涌，非止路远，而且泥泞，遂至锄煤戽水均有不堪之苦，势必弃之。或有采至中途忽遇煤层侧闪，无从跟寻，因而弃之。或有撑持不坚，致土倾陷。或因路不通风，点灯不着。或因工人不慎于火，以致失虞。种种艰难，无非不得其法。且采之愈艰，成本愈贵。现在开平煤块每百斤山价银一钱五六分，煤屑每百斤银一钱左右，无怪土人之开煤者缺本多而获利少矣，缘每名工人每日至多采煤四五百斤而已”，“至于铁石则从未闻焉。其浮于路傍者，亦不识为何物。即明知是铁矿，亦无良法熔化”。而采用西法则效果完全不同，不仅可避免土法开采的诸种弊端而且采掘量大，“每日每人可采煤四吨半。每井每日出煤三百吨至六百吨。无怪英国山价每吨售银一两已有大利矣”②。鉴于以上考察，唐廷枢认为：“非仿照西法购用机器，恐难化算。”③具体到开发以后能否取得效益，唐廷枢对此地煤矿开发前景也进行了预测。对于开平煤的价值，唐廷枢进行了具体分析，开平煤由于“身骨轻松，火慢而灰多，故来津轮船不肯买用。英国煤，上海时价每吨八两，新南煤七两，东洋煤六两，台湾四两五钱至五两。大抵开平煤块只能按照台煤之价而已。现在开平山价煤块每百斤银一钱六分，合每吨二两七钱。”以后开采无非有三种情况，一是仍沿旧法即继续用土法开采并用原始的运输方式，由开平牛车运至芦台，由芦台再用小船运至天津，用费加税银共六两四钱，较之于当时天津

---

① 孙毓棠：《中国近代工业史资料》第一辑，下册，第619页。

② 孙毓棠：《中国近代工业史资料》第一辑，下册，第618—619页。

③ 孙毓棠：《中国近代工业史资料》第一辑，下册，第619页。

市场上日本煤每吨六两仍高,“无怪轮船不肯买用”。二是用西法开采,但仍运用原始运载工具,较之第一种“可省山价一两七钱”,但“每吨亦需四两七钱。此等价值只可在天津售与民用。若运上海以拒洋煤,须加水脚银一两有零,上落栈租半税六钱,合计每吨六两有多,断难出售。就使将煤仿照台煤新章,每吨抽税一钱,亦合到上海每吨五两五钱左右,恐亦难以畅行。况仿照西法采煤,每天应运五六千担,须雇大车三百乘方足敷用,不独无此多车,且车价腾贵,更难化算。是现在运法则成本五两五钱,犹恐有多无少”。第三种情况是用西法开采的同时,改善运输条件,运用近代化的交通工具,则“只需成本银四两,不独可拒洋煤,尚属有利五钱。如每年采煤十五万吨,便可获利银七万五千两”。所以“欲使开平之煤大行,以夺洋煤之利,及体恤职局轮船,多得回头载脚十余万两,苟非由铁路运煤,诚恐终难振作也”①。当时,由上海运往天津的货物很多,货运十分繁忙,但返回上海时则往往无货可载,只好放空回驶,唐廷枢当时任轮船招商局总办,专门负责轮船揽载业务,正为这事费脑伤神,如果用西法开采开平煤矿,不仅有钱可赚,同时也为轮船招商局开辟了一条新的获利途径,可谓一举两得,充分显示了唐廷枢的经商才能和远见卓识。

对于开采当地铁矿资源以及开发远景,唐廷枢也就此算了一笔细账。“中国所用生铁有限,即如各省制造局,及城乡铁匠,莫不需用熟铁。”②开平一带,煤、铁、石灰石三者荟萃于一方,冶炼十分方便,“查熔铁百斤,需石灰七十斤,计银七分;煤块三百斤,计银三钱;挑石二百斤,工力钱一钱;共熔生铁百斤,需银四钱七分,计每吨约银八两”。与“英国每吨山价银十两至十二两”相比仍然有利可图,“由生铁而化熟铁,每百斤加煤耗五钱有零,成本银一两左右。现在中国

① 孙毓棠:《中国近代工业史资料》第一辑,下册,第620页。

② 孙毓棠:《中国近代工业史资料》第一辑,下册,第621页。

时价每百斤银二两二钱”[1],还是有钱可赚的。“如购熔生铁炉二副,每副每月可出生铁六百吨。熟铁炉廿副,每月可化熟铁一百万斤。总共约需银二十万两。水脚保险均在其内。大约运至开平,及建铁厂、煤炉、住房,共需银三十万两。每年可出熟铁十二万担。照中国时价值银二十六万两。另生铁七千二百吨,时价十四万两,共四十万两。除工本银十八万两,除中外铁匠及司事人等辛工饭食五万两,除关税银三万两,除水脚装卸上下工力栈租银四万两,共计银三十万两,可溢银十万两。”他还把冶铁与采煤、筑路三者联系起来进行了考虑,认为“开煤必须筑铁路,筑铁路必须采铁。煤与铁相为表里,自应一齐举办”[2]。如修筑铁路,“开平南至涧河口一百里,每里需买民地十八亩,每亩地价银十两。以一百里计,银一万八千两。每里需填土路四千五百方,每方工银一钱,计银四百五十两。以一百里计,银四万五千两。另筑路拱以留旧路,需银一万两。更楼等项,银一万两。机器货车客车,需银八千两。每里木料银五百两,计银五万两。每里铁料银二千两,计银二十万两。每里造工银一百两,计银一万两。每里垫砖石银二百五十两,计银二万五千两。筑码头银二万四千两。合计银四十万两”。而“开煤机器木椿、及建造煤栈、雇用洋人、及置用物件,共需银十万两”。“若每年运煤十五万吨,可省开平至芦台车力银三十三万两;以一半作为上海轮船运煤水脚,实可省银十六万两。又每年运铁二十万担,可省车力银三万两。两年便可归本。其余承运货客,每年尽可敷衍房租辛工饭食等项。”[3]这样,开采煤铁矿、修筑铁路,通盘算下来,共需银八十万两。

如何筹措开发开平煤铁矿的启动资金,在当时风气未开、政府又财政拮据的情况下并非易事。对此,唐廷枢提出了分期筹款的策略,

---

① 孙毓棠:《中国近代工业史资料》第一辑,下册,第619—620页。

② 孙毓棠:《中国近代工业史资料》第一辑,下册,第621页。

③ 孙毓棠:《中国近代工业史资料》第一辑,下册,第620—621页。

"先筹银三十万两购买机器,递年续筹银三十万两以为买地筑路采煤熔铁等项之需,便可敷衍。铁路筑成,第二年可入铁路利银十九万两,煤利银七万五千两,铁利银十万两,其实两年便可归本。以后每年入息三十余万两之多,岂不溥哉!"①开采开平煤铁矿确料前景可观。但唐廷枢做事认真,每走一步均在稳妥的思想指导下进行,所得出的每一个结论也都是经过审慎调查后的结果。他考虑到当时开平煤铁成色化验究竟如何尚未有定论,因此他"拟先将铁样附寄外国熔化,如于四五成色之高,然后定购机器。俟外国化铁成色回信如何,或官办,或招商办,或专办化铁机器,再行禀请宪裁"②。

光绪三年(1877年)待煤铁成色化验结果一出来,唐廷枢即于八月初三日又给李鸿章写了关于《开采开平煤铁并兴办铁路》的报告。在报告中,他重申开采开平矿产的重要性及成功的希望和开采的具体计划。"煤铁乃军民日需之件","开采煤铁,于国计民生均有利益"。英国每年开采煤铁的收入,平均每人可得银十两,由此成为世界上最富的国家,"我国地亩人民十倍于英,不但无此进款,反每年出支六七百万两,以购他人之煤铁,宁无彼盈我绌耶?"③而且"开平之煤铁身骨虽不能与英国最高之煤铁相比,但其成色既属相仿,采办应有把握。况磷酸乃铁所忌,硫磺乃煤所忌。今验开平所产,其铁既无磷酸,其煤又无硫磺,却是相宜之事"④。在这次报告中,他着重指出中国劳动力价格低廉是开采煤铁矿必能获厚利的优越前提。与英国矿工相比,"内地煤夫工食,每名一钱有零。即使每日取煤二吨,亦比英国成一半耳"⑤,"若将土工之廉,引之以西法"⑥则开采必获

---

① 孙毓棠:《中国近代工业史资料》第一辑,下册,第621—622页。
② 孙毓棠:《中国近代工业史资料》第一辑,下册,第622页。
③ 孙毓棠:《中国近代工业史资料》第一辑,下册,第624页。
④ 孙毓棠:《中国近代工业史资料》第一辑,下册,第623页。
⑤ 孙毓棠:《中国近代工业史资料》第一辑,下册,第625页。
⑥ 孙毓棠:《中国近代工业史资料》第一辑,下册,第626页。

厚利。总之,开采开平煤铁矿并修筑铁路,前景十分看好。对于唐廷枢的报告,李鸿章很快作了批示:“该道前次往查开平煤铁,既将煤块铁石分寄英国化学师等评论成色,可与该国中等矿产相仿,核之中国市价工料,均尚合算利便,自宜赶紧设法筹办,以开利源而应军国要需。惟事体重大,又属创始,处处与地方交涉,应派前任天津道遇缺题奏丁臬司、津海关黎道会同督办,以一事权。”①

在李鸿章的支持下,唐廷枢等人很快拟就开平矿务设局招商章程十二条,开始招商集股,着手进行矿山的钻探、基础工程建设的工作。

开平煤矿的钻探工作进展比较顺利。唐廷枢偕洋人矿师于光绪四年(1878年)六月二十日抵达开平,二十五日设局名曰“开平矿务总局”,以后的三四天里他连日对各矿进行查勘,“查得开平镇之西二十里乔家屯地方数处所产之煤,比别矿更高,满地皆是,非煤即铁,气脉甚旺,虽二三百年采之不竭”。矿司巴尔将煤块化验,“内中只有土灰二厘三毫”,据称“此煤与英国上等之煤相埒”,遂决定于此开钻。但“因秋霖积潦,车路泥深没踝,钻地机器难运”②,直到八月二十日机器才陆续运齐,即于九月初七日在洋人矿师柏爱特的监督下开钻。同时由国外购进的抽水、提煤等机器设备也开始陆续安装,买地盖建厂房的工作也在加紧进行,到光绪七年(1881年)矿务工程大体完成即开始出煤,从开钻到出煤仅用了三年左右的时间,建设速度是比较快的。时矿厂占地四百余亩,从英国订购的机器装置一新,工厂、仓库、洗煤机等皆是引起注目的一大景观,光绪八年(1882年)1月31日的《北华捷报》曾报导:“唐山的煤井在设计、建筑和材料方面,可与英国以及其他地方的最好的煤坑媲美。”③可见开平煤矿在

---

① 孙毓棠:《中国近代工业史资料》第一辑,下册,第628页。

② 孙毓棠:《中国近代工业史资料》第一辑,下册,第637页。

③ 转引自刘佛丁:《开平矿务局经营得失辨析》,《南开学报》1986年第2期。

引进西方技术方面所取得的成绩。

二、开平煤矿的经济效益

开平煤矿于光绪七年(1881 年)秋天正式投产后,生产能力不断提高,光绪七年(1881 年)至光绪八年(1882 年)上半年,由于挖掘不深,产量还比较少,日产量仅为二百至三百吨[①],到光绪八年(1882 年)下半年已达到日产 500 吨,光绪九年(1883 年)日产量就超过 600 吨[②],到光绪十二年(1886 年)据《北华捷报》报道:"产量每日已达八百至九百吨"[③],光绪二十年(1894 年)则更形增长,"平时产量每日 1 000 吨;最近已增至 1 500 吨,并准备上达 1 700 吨"[④]。随着生产能力的提高,产品产量日渐增多。开平煤矿在其招商章程中明确规定"此局虽系官督商办,究竟煤铁仍由商人销售,似宜仍照买卖常规"[⑤],生产的目的是为了销售,开平煤矿在生产能力不断提高的情况下,通过不断改善运输状况,其产品的销售量也与日俱增。兹列图表如下:

表 2-1-1 1881—1899 年开平矿务局各矿历年原煤生产、输出数量

(单位:吨)

年度	唐山和西山	林西	总计	天津输出量	输出量占产量%	备注
1881	3 613	–	3 613	–	–	会计年度系阴历正月初一至十二月底
1882	38 383	–	38 383	8 185	21.3	–

① 孙毓棠:《中国近代工业史资料》第一辑,下册,第 644 页。
② 孙毓棠:《中国近代工业史资料》第一辑,下册,第 654 页。
③ 孙毓棠:《中国近代工业史资料》第一辑,下册,第 656 页。
④ 孙毓棠:《中国近代工业史资料》第一辑,下册,第 658 页。
⑤ 孙毓棠:《中国近代工业史资料》第一辑,下册,第 629 页。

续表

年度	唐山和西山	林西	总计	天津输出量	输出量占产量%	备注
1883	109 090	–	109 090	8 503	7.8	–
1884	179 255	–	179 255	13 731	7.7	–
1885	241 385	–	241 385	17 485	7.2	–
1886	130 870	–	130 870	34 100	26.0	–
1887	226 525	开挖三、四号井	226 525	46 492	20.5	–
1888	240 097	开挖三、四号井	240 097	38 042	15.8	–
1889	246 699	正式出煤	246 699	51 959	21.1	–
1890	242 957	18 656	261 613	56 855	21.7	本年林西矿产煤包括上年度产煤
1891	285 415	42 603	328 018	95 552	29.1	–
1892	313 805	50 751	364 556	85 589	23.4	–
1893	322 745	95 172	417 917	81 840	19.5	–
1894	402 310	78 000	480 310	140 796	29.3	–
1895	348 817	40 960	389 777	96 775	24.8	–
1896	459 288	43 901	503 189	128 098	25.4	–
1897	463 351	109 645	572 996	193 353	33.5	–
1898	469 921	273 680	743 601	202 214	27.1	–
1899	528 240	284 284	812 524	189 735	23.3	–
合计	5 252 766	1 037 652	6 290 418	–	–	

资料来源：1. 1881—1882 年产量见开滦矿务局史志办公室编：《开滦煤矿志》（1878—1988 年）第二卷，（北京）新华出版社 1995 年 8 月版，第 310 页。

2. 林西矿产量见开滦矿务局史志办公室编：《开滦煤矿志》第二卷，第 310 页。

3. 唐山和西山矿产量见胡华：《开平矿务局报告》，转见熊性美、阎光华主编：《开滦煤矿矿权史料》,南开大学出版社 2004 年 9 月版,第 29 页。

4. 天津输出量见张国辉:《洋务运动与中国近代企业》,第 206 页;张国辉:《论开平、滦州煤矿的创建、发展和历史结局》,载丁日初主编:《近代中国》第三辑。

图 2 - 1 - 1　开平矿务局生产量、输出量趋势图

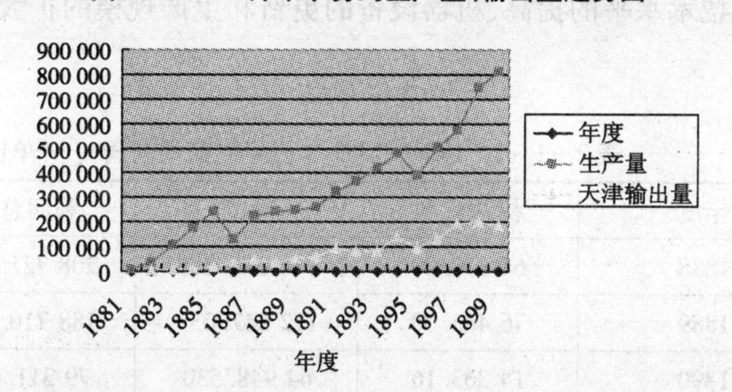

从以上统计数字来看,在光绪二十六年(1900 年)英国人骗占开平煤矿前的产量、销售量均呈逐年上升趋势。产量从最初的 3 613 吨增长到光绪九年(1883 年)的 109 090 吨,增长 30 倍,从光绪九年(1883 年)以后生产长期处于稳步发展状态。光绪十年(1884 年)唐胥铁路轻型钢轨改为重型,运输量大增,由此也刺激了生产,故光绪十一年(1885 年)产量较之光绪十年(1884 年)增长 34%。光绪十四年(1888 年)开始开凿的林西煤矿于光绪十五年(1889 年)开始出煤,故从光绪十七年(1891 年)开始产量又猛增。光绪二十二年(1896 年)在唐山矿西北开凿西北井矿,光绪二十五(1899 年)正式出煤,当年煤产量增至 812 524 吨,较光绪二十二年(1896 年)又增长 41%。从天津的出口量来看,随着运输条件的改善,产品销售量也受到有力的推动,光绪十年(1884 年)较光绪七年(1881 年)增长 5 546 吨,林西煤矿在铁路修通后,产量突飞猛进,一改过去运输艰难而无法生产的局面,光绪十八年(1892 年)津唐铁路通至林西,产品销售量于光绪二十四年(1898 年)突破 20 万吨。随着产销量的增

加,开平矿务局很快还清了欠款,于光绪十四年(1888 年)开始盈利,从光绪十五年(1889 年)到光绪二十五年(1899 年)年盈利均在 15% 左右,11 年累计盈利达 411 万余两,除去官利,净盈利仍在 255 万两以上,利润可谓优厚。正是由于开平煤矿获得了丰厚的利润,才为企业生产技术水平的提高、机器设备的更新和生产规模的扩大提供了前提。

表 2-1-2　1888—1899 年开平矿务局利润　(单位:银两)

年度	提取官利	净利	利润总额
1888	64 676.00	144 045.388	208 721.388
1889	76 463.00	112 247.039	188 710.039
1890	14 363.16	64 948.530	79 311.690
1891	135 262.435	153 573.463	288 835.898
1892	140 918.744	15 041.164	155 959.908
1893	141 369.439	83 181.847	224 551.286
1894	149 296.637	278 811.431	428 108.068
1895	150 217.333	127 062.221	277 279.554
1896	150 217.333	228 926.524	379 143.857
1897	181 894.000	430 485.133	612 379.133
1898	181 894.000	722 904.682	904 798.682
1899	181 894.000	190 159.066	372 053.066
合计	1 568 466.081	2 551 386.488	4 119 852.569

资料来源:开滦矿务局史志办公室编:《开滦煤矿志》第三卷,新华出版社 1995 年 10 月版,第 747 页。

图 2-1-2　1888—1899 年开平矿务局利润分配图

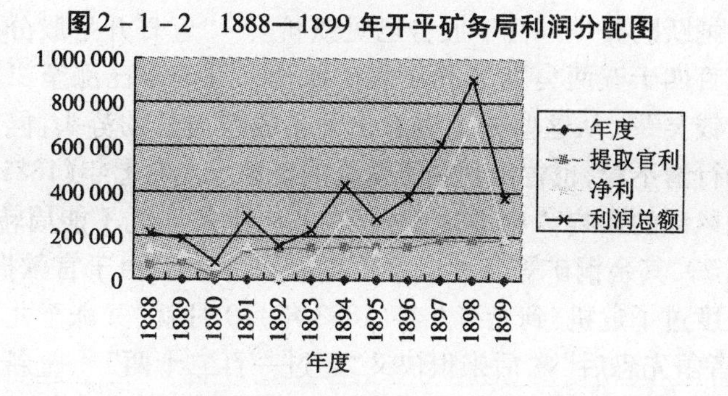

矿山大规模的开发和建设需要有雄厚的资金作后盾，开平煤矿最初的招股工作颇为艰难，当时中国经济落后聚财不易，开平煤矿又属始创成败难料，故商人往往裹足不前。开平矿务局初"拟集资八十万两，分作八千股，每股津平足纹一百两。一股至千股皆可附搭。……限四年五月收清"[①]，但截止到光绪四年（1878 年）底，仅招得股银 220 400 两[②]，到光绪六年（1880 年）也只招得股本三十万两，而此时买地、挑河、筑路、造桥等已用银 44 万余两，唐廷枢除自己筹垫外曾不得不向李鸿章求助[③]，直到光绪七年（1881 年）开始出煤后，情况才有所改观。据光绪七年（1881 年）11 月 8 日的《捷报》记载："矿局在上海已集股一百万两，用于采煤和运煤的各种设备"[④]，经营获利，股票亦随之猛涨。光绪八年（1882 年）《申报》报道："开平煤矿股分单价值步涨"，"创始每股收本银一百两，分息后现已贵至三百余两"[⑤]，过了几天的报道则说："股分票每百两涨至二百七八十两，

---

① 孙毓棠：《中国近代工业史资料》第一辑，下册，第 629 页。

② 开滦档案，M-4425 第一册，转引自刘佛丁：《开平矿务局经营得失辨析》，《南开学报》1986 年第 2 期。

③ 孙毓棠：《中国近代工业史资料》第一辑，下册，第 641 页。

④ 孙毓棠：《中国近代工业史资料》第一辑，下册，第 643 页。

⑤ 《申报》，光绪八年正月二十六日（1882 年 3 月 15 日），第 285 页。

人人皆踊跃购买……目下股分已见跌价。”[①]“近日开平股分票已增价至二百四十五两矣”。“开平煤矿原价一百两今已涨至二百三十七两五钱矣”[②],从这些报道可看出开平股票增长的势头,但由于当时市场行情不稳,也曾出现暴涨暴跌的现象。光绪七年(1881 年)因受金融风潮的影响,“申地现银极少,各庄十停八九不能周转”,“开平跌至 29,其余铜矿等各种股票更不可问”[③]。后由于官款挹注,开平很快度过了危机,到光绪九年(1883 年)10 月就“又涨至九十两”,且“购者争先恐后”[④],后来很快又“超过一百二十两”[⑤],重新显示出其强劲发展的态势。统观这一时期开平股票行情,虽有短时的涨跌变动,但基本上都呈现出持续上升的势头。

表 2-1-3 1888—1900 年开平矿务局股本情况

单位:津银(两)

年度	原股本	上届续加股本	本届续加股本	股本累计
1888	1 200 000	-	-	1 200 000.000
1889	1 200 000	-	256 424.000	1 456 424.000
1890	1 200 000	256 424	4 527.429	1 460 951.429
1891	1 200 000	260 951.429	28 555.238	1 489 506.667
1892	1 200 000	289 506.667	-	1 489 506.667
1893	1 200 000	289 506.667	54 966.665	1 544 473.332

① 《申报》,光绪八年二月初六日(1882 年 3 月 24 日),第 329 页。

② 《申报》,光绪八年四月十四日(1882 年 5 月 30 日),第 723 页;光绪八年四月二十八日(1882 年 6 月 13 日),第 807 页。

③ 徐润:《徐愚斋自叙年谱》,第 164 页。

④ 《申报》,光绪九年九月二十三日(1883 年 10 月 23 日),第 687 页。

⑤ 孙毓棠:《中国近代工业史资料》第一辑,下册,第 660 页。

续表

年度	原股本	上届续加股本	本届续加股本	股本累计
1894	1 200 000	3 444 973.332	500.000	1 544 973.332
1895	1 200 000	3 444 973.332	–	1 544 973.332
1896	1 200 000	3 444 973.332	–	1 544 973.332
1897	1 200 000	3 444 973.332	–	1 544 973.332
1898	1 200 000	3 444 973.332	–	1 544 973.332
1899	1 200 000	3 444 973.332	38 860.000	1 583 833.332
1900	1 200 000	383 833.332	–	1 583 833.332

资料来源:开滦矿务局史志办公室编:《开滦煤矿志》第三卷,第721页。

表2－1－4　1888—1900年开平矿务局资产增加概况

年度	资产	每年增加	
		津银	%
1888	1 678 821.679	–	–
1889	1 864 862.134	186 040.455	11.8
1890	2 068 993.675	204 131.541	10.95
1891	2 376 840.115	307 846.440	14.88
1892	2 688 390.242	311 550.127	13.11
1893	2 827 958.770	139 568.528	5.19
1894	2 951 950.489	123 991.719	4.38
1895	3 048 611.388	96 660.899	3.27
1896	3 308 013.350	259 401.962	8.51
1897	3 996 677.341	688 663.991	20.82

续表

年度	资产	每年增加	
		津银	%
1898	4 811 986. 277	815 308. 936	20. 40
1899	5 035 052. 987	223 066. 710	4. 64
1900	5 792 957. 065	757 904. 078	15. 05

资料来源:开滦矿务局史志办公室编:《开滦煤矿志》第三卷,第 722 页。

图 2－1－3　开平矿务局资产增加概况图

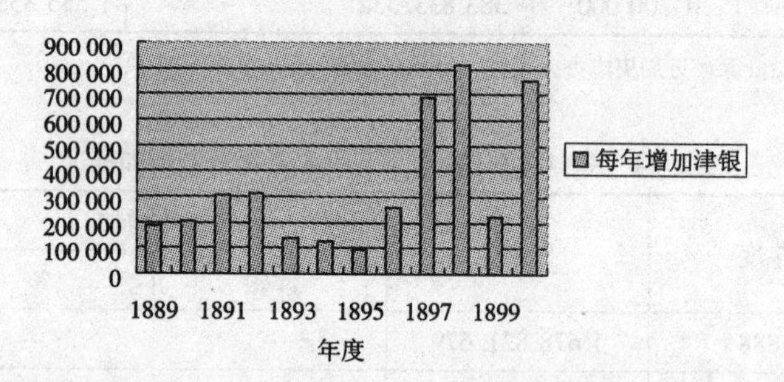

随着利润的增长,银元源源而来,开平资产也逐年上升。上表资产状况仅为账略上入账数字,未包括秦皇岛未完工程占用资金及历年由成本中添置的固定设备等项,从上表来看,开平煤矿资产增长比较快,光绪十四年至光绪二十六年(1888—1900 年)资产增长了 70%,增长最少的光绪二十一年(1895 年)仍达 3. 27%,而高的年份竟达 20% 以上。

第二节 开平煤矿的经营

一、历史发展的趋势——官与商的结合

19世纪60至90年代，洋务派创办了一系列军事工业和民用企业，但大都不成气候，而开平煤矿在时人对官督商办企业经营腐败的一片谴责声中却博得了赞誉。郑观应评论说："中国风气未开，积重难返；创办一事非大力者不能有成，年来禀请开矿者颇不乏人，独数开平煤矿办有成效。"①马建忠在光绪十六年(1890年)更直截了当地指出："中国有利之矿，仅开平煤矿耳。"②一个英国记者在中日甲午战争后评价洋务运动时期中国采煤工业的情况时也说："在煤的开采上唯一获得了完全成功的一个地方，就是开平煤矿。"③这在洋务派所办企业当中是很少见到的，开平煤矿的经营成效与李鸿章的庇护和唐廷枢的悉心经营息息相关。

李鸿章在晚清政坛上是举足轻重的人物，其思想和行为一定程度上左右着清政府的方针政策。在19世纪60年代掀起的洋务运动中，他既是组织者和倡导者，也是洋务运动的旗手和中心人物，他所创办和控制的民用企业的资本占洋务派民用企业资本总数的44%以上④，而李鸿章对其管辖区域内的企业给予了相当的扶持和保护，这也是开平煤矿经营颇具成效的原因之一。

---

① 郑观应：《盛世危言》，《开矿上》，附录《开平煤矿事略》，见陈良倚辑：《皇朝经世文三编》卷六十八《工政八》，载沈云龙主编：《中国近代史料丛刊》第七十六辑，总751，台湾文海出版社1972年11月版，第1013页。

② 孙毓棠：《中国近代工业史资料》第一辑，下册，第1128页。

③ 干德利：《中国进步的标记》，见中国史学会主编：《洋务运动》(八)，第453页。

④ 苑书义：《李鸿章与中国社会转型》，见苑书义：《中国近代化历程研究》，东方出版社2001年12月版，第98页。

开平煤矿采取了“官督商办”的经营方式，这也是洋务派兴办民用企业所采取的最主要、最基本的组织形式，它是特定历史条件下的产物，也符合历史发展的必然。第二次鸦片战争后，继沿海开埠通商之后，长江内河也对外开放，外国侵略势力由沿海伸入到了广大内陆腹地，外国兵轮终日游弋在中国的港口码头，外国商轮频繁往来于各大商埠之间，民族危机日益严重。清朝统治者当中的一些开明之士在同外国打交道的过程中，也逐渐认识到正是经济的衰弱导致政治的衰弱，而政治的衰弱又导致西方的侵略，只有工业化才能争得国家的富强。但他们在引导中国走向近代化的过程中并未与传统决裂，而是要在封建制度的肌体上嫁接资本主义的生产方式，这就必将结出畸形的果实。而“官督商办”就是封建主义和资本主义的结合物。

在外国资本主义步步进逼的情况下，创办民用企业“稍分洋商之利”已成为势在必行，但要创办企业需要巨额的资本和懂行的管理人才。这时的清政府经过两次鸦片战争后的巨额赔款及历年用于国内战争的巨额军费支出，财政早已捉襟见肘，军事工业的经费来源已使他们颇为头疼，“军兴以来，凡有可设法生财处，历经搜刮无遗，商困民穷，势已岌岌”①，虽百方罗掘，仍属杯水车薪，更别说另筹资金举办大型民用企业了。李鸿章等洋务派官僚自然而然地把目光投向那些自开埠通商后，迅速积累起巨额财富的买办，他说：“近年华商殷实狡黠者多附洋商名下，如旗昌、金利源等，华人股份居其大半。”②买办商人是适应西方经济侵略而应时而起的一个新兴阶层，他们集雇员、掮客、代理商、承包商、独立商人等多种角色于一身，在开埠通商后依靠条约口岸所给予的种种优越条件迅速积累起了大量

① 《李鸿章全集·译署函稿》卷三，光绪元年(1875年)五月十一日《论海防筹饷》，第六册，第2982页。

② 《李鸿章全集·译署函稿》卷一，同治十一年(1872年)十一月二十三日《论试办轮船招商》，第六册，第2931页。

财富。随着其经济实力的增强，买办还大量附股于外商轮船公司并经营自己的商业，“他们通过同外国资本家长期的密切交往，逐步学会了办近代企业的新技术”[①]，这正是洋务派理想的人选——既有资金又有技术同时还有一定的管理经验。在当时的中国，拥有巨额财富的人并不只有买办，除地主阶级以外，封建社会中旧有的沙船商、盐商、票号、钱庄和典当业者，他们的经济实力与买办相比有过之而无不及，但他们中间投资新式企业的人为数很少，而买办由于“最先接触了资本主义的剥削方式，是他的资本最先享受了这种剥削方式的‘果实’”[②]，故而成为开埠通商后投资于新式企业的第一批人。以最先侵入中国的航运业为例，在怡和洋行的华海轮船公司中，第一批的1650股，华商竟占了935股，单是唐廷枢一人的股份，就占公司全部股本的四分之一[③]。早在19世纪60年代，买办就有意投资于新式矿业并进行了初步的试探，同时鉴于中国风气未开，他们也有意托庇于官府，希望能凭借官的权势突破一些经商发财的封建阻力，扫除企业创办和发展过程中的重重障碍。在中国资本主义发展的早期，买办商人郑观应就曾对官督商办的模式给予了肯定，他说：“全恃官力则巨费难筹，兼集商贵则众擎易举。然全归商办则土棍或至阻挠，兼倚官威则吏役又多需索。必官督商办，各有责成。商招股以兴工，不得有心隐漏；官稽查以征税，亦不得分外诛求；则上下相维，二弊俱去。”[④]在这种情况下，官商双方都有相互利用和依托的意愿，便很自然地结合在一起，民用企业采取“官督商办”的经营管理体制也就成为历史发展的必然。

在官而言，打出“商办”的旗号是势所必然的，因为只有“商办”

---

① 郝延平：《十九世纪的中国买办——东西间桥梁》，上海社会科学院出版社1988年9月版，第167页。

② 汪敬虞：《唐廷枢研究》，中国社会科学出版社1983年7月版，第143页。

③ 汪敬虞：《唐廷枢研究》，第106页。

④ 中国史学会主编：《洋务运动》（一），第538页。

才能把这些“殷实明干”的买办连钱带人都网罗进来，但是封建统治阶级不会就这么轻易地向资本主义让出阵地，而是要把资本主义纳入封建主义的轨道和模式，置于封建政权的控制之下，即要在“商办”之前加上一个“官督”的头衔。对“官督商办”的经营管理体制，洋务派官僚都有多方论述，李鸿章一再强调“官督商办”是由“官总其大纲，察其利病，而听商董等自立条议”，“商务应由商任，不能由官任之”，“所有盈亏全归商人，与官无涉”①，但同时又说：“事虽商办，官仍督察”，“不过此后盈亏与官无涉，并非一缴公帑，官即不复过问，听其漫无钤制”，“盖专指生意盈亏而言，非谓局务不归官也”②。两江总督刘坤一的阐述更直截了当一些，他解释说：“盖官本还清后，缓息仍应局缴，并非缴清官本，局务即与官无涉也。……其实员董由官用舍，账目由官稽查，仍属商为承办，官为维持也。”③也就是由官掌握企业中的用人、理财之权，即企业中的人员黜陟，经营决策，管理方针，资金调拨，盈余分配之权；在企业里的商股，无论股份之大小，在用人理财方面都没有发言权和表决权，即企业的经营管理权并不掌握在商人股东手里，而是掌握在代表封建政权的官僚手里。这样，在企业中起决定作用的就不是代表资本的商股，而是代表封建国家的官权。

而在商人那里，却作出了完全不同的理解，则是“事虽由官发端，一切实由商办，官场浮华习气，一概芟除”④，企业的经营管理权自然属于商人而不是由官僚掌握。这种经营方式，在初期和中期确实促进了资本主义企业的建立和发展，但“官督商办”的形式既然是封建主义和资本主义的结合物，官与商共存于一体，共同参与企业的

---

① 中国史学会主编：《洋务运动》（六），第36页。

② 中国史学会主编：《洋务运动》（六），第53页。

③ 中国史学会主编：《洋务运动》（六），第44页。

④ 张培仁：《论励精图治之益》，《静娱亭笔记》卷一，第44页下，见中国史学会主编：《洋务运动》（一），第479页。

经营管理,而官与商又是怀着各自的目的和对官督商办企业内涵的不同理解走到一起的,这两者是不可能和平共处于一个统一体中的。在"官督商办"的企业中,从一开始就存在"官权"与"商利"的矛盾和斗争,由于有整个封建政权作为"官权"的支柱,所以在企业中"官权"始终居于矛盾的主要方面。但一个事物内部的矛盾和斗争,必然会促使这一事物转化或分化,所以洋务企业本身和参与企业的人员,随着历史进程向前推移,也处于不断的分化与转化之中,官与商两种力量也就出现了此消彼长的变化。到19世纪末20世纪初,"官督商办"企业内部的官商矛盾日益突出并趋于恶化,官权侵害商利的现象随处可见,最终导致官督商办经营管理体制的变异。而开平煤矿前后期发展的历史就恰恰反映了这一发展转变的历程,从中我们可以看到官督商办经营管理体制递嬗更替的历史发展足迹。

作为"官督商办"的开平煤矿,在其设局招商章程中,明确表明企业属于"官督商办",而唐廷枢是由李鸿章札委的总办,因"事体重大,又属创始,处处与地方交涉"①,又派前任天津道丁寿昌、津海关道黎兆棠会同督办。而开平煤矿在其创办、发展、运营的过程中,也充分享受到了官权、官势对它的偏爱。

首先,在开平创办、发展的过程中,李鸿章的积极倡导与保护,功不可没。在中国长期的封建社会里,各级统治者都奉行"重农抑商"的经济政策,在社会经济生活中农业和家庭手工业相结合的自给自足的自然经济长期占据优势地位。到了19世纪中后期,中国社会虽然也出现了一些商办的企业,但清政府一直未在法律上确立华商投资兴办近代工矿交通运输业的权利,更谈不上给予任何切实的保护。因此,各级官吏即可轻而易举地随意拒绝华商投资兴办新式企业的要求。就煤矿而言,中国煤藏甚丰,几乎各省皆有,"惟未能尽行开采耳。然有煤矿之区而督抚又不欲开采,督抚之愿开采者又或煤矿

---

① 孙毓棠:《中国近代工业史资料》第一辑,下册,第628页。

之不美，甚至矿虽至美而未开采者，或多方以阻止，即已开采者或设法以议停，故议论开矿者已有历年而其事至今尚无成说"①。"前岁闻江宁之煤矿言明开将有日矣，旋闻官与商争而止；闻乐平之煤矿言明绅民均愿开矣，旋闻委员与地方官不合而止；今岁又闻镇江之煤矿言明商民均愿开矣，旋闻邻县之绅士不愿而止；又闻广济之煤矿言明本地之民愿开矣，旋闻武穴之商民不愿而止，故吾谓其议论多而成功少。"②即使在开平煤矿已经正式投产的光绪七年(1881 年)，礼部右侍郎祁世长还曾上奏请饬停止，认为："地为畿辅奥区，又与陵山要隘不甚相远"，"该处设局开采，洩坤舆磅礴之气，必非所宜"③。为此杨嘉善曾奉命查勘唐山等处矿山，经查明开平矿务局所开煤铁矿诸山"清凉山在滦州境内，唐山系丰滦交界，皆偏僻于东南"，与陵山"方位悬殊"，诸水与龙脉来源"并无关碍"④，问题最终如何解决无从查证，但据开平煤矿外国工程师金达(Kinder)称："那个风潮闹得很大，几乎把那个煤矿都闹垮了。"⑤光绪八年(1882 年)天津英国领事报告中也说："李鸿章已奉命查报；同时，当地工作已部分地停止了。总督李的处境颇为狼狈"⑥。但开平最终抵制住了这次阻挠，渡过了难关。可见在当时封建顽固势力根深蒂固的环境下，开平煤矿能够突破重重阻力采用西法进行开采，李鸿章起了重要的作用，离开李鸿章这棵大树的庇护，一般的中小商人人微言轻是难以抵挡得住强权势力狂风暴雨的打击的。

---

① 《申报》，光绪元年五月二十九日(1875 年 7 月 2 日)，第 5 页。

② 《申报》，光绪元年五月十三日(1875 年 6 月 16 日)，第 549 页。

③ 祁世长：《矿厂开采恐滋流弊疏》光绪七年(1881 年)，见盛康辑：《皇朝经世文编续编》卷五十七《户政 · 开矿》，载沈云龙主编：《中国近代史料丛刊》第八十四辑，总 840，台湾文海出版社 1972 年 11 月版，第 6540 页。

④ 杨嘉善：《遵查唐山等处矿厂并无妨碍情形禀》，见盛康辑：《皇朝经世文编续编》卷五十七《户政 · 开矿》，第 6548 页。

⑤ 卡尔逊：《开平煤矿》第一章，第 10 页。

⑥ 卡尔逊：《开平煤矿》第一章，第 10 页。

我们知道,“每个有势力的重臣,在他自己所管辖的省份里是有相当自由裁量的余地的”[1]。李鸿章在其统治区域内所做的另外一件具有开创性的工作,是默许唐廷枢在其辖区修筑尚受到顽固派竭力阻挠的铁路。早在鸦片战争之前,铁路知识已传入中国,但在19世纪60年代初,清朝统治集团内无论顽固派还是洋务派都一致持反对敷设的态度[2],到了70年代,洋务派态度开始有所转变。同治十一年(1872年),李鸿章即提倡修建铁路,强调铁路在军事上的重要性,他说:“俄人坚拒伊犁,我军万难远役,非开铁路则新疆甘陇无转运之法,即无战守之方。俄窥西陲,英未必不垂涎滇蜀;但自开煤铁矿与火车路,则万国蹜伏。”[3]由于顽固派的反对遂成罢论,但李鸿章并未因此而放弃自己的打算,所以在开平煤矿筹建唐廷枢提出修筑铁路以便运煤的主张时,李鸿章“听任(实际也就是支持)唐廷枢在他自己行政辖区内修筑铁路”[4]。当时中国陆路交通很不发达,物资运送大多靠手推车、畜力车如牛车、马车等,不改变运输工具的落后状况,煤矿生产无法扩大,故在勘查开平煤铁储藏情况时,唐廷枢就提出:“欲使开平之煤大行,以夺洋煤之利,及体恤职局轮船,多得回头载脚十余万两,苟非由铁路运煤,诚恐终难振作也。”[5]但在筹建过程中,由于顽固派的反对再加上自煤矿至海口需筑路“约长百有余里,大半旗人之地,若欲尽行购买事究不行,若再绕道筑填费且益巨,又查得该处向有小河离矿不过二里许,苟其濬深开阔亦可直抵海边,

① 中国史学会主编:《洋务运动》(八),第451页。

② 宓汝成:《帝国主义与中国铁路》(1847—1949年),上海人民出版社1980年8月版,第53页。

③ 《李鸿章全集·朋僚函稿》卷十二,同治十一年(1872年)九月十一日《复丁雨生中丞》,第五册,第2618页。

④ 宓汝成:《帝国主义与中国铁路》(1847—1949年),第59页。

⑤ 孙毓棠:《中国近代工业史资料》第一辑,下册,第620页。

铁路之议自此中止”[①]。后在筹划开挖煤运河时,因“自唐山煤井至胥各庄长约七英里,地势陡峻,不宜于河”[②],遂“禀明宪台批准,于芦台镇东起,至胥各庄东止,挑河一道,约计七十里,为运煤之路;又由河头筑硬路十五里,直抵矿工”[③],因“虑朝议禁驶机车,乃声明以驴马拖载,始得邀准”[④]。唐廷枢在给李鸿章的报告中所说的“硬路”或“快车路”,李鸿章在奏报清政府时则称之为“马路”,实际上就是一条“单轨的铁路,约长六英里半,轨距四英尺八英寸半……轨系钢制”,此即中国第一条铁路——唐胥铁路,“这条小铁路建造时很谨慎,倡议者一点点地试着进行”[⑤]。“阴设铁道密行汽车”[⑥]。为了避免清朝顽固势力的阻挠,最初以骡马拖载,光绪七年(1881 年)11 月 8 日正式改用蒸汽机车,“第一座火车头是在本地造的,行驶了几个星期,没有引起烦言。但不久便被命令停驶”,原因是守旧派官僚以“机车直驶,震动东陵,且喷出黑烟,有伤禾稼”等罪名向皇帝告发,被勒令禁驶,经李鸿章、唐廷枢等从中多方周旋,“几许波折”数月后才又得以恢复运行[⑦]。从中我们可以看出,由于有李鸿章的默许及后来的努力争取,唐胥铁路才免遭淞沪铁路的下场而得以幸存下来。“这段铁路成为近代中国铁路运输系统中最先建成的一个区段”[⑧],中国铁路以此为嚆矢逐渐展修延长,而开平煤矿由于铁路的修建,初步解决了煤炭外运的问题,成本由此降低,生产得以顺利发展。

---

① 《申报》,光绪五年正月十八日(1879 年 2 月 8 日),第 113 页。

② 宓汝成:《中国近代铁路史资料》(1863—1911 年)第一册,中华书局 1963 年 5 月版,第 120 页。

③ 孙毓棠:《中国近代工业史资料》第一辑,下册,第 643 页。

④ 宓汝成:《中国近代铁路史资料》(1863—1911 年)第一册,第 121 页。

⑤ 孙毓棠:《中国近代工业史资料》第一辑,下册,第 641、649、642、650 页。

⑥ 《中国铁道原始》,见甘韩编:《皇朝经世文新编续集》,载沈云龙主编:《中国近代史料丛刊》第七十九辑,总 781,台湾文海出版社 1972 年 11 月版,第 973 页。

⑦ 宓汝成:《中国近代铁路史资料》(1863—1911 年)第一册,第 125、121 页。

⑧ 宓汝成:《帝国主义与中国铁路》(1847—1949 年),第 343 页。

其次,减免税赋的优惠。土法开采和土法运输固然是中国煤价格较外国煤高的原因,但并不是唯一的原因,土煤税重也是一个重要因素。中国自鸦片战争后,随着关税主权的丧失,对外国进口商品规定了值百抽五的关税税率,而中国商品转口则关卡重重。郑观应就曾对开平煤无法与洋煤竞争的原因作了分析:“中国用机器开者,惟有开平、台湾两处,所以出数不多。推其故,非但集股难,亦因所抽税厘过重。洋煤出口无税,进中国口岸每吨只完税五分,三年之内复运出口,不问自用出售,概准给还存票。中国土法所挖之煤,每吨税三钱,机器所挖之煤,每吨税一钱,所过厘卡,仍须照纳(开平局煤较洋人多纳一半税,如出口外国,在一年期内可以取回存票。洋煤只纳一正税,如出口别处及轮船用者,三年之内可取还存票。开平局煤如轮船用者不准给回存票,何异为丛驱雀,为渊驱鱼。诸如此类,商务何能振兴!)不准给还存票,较外国抽税二十分之一,奚止多至数倍!所以缴费多而价值贵,不敌洋产之廉也。”[①]当时“洋煤每吨税银五分,土煤每担税银四分,合之一吨实有六钱七分二厘。若加复进口半税,已合每吨银一两有奇,盈绌悬殊至二十倍之多”[②]。台湾基隆煤矿开办时,沈葆桢奏准台煤出口每吨征税一钱,但却明言:“台煤无关民间日用,为洋船所必需,是以减税惠商,南北洋各口均不得援以为例。”[③]嗣后湖北广济煤矿也奉旨准照台煤税则收税。光绪七年(1881年),唐廷枢禀请李鸿章请减煤税,李鸿章转奏清政府要求“每吨征收税银一钱,以恤华商,而敌洋煤”[④]。该项要求获得了批准。开平煤矿争取到了每吨税银一钱的权利,无形中降低了成本,使开平

---

① 中国史学会主编:《洋务运动》(一),第539页。

② 中国史学会主编:《洋务运动》(一),第141页。

③ 沈葆桢:《核减台煤出口税片》,光绪元年(1875年),见葛士睿辑:《皇朝经世文续编》(五)卷一百一十五,洋务十五,载沈云龙主编:《中国近代史料丛刊》第七十五辑,总741,台湾文海出版社1972年11月版,第3073页。

④ 中国史学会主编:《洋务运动》(一),第141页。

煤得以与洋煤竞争,最终将洋煤排挤出了天津市场,增强了其竞胜图存的能力。

第三,危难之际官款的挹注。从一开始唐廷枢就力图用资本主义的生产方式来经营开平煤矿,积极招商集股为企业筹措必要的启动资金,但光绪六年(1880 年)为挑挖运煤河,需款 14 万两,而这时"矿局只招股本三十万两,现已多用十万两有零。此时再筹垫十四万两挑河,实为心力不逮",于是向李鸿章求助,"可否吁恳爵中堂终始成全,于机器、海防支应两局酌拨银五万两,暂资工需急用,于本年职局所交之烟煤、焦炭及船捐三项抵消;如有不敷,亦统于光绪八年年底无论何项一律缴清,不致宕延公款"①。对此,李鸿章在批文中指出"所请借银五万两,刻值经费支绌,碍难多拨,姑由机器局借给银二万两,支应局于海防协饷内借给银一万两,其机器局即在来年所交该局烟煤焦炭内核扣作抵,支应局即在来年所交津防炮船兵船应用煤炭内核扣作抵"②,由于有此款项应急,矿务局得以如期挖好河道。从光绪十年(1884 年)矿务局首次资本状况报告看,直隶省当局借款有 243 000 两③,以后陆续归还,到光绪十四年(1888 年)仍借支应局 50 000 两,到光绪十五年(1889 年)归还 40 318. 35 两,仅欠官款 9 681. 65 两,但以后由于新造轮船及开采新矿又陆续借用官款,到光绪十九年(1893 年)矿务局共借官款 771 955. 106 两④,这些款项主要由支应局和银钱所所借,到光绪二十六年(1900 年)仍欠

---

① 孙毓棠:《中国近代工业史资料》第一辑,下册,第 641 页。

② 李鸿章:《李鸿章对筹办开挖运煤河的批示之文》[光绪六年(1880 年)九月初八日],见开滦矿务局史志办公室编:《开滦煤矿志》第一卷,新华出版社 1992 年 11 月版,第 361 页。

③ 刘佛丁:《开平矿务局经营得失辨析》,《南开学报》1986 年第 2 期。

④ 开平矿务局 1888—1893 年账略,开滦矿务局档案馆藏。

500 000 两，占各项欠款 2 690 000 两的 18% 左右[①]，而且在光绪九年（1883 年）上海金融风潮中开平也是依靠官款挹注而得以渡过危机。可见官款在开平营运过程中所起的作用，它是开平矿务局“十数年屡受挫跌”的“扶持救急之款”[②]。

第四，设厂开矿及与地方交涉时官方的支持与保护。开平矿务局设局时，曾由李鸿章批准“距唐山十里内不准他人开采”[③]，“不准另立煤矿公司”，而且“土窿采出之煤应尽商局照时价收买，不准先令他商争售”[④]。在开平煤矿初创时，“民间亦屡起风潮，大肆阻挠，至派兵队弹压以调停之。先是唐山、林西一带数十里内，民间土法开采者不下千余处，至是全行禁止；故民情汹汹，聚众数千人，几酿大祸。嗣经订明开平官煤在唐山左近售价每吨二十斛，每斛九十斤，限定不得过东钱八百文，并许以将来售价倘过此限数仍准民间自行开采，其事始息”[⑤]。光绪十年（1884 年）又有开平矿附近土人私开“互相斗殴毙两人伤数人”酿成事端，“因禀傅相派员查禁”[⑥]，最终将私开煤井封闭，以超经济手段维护了开平的特权。光绪二十三年（1897 年）天津瑞丰洋行商人曾呈请拟在滦州榛子镇一带开采煤矿，时北洋大臣王文韶禀请总理衙门以“所请开挖煤矿之处，与唐山官

① “中研院”近代史研究所编：《矿务档》，台湾“中研院”近代史研究所 1985 年 4 月再版，第 204 页。

② 陈真：《中国近代工业史资料》第三辑，生活·读书·新知三联书店 1961 年 10 月版，第 539 页。

③ 周叔媜：《周止庵先生别传》，载《民国丛书》编辑委员会编：《民国丛书》第三编，第七十三辑，上海书店出版社 1991 年 12 月版，第 26 页。（以下简称《别传》）

④ 盛宣怀：《愚斋存稿》卷二《奏疏二》，光绪二十四年（1898 年）三月鄂督张会奏《萍乡煤矿请禁另立公司片》，载沈云龙主编《近代中国史料丛刊续编》第十三辑，总 122，台湾文海出版社 1975 年 3 月版，第 79 页。

⑤ 陈真：《中国近代工业史资料》第三辑，第 539 页。

⑥ 《申报》，光绪十年三月初五日（1884 年 3 月 31 日），第 491 页。

矿相离甚近,碍难准其办理"[①]予以拒绝,抵制了外人觊觎中国矿产的企图。开平矿务局在最初购置地亩时,也曾得到官的支持。除"荒地无庸给价"外,恐有"劣绅故意把持牟利",李鸿章又"分札宁河丰润两县迅速出示,晓谕各乡田园业户一体遵照,勿任地棍劣董稍有阻挠"[②]。为了矿区的防卫,通永镇山永协右营茨榆坨武汛移至矿区(属山海路绿营兵),时有把总一名,外委一名,马兵二名,守兵七名。光绪十九年(1893年)通永镇练军马队在总兵史宏绪率领下进驻唐山,主要任务就是加强开平矿务局和唐胥铁路的巡防,维护路、矿生产秩序、社会治安。光绪二十六年(1900年)扩充为巡捕局,以杨善庆为主事,高玉峰为汛官,目的也是"缉捕盗贼,护劫饷犯,禁拿赌娼为专责,以估州县缉之所不及"[③]。正是有了官权的支持及给予的方便,开平煤矿才得以冲破封建势力的阻挠,顶住外国侵略势力的压力得以顺畅发展。

总之,开平煤矿在其创办、经营的过程中得到了李鸿章的庇护。正是由于李鸿章的照顾,开平才得以冲破顽固势力的阻挠建立了中国第一条铁路,也因为李鸿章的奏请,开平才得以享受每吨煤一钱的低税率,也正因为官款的垫拨,开平才能较顺利地解决运营资金并一次次渡过难关,并抵制了外人染指中国矿产的野心,可见官权在开平成长过程中起着不可低估的作用。

当然,开平煤矿得到官的庇护,也并非是无条件的,它也付出一定的代价,需要以"报效"作为补偿。在开平煤矿招商章程中明确规定:"每年所得利息,先提官利一分,后提办事者花红二成,其余八成

① "中研院"近代史研究所编:《矿务档》,第190页。

② 《唐廷枢向李鸿章禀拟开河运煤及章程之文》[光绪六年(1880年)九月初七日]及《李鸿章对筹办开挖运煤河的批示之文》,见开滦矿务局史志办公室编:《开滦煤矿志》第一卷,第357页、361页。

③ 唐山市路南区地方志编纂委员会编:《唐山市路南区志》,海潮出版社2000年12月版,第582页。

仍按股均分。”“所有生熟铁至津,按照市面价值,先听机器局取用。煤照市价,先听招商局、机器局取用。”[①]同时,在当时风气未开的形势下,虽然李鸿章、唐廷枢是当时不多见的趋新派,但中国的反对势力却根深蒂固,企业要想完全避免封建因素的影响也是不可能的。唐廷枢虽力图避免官府的干涉而按照资本主义经营方式来管理企业,如公司章程规定:“此局虽系官督商办,究竟煤铁仍由商人销售,似宜仍照买卖常规,俾易遵守。所有各厂司事,必须于商股之中选充,方能有裨于事。请免添派委员,并除去文案书差名目,以节靡费。”[②]其公司也是按照西方股份有限公司的形式组织的,但公司并没有董事会之组织,股东会议更很少开,企业一切生产经营活动皆由政府任命的督办、总办承担,李鸿章所派督办前任天津道丁寿昌、津海关道黎兆棠在职时间皆不长,所以公司主要活动基本上都是唐廷枢一人负责的。同时公司也并未采用西方的财会制度,章程规定:“进出煤铁银钱数目,每日有流水簿,每月有小结,每年有总结,随时可以查核。”[③]所采用的计账方式仍是中国传统的流水账,正如天津英领事报告中所评论的那样:“实际上开平更关心的似乎是采用西方的技术而不是采用它的会计方法和公布账目的习惯”,这样的记账“其用意并不在于表明成本”[④]。

公司实质上领导人是督办、总办、会办等人,虽然他们也投资于企业,但一经清政府札委即具有官的身份,是秉承官方意图办事的,如果一旦发现他们有什么过错或不符合其意旨则将被随时撤换。企业虽然由总办具体负责经营,但诸凡章程议定、招集股本额、置办机器设备、财政收支、盈余分配和亏损处理,都须向洋务派官僚禀准,同

---

① 孙毓棠:《中国近代工业史资料》第一辑,下册,第630页。
② 孙毓棠:《中国近代工业史资料》第一辑,下册,第629页。
③ 孙毓棠:《中国近代工业史资料》第一辑,下册,第629页。
④ 卡尔逊:《开平煤矿》第二章,第7页。

时官府还会随时派员对企业进行整顿清理,所以他们并不可能代表中小商股的利益。一位在开平供职的外国人写道:“股东们在公司里丝毫没有发言权,他们的地位有些像债券持有人所处的地位。”①这样,督办、总办、会办这些人能力的大小直接关系到企业的盛衰成败,也就无法避免官对企业的渗透。光绪十年(1884年)李鸿章就借续筑铁路之机收买了唐胥铁路,加强了官的控制。而且被甲午战争后英国调查团所描述的“在中国人经营的工厂里,都可看到一个令人惊异的情况,就是:每部门都有一些衣服华丽而懒惰的士绅,各处偃息,或专心钻研经书”②。此类现象在开平也同样存在,“当开平矿山正在欣欣向荣、继续发展的时候,所有督办、总办和其他大员的三亲六戚都成群结队而来,而且,完全不管他们能否胜任,都一律委以差使,把他们养得肥肥的”③。但与同时期其他官督商办企业不同的是开平所借官款少,官僚干涉也较少,官商之间关系一度较为融洽,可谓占尽了天时、地利、人和的优势,所以企业能够顺利发展。

光绪十八年(1892年)唐廷枢去世后,由张翼继任。张翼字燕谋,顺天通州人。家庭贫寒曾为人牧马,后至醇亲王府充近侍。因对醇亲王有救命之恩得赏识,“纳资得道员,指省江苏。时左文襄公宗棠督两江,王于左陛辞时面托之。历供要差,旋返直隶,督采开平煤矿,累迁至礼部侍郎,以开平矿事镌职”④。据说因其继室与慈禧太后有瓜葛之亲,故权势烜赫,后投效北洋,又为李鸿章所赏识⑤。张翼虽历任要职,但并无经营近代企业的经验和才能,在其任职后,“开平原在唐景星管理时期所获得的廉洁而有效能的美誉,到了张

① 卡尔逊:《开平煤矿》第二章,第9页。

② 中国史学会主编:《洋务运动》(八),第426页。

③ 卡尔逊:《开平煤矿》第二章,第7页。

④ 徐珂编撰:《清稗类钞》第三册,《张翼受知于醇王》,中华书局1984年10月版,第1443页。

⑤ 王玺:《中英开平矿权交涉》,第40页。

燕谋时期,竟均丧失。过去曾经称赞开平管理好的那些外国人,现在竟说它缺乏管理能力和无比的不忠实,并且说那些矿因中国官僚管理不善,已遭受严重的损害"[①],开平也就失去了往日蒸蒸日上的势头。虽然这一时期开平接续前一时期稳步发展的余韵产量仍在增加,但已潜伏着严重的危机。

这一时期企业的一个特点是一反前期招商集股的筹资方式大借外债,在近代中国主权丧失的情况下,向资本主义国家借贷无异饮鸩止渴。"唐廷枢时代,开平之扩展,犹视其资本之多寡,以定行止"[②],而且"每到需要资本之时,则发行新股"[③],而张翼则盲目举办了其财力所许可的扩建工程。光绪二十年(1894 年)开凿唐山矿西北井,后因流沙过厚而中止。光绪二十二年(1896 年)另选址开凿,光绪二十五年(1899 年)出煤,1920 年因透水无法治理,矿井关闭[④]。光绪二十四年(1898 年)又开唐山第三号井,并着手筹建秦皇岛码头,筹资无招,只好商借外债。虽然在唐廷枢时期开平也曾举借外债,光绪十三年(1887 年)在修建津沽铁路时资金不敷,曾向英商怡和洋行借款 637 000 余银两,德商华泰银行借款 439 000 余银两。不过这些借款,数目较小,期限又短,并未以铁路作抵,不久也即予还清[⑤]。张翼这时所借外债则大大不同于以往。为了购买轮船,以码头和船只作抵押,从德华银行取得利息七厘的贷款 45 万两。光绪二十四年(1898 年)通过德璀琳的帮助,由英商墨林为开平矿务局经办了最大一笔借款——秦皇岛借券,发行 20 万镑,合 1 371 400 两,而这项借

---

① 卡尔逊:《开平煤矿》,第三章,第 2 页。

② 王玺:《中英开平矿权交涉》,第 40 页。

③ (日)中国驻屯军司令部编,侯振彤译:《二十世纪初的天津概况》,原名《天津志》,明治四十二年(1909 年)九月印行,第 367 页,转引自来新夏:《天津近代史》,南开大学出版社 1987 年 3 月版,第 113 页。

④ 靳宝峰、孟祥林主编:《唐山市志》第一卷,方志出版社 1999 年 11 月版,第 28 页。

⑤ 宓汝成:《帝国主义与中国铁路》(1847—1949 年),第 368 页。

款是以开平矿务局全部产业作为抵押的，同时在德璀琳怂恿下，张翼还接受了墨林派来的技术顾问、美籍矿师胡华，张翼任命其为开平矿山工程师[①]。更为严重的是在贷款活动中，德璀琳和墨林是有预谋的策划，企图通过向开平贷款，把开平矿务局变为中英合资公司，"这是一个以资金为诱饵派'顾问'充内线，逐步渗入、里应外合的"有条不紊的"战略布置"[②]，以举借洋债代替招徕资本，由外国顾问充当总工程师，这不仅使外国侵略势力很方便地渗透到企业的要害部门，而且可以名正言顺地对企业资源、生产设备、经营情况进行调查，严重地损害了企业的独立性，也正是因为这一系列"重大举措"最终导致企业的发展发生重大转折。光绪二十六年(1900 年)义和团运动爆发，对开平煤矿久存觊觎而无缘下手的英国便乘混乱之机攫取了开平煤矿全部财产。

张翼掌握开平矿务局大权后，企业内部的贪污腐化、挪借公款、假公济私、拉帮结伙、任人唯亲等种种封建衙门作风变本加厉地扩散，外资遂也乘虚而入，这一时期企业的另一大特点就是企业衙门化和闲散人员充斥的现象更加严重。"他(唐景星)的死标志着开平煤矿滋生大量贪污和企业逐渐官僚化的开始"[③]，据光绪二十七年(1901 年)的调查揭露：本来只需 60 人就能承担的工作，却用了 617 人；在矿务局工资单上虚报的名额达 6 000 名之多，实际出工数只有给资名册上人数的 50%—70%，而掌管该事的职位是以五万元购得的；负责出包验收采矿工作、采购原材料、售卖煤斤、航运、出租矿局所有土地的办事人员据估计每人每年收受的贿赂平均在二万两左右，这些人只顾私利，不问矿局盈亏，在设计和施工中不考虑经济效

---

① 熊性美、阎光华主编：《开滦煤矿矿权史料》，南开大学出版社 2004 年 9 月版，第 39 页。

② 熊性美、阎光华主编：《开滦煤矿矿权史料》，序言，第 4 页。

③ [美]费正清编：《剑桥中国晚清史》(1800—1911 年)下卷，第 475 页。

益,往往造成惊人的浪费[1]。处在如此混乱和腐败的状况下,矿务局的开支剧增,收入锐减,造成了巨大的经济损失。张翼不但对此熟视无睹,而且他本人就是一个典型的贪赃枉法、浑水摸鱼者,“张的整个政治生涯的特点就是阴谋诡计……他在宫廷里面的势力,主要是由于裙带关系,一面是靠运用中国宫廷政治中最为隐蔽龌龊的势力来维持的”[2]。郑观应当时目睹张翼的种种劣迹,曾作过尖锐的批评,他指出:“张系醇邸之随员,故北洋大臣不问其材具如何,遽升为督办。张恃有护符,营私舞弊,不一而足,闻曾将公司所购之香港栈房、码头改为私产售与别人,攫为囊中物。办建平金矿私弊尤多,其最著者:一以局款十数万起造大洋楼,备欢迎醇邸到津阅操之用;一不集股商会议,私招英人入股合办,得洋人酬劳费五万镑;一开平矿局与华商合资所买广州城南之地,经理十余年,绝不纳税,致被充公,所失约计二百余万。虽经股东控诸当道,均置不理。”[3]这种毫无章法可循的企业管理状况,也必然为开平矿务局带来危机。

由此看来,企业能否顺畅发展,并不在于官督商办体制本身,而在于官与商之间如何协调。这就要考虑:一在于官权控制的力度,如果官势渗透太多,势必束缚企业的发展,引起商的反对;但如果没有官的参与,在面对外国资本和封建势力的重重压迫下,单纯依靠民间的力量是不可能举办大型近代工业的。二在任用的人,如果所任用的企业领导人能更多采用资本主义方式进行经营,企业则发展,反之则停滞甚而衰退,开平煤矿的历史正好印证了这一点。开平煤矿之所以经营成功,在于“李鸿章北洋大臣之魄力,唐廷枢一身之苦心孤诣”[4],对于开平企业来说,“李鸿章这位大员就和唐景星这位商人一

① 刘佛丁:《开平矿务局经营得失辨析》,《南开学报》1986年第2期。

② 熊性美、阎光华:《开滦煤矿矿权史料》,第270—271页。

③ 夏东元编:《郑观应集》下册,上海人民出版社1988年4月版,第621页。

④ [清]朱寿朋编,张静庐等校点:《光绪朝东华录》(五),第4941页。

样是少不得的"[1]。在近代中国经营管理人才严重缺乏的情况下,企业的衰败甚而被外国资本所吞并也是在所难免的,开平煤矿的历史也是旧中国工业发展的一个缩影。

二、唐廷枢的悉心经营

官权的庇护,为开平煤矿营造了有利的发展环境。客观环境固然有利,但开平煤矿的发展同样离不开唐廷枢的精心擘划。如果没有唐廷枢的苦心经营,开平煤矿的业务不可能蒸蒸日上,也不会成为当时经营最为成功的企业之一。

(一)积极稳妥的经营理念是开平煤矿成功的基石

凡事预则立。作为一位有丰富经验的商人,唐廷枢深知任何选址的不慎或疏漏,其所导致的结果必将是致命的,这在中国已有前车之鉴。唐廷枢在每一个行动之前皆进行审慎的考察,力图使作出的决定建立在仔细调查研究的基础之上。在开平煤矿创办前,他曾遍访开平方圆数十里的地方,并将采回的煤块铁石分寄京城同文馆及英国有名化学师进行化验,然后才提出全面开发开平煤铁矿的可行性计划。这一计划对购置机器的费用、材料、人工、税款、运费、成本、可能获得的利润、运输等进行了多方面的分析,由此肯定了开平煤的经济价值和发展前景,但他仍未草率行事,认为"事体重大,又属创始,必当详核章程,专其责任,局用期于节省,事权不致旁挠,谋定后动,胜算先操,不徒饰以虚文,方克归诸实用"[2]。在选择开钻地址时又再次连日勘查煤铁各矿,观其成色,"查得开平镇之西二十里乔家屯地方数处所产之煤,比别矿更高,满地皆是,非煤即铁,气脉甚旺,虽二三百年采之不竭",矿司巴尔将煤块化验,"内中只有土灰二厘

---

① 卡尔逊:《开平煤矿》第二章,第9页。

② 孙毓棠:《中国近代工业史资料》第一辑,下册,第623页。

三毫,据矿司云,此煤与英国上等之煤相埒”①,才决定就此地开钻。在钻探过程中考察“占地若干,煤层宽厚几何,底煤比面煤较胜若干,煤田有无格石,并下面积水深浅,是否易于开取,然后办机器开井”②。后来在拟议修筑开平煤运河时,唐廷枢同样亲自由涧河口至唐山陡河一带,沿途溯查,对河道宽窄、水流的深浅、淤沙、桥梁、水闸等情况,一一作了详细调查,并绘制成图,为筹措开挖河道作了积极准备。最初拟沿陡河各庄由王兰庄迤西挖叠道旧迹水沟以达芦台大河,但因陡河之水涨落无常,雨多则涨雨少则竭,如按此计划挑挖,水涨时倒不至泛滥但竭时仍无水可增,适逢当年夏季雨泽稀少,其由唐山至稻地一带水不满尺,即使挑而复挑仍然无法持久。后见唐山西南之水不归陡河,胥各庄下杨家泊比王兰庄之地尤洼,水至宁河属之麦子沽而归大河,且该路比王兰庄稻地之大路近十八里,又验得芦河之潮汛实可直抵胥各庄之东北,但其由胥各庄东北至煤厂渐渐而高,必须筑路车运至河头下船,幸运的是相隔只有十余里,除厂外自有小路五六里外只需再添筑八九里。后又查得胥各庄至麦子沽正西南七十里至芦台偏南一度有七十六里,论挑河之费从麦子沽起可省六里,但麦子沽系在芦台正北陆路十八里水路三十六里,如果为省六里之挑费而多走三十六里之大河不甚合算,而且他在该处一带已经购定地亩以作河口之需,其高粱地每亩东钱二十千,荒地不算价。恰好芦台至胥各庄尽属高粱洼地,其间荒地甚多,因此最终还是决定如芦台绅士所请仍向芦台东边挑起为宜。对于施工时间的选择也充分考虑季节的关系,鉴于第二年二月即将运煤,决定在秋收之后趁民间无事时即开办。认为如能赶紧克期,九、十两月或能蒇事,即使所差十数里待来年二月与桥梁一同收工亦不费力,若待来年清明前后开办不

---

① 孙毓棠:《中国近代工业史资料》第一辑,下册,第637页。

② 孙毓棠:《中国近代工业史资料》第一辑,下册,第626页。

但耽延半年,且恐春霖密布洼地又成泽国更无从下手[1]。可见唐廷枢在筹建和经营开平煤矿的过程中,所有的决策皆建立在周密调查和缜密思考的基础之上,通过调查作出最能俭省费用的决策,这也是开平能够成功的主要因素之一。

(二)突出的经营才干及自强不息勇于冒险的精神

唐廷枢(1832—1892年),号景星,广东省香山县人,"受过彻底的英华教育","英文写得非常漂亮","说起英语来就像一个英国人"[2],曾担任翻译多年,咸丰十一年(1861年)开始被怡和洋行聘请代理该行长江一带生意,成为一名买办[3]。但精通英文并不是他成为买办的决定性条件,在当时恶劣的市场竞争中,要想在买办这一行业中出人头地,懂不懂英语并不是最主要的,"决定性的条件,是看他有没有和中国商人'交朋友'的能力,看他自己有没有经济上的实力",作为一名买办,他"必须具备为他的老板的侵略活动打开局面的条件,而在这一点上,他和中国商人的联系,他在中国商人中的活动能力,都比他的中外语言文字交往能力重要得多"[4]。唐廷枢集二者于一身,由于精明能干,到同治二年(1863年)就升为总买办。他除了为怡和洋行经理库款、收购丝茶、开展航运、在上海以外的通商口岸扩大洋行势力等经常业务以外,还为他的老板投资当铺、经营地产、推销鸦片、运销大米、食盐甚至染指内地矿产的开采[5]。随着买办业务的开展,其自营事业也日有所进。为了买办业务和自营商业的需要,唐廷枢还设立了自己的事务所,取得了很好的效益。当时怡和洋行的经理约翰生就公开地说:"关于(怡和)在天津的代理,我猜

---

① 开滦矿务局史志办公室编:《开滦煤矿志》第一卷,第357—358页。

② 汪敬虞:《唐廷枢研究》,附录《唐廷枢年谱》道光二十二年(1842年)、咸丰元年(1851年),第157—158页。

③ 汪敬虞:《唐廷枢研究》,第159页。

④ 汪敬虞:《唐廷枢研究》,第32页。

⑤ 汪敬虞:《唐廷枢研究》,第3页。

想C.福士(C. Forbes)的管理效率之提高,在很大的程度上得力于唐景星的事务所。"①而怡和洋行的竞争对手之一的旗昌洋行经理F. B.福士对唐廷枢能力的评论,则从反面证明唐廷枢作为一名买办其能力是无可挑剔的,他说:"在取得情报和兜揽中国人的生意方面,怡和洋行的唐景星乃至琼记的买办都能把我们打得一败涂地。"②在唐廷枢任职轮船招商局前,琼记洋行的R.I·费伦致A.F·侯德的信中对唐廷枢的能力也表示了肯定,他说:"如果人们看到这家(新的中国)企业由唐景星来妥善地管理,那么它一定会找到许许多多的股东。"③

在外国商人那里,唐廷枢的才干得到了高度的评价,在中国商人之中,他也同样获得赞誉。随着自身经济实力的增长,唐廷枢在担任买办的过程中,还开始了在外国在华企业中的附股活动。在外国在华企业中,华股有的占了相当大的比重,在怡和洋行的华海轮船公司中,第一批的1 650股,华商竟占了935股,单是唐廷枢一人的股份,就占公司全部股本的四分之一④。在与怡和无关的几个轮船企业中,他是"粤籍股东团体的发言人和领袖",他们推举他充当公正和北清轮船公司的董事⑤。而在北清轮船公司中,"股票有三分之一为唐景星所能影响的中国人所有"⑥。对怡和来说,"唐景星简直成了它能获得华商支持的保证"⑦,这些都从侧面说明了唐廷枢在中国商人当中具有崇高的威望和相当的影响力。

---

① 汪敬虞:《唐廷枢研究》,附录《唐廷枢年谱》同治九年(1870年),第168页。

② 汪敬虞:《唐廷枢研究》,附录《唐廷枢年谱》同治十一年(1872年),第173页。

③ 郝延平著,李荣昌等译:《十九世纪的中国买办——东西间桥梁》,第171页。

④ 汪敬虞:《唐廷枢研究》,第106页。

⑤ [美]费维恺著,虞和平译:《中国早期工业化》,中国社会科学出版社1990年10月版,第141页。

⑥ 汪敬虞:《唐廷枢研究》,附录《唐廷枢年谱》同治七年(1868年),第165页。

⑦ 汪敬虞:《唐廷枢研究》,第5页。

随着唐廷枢声望的提高，其在洋务派心目中的地位也逐渐提高，同治十二年（1873 年）终于由盛宣怀推荐被李鸿章任命为轮船招商局总办，使濒临破产的轮船招商局起死回生，由此得李鸿章赏识。轮船招商局创办之时，经李鸿章“札委已故道员朱其昂等，领款集股，以揽载与运漕相辅并行。维时资本尚薄，船数寥寥，经理亦未尽得诀，朱其昂恐独力难支，自请专办漕务”。李鸿章遂又“陆续访派道员唐廷枢、徐润总司其事，该二员于洋船贸易一道，素所谙习，厘定章程，广招商股，规模稍扩，自光绪二年冬间归并旗昌以后，轮船添至三十余号，各码头栈房悉占江海形胜，局势益形展拓”①。而唐廷枢也得到了“熟习生意，殷实明干”②的称赞。在唐廷枢离开招商局以后，同招商局有交往的 H. B · 马士曾说过：“我总认为这是一件憾事……我们不能将唐景星羁縻在招商局内，以至无法利用他的业务才干的长处；毋须给他绝对的管理权，每周两次的董事会议使他的才干得以发挥就可以了。”③这说明作为一个企业的管理者，唐廷枢同样是很出色的。

经营轮船招商局的成功固然与其买办的经历有关，但在经理开平煤矿的过程中，唐廷枢同样取得了斐然的成绩。开平煤矿由其一手创办，“竭十余年之心思才力然后规模焕然大备”，而“四方赖其利用者称道勿绝口”，这除了与唐廷枢的精心擘划有关之外，还在于他具有一种甘于冒险坚忍不拔的气魄。在开平矿务局初创之时，人们“未始无耗折之虑”，只因为唐廷枢“负坚忍不拔之志存至公无我之心，不畏难不贪利用能再蹶再振”④才终告成功。卡尔逊在其著作《开平煤矿》中对唐廷枢的这种精神进行了评论，他说：“这位干劲十

① 中国史学会主编：《洋务运动》（六），第 57 页。

② 中国史学会主编：《洋务运动》（六），第 90 页。

③ 郝延平著，李荣昌等译：《十九世纪的中国买办——东西间桥梁》，第 174 页。

④ 《申报》，光绪十八年九月二十四日（1892 年 11 月 13 日），第 463 页。

足的总办，虽然从各方面来攻击他的有愤怒的御使，有迷信的土著，虽然时常有朋友和同情他的人也离弃了他，但他不顾一切，仍然继续推进工作。”①在光绪九年（1883 年）金融危机中，唐廷枢也表现出了勇于冒险的精神。“这次严重的萧条使价格暴跌。一般商品无不跌价 30% 至 50%，所有房地产都难以脱手”，唐廷枢持有大约三千股的煤矿股票，“他以此抵押钱庄借到巨款，6 到 8 个月（前）他从市场买进股票，中国人立即跟随他，结果一度市场坚挺，市价上升。隔日他（从正在访问的英国）拍发电报，买进股票以稳定市场，有人替他买入 500 股左右，每股 120 两，但是中国人却没有跟他买进，而是在最后阶段准备以 115 两或更低的价格大量抛售”，虽然有唐景星的“个人支持，普通股票价格也同样暴跌”②，开平股票也一度跌至最低 29 两，但唐廷枢毕竟尽了自己最大的努力。

正是唐廷枢取得了骄人的成绩，“中国人和外国人都同样对他十分尊敬。了解他的那些人，特别是外国人，对他的‘现代思想’，他的‘进步精神和博大思想’以及他对‘先进手段的真切的渴望’给予高度的评价”③。在唐廷枢 60 岁生日时，“中外人民咸欢欣鼓舞绝无间言同申颂祷”，“在津诸西人上自领事下讫各行商人皆预备陈设于戈登堂宏开寿宇而公辞不至，二十一日发电信往请而回电仍固辞，于是李傅相特以所御之火车于二十三日遣派前往必欲迓之以来，公重遵其命乃不复辞乘坐火车而至，惟时车上悬旗车栈结彩，中西人士之前往车栈敬迓者计数十人，鸣炮致词殷勤拜祝，后乃相随至公邸第款以茶酒，始各散。至二十五日戈登堂之祝寿则尤为煊赫无比。泰西各官商为之主，以公为客，而以李勉林黄花农盛杏逊罗稷臣诸方伯为

① 卡尔逊：《开平煤矿》第一章，第 12 页。

② ［美］郝延平著，陈潮、陈任译：《中国近代商业革命》，上海人民出版社 1991 年 12 月版，第 367 页。

③ ［美］郝延平著，李荣昌等译：《十九世纪中国的买办——东西间桥梁》，第 176 页。

之陪，大门悬挂彩球一路香花排列，堂中悬挂各国彩旗并以前此李傅相所惠寿幛屏幅高揭四隅，并中西各官祝颂公之寿屏寿幔若干幅，其中颂词无非德隆望重，体国安民远来近悦利物济人望重泰西恩深北阙等语，皆足以名副其实非寻常泛泛者可比。……凡于西国语言文字无不精且博而一意为国家大局计，其平日之所建树皆为他人所不敢为亦皆为中国所从来未为”[①]。而唐山“乔家屯各店铺局中各工人四十八乡绅老子弟同送万民牌伞各件，恭颂景翁德政，极一时之热闹”[②]。唐廷枢以其才干和品行赢得了中外人士一致的赞赏。

（三）责权分明的管理机构的建立

开平矿务局建立之初，管理机构比较简单（见表2－2－1）。由督办“统操全窑之纲领，由用人开山起至采煤、售煤止，所有用人理财、定章立法、督率稽查均乃督办之责任”[③]。“矿务所用洋人机司匠人等统归总办会同总矿师节制”[④]，下设总公事房、总账房、考工房、采办房、机器房、采煤房、监工房、杂务房、卖煤房各司其职。总公事房专管来往公文书信；总账房专管收支银钱账目；考工房开发工人工钱；采办房采购各项材料、机器；库房收管铁厂煤窑机器家生；采煤房专管采煤工人；煤账监工房专管厂内工人；杂务房专管零星日用什物车马及承办一切因公出门差事[⑤]。简单而责权分明的管理机构的建立，便于企业有效决策，有序运行，为生产的顺利发展提供了保障。

---

① 《申报》，光绪十八年六月初五日（1892年6月28日），第377页。

② 徐润：《徐愚斋自叙年谱》，第57页。

③ 《办事专条11则》，光绪五年（1879年）订，见《开平矿务局规条》，上海广百宋斋光绪年间铅版印，国家图书馆分馆藏。

④ 《洋人司事专条》，见《开平矿务局规条》。

⑤ 《开平矿务局开办规条10则》，光绪五年（1879年）订，见《开平矿务局规条》。

表2-2-1

开平矿务局机构

督办

总办

会办

矿师

卖煤房　杂务房　监工房　采煤房　机器房　采办房　考工房　总账房　总公事房

资料来源:开滦矿务局史志办公室编:《开滦煤矿志》第三卷,第8页。

(四)严格的规章制度的建立,提高了生产效率

无规矩不成方圆,唐廷枢从筹办开平矿务局开始,就力求按照资本主义的管理方式来运营,刚刚建矿,就参照英国煤窑章程,再“因地制宜,量为变通”[①]制订了各项规章制度,而且根据不同时期所出现的问题不断增修,形成了较完备的规章制度。这些规章包括《开平矿务局开办规条10则》[光绪五年(1879年)]、《办事专条11则》[光绪五年(1879年)]、《工厂规条14则》[光绪六年(1880年)]、《窑工规条32则》[光绪七年(1881年)]、《续增煤窑规条51则》[光绪八年(1882年)]、《卸煤楼规条18则》[光绪十二年(1886年)]、《煤窑雇工作工规条28则》[光绪十三年(1887年)]、《意外须知5则》、《通风煤气用灯专条15则》、《煤窑要略19则》、《窑里放炮专条14则》、《煤矿章程》、《内司事专条》、《煤矿专条》、《洋人司事专条》等,从中可以看出从地面到地下、从最高领导到最底层的工人、从中国人到外国人的职权范围及所应履行的职责、履行职责应注意事项及奖惩等情况无不包括在内,由矿局到各岗位的规章制度、操作规程全都包含在内,既有正常工作的细则,也有对发生意外的应急措施。

① 《开平矿务局为重订煤窑规条之告示》,光绪十三年(1887年)十二月,见《开平矿务局规条》。

这些规则的制定既借鉴了先进国家的经验,又结合了中国的实际;既吸取了以往的教训,又总结了当时的经验,大到工程操作,小到行为规范,详细列出,总的说来,开平矿务局的管理制度是比较完备的。这些规章制度的制定,使工人完全处在大机器工业的生产环境下,久而久之,使这些来自于农民、自由散漫,缺乏组织纪律性的人们逐渐适应了一种完全不同于农业组织方式的产业形式,变得守时守信和惯于纪律的约束。这些规章的实施,保证了企业安全、有效的生产,既减少了隐患,同时也培养了一批高素质的工人队伍,是近代化大企业建立的标志。

(五)开辟运输渠道,筹建销售网点

马克思认为:"货币资本的循环……是以流通为前提的","由于卖的速度不同,同一个资本价值就会以极不相同的程度作为产品形成要素和价值形成要素起作用,再生产的规模也会以极不相同的速度扩大或者缩小"①。为了尽量缩短资本在流通领域的时间,唐廷枢积极开辟运输渠道,并广筹销售网点。

"煤矿之利全在运道之便捷,脚价之便宜,销场之畅旺"②,而这一切的前提皆源于交通运输的改善,"运输是整个经济的主要基础"③,运输不畅,成本的降低和市场的扩大都无从谈起。在筹划开平矿务局时唐廷枢就考虑到了交通运输对发展生产的重要性,随着开掘工作的进展,运输问题提到了议事日程上来,"出煤向由旱道营运,颇为不便"④,于是唐廷枢遂获李鸿章的支持修筑了唐山到胥各庄之间的铁路,开挖了胥各庄到芦台之间的煤运河,同时疏浚了北塘河、白河这两条通往天津的河道,初步解决了运输问题。时人对开平

---

① 马克思:《资本论》第二卷,人民出版社 1975 年 6 月版,第 48 页。

② 《矿务新论》,见宜今室人辑:《皇朝经济文新编》卷二《矿务》,载沈云龙主编:《近代中国史料丛刊三编》第二十九辑,总 283,台湾文海出版社 1987 年 8 月版,第 19 页。

③ 《列宁全集》第三十三卷,人民出版社 1957 年 8 月版,第 125 页。

④ 孙毓棠:《中国近代工业史资料》第一辑,下册,第 653 页。

煤矿的经营成效曾有评论："至于开平基隆之煤矿则皆有成效之可见矣，而其所以有效者，说者咸知其因有铁路之故……一有铁路则人工以一月半月，至火车以一日半日或且数刻而至，转运之灵无逾于此，人工需每担数文或数十文者，铁路则一装数十数百吨，约计一文钱可装至数十斤极而至于百十斤，则其脚价之省为何如矣，转运既速脚价既廉，凡平时不用煤之处亦且因便宜而购用之，平时所不能到之地今亦可以如取如携，则其用场直将倍蓰于从前，其销路有不日见于广远者乎"[①]，但前景并不如人们所想象的那样美好。正是有了便利的运输条件，开平煤产量得以迅猛增长，业务蒸蒸日上，但运输问题毕竟只是初步解决，"铁路运输由于其技术的先进性，极大地节约了运输时间，缩短了运输距离"[②]，很快显示出了其优越性，"因运驶灵便，附近各处搭客载货实繁有徒"。可从胥各庄到天津仍行水运，情况则大不相同，"铁路太短过二十里即入小河，而小河时当淤浅须候潮水方能送出，苟水涨不敷所用或坐守月余诸多阻滞"[③]。北方本身受气候影响，通航时间较短，再加上干旱少雨，先进的运输工具与落后的水运无法协调，"北塘河与白河之间的运河有时水很浅，必需使用一种特殊的剥船"，"在北塘河上使用拖船拖带剥船，但在运河里面拖带便很困难。所以，只好用纤绳，但每日运输量超过二千吨时，拉纤运输才值得。为了试验，曾修造了一艘中心拖轮，轮子安装在六十尺长的两个船身之间。螺轮不能使用，因为浅水里水草过多"[④]，这样煤从矿区运到胥各庄却难以及时转运海口出现了堆积如山的状况。转运的不便也使煤价居高不下，开平煤矿所产上等煤价每吨银八两；中等煤价每吨银七两五钱；下等煤价每吨银七两[⑤]，而当时中

① 《矿务新论》，见宜今室人辑：《皇朝经济文新编》卷二《矿务》，第 19 页。

② 宓汝成：《帝国主义与中国铁路》(1847—1949 年)，第 590 页。

③ 《申报》，光绪十二年六月二十六日(1886 年 7 月 27 日)，第 159 页。

④ 孙毓棠：《中国近代工业史资料》第一辑，下册，第 650 页。

⑤ 孙毓棠：《中国近代工业史资料》第一辑，下册，第 654 页。

国市场上的洋煤价格却要低得多，英国煤，上海时价每吨八两，新南煤七两，东洋煤六两，台湾四两五钱至五两①。开平煤不仅无法与洋煤竞争，而且也大大影响了煤矿的生产和销售。《捷报》光绪十年(1884年)12月10日的一则报导颇能反映矿务局的窘境，"矿局在两条运河上已花费了很多钱，但冬季冰冻时全然无用，并且淤塞得很快。他们短短的小铁路还好，但煤车很重，铁轨过轻，若用六十磅钢轨可能经济些。矿局急望此铁路能修至北塘河，则煤斤即可运载上船。冬季人工较贱、市场上又需煤时，矿上却只做半日工，因为矿局无法加强运输，只好在当地卖一卖；每天用大车运走约一百吨。每日煤产量本来很容易地提高到一千吨。今年夏天有两星期每日产煤至六百吨"②。由于生产的增加，"那些应急的运输办法越来越不顶事。从唐山到胥各庄的铁路走得还不错，但是从胥各庄到芦台这条运河未免有些使人失望。这条河运出的煤赶不上矿地生产出的煤那样快。高额的维持费，同驳船工人不时发生纠纷，在胥各庄改用水运时，煤的损耗很重以及在转运期间沿途的修漏很普遍，这一切指出了有把这个水运取消而把这条铁路由胥各庄伸展到芦台的必要"③。开平矿务局虽然修建了铁路，开挖了煤河，但反复变换运输形式，反复装卸搬运，导致开平煤矿效率低、成本高。加之，煤河"春秋潮汛不大，煤船常有停棹候水之苦；河无来源，亦有岁淤月挑之费。而兵商各轮船欲多购煤而运不及，矿内积煤日多，欲运煤而路不畅"④，因此，改善通往天津的运输线已成为矿务局亟待解决的问题。

光绪九年至光绪十一年(1883—1885年)中法战争的失败使倡议修铁路的呼声逐渐高涨，清政府逐渐认识到铁路对于巩固国防的

① 孙毓棠：《中国近代工业史资料》第一辑，下册，第620页。

② 孙毓棠：《中国近代工业史资料》第一辑，下册，第655页。

③ 卡尔逊：《开平煤矿》第二章，第1页。

④ 宓汝成：《中国近代铁路史资料》(1863—1911年)第一册，第126页。

重要性，铁路问题成为清政府廷议的重要内容。“虽然中法战争在不久以前业已结束，但在中国依然存在着一个时时会跟外国军队冲突的印象。当时清政府当局心里充满了恐惧外国侵略的情绪。因此焦急地讨论着可能实行的改良措施，借使中国能够有效地对抗列强。”[①]开平总工程师金达借此机会向李鸿章面陈延长铁路的必要性，开平矿务局商董也邀集众商致书李鸿章，请求将唐胥铁路展至芦台以取代运煤河，李鸿章遂以“西洋煤矿必有火车接运乃能兴旺，开平即仿西法开采，日出煤八九百吨，北洋兵船、机器局实赖此煤应用，以敌洋产，遇事必当量力维持”[②]为由，以收买唐胥铁路，成立国有开平铁路公司为名，上奏清政府获准，于光绪十二年(1886 年)将唐胥铁路西延至芦台阎庄储煤场，是为唐阎铁路，全长 45 公里。光绪十四年(1888 年)，清政府又以“近畿海岸，自大沽、北塘以北五百余里之间，防营太少，究嫌空虚。如有铁路相通，遇警则朝发夕至，屯一路之兵，能抵数路之用，而养兵之费，亦因之省”，且“北洋兵船用煤，全恃开平矿产，尤为水师命脉所系。开平铁路若接至大沽北岸，则出矿之煤，半日可上兵船。若将铁路由大沽接至天津，商人运货最便”，出于对“军旅、商贾，两有裨益”[③]的原因将铁路西延至天津。这样，铁路便从唐山直通天津，全长 130 公里，时称津沽铁路。在各地洋务派督抚的活动和大势所趋之下，清政府也终于改变了态度，于光绪十五年(1889 年)五月谕旨，肯定铁路“为自强要策”，“但冀有利于国，无损于民，定一至当不易之策，即可毅然兴办，毋庸筑室道谋”[④]。

开平矿务局修成津沽铁路后，光绪十六年(1890 年)开平铁路公

---

① 肯德著，李抱宏等译：《中国铁路发展史》，生活·读书·新知三联书店 1958 年 6 月版，第 27 页。

② 宓汝成：《中国近代铁路史资料》(1863—1911 年)第一册，第 127 页。

③ 宓汝成：《中国近代铁路史资料》(1863—1911 年)第一册，第 131 页。

④ 《清实录》(55)，《德宗景皇帝实录》(四)，二百六十九卷，光绪十五年(1889 年)四月初六日上谕，中华书局 1987 年 5 月版，第 599 页。

司又从唐山一端起,“接续筹办”[①]往山海关的线路,于当年修到古冶的林西矿区,后又从古冶向东延展,到光绪二十年(1894年)修到山海关,全长348公里[②]。光绪二十二年(1896年)铁路延展到北京,至此,从唐山东至山海关,西至北京的关内铁路建成。运输的彻底改变,大大便利了开平煤矿的发展。

开平一向重视开辟市场,在开展铁路、煤河运输的同时,开平矿务局也积极发展海运。而且“开平发起人原来的希望是采矿有助于招商局为它的轮船找到南运的货物。但当开平正准备好了大量地运煤到通商港口的时候,唐景星已经不再是该局的首脑人物,因而该局和煤矿公司的关系也不如从前那样密切了。因此,当林西煤井带来了大量生产和沿海销场的扩充前途时,开平也不再关心招商局轮运回头货的事,并决定建立它自己的航线”[③]。早在煤河通航时开平即建造了100多艘运煤驳船,从光绪十三年(1887年)开始,开平陆续购置海运货轮四艘,“自运本局煤斤之外,兼揽载客货搭趁仕商,客位生意蒸蒸日上,实与招商、怡和、太古三公司旗鼓相当,别树一帜,近以卖买日旺,原有之船不敷分布,本年向英厂、德厂各定造一艘,一切机器舱位均系新式”[④],以后又陆续购置,到光绪二十四年(1898年)开平矿务局已建立起一支拥有6艘轮船、8300吨载重能力的海运船队,成为一支实力雄厚的航运力量。便利的交通是商品运行的大动脉,开平产品由此运往全国各地甚至海外。

---

① 宓汝成:《中国近代铁路史资料》(1863—1911年)第一册,第131页。
② 宓汝成:《帝国主义与中国铁路》(1847—1949年),第343页。
③ 卡尔逊:《开平煤矿》第二章,第2页。
④ 陈真:《中国近代工业史资料》第三辑,第530页。

表2-2-2 开平矿务局海运船队轮船一览表

船名	载运量(吨)	建造年代	费用(镑)	情况
广平	2 250	1898 年	30 000	良好
西平	2 250	1898 年	30 000	良好
清平	1 200	1890 年	20 000	一般
福平	1 200	1890 年	20 000	一般
永平	900	1890 年	13 000	尚可
北平	500	1887 年	10 000	尚可
合计	8 300	-	123 000(约 851 000 两)	

资料来源:胡佛:《关于中国天津开平煤矿之调查报告》,见熊性美、阎光华主编:《开滦煤矿矿权史料》,第 35 页。

在开辟运输渠道的同时,开平矿务局在全国重要的通商口岸和沿海城市设立码头、货栈,广建销售网。自光绪四年(1878 年)建矿后,已相继在天津、塘沽、广州等地购置地亩,修建码头。光绪十四年(1888 年)张翼继任开平矿务局总办后,为更加有利地运输开平煤,开始着手进行秦皇岛港的建设,拟建筑一个具有近代化码头设施并以输出开平煤炭为主的优良港口。清政府许其出资,并在商港建成后,以输运煤炭为主,附以运送客旅、杂货、转递国家邮政文件及准许北洋水师驻扎、靠泊等交换条件,使开平局取得了勘察设港地段、购买土地、代理地亩、承揽筑港权及优先使用权等①。光绪二十五年(1899 年)四月开始修筑初期防波堤及木质栈桥码头,截至光绪二十六年(1900 年)上半年,防波堤已筑成 300 米,并在其内侧临时修建木质栈桥码头,码头总长 200 米,宽七八米,前沿水深 18 英尺,低潮

① 黄景海主编:《秦皇岛港史》(古、近代部分),人民交通出版社 1985 年 11 月版,第 136 页。

时为14英尺，可泊靠当时较大型轮船两艘。在初期防波堤码头上，铺设了轻轨铁路，通过港域与津榆铁路汤河站接轨，全长约三英里，并设置栈房、堆煤厂等，初期防波堤及码头主体工程已简易投产使用①。到光绪二十六年（1900年）时，开平矿务局已在天津、上海、广州、烟台、营口、塘沽、秦皇岛、香港共建码头九处，初步形成产、运、销的一体化，为开平煤走向全国、走向世界奠定了基石。

表2-2-3

开平矿务局所属单位

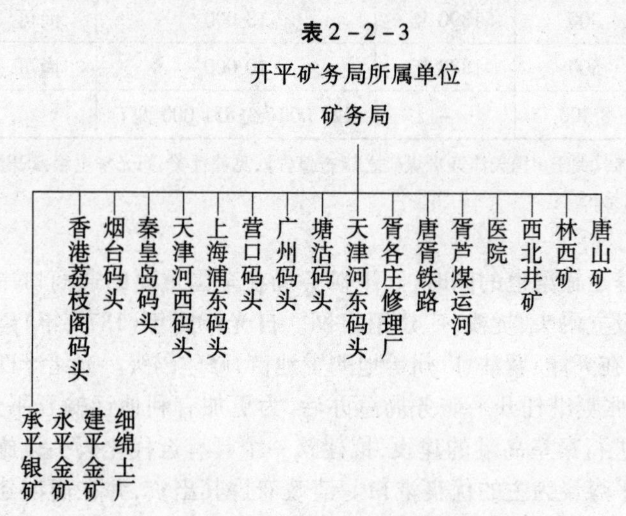

资料来源：开滦矿务局史志办公室编：《开滦煤矿志》第三卷，第9页。

（六）严把质量关，为企业赢得市场

产品质量是企业的生命线，是企业信用的重要标志和市场竞争力的基础。唐廷枢在商场打拼，深知优胜劣汰的竞争铁律，在生产过程中严把质量关。要求工人"抛煤必须留心，多出大块为好，又勿令

① 黄景海主编：《秦皇岛港史》（古、近代部分），第150、153页。

所抛之煤与石块矸子土等掺杂为要”[①]，“所有第五槽煤峒钻孔或别槽应钻之处须在三尺以下钻孔，以期多出块煤”[②]，煤桶出井是否装满有无矸子由把钩等“随见报明，酌量给赏，如漫不经心含混不报定行议罚，倘桶面明有矸子，故意不报者立即开除以示惩儆，所有把钩不能分别煤与矸子者一概不用”。掌筛小工“必须时刻将筛条刮净”，以使煤末容易漏下而不致阻滞，“如见矸子过多立即报知楼总根究，桶属何槽何峒即将疏忽不报之把钩人拟罚，其罚款一半充公，一半奖赏首报之掌筛工人”[③]。开平矿务局时期对煤质管理就有明文规定：“窑里提出之煤，应由井口把钩逐桶看明是否净煤，如见桶内有矸子土、碎石等掺杂，立将该桶放归一旁，报知楼总酌办，果不干净，立将该桶注销不算。”[④]通过生产过程中的层层把关，使开平能够以优质煤炭投放市场。优质的产品为开平成功地占领市场提供了重要保证，也是开平经营成功的原因之一。

（七）注重先进设备的引进并适时更新

开平矿务局是中国近代较早采用西法开采的煤矿之一，在开采之前唐廷枢等人即对开平矿藏进行了调查分析，比较了中西采煤方法的不同，“土人之开煤者缺本多而获利少”，“每名工人每日至多采煤四五百斤而已”，而西法采煤“每日每人可采煤四吨半”，“英国山价每吨售银一两已有大利”[⑤]。两相比较，当然西法更为经济，所以唐廷枢从一开始就想把它办成一个引进西方先进技术、设备进行开采的近代化的大型煤矿，这从《开平矿务局开办规条10则》也可看出，他认为当时“开采煤铁以英国为最，人力所不及者以机代之，今

---

① 《窑工规条32则》，光绪七年（1881年）订，见《开平矿务局规条》。
② 《续增煤窑规条51则》，光绪八年（1882年）订，见《开平矿务局规条》。
③ 《卸煤楼规条18则》，光绪十二年（1886年）订，见《开平矿务局规条》。
④ 开滦矿务局史志办公室编：《开滦煤矿志》第二卷，第508页。
⑤ 孙毓棠：《中国近代工业史资料》第一辑，下册，第618、619页。

本局仿其法购其机用其人”[1]，也表明了他的决心。开平煤矿从一开始即引进了英国先进的机器设备按一定的开发程序进行开发，“从前所用器具，今皆弃置，惟用新购者，以期事半功倍。……钻煤机器，不用人力火力，惟藉风势鼓荡，能钻透坚煤而使之炸裂，诚利便也”[2]，钻探是从英国定造的一付700尺深之钻地机器。唐山矿投产后，即安装一台功率110.25千瓦的蒸汽绞车，日提煤500吨，光绪十七年(1891年)唐山矿一、三号井改装367.5千瓦蒸汽绞车[3]，以机械代替人力，生产能力进一步提高；抽水是从英国购置的以蒸汽为动力的大维式抽水机，每分钟可以从300米深的矿井中抽水3.55吨，以后随着生产的发展，还逐渐引进了不同型号的抽水机，但这一时期皆以蒸汽为动力[4]；通风设备也是从英国订购的以蒸汽为动力的扇风机，光绪八年(1882年)唐山矿安装三台古波尔式扇风机，林西矿建成后也照样安装[5]。在提升、抽水、通风三个环节使用机械，所用油灯均用厚玻璃密罩，这样就摆脱了土法开采的种种局限，基本上做到了“路既干，灯既明”[6]，有利于更深、更安全、更有效地开采。就连煤运河也采用了先进技术，“这运河是在中国第一次用外国方法开凿的水道，安装着有阔十四至三十尺的铁石水闸和坚固的桥梁”[7]。煤炭运输设施，光绪七年(1881年)唐胥铁路是轻型钢轨和木枕，到光绪十年(1884年)为适应运量的加大，由原来重30磅(每米15公斤)的钢轨更换为60磅(每米30公斤)的钢轨，但在当时，各矿建设的

---

① 《开平矿务局开办规条10则》，光绪五年(1879年)订，见《开平矿务局规条》。
② 孙毓棠：《中国近代工业史资料》第一辑，下册，第644页。
③ 开滦矿务局史志办公室编：《开滦煤矿志》第二卷，第154页。
④ 开滦矿务局史志办公室编：《开滦煤矿志》第二卷，第202页。
⑤ 开滦矿务局史志办公室编：《开滦煤矿志》第二卷，第188页。
⑥ 孙毓棠：《中国近代工业史资料》第一辑，下册，第619页。
⑦ 孙毓棠：《中国近代工业史资料》第一辑，下册，第642页。

通至火车站的铁路支线,其轨道还是较轻型的钢轨①。开平煤矿由于注重设备的引进与更新,可以开掘更深层的资源,避免了土法开采所造成的浪费和局限,同时也提高了生产效率,降低了成本,增强了其竞争力,这也是它得以成功的一个主要因素。西法开矿在近代中国属于创举,由于几千年来技术水平的停滞,不得不在引进机器设备的同时,也引进人才,因为只有较高的技术水平才能熟练驾驭引进的机器设备。当时从国外高薪聘请工程技术人员,安置在一些技术性较强的岗位,在他们的带领下,开平煤矿也逐渐培养了一批技术骨干,为煤矿生产的近代化做出了贡献。

第三节 唐山城镇格局的初步形成

近代唐山城市的发展,经历了两个既紧密联系又有区别的过程,即由村到城镇的城市化过程和由城镇到工商业城市的城市近代化过程。随着开平煤矿的日益壮大,唐山也由一荒僻村落发展为新兴的城镇。

工业化是城市化的先导,随着那一座座厂房拔地而起,一台台机器隆隆作响,一缕缕烟雾随风而起,一列列火车络绎于途的大机器工业景观的出现,桥家屯这个小村庄也发生了翻天覆地的变化。开平煤矿是唐山城市发展的里程碑。随着开平煤矿的发展,到19世纪末桥家屯已由一蕞尔小村迅速崛起为新兴的城镇,无论从人口、新式工业、交通运输的发展来看,还是从商品集散、中转、交易量来看,其在经济上的影响力和辐射力已远远超过冀东地区其他的集镇甚至府治永平及县治滦州,逐渐成了这一地区的经济中心。工业化是唐山城市崛起的直接推动力。

---

① 开滦矿务局史志办公室编:《开滦煤矿志》第二卷,第427页。

一、农业文明到工业文明

开平煤矿的创建,打破了桥家屯古老封闭的格局,为这里带来了近代工业文明。开平煤矿创办前,此地"隶旗圈者十之八九,人既不得典当长租,复有压租借租等项,兼以不知水利旱涝,悉听于天,计丰岁所收每亩不过四五市斗(卫斛二十一二不等),除租息外(每亩租息有多至二三斗者)仅可赡生。一遇歉收,佃租如故而家室如悬矣"[①],故居民为了维持生计除从事农耕外还兼事制陶、挖煤、采石等手工业,但技术落后,出品不精。开平煤矿作为第一家使用机器进行生产的近代企业,其设备先进,资金雄厚,还从国外高薪聘请工程技术人员,第一次把先进的科学技术带入了这一区域,这就打破了其落后、封闭的格局,对这一地区的近代化起了带头和决定性的影响。据光绪八年(1882 年)《申报》报道:"开平矿务局经唐观察创办以来目下已建有铁路,规模大廓气象一新,运煤之车络绎于途,产煤之区开采不竭,且煤质既佳而价值又廉,销路极为繁盛,该处向本肃瑟现已成为大市落矣。"[②]以开平煤矿为开端,唐山由农业社会一举跨越到工业文明的社会,一些近代企业继之在唐山逐渐创办起来,所以开平煤矿的创办对唐山的崛起起了拉动作用。

开平煤矿的发展起了龙头、示范效应。开平煤矿的创建,带动了其他工业的兴起。开平煤矿从一开始就注重自力更生,为了进行矿山建设,又相继投资创办了为煤矿生产服务的一系列附属企业,如砖瓦厂、机械制修厂、焦炭厂、水泥厂、采石厂、唐山修车厂等,这些工厂生产的产品除满足煤矿生产建设的需要外,剩余走向市场,在这些企业中,唐山修车厂和唐山细绵土厂(即后来的启新洋灰公司)皆脱离开平而发展成为当地的支柱产业。唐山修车厂是为适应铁路建设以

---

① [清]吴士鸿修,孙学恒纂:《滦州志》卷一《疆理·风俗》,第 50 页。

② 《申报》,光绪八年正月十一日(1882 年 2 月 28 日),第 209 页。

修理运煤机具和铁路机车的需要,开平矿务局于光绪十六年(1890年)在胥各庄设立的,当时只有工人四十余名和几间简陋厂房,十余台人力小型机床和十一部以蒸汽为动力的机械设备,以检修机车、车辆为主业[①]。就是利用这样简单的设备,在工程师金达带领下工人们竟于光绪七年(1881 年)制造出中国第一台蒸汽机车,牵引能力约百吨,从此改变了马车运煤的状况。随着煤炭运输量的增加,修车厂于光绪十四年(1888 年)由胥各庄迁到唐山,改称唐山修车厂。当时修车厂规模很小,占地面积四十余亩,有工人五六百人,工厂由英国人管理,机器设备和原材料等也都靠从英国进口,已能修造煤车、小型机车以及货、客车。光绪十四年至光绪二十二年(1888—1896 年)唐胥铁路西伸至津、京,东延至山海关,工厂随之迁址扩大,到 19 世纪末工人逐渐增加到 1 000 多人,但主要还是靠手工劳动,生产效率低,每月只能检修小型机车 5—6 台,客车 6—7 辆,货车 40—50 辆[②]。另外,早在明代,这一地区丰富的煤炭、石灰石、黏土等资源就被当地居民尤其开平镇居民所利用,由此发展起了制陶、砖瓦、石灰等工业,当时开平矿区土窑生产的煤,由于属笨重物资,在封建社会交通不发达的情况下,除一部分由大车运载芦台,然后用驳船运往天津外,主要在当地销用,销场往往限于产地附近,其中一部分供民用,大部分供石灰窑、陶窑和砖瓦窑之用。开平煤矿生产的煤炭,同样除运往天津、上海、烟台等地供北洋海军、轮船制造、机器局等使用外,有相当一部分供应当地工业和民用。在开平煤矿创办前,据考察"唐山之麓,尚有凿石老坑,采煤旧硐,约数十处;由此而开平东北之缸窑、马子沟、陈家岭、风山、白云山、古冶等处,目睹民间开煤者约二十余处;凿石烧灰,设窑烧炭,凿干子土烧陶器砖瓦者,又不下二三十处;每处

① 唐山市路南区地方志编纂委员会编:《唐山市路南区志》,第 302 页。
② 江淮主编:《唐山经济概况》,河北人民出版社 1986 年 7 月版,第 45—46 页。

多则一二百人,至少亦有数十人作工"[①],可是"以往因为浮面采煤将竭、煤价过昂,此地这些工业已经渐渐衰败了",现在随着廉价燃料煤的供应以及工业发展对原材料的需求,"附近有几种工业又恢复起来了"[②]。随着采煤业的发展,制陶业、砖瓦业也伴随成长起来,曾经衰败下去的几种工业又得以恢复和发展,并出现了新兴工业部门,如水泥。制陶工业也开始改进工艺,以前"粗笨乏精细"[③],现出品日益精美,其他手工农产品加工业也都获得了一定程度的发展。如酿酒业的发展使开平城曾有"填不满的开平城"之誉,围绕矿区附近还出现了一批服务于矿山的手工业作坊。这充分显示出它在推动和促进其他工业发展中所起的龙头、示范作用。

二、唐山城镇人口的演变

唐山由村到镇的发展过程,也就是其人口城市化的过程。人口城市化,是指人口向城市或城镇地带集中的过程。开平煤矿的创办,加速了唐山人口的增长,使其由一荒僻小村一跃而为新兴的城镇。在开平煤矿创办前,唐山仅是滦州一个名为桥家屯的不起眼的小村庄,居民 18 户,以每家 6 人计算,也只不过百十来人。随着近代工业的兴办,再加上农村经济的衰败及灾荒也造成大量流民,人口迅速向这一区域集中,唐山人口规模得到迅速扩展。

开平煤矿矿区由于处在"一个比较贫困和人烟稀少的地方"[④],再加上采煤业作为一种危险性职业,农民非至万不得已是决不肯下井充当矿工的,故最初招工十分困难,农民一般都是农闲时进矿干活,农忙时又回乡务农,光绪五年(1879 年)时只有工人 250 人[⑤]。

---

① 孙毓棠:《中国近代工业史资料》第一辑,下册,第 613 页。
② 孙毓棠:《中国近代工业史资料》第一辑,下册,第 649 页。
③ 袁棻修,张凤翔纂:《滦县志》卷四《人民 · 风俗习尚》,第 2 页。
④ 卡尔逊:《开平煤矿》第二章,第 12 页。
⑤ 孙毓棠:《中国近代工业史资料》第一辑,下册,第 1190 页。

“为了解决劳工队的招募和稳定问题”，开平矿务局从广东、福建和山东等地雇来了一批工人，这些工人大部分是技术工人，“1882 年在开平矿山雇用的 520 个工人中，就有 120 个是南方人”[①]。光绪九年(1883 年)又从汕头招收了 100 人[②]，到了光绪二十一年(1895 年)，据徐润《在建平金矿寄故乡父老信》中载：“开平做工之人日夜三班，连司事、机器匠、杂工、瓦窑、炭窑、灰窑、缸窑、石山，不下 15 000 人；外加铁路、铁厂之工人不计。又林西一矿……司事、工人较唐山十分二三，约 2 000 余人”[③]。铁路修车厂建厂时只有几十名工人，光绪十七年(1891 年)达四百余人，其中广东籍工人约占四分之一，以后规模扩大，到光绪三十四年(1908 年)时有工人一千余人[④]。如此推算，在光绪二十六年(1900 年)时也只七八百人，但实际上，工人总数并不止此，因为铁路修车厂还有许多工人是根据需要临时在“工夫市”雇用的。另外，光绪二十一年(1895 年)北方发生水灾，据《申报》光绪二十一年(1895 年)五月十八日载：“东八县灾民麕集唐山一带计有十数万人，仍复有加无已”，开平矿务局曾开设粥厂赈济饥民，结果“自三月十八日开杓后饥民之赴唐山者如水归壑，聚至四万余人，从夜半煮粥直至日中源源开放无片晷之暇仍虞不给”，后虽有官府谕令“各回村落听候赈抚，不得仍在唐山逗留坐失机会，饥民闻谕多有匍匐而归者”，但在钦差大臣刘岘住所唐山东局行辕门首，“不分日夜仍集千数百人求乞”[⑤]，这些人因为年景仍无好转，有相当一部分也就继续留在唐山谋食走方。桥家屯村在此时也已由百十来

---

① 卡尔逊：《开平煤矿》第二章，第 13 页。

② 开滦矿务局史志办公室编：《开滦煤矿志》第三卷，第 136 页。

③ 徐润：《徐愚斋自叙年谱》，第 75 页。

④ 唐山机车车辆厂厂志编审委员会编：《唐山机车车辆厂志》(1881—1992 年)，中国铁道出版社 1999 年 8 月版，第 252 页。

⑤ 《申报》，光绪二十一年四月二十四日(1895 年 5 月 18 日)，第 109 页；光绪二十一年五月初三日(1895 年 5 月 26 日)，第 163 页。

人的小村落发展为千户人的大聚落，附近各庄亦随之增多，如此算来，到19世纪末，各村落加上各厂矿唐山已拥有不下三万人，已是一个具有相当规模的城镇了，华洋杂处，移民云集。随着人口增长、经济发展，“1898年唐山设镇制，这时，它已成为滦县、丰润县地区内的最大经济中心”①。

三、唐山商品经济的发展

开平煤矿的创建，促进了唐山商品经济的发展。唐山短时间内即聚集了大量的人口，这是城镇发展的标志，而大量人口的涌入又进一步促进了城镇的发展。“工业既兴，交通称便，遂辟为粮米交易场所”②，随着开平煤矿的建成投产，各类小商小贩从四面八方开始向这一区域集散。起初没有固定的地点，商贩们车推肩挑沿街叫卖或临时搭建简易棚以招揽顾客，活动地点多围绕开平煤矿一带，以矿工为销售对象，民以食为天，当时饮食服务业最为发达。后随着流通市场的扩大和经营商品种类的增加，商业行业迅速扩展，除一些传统的粮、油、盐、鱼虾、蔬菜、糕点、肉类、家庭日用、缸瓦盆罐等得到继续发展外，又陆续出现了专门经营五金、洋广杂货、中药等的新式商业行业。由于交通便捷，各类货栈也相继设立，商人逐渐由游商转为坐贾，商业摊点和店铺日增，首先在唐山矿四周出现了许多商号。大者如光绪十六年（1890年）在广东大街开设的中顺斋商号（后改称中顺药局），为唐山最早的中药店③；光绪二十年（1894年），乔头屯人刘凯元在乔屯街开设的唐山第一家私营商店“同成号”，主要经营洋广杂货，并兼营钱粮业；光绪二十二年（1896年）天津蒲口人丁宝山在

---

① 魏心镇、朱云成：《唐山经济地理》，商务印书馆1959年4月版，第10页。
② 陈佩：《河北省滦县事情及唐山市事情调查》，第41页。
③ 唐山市路南区地方志编纂委员会编：《唐山市路南区志》，第2页。

广东街开办焊铁作坊，后又兼营小五金，改字号为宝顺德五金行①；光绪二十四年（1898年）李长顺在东局子街开设了“渣粥李”粥铺②，其他小商号更不胜枚举。同时，开平煤矿的创建，也带动了周围农村商品经济的发展，“陡河沿岸，以白菜出产为大宗”③，从开平煤矿建立后，蔬菜生产在附近村庄就形成规模型种植，由原来的自食转为商品菜，且种菜技术相当高超④。铁路的修建、煤运河的开通，沟通了唐山与外界的联络，既便利了洋货的输入，同时内地土特产品也开始流入周边区域甚至沿海城市，其市场辐射力得到极大加强，光绪十年（1884年）六月二十七日《北华捷报》曾发表题为“开平纪行”的通讯称：“河（指煤运河）上往来船只很多，除了矿局的船只外，河上还有很多民船载着煤斤、石灰、陶器。”⑤

“唐山向系一小村落耳，现因为火车起卸客货之所，人烟渐密，居然巨镇，且从前土产囤积不能销售及远，货物难于购买者今皆比比通行，裒多益寡以有易无，相彼小民其利赖果何如耶，转瞬由林西直接东三省，地愈广而利愈溥，凡属火车总汇各路皆当繁盛数倍”⑥，可见此时的唐山已成为四乡商民云集，成为各地货物的中转站和商品集散地的繁盛之区，商品交易的广度和深度都有所扩展。而商品经济的发展又增强了城镇对人口的吸纳力，因此，无论从人口、新式工业、交通运输的发展来看，还是从商品集散、中转、交易量来看，唐山

---

① 靳宝峰、孟祥林主编：《唐山市志》第三卷，第1791页。

② 唐山市政协文史资料委员会等编：《唐山历史写真》，中国文史出版社1999年2月版，第137页。

③ 袁棻、张凤翔纂修：《滦县志》卷二《地理·地质》，第34页。

④ 唐山市开平区地方志编纂委员会编：《开平区志》，天津人民出版社1998年12月版，第101页。

⑤ 孙毓棠：《中国近代工业史资料》第一辑，下册，第616页。

⑥ 《振兴京津贸易说》，见宜今室人辑：《皇朝经济文新编》商务卷八，载沈云龙主编：《近代中国史料丛刊三编》第二十九辑，总284，台湾文海出版社1987年8月版，第228页。

都有驾乎昔日依靠政治和军事原因而发展起来的开平之上的势头。

四、唐山水陆交通网络格局的形成

开平煤矿的创建，奠定了唐山水陆交通网络的初步格局。唐山处在中原联系东北的枢纽地带，由北京前往东北的御路即经过此地，虽然“开平离芦台一百二十里，均属平坦大道”①，但这些大路都是土路，一遇雨天道路即泥泞不堪，车子根本无法行走，运输周期也长，“一般农户，无论是买或是卖，都不能走得太远去进行交易。说得更具体一点，以当年的行速，他们必须在一天之内从市场上来回，包括进行交易的时间。如果为了买少量产品而要在别处过夜，甚至耽搁三五天，对于大多数农户，此交易成本就显得过高”②，所以与农民生活联系紧密的仍然是最低层次的集镇贸易。

唐胥铁路的修建、煤运河的开凿改变了这一局面。唐胥铁路开中国近代铁路运输之先河，其向东、西两端的展修、延长，打通了唐山与东北、京、津两市的联系，“这条铁路的意义在于，把北京和天津两个华北最大的城市连在一起，并把海河水系、滦河水系和关外的辽河水系连成一体。这条铁路与上述各水系横向相交，正好弥补了这几条水系互相平行无法相通的缺陷，使华北传统的水路交通通过铁路连成一气，极大地提高了天津的经济地位”③。对唐山又何尝不是如此，唐胥铁路的修建也极大地提高了开平煤矿的经济价值，正如英国骗占开平煤矿后所召开的临时股东大会所认为的：“帝国北方铁路贯穿煤田整个长度，而且没有一处距离矿三英里以上，铁路由各矿向西直达大沽海滨，向东直达秦皇岛海滨。”④中国没有一个具有重要

---

① 孙毓棠：《中国近代工业史资料》第一辑，下册，第625页。

② [美]赵冈：《论中国历史上的市镇》，《中国社会经济研究史》1992年第2期。

③ 陈克：《近代天津商业腹地的变迁》，载天津社会科学院历史所、天津城市科学研究会合编：《城市史研究》第二辑。

④ 开平矿务有限公司临时股东大会议事录，开滦档案G0767－61。

意义的煤田享有开平煤矿这样的自然运输便利，在商业上具有重要意义的煤田都在遥远的内地。加上“波平浪静，四时不涸，商艘客舰樯密如林，来往洋轮疾于奔马而起”①的开平煤运河的修筑，又把唐山与华北整个的水运系统直接联系起来，依靠开平煤河“每天往来的民船也数以百计，运送的货物亦为数万吨”②。开平矿务局还于唐山矿储煤场至唐山火车站间修筑运煤专用线，交通十分便捷。光绪十二年（1886年），开平铁路公司为实现唐胥铁路向东西延伸的计划，修筑三条运石料专用线，光绪十四年（1888年）铁路机修厂由胥各庄迁至唐山，又相继有四条厂线与铁路干线接轨，光绪十六年（1890年），在唐山铁路东展至古冶的同时，筑成林西至古冶火车站专用线③。铁路运输与传统河运相互补充，加强了其商品集散能力，附近村民纷纷将自己生产的土特产品运往唐山转运、集散，扩大了商品销售的范围。

同时，唐山工商业的繁荣，也刺激了陡河水运的勃兴，“陡河发源在开平之北四十里榛子镇，其河水尚深，惜乎湾曲窄狭，桥梁甚多，以致小船未便往来”④。但中下游夏秋季节则可资利用，能进行短途客货运输。光绪二十一年（1895年）后，陡河水运大兴，丰润县东河沽村张家自制一对长22米，宽2.5米，载重量21吨的大木船，率先从事陡河中下游商业客货航运，将当地盛产的鱼、盐、棉花、粮食、蒲苇等土特产品运至唐山设点销售，再把当地煤炭、水泥、粗瓷等日用工业品运到沿河村、镇贩卖，获利颇丰，以致下游沿河村民群起效仿。从事航运的船只最盛时曾多达五十余对（对子船），从而使唐山成为

---

① 牛昶煦、郝增祜纂：《丰润县志》卷三《杂记》，1921年铅活字印本，第81页。

② 《北支河川水运调查报告》（日文），第650页，转引自王树才主编：《河北省航运史》，人民交通出版社1988年9月版，第103页。

③ 唐山市路南区地方志编纂委员会编：《唐山市路南区志》，第373页；靳宝峰、孟祥林主编：《唐山市志》第二卷，第1456页。

④ 孙毓棠：《中国近代工业史资料》，第一辑，下册，第617页。

水旱码头和周边货物集散地和中转站，旅店、饭馆、货栈、钱庄等服务设施相继出现，码头装卸的脚行、短途运输的车队，从事交易活动的经纪人也开始大量介入，特别是唐山东北部东、西缸窑的粗瓷产品成批南下，对促进陡河下游地区商业贸易的发展产生了很大影响[①]。到19世纪末，唐山已形成支干相连、水陆并运的交通网络。水陆交通网络的初步形成，更促进了农产品的商品化，也加强了与外界的联系，促进了内地货物往沿海沿边流动，而“舶来品”也纷纷向内地灌输，市场更加热闹、繁盛，贸易日益兴旺。

五、唐山城镇格局的形成

开平煤矿的创建，推动了唐山城镇格局的形成。近代工业的出现，新式交通的发展，大大促进了商品经济的发展，促进了人口向城市的流动和集中，从而大大推动了桥家屯的城镇化进程，城镇疆界不断拓展。随着煤矿的建立，“建造房舍，兴立街市，竟与乔头屯村联为一气，始有铺户，渐成市面”[②]，商业店铺的增多，矿区与村落逐渐连成一片，形成了唐山早期的几条主要街道。由于开平煤矿最初雇用的工人多为广东籍和山东籍人，他们以同乡关系聚居在一起，形成广东街和山东街，而开平煤矿为方便矿工日常所需，在矿局和车站之间建房设铺售货，又形成了东局子街、乔屯街和以商品类别命名的粮市街、鱼市街、柴草市街、北菜市街等早期街道，唐山已形成矿村相连的城镇格局，所以到光绪二十四年(1898 年)将围绕矿区的 12 个村庄划归唐山，唐山开始建镇。

随开平煤矿的建立，人口日增，为保治安，光绪七年(1881 年)驻

① 唐山市路北区地方志编纂委员会编：《唐山市路北区志》，中华书局 1999 年 5 月版，第 419 页。

② 天津市档案馆、天津社科院历史研究所、天津市工商业联合会编：《天津商会档案汇编》(1903—1911 年)上册，天津人民出版社 1989 年 9 月版，第 990 页。

军滦州茨榆坨武汛迁驻唐山，负责维持地方治安。光绪二十四年(1898年)唐山建镇后，设保甲局以“肃奸除暴绥靖地方”①，成为当地管理治安的机构，也是唐山最早的行政机构，由开平矿务局会办杨善庆担任局长，各村村务由各村公益会管理②，但重大事件仍归丰、滦两县分管。

唐山具有近代意义的城镇建设表现在车站、桥梁、栈房等的建设上。随着唐胥铁路的修筑，光绪八年(1882年)建成唐山火车站，时有正线、装卸线各一条和十余间栈房，专营唐山至胥各庄间以煤炭为主的客货运输③。为便于人们行走又修建了桥梁，光绪七年(1881年)在唐山矿南门附近建双桥里铁路桥，光绪十五年(1889年)建双桥里京山铁路桥，又在乔屯东口、沟东大街北口建木桩支柱乔屯钻桥④。从建矿时起开平就为从英国重金聘来的矿师建有眷属住宅，房屋式样结构采用欧式⑤。另外，随着开平煤矿的建立，城镇照明、饮水和排水设施也开始设置。光绪二十年(1894年)唐山修车厂投入一台由往复式蒸汽机带动的40千瓦小型直流发电机，用作工厂照明和动力电源⑥，改变了唐山一直使用煤气灯照明的状况，从此，唐山有了电灯照明。在广东大街、粮市街和西山别墅一带高级员司住宅区设有砖砌排水沟道，为排矿井积水开挖了排水沟，虽然当时只有唐山矿至达谢庄东入陡河一段，且大部为土明渠⑦，但这却成为唐山以后主要的排水设施之一。西方物质文明在这里得到初步展示，唐

---

① 《申报》，光绪二十四年十二月初十日(1898年1月2日)，第7页。

② 陈佩：《河北省滦县事情及唐山市事情调查》，第35页。

③ 靳宝峰、孟祥林主编：《唐山市志》第二卷，第1467页。

④ 王克勤主编：《唐山城市建设志》，天津人民出版社1992年8月版，第292页。

⑤ 开滦矿务局史志办公室编：《开滦煤矿志》第四卷，新华出版社1998年1月版，第303页。

⑥ 靳宝峰、孟祥林主编：《唐山市志》第一卷，第28页。

⑦ 唐山市路南区地方志编纂委员会编：《唐山市路南区志》，第283、244页。

山镇已不同于以往依靠军事、政治发展起来的传统集镇，明显具有近代化的特征，已开始向近代城市迈进。

随着城镇人口的增加、公用事业的兴办，邮政、电讯事业也迅速兴起。早在开平矿务局开矿、修路之时，即设有专用电话交换点①，光绪七年（1881 年）开平矿务局与芦台之间即设有电报线路，光绪九年（1883 年）通到天津②，以后，随着铁路向东、西延伸，电话、电报线路也逐渐扩展到秦皇岛。总之，光绪二十六年（1900 年）以前，开平矿务局已经自建了天津—开平矿区—秦皇岛间全长 260 公里的通讯线路③，这些通讯设施除企业自用外，部分还对民众开放。光绪二十三年（1897 年）年底，刚刚开办一年的大清邮政在唐山正式成立邮政分局，办理信函、明信片、贸易契、印刷物以及包裹等邮递业务④，以后还开通汇兑业务。光绪十年（1884 年），人力车（黄包车、东洋车）由天津传入唐山，成为唐山主要的交通工具⑤。近代化交通、通讯设施的建立，便利了唐山与外界的联系，便利了信息的传递，唐山一改往日封闭、落后的状况。

文化娱乐场所也随之建立。原先唐山境内无正式书店，只有一些走街串巷贩卖文具用品和书籍的商贩，只开平矿务局和唐山制造厂有为中、高层职员服务的小型图书馆⑥。另外，开平煤矿自创办以来，视科学技术为企业发展之本，除从国外招聘技术人员外，为本企业之需，也开始培养自己的技术人才。光绪七年（1881 年）唐廷枢为改变该矿全部使用外国工程技术人员的状况，创办了采矿煤质化验学校，从美国俄亥俄州聘巴托斯任教，招收具有一定文化程度的学生

① 唐山市路北区地方志编纂委员会：《唐山市路北区志》，第 426 页。
② 牛昶煦、郝增祜纂：《丰润县志》卷三《杂记》，第 81 页。
③ 开滦矿务局史志办公室编：《开滦煤矿志》第二卷，第 258 页。
④ 唐山市政协文史资料委员会等编：《唐山历史写真》，第 137 页。
⑤ 唐山市路北区地方志编纂委员会编：《唐山市路北区志》，第 10 页。
⑥ 唐山市路南区地方志编纂委员会编：《唐山市路南区志》，第 653、656 页。

和同等学力者进行工程技术专业教育[①]，毕业后大部为矿局招用，成为开平员司、干部或技术工人。另外，开平还举办义学，这些都促进了唐山文化事业的发展。光绪十四年（1888 年）王永富在老车站北建成的车站茶园，时可容纳 200 人，是唐山第一个剧场[②]。医疗卫生事业也开始起步。光绪十八年（1892 年）开平矿务局在唐山创办简易诊疗所，光绪十八年（1892 年）开平矿务局在西山口附近建立诊所，聘请英籍医生马绍尔担任治疗工作。随着开平煤矿的创建，西方教会势力也开始对唐山发生影响。在 19 世纪 80 年代的初期，圣道堂向天津北扩展到永平与唐山，以便在成千的矿工中进行工作，由甘霖博士与殷森德先生定期巡视，但光绪十年（1884 年）最早固定驻在唐山的却是韩荫士先生，根据唐景星的请求，圣道堂在唐山建立了一所教会医院[③]。唐山文教卫生事业有了初步发展。

总之，随着开平煤矿的创办，在昔日偏僻的农村乡间出现了独立于村落的工业区域，随着工业的发展，矿区与村庄逐渐连成一片，到 19 世纪末唐山已由一冷落小村发展成为一个工商业重镇，初步展现出近代工商城镇的风貌。以开平煤矿为开端，带动了唐山工商业的发展，同时也加快了唐山城市化的进程，由于煤矿的发展、铁路的修建使唐山已迈开了近代化步伐。工业的发展为唐山城市近代化铺下了起步基石，并为唐山城市近代化的发展创造了条件。

---

① 开滦矿务局史志办公室编：《开滦煤矿志》第四卷，第 40 页。

② 唐山市路北区地方志编纂委员会编：《唐山市路北区志》，第 9 页。

③ 天津社会科学院历史研究所编：《天津历史资料》第二期，1964 年 9 月 30 日，第 137 页。

第三章 工业化的逐步扩展与唐山城市的形成

进入20世纪以后，唐山工业逐步展开，除开平煤矿、铁路修车厂继续发展外，唐山细绵土厂由周学熙收回自办后改名为启新洋灰公司，逐渐发展成为国内首屈一指的大型近代化水泥企业。同时，周学熙还创办了滦州官矿有限公司、滦州矿地有限公司、华记电力厂等大型近代化企业，唐山工业化程度逐渐提高，唐山也由一个工业重镇发展为一个综合性的工商业城市。

第一节 周学熙与启新洋灰公司

启新洋灰公司是周学熙实业集团的骨干企业。在清末民初，执实业界之牛耳者，当推“南张北周”，北周即指被视为“北洋实业之导师，民国财政之权威”[①]的周学熙。他以官商一体的双重身份投身实业，以创办启新洋灰公司为起点，先后集资创办了一系列大型近代化企业，形成了规模巨大的周学熙实业集团，在北方新型工商业界独领风骚。作为周氏中坚企业的启新洋灰公司，从一个废旧的细绵土厂发展为享誉海内外的近代化大型水泥厂，启新的收回自办及其以后

① 曹从坡：《张謇的悲剧》，载《张謇研究资料》第二期，（油印本），南通市张謇研究资料室编印，第4页。

的发展和兴盛,都与其缔造者周学熙密切相关。启新洋灰公司业务蒸蒸日上的时期也正是周氏管理期间的光绪三十二年(1906年)至1924年,故以周学熙与启新的关系为切入点观察唐山工业化和近代化发展的进程具有一定的代表性。

一、启新洋灰公司简况

启新洋灰公司是在唐山细绵土厂的基础上创建的。唐山细绵土厂"为中国洋灰制造工业之滥觞"[①],设立于光绪十五年(1889年),正是清政府宣布铁路为"自强要策",倡导筑路之时,而洋务运动也从军事工业已扩大到民用企业,铁路的兴建、军事工程的修筑及工矿企业厂房的建设,"道路、桥梁、堤防等工作亦渐众"[②],使水泥的市场需要量顿时增加了许多,开平煤矿本身各项工程建设对水泥的需要量也很大,但当时中国却不能自造,所需水泥全部仰赖进口,每桶价格高达20元。时任直隶总督的李鸿章认为:"此项塞门土(cement,水泥的英译名)系制造工程必需之物,若能自造合用,较之购之外洋,运费大省。"[③]遂饬令开平矿务局督办唐廷枢遍访原料,筹办水泥厂。经调查试验,"唐山之灰石与香山之泥合炼可称头号细绵土,不亚于英国卜伦各厂所制"[④],乃积极进行筹备。唐山细绵土厂筹办资本最初定为6万两,由军械所、开平矿务局和香山堂各出2万两[⑤],后又添加商股,资本增至10万两,所需原料石灰石唐山本地即可采到上等品,唯黏土则需取自广东,原料由开平煤船北运至塘沽再转

---

① 孙毓棠:《中国近代工业史资料》第一辑,下册,第662页。

② 上海社科院经济研究所编:《刘鸿生企业史料》(1911—1931年)上册,上海人民出版社1981年8月版,第156页。

③ 南开大学经济研究所、南开大学经济系编:《启新洋灰公司史料》,生活·读书·新知三联书店1963年2月版,第22页。(以下简称《史料》)

④ 南开大学经济研究所、南开大学经济系编:《史料》,第20页。

⑤ 南开大学经济研究所、南开大学经济系编:《史料》,第23页。

厂,运输耗资巨大,虽然可以利用开平廉价之煤,成本仍嫌太高,再加上用土法立窑烧制,造灰不得法,而“所聘洋匠虽大书院出身,因尚无历练,以致所烧之土成数甚少”①,质量亦差,“所出之灰尚不如土产石灰”②,因此“销售数量有限,亏本不堪”③,不仅将股本10万元亏赔净尽,还欠开平矿务局十万余两。光绪二十八年(1892年)唐廷枢病故,张翼继任开平矿务局督办,见细绵土厂亏赔情形,遂报停歇④。随着甲午战争后《马关条约》的签订,外国攫取了在华设厂的特权,资本输出的规模急剧扩张,这也激起中国民族资产阶级掀起了一股“设厂自救”的热潮,而清政府在民族情绪高涨的情况下,也被迫放松了对一些新式企业的控制。在此背景下,光绪二十六年(1900年)春周学熙任开平矿务局总办,他了解到水泥的潜在市场极大,即着手筹备恢复细绵土厂,北洋大臣裕禄准予所请,并批准资金“暂由开平矿务局垫款”⑤。周学熙领命后,委任开平矿务局矿师李希明为经理,以高薪聘请德国人昆德为技师,取唐山附近黏土、灰石悉心化验,结果证明唐山土石即为可造上等洋灰之原料。正准备开工生产时,义和团运动爆发,八国联军入侵,周学熙也因事入川,张翼遂临时委派天津海关税务司德国人德璀琳为开平矿务局总办。其时,开平矿务局由于盲目举办了大大超过其财力所许可的扩建工程,负债达到266.14万两⑥,张翼本来企图借外债以摆脱困境,结果被张翼称赞“为人公正,不肯唯利是趋,且办事朴诚”的德璀琳竟与英国墨林公司里应外合密谋盗卖了开平煤矿,细绵土厂也因有开平的垫款关系,一并为英国所骗占。开平煤矿被张翼盗卖后,直到光绪二

---

① 中国史学会主编:《洋务运动》(一),第542页。
② 南开大学经济研究所、南开大学经济系编:《史料》,第26页。
③ 周叔媜:《别传》,第18页。
④ 南开大学经济研究所、南开大学经济系编:《史料》,第26页。
⑤ 南开大学经济研究所、南开大学经济系编:《史料》,第27页。
⑥ 丁长清:《中英开平矿务案始末》,《南开学报》1994年第4期。

十八年(1902年)因为“龙旗事件”,此事才被发现。北洋大臣袁世凯因此事事关重大,再加上与张翼的私人摩擦,三次向清政府参奏。清政府在接到袁世凯的奏报后,责令张翼“设法收回,如有迟误,惟该侍郎是问”①。张翼经过一段活动无效后,不得不去伦敦向英国法院控告英国墨林公司用欺骗手段侵占开平矿务局产权的罪行,迁延几年,仍毫无结果。光绪三十二年(1906年)周学熙奉袁世凯之命负责办理收回开平产权的交涉。鉴于交涉工作十分棘手,一时难以收回,为使工作得以进展,他建议先交涉收回细绵土厂。在得到袁世凯的准许后,周学熙遂凭借袁世凯的权势,多次写信对德璀琳施加压力,逼他限期收回细绵土厂。几经波折,最终在周学熙坚持原则并稍作让步的情况下,以酬劳德璀琳两万两白银的代价于光绪三十二年(1906年)七月初七日收回了唐山细绵土厂,在老厂以东另建新厂,并于光绪三十二年(1907年)改名为启新洋灰公司②。

启新洋灰公司自收回自办后,在水泥工业部门中,其产品销售量始终居于优势地位,而且在1914—1922年间曾一度垄断了国内的水泥市场,及至1923年刘鸿生在上海创办的华商水泥厂和姚锡舟在南京龙潭创办的中国水泥厂先后开始出灰,才打破了启新独占市场的局面,开始了三雄鼎足的激烈竞争。启新在1923年前对水泥市场的这种垄断地位也是通过激烈的竞争而取得的。我们知道,制造水泥的原料比较简单,除少量黏土、石膏等外,主要是石料,价格十分便宜,因此在成本中比重最大的,是燃料费用和运输费用,而启新在这些方面又都享有优惠权,其他厂家自然难以与之竞争,再加上水泥厂的建设耗资大、周期长,一般私人资本根本无力承担,所以在1922年以前,中国水泥业除启新外,只有广州士敏土厂和湖北大冶水泥厂两

① 天津图书馆、天津社科院历史研究所编,廖一中、罗真容整理:《袁世凯奏议》中册,天津古籍出版社1987年3月版,第557页。

② 南开大学经济研究所、南开大学经济系编:《史料》,第28、29、35页。

家。广州士敏土厂是粤督岑春煊于光绪三十二年(1906年)奏请设立的。该厂机器设备购自德、英两国,皆为过时产品,其中烧土之棣斯氏窑,系英国人于光绪二十五年(1899年)以前所创之旧炉窑,生产产品质量低劣,又由于经营不善一再易手,而且时办时停,产额也不大,销售亦只限于广东一隅,对于启新来说,它的存在无关紧要,而湖北大冶水泥厂的设立则与此大不相同。湖北大冶水泥厂筹建于光绪三十三年(1907年),该厂地处长江中游,运输极为便利,而且当地原料十分丰富,建成后一度控制了东南各省的水泥销路,这对建厂便意图独占全国市场的启新构成了很大威胁,所以自湖北大冶水泥厂创立后,启新便对其怀有兼并之心,由此双方开始了长时期的争夺。

早在大冶水泥厂初创之际,启新就以其原料尚佳、运输便利的"天然优胜"而视为竞争对手,一度提出"合并"的建议,但遭到婉言谢绝。合并未成,启新便力图开拓南方市场,企图凭借自己的实力挤垮大冶,遂派人在长江一带考察土质,拟在安徽芜湖陶家山及江苏句容县龙潭等处设立分厂,结果也未能得逞,双方矛盾加深,竞争日趋激烈和复杂化。宣统元年(1909年)大冶因内部管理不善,市场经营不佳,资金运转不灵而陷入困境,被迫向启新求援,要求酌附股本,而启新则乘机要挟,认为大冶托商附股"实冀藉我资本弥补私亏,允则堕其术中,却恐铤而走险授柄外人妨害我业"[①],双方未达成协议,大冶被迫向外国借贷。启新知道后,周学熙"自恃在农工商承参行走","由部札饬湖北劝业道查核敝厂(大冶水泥厂)账目",结果查明账目"并无错误""所借洋款,尚无损失利权,致滋流弊之处"[②],启新通过强权干涉并未能达到其兼并之目的。宣统三年(1911年)大冶水泥厂由于资金短缺,准备将厂出售给启新,启新"拟以库平足银九

---

① 《提议本公司应酌购湖北水泥厂股票俾易悉该厂情形便于接收事》,见《启新公司董字第21号卷》,启新洋灰公司档案馆藏。

② 汪敬虞:《中国近代工业史资料》第二辑,下册,第1085页。

十五万两收买”,此数在启新看来“已属吃亏”,而较大冶“所索之价尚仅及半”①,双方又未能达成协议。同年,大冶水泥厂因添购机件,急需巨款,而招股又十分困难,遂向吉林官银号押借银48万两,并又向日本三菱公司借日金36万元,乘大冶资金短绌之际,周学熙又嗾使吉林度支使追索大冶借款,企图通过购买湖北大冶水泥厂股票的办法,对大冶厂“作一间接之归并”②,而此办法亦未能逼使大冶就范。到1913年,大冶因无力偿付日债被查封,并且日商“意欲以拍卖为名,乘机攫取”③。大冶为偿还债务,不得已向天津保商银行“借银一百四十万两……以全部分厂基、房屋、机器、线路、小铁路、驳岸码头、趸船、驳船、各处栈房及所附产业单内所载各项”④作为抵押。当启新得知大冶厂与保商银行所订合同内“订有债权者得将合同让渡一条”时,周学熙遂“迭与保商提议让渡”⑤,几经磋磨,双方终于订立了让渡合同,启新于1914年4月以“华商实业社”的名义接管了湖北大冶水泥厂。这样,经过“强权干涉”、“趁危逼逐”、“借债贷款”三部曲,启新消除了劲敌,达到了其兼并大冶的目的。

启新兼并大冶后,经济实力大增,无论是资本额还是生产能力都较之以前有了大的提高。更为重要的是,它拓展了东南各省的水泥市场,增强了其竞胜图存的能力,为以后的扩充奠定了坚实的基础。启新成功的经营也为其带来了巨大的经济效益和良好的社会效应。

启新洋灰公司创立时,全国各地正在进行轰轰烈烈的收回路矿

---

① 《提议接收湖北水泥厂事》,见《启新公司董字第21号卷》,启新洋灰公司档案馆藏。

② 汪敬虞:《中国近代工业史资料》第二辑,下册,第1086页。

③ 南开大学经济研究所、南开大学经济系编:《史料》,第203页。

④ 《湖北水泥厂向天津保商银行抵押借款合同》(1913年11月4日),见中国第二历史档案馆编:《中华民国档案资料汇编》第三辑《工矿业》,江苏古籍出版社1991年6月版,第329页。

⑤ 南开大学经济研究所、南开大学经济系编:《史料》,第204页。

权运动。在各地绅民的强烈要求下,清政府迫于压力设立了管理全国路、邮、轮、电四大政的总机关——邮传部,自此开始自办铁路工程,从而出现了一个商办铁路的高潮。铁路的修筑,对洋灰的需求量激增,这一良好的机遇为启新提供了广阔的销售市场,投资自然踊跃,产量也随之增加。在启新本身来说,其"工厂位置之适当可称无比","因毗连开滦矿区,可得多量及廉价之燃煤","因位于北宁路之中心地带,运输极为便利","因棉石黏土之采掘即在厂之左右,且质量均称丰富",[①]这些客观条件使得启新产品质量高,成本低,再加上周学熙本人的悉心经营,三者的合力作用使得启新自开办以来一直经营比较顺利,利润也随之滚滚而来。

作为周氏集团中坚企业的启新洋灰公司,是中国最早的一家水泥厂,也是旧中国经营比较成功的资本主义企业。启新刚一成立便由德国选购最精、年可出灰 18 万桶之制灰旋窑机器,加上老厂原有旧机出灰量,年可出灰二十三四万桶,宣统二年(1910 年)添购丹麦制的窑、磨、锅炉、蒸汽机、发电机等设备,年生产能力增为 43 万桶,1914 年吞并大冶后,生产能力又扩大为 60 多万桶,1921 年公司再度扩充,添购新式窑、磨,并建厂房,每年产灰为 80 万桶,到 1923 年新厂扩充计划完成,共分为甲、乙、丙、丁四厂,年出灰量达到了 150 万桶。随着设备更新、扩充而来的是生产效率的不断提高。光绪三十二年(1906 年)公司创办之始,日产洋灰 700 桶,宣统三年(1911 年)添建成乙厂,日产灰 1 200 桶,两厂合并为 1 900 桶,后甲厂设备改进,日产灰达到 900 桶,丙、丁厂建成时,两厂日产灰能力达到 2 600 桶,因此到 1923 年,启新公司日产灰总量达到了 4 700 桶。公司的扩充需要有充足的资金作为后盾,为此,启新自成立以来便不止一次增募股本。光绪三十二(1906 年)启新资本为 100 万元,宣统元年(1909 年)因产品行销日广,各铁路局纷纷订购,竟出现出不敷售之

---

① 南开大学经济研究所、南开大学经济系编:《史料》,第 132 页。

势,遂另辟分厂,为此续招股本30万元,宣统二年(1910年)添购新机,招股150万元,1912年公司改归完全商办,原有股本增值2倍,又另添股本30万元,资本额达到600万元,1914年吞并湖北大冶水泥厂,资本增为700万元,1915年又续加股本100万元,到1921年因扩充产业,又加股500万元,至此启新资本总额达到了1 300万元,短短15年间就增加了13倍。随着资本的扩充,设备的添置和生产能力的逐渐提高,启新的产销额和盈利额也逐年上升。启新的产品产量1924年达到127 787.25吨,如果以1912年的59 405.225吨作为指数(100)的话,年平均增长率为11.5%;启新产品销售量1912年为35 000吨,1924年增为112 548吨,12年间增加了两倍多;盈利额从光绪三十二年(1906年)到1924年也累计达到13 899 886元,年平均盈利77万余元。伴随公司盈余额的提高,股东们所分得的股息和红利也相应增加,从光绪三十三年(1907年)到1913年,股息红利累计为106%,已完全收回了本金,到1924年股息红利累计达到298.29%①,是原投资额的近三倍,利润可谓优厚。总之,在周学熙管理启新期间,启新无论在产销额和盈利额,或在资本额方面,都居于绝对优势的地位。启新经营的成功,也使它一时成为闻名遐迩的大型近代化资本主义企业。

启新经营的成功,不仅为公司创造了丰厚的利润,而且也产生了巨大的社会效应。

首先,启新的成功,促成了周学熙实业集团的形成。启新成立后,燃料主要依靠开平矿务局提供,而当时开平矿务局控制在英国人手中,对启新用煤颇多刁难,中国人通过法律和外交等途径收回之举未果。为抵制开平和解决启新用煤问题,周学熙遂于光绪三十三年(1907年)创设滦州官矿有限公司,该矿因煤藏丰富、煤质好,开办之

① 以上数字来源于周叔媜:《别传》、周学熙:《周止庵先生自叙年谱》、陈真编:《中国近代工业史资料》、南开大学经济研究所、南开大学经济系编:《史料》。

初即获厚利。1912 年以开合滦联合营业后，滦矿虽然丧失了更大的权益，但获利还算丰厚，从 1912—1921 年的十年中，获利达 6809 万余元，1922—1926 年军阀混战的五年间获利达 3 896 万余元，比前十年增加 11% 强①。而启新从光绪三十二年（1906 年）到 1914 年获利也达 295 万元，1916—1925 年的十年间获利更高达 1 203 万余元②。如此高额的利润当如何分配，周学熙一贯的主张是多积累，少分红。所以，当第一次世界大战爆发后，由于欧美等资本主义国家忙于战争，暂时放松了对中国的经济侵略，进口棉纱、棉布锐减，以致国内纱、布价格飞涨，纱厂利润倍增。周学熙见经营纱厂有利可图，便改变单一的重工业投资结构，利用积累的大量资本向轻纺行业发展。1915 年开始筹办华新纺织公司，1919 年华新津厂正式生产，当年就获利 140 万元，从 1919 年至 1922 年底的四年间共获利 413 万余元，超过资本一倍以上③。由于纱厂利润甚高，华新公司又陆续在青岛、唐山、卫辉建立了三个分厂。同时，周学熙也十分注重金融事业的发展，他认为："金融机关之与实业发展大有密切之关系，盖必先有健全之金融，而后能有奋兴之实业。"④而且周学熙创办的公司规模都很大，流动资金也很多，一方面有大量款项要存入银行，另一方面各公司在遇到资金周转不足时，又不能彼此内部转账通融，还得向银行借贷，当时银行贷款利息较之存款利息高出几倍，一存一贷之间，往往给银行创造了为数可观的利息差额，这当然很不合算，所以周学熙决定设立自己的金融机构。1919 年他利用启新、滦矿、华新三公司

① 中国人民政治协商会议天津市委员会文史资料研究委员会编：《天津文史资料选辑》第一辑，天津人民出版社 1978 年 12 月版，第 18 页。

② 南开大学经济研究所、南开大学经济系编：《史料》，第 269 页。

③ 中国人民政治协商会议天津市委员会文史资料研究委员会编：《天津文史资料选辑》第一辑，第 20 页。

④ 周学熙：《周止庵先生自叙年谱》，载虞和平等编：《周学熙集》，华中师范大学出版社 1999 年 10 月版，第 692 页。

的盈余投资创办了中国实业银行，据统计，当时三公司的投资，即占中国实业银行初期资本的23.2%[①]。创办实业的成功和丰厚的利润，也激发了投资者的投资热情，在此期间及以后的几年里，周学熙还投资创办了京师自来水公司、北洋滦州矿地公司、华新银行、耀华玻璃公司、普育机器厂、秋浦电灯厂等企业，从而在1924年形成了一个资本总额达到42 608 390元[②]，包括水泥、煤炭、纺织、机器制造、自来水、玻璃制造、金融保险等多种部门的综合性资本集团，而这一切的起点则是启新洋灰公司。

其次，启新的创办，推动了华北地区工业的近代化。中国近代民族资本主义工业的发展极不平衡。一般地说，东南沿海地区发展水平较高，资本也比较集中；华中地区次之；华北地区则比较落后。据《北洋时期工商企业统计表》[③]统计，1914年以前在农工商部注册开设的工厂中，河北省设立的共七家，资本额上百万的只有一家纺纱厂，而且在1912年才设立；山西省只开设三家，资本最多的只有60万元，皆为小型企业；北京这一时期设立工厂十五家，服务性行业居多，资本上百万的只有两家，并且分别在1911年和1913年才设立；而这一时期的蒙古地区则只有一家制盐工厂设立；以华北地区工业中心——天津来说，由中国人投资开办的近代工业共有贻来牟机器磨坊、天津自来火公司、北洋硝皮厂、天津织呢厂四家，资本额合起来亦不过200万元。另外，作为北方洋务运动的中心，在光绪二十六年(1900年)以前，洋务派所办的军事工业——天津机器局和大沽船坞是天津较大规模的机器工业，其中天津机器局经李鸿章五次大规模的扩充，在光绪二十六年(1900年)前是“世界最大火药厂之一”[④]，

① 《中国实业银行总行档案》卷十六，200号。

② 盛斌：《周学熙资本集团的垄断倾向》，《历史研究》1986年第4期。

③ 沈家五编：《北洋时期工商企业统计表》，见中国社会科学院近代史研究所近代史资料编辑组编：《近代史资料》，总58号，中国社会科学出版社1985年5月版。

④ 孙毓棠：《中国近代工业史资料》第一辑，上册，第365页。

而大沽船坞不仅是中国北方最早的一座船舶修造厂，也是当时一座重要的军火工厂。但在义和团运动中，天津机器局彻底毁坏，大沽船坞战后恢复，但已破败不堪。在直隶工艺总局掀起"大兴工艺"运动期间，受它的影响，天津陆续开办了几十家以小型为主的轻工业工厂。光绪二十六年(1900 年)到 1914 年，天津新设民族资本企业 38 家，其中资本在万元以上，使用动力的有 16 家，其余都是中小企业，并且多为轻工业。天津近代工业发生最早的三条石地区，开办最早、规模最大的机器厂和铸铁厂 1914 年以前只有十家，规模都很小，多为手工操作，1911 年各厂雇用的工人加在一起才 121 人，仍然没有摆脱手工业的性质，更没有发展成为近代工业。与此相比，启新洋灰公司在其创办的光绪三十二年(1906 年)，即装置了德国制的 1 千马力二级卧式蒸汽引擎一具，用绳带传动，带动总轴及各部机器，所用蒸汽是由发热面积 150 平方公尺的拨柏葛式锅炉三具发出的。宣统二年(1910 年)另建原动厂房，并添置 1 260 千瓦/时 3 000 伏 50 周率三相交流引擎发电机一座，引擎与发电机直接联络，自己供给本厂所需全部动力，这在 1914 年以前的天津工厂中几乎是没有的。因此可以说，启新是北方继开平煤矿之后的又一家资本主义性质的大型重工企业，它的发展水平，标志着北方民族资本近代工业的最高发展水平，同时，它也为北方资本主义近代工业的发展打开了一条通道，从启新开始，大型的民族资本近代工业在天津、在北方才逐渐兴办起来[1]。

二、官商之间

在当时民族工业创办伊始即险象环生、困难重重的条件下，启新洋灰公司何以能取得如此好的经济效益和产生巨大的社会效应？周

① 中国人民政治协商会议天津市委员会文史资料研究委员会编：《天津文史资料选辑》第一辑，第 139—154 页。

学熙与北洋政府的紧密联系是一重要因素。周学熙以亦官亦商的双重身份投身实业，他与北洋政府的密切关系构成了启新成功的坚强后盾。

(一)政府政策措施与个人思想导向的正效应

从道光二十年(1840年)鸦片战争到光绪二十六年(1900年)八国联军侵华战争的60年间，中国不断遭受帝国主义战火的洗劫，主权不断遭到侵害和丧失，在列强“瓜分豆剖”、“虎视鹰瞵”的情势下，民族危机愈趋严重。清朝内部统治也是困难重重，国库空虚，民穷财尽，巨额的庚子赔款使本来就已帑项奇绌的清政府财政几乎濒临崩溃，而震惊中外的义和团运动、长江流域的自立军起义、珠江流域的民主革命浪潮都有力地动摇着清朝的统治，而作为统治工具的军队却已极端腐败，既不足以镇压国内人民的反抗，更无以应付外敌入侵，清政府已失去了凌驾于社会之上的威慑力。日益严重的民族危机和封建统治危机深刻地刺激着清朝统治者，为转危为安，清朝统治者不得不作出求新姿态，“翻然变计，共谋扩增其生产力，以为根本补救”①。对于企图瓜分中国的西方列强来说，“庚子事变”后，它们进一步扩大了在华的权益，但在中国人民民族情绪高昂的情况下，“列强在迫使中国按其意愿行事时，感到无能为力和挫折”，他们发现“中国有一个中央政府是必不可少的”②，要想统治中国，最好的办法就是扶持、控制清政府，实行“以华治华”的“保全主义”政策。要推行此项政策，西方列强要求清政府不仅要成为俯首帖耳的奴仆，而且要成为统治中国人民的有力工具，于是列强对清政府施加压力，要求它改变无能状态。“庚子事变”后，列强加强了对中国的全面控

① 茶圃：《南洋劝业会开幕》，《国风报》第一年第十四号，“特别记事”。参见王笛：《晚清重商主义与经济变革》，《上海社会科学院学术季刊》1989年第4期。

② ［美］吉尔伯特·罗兹曼主编，国家社会科学基金“比较现代化”课题组译：《中国的现代化》，江苏人民出版社1995年1月版，第289页。

制，在经济上它们利用所攫取的一系列在华特权，进一步扩大了其商品输出和资本输出的规模，争相抢夺和控制中国的商品市场和重要的经济命脉，在外国资本的压迫下，甲午战争以后出现的民族资本投资设厂的热潮迅速减退下去。例如棉纺织业，光绪二十二年至光绪二十五年(1896—1899 年)新开纱厂八家，而光绪二十六年至三十年(1900—1904 年)竟无一家纱厂设立[①]。面对外国资本侵略的加剧，中国一些有识之士开始奔走呼号，指出 20 世纪之世界，列强的侵略手法，不是通过"兵战"，而是利用"商战"来"亡人国"，若不及时采取有效的"抵救措施"，则不但国无复兴之日，而且"50 年后，中国所谓资本家者，无一存矣"[②]。面对外国资本的严重压迫，民族资本必然要求政府对其进行管理、保护和促进其继续发展，从而形成一股对时局发生相当影响的思变风潮。上述三方面的相互关联，为清末改革提供了顺态环境。清政府迫于内忧外患，被迫采纳某些京官、疆吏的建议，企图通过"变法"、"维新"使其统治能得以苟延下去，"新政"便在此时应运而生。光绪二十七年(1901 年)一月二十九日，在镇压了维新运动以后，清政府又将自己装扮成变革者，颁布"上谕"，宣布推行"新政"，使得兴办实业从民间的呼吁正式成为政府的决策。

朝廷既议改制，地方亦谈新政。地方上张之洞和袁世凯一般被视为推行新政的代表人物。光绪二十七年(1901 年)秋，袁世凯"以告密之功"[③]继李鸿章之后署理直隶总督兼北洋大臣，政治野心逐渐扩大。在当时各种政治势力叠起，改革潮流汹涌澎湃之际，袁世凯很善于利用政治投机来扩充自己的政治、经济实力。他凭着对政治的

---

① 严中平:《中国近代经济史统计资料选辑》，科学出版社 1955 年 8 月版，第 99 页。

② 黄逸峰、姜铎、唐传泗、徐鼎新:《旧中国民族资产阶级》，江苏古籍出版社 1990 年 10 月版，第 64 页。

③ 白蕉:《袁世凯与中华民国》，见荣孟源、章伯锋主编:《近代稗海》第三辑，四川人民出版社 1985 年 7 月版，第 12 页。

敏感,对清政府推行新政的用意心领神会,他看出“天朝尽善尽美”的谎言已失去了骗人的作用,必须进行一些“改革”,才能争取人心,以摆脱封建专制统治的危机,所以他屡屡上疏阐谈新政,借以博取时誉,扩大自己的政治影响。当清政府宣布推行“新政”后,袁世凯就对此表现出异乎寻常的热心。袁世凯任直隶总督后,担负着收拾、稳定义和团运动后华北地区的社会、经济混乱局面的重任。经过八国联军的劫掠和义和团运动,河北地方疮痍满目,作为华北内外交通枢纽的天津,“兵燹甫经,时局未定,帑项奇绌,用途浩繁”[①],“市面私钱充斥,制钱断绝”[②],物价飞涨,市面流通梗塞,不仅商民交困,而且北洋军政要需也十分拮据,而这些不能由增强军备而收其效,要想恢复和稳定凋敝的华北社会,根本出路在于社会和经济发展的近代化。袁世凯所推行的新政涉及许多方面,举其荦荦大者,则有军事、地方自治、吏治、警察、教育、商务、工业、路矿、金融、财政等,其中振兴实业政策的实施就是从推动农、工、商三方面来进行的。在清政府设立商部的前后,袁立凯在保定设立了农务总局,在天津设立了工艺总局及天津商务总会作为新政的中心机构,另在各州县分设农会、工艺局、商务分会及商会。为了切实推行新政,还创建了高等工业学堂、劝工陈列所、实习工场、劝业会场、银元局等一系列经济实体,使得“北洋实业曾发一灿烂之曙光,一时建设,百废并举,有如旭日之东升”[③],而这一切,多是在周学熙的主持下进行的。也正是由于周学熙“经营擘划提倡劝导,晰夕弗遑,凡能制一物造一器者无不破格奖

① 天津图书馆、天津社科院历史研究所编,廖一中、罗真容整理:《袁世凯奏议》中册,第557页。

② 天津图书馆、天津社科院历史研究所编,廖一中、罗真容整理:《袁世凯奏议》中册,第798页。

③ 周叔媜:《别传》,第1页。

励"[1],才使北洋新政"为全国所瞻式"[2],"外省人员来津参观者颇有应接不暇之势"[3]。

周学熙"幼习举子业"[4],受的是正统的儒学教育,也曾在科举的道路上走过一段,传统儒家文化对其思想的熏染根深蒂固,崇尚"兼善天下",以天下为己任。他仰慕范仲淹之人品,并以"先天下之忧而忧,后天下之乐而乐"作为自己的座右铭。他"以律己济人为志"[5],立志做有益于人之事,他曾说过:"自思人生世上,不过数十寒暑,若不能自立,作有益于人之事,虽活百年,究与禽兽何异。"[6]具有积极入世的人生态度。他对于近世中国遭受外国欺凌,国势衰微、民生凋困的苦难有深刻的体会,也一直在为中国如何摆脱西方列强的压迫,实现独立富强而孜孜以求。当他面对先发展资本主义经济从而谋求国家独立、民族富强还是先通过政治变革建立独立国家、强盛民族而后再大大推动经济发展的两难选择时,他毅然放弃举业而选择了较少政治风险的实业救国道路。早在周学熙任开平矿务局董事上海分局监察时,他就有办实业之念,当时"所入虽微,总使有余积蓄之,以为后日兴办实业投资之用"[7]。当办理银元局初露才华得到袁世凯赏识后,周学熙被派往日本考察工商币制,"周历各处,备得工商富强之状"[8],认为日本之所以富强,是由于"练兵、兴学、制艺"三事,回国后即致力于北洋实业建设。他认为要振兴实业,"坐谈不

① 《盛京时报》,光绪三十二年(1906年)九月十五日,第九号,《盛京时报》影印组1985年辑印,第37页。

② 周叔媜:《别传》,第1页。

③ 《大公报》(天津版),光绪三十二年四月初九日(1906年5月2日),第一千三百七十一号,人民出版社1982年影印本,第221页。

④ 周学熙:《周止庵先生自叙年谱》,第742页。(以下简称《年谱》)

⑤ 周学熙:《年谱》,第680页。

⑥ 周学熙:《年谱》,第676页。

⑦ 周学熙:《年谱》,第684页。

⑧ 周学熙:《年谱》,第688页。

如起行,空言劝导不如实行提倡”[①],乃建议袁世凯创办工艺局,作为“一切工业建设之中枢”[②]。在工艺局的劝导与提倡下,他先后设立了实习工场、劝业铁工厂、考工厂、高等工业学堂、教育品制造所等实体,积累了丰富的经营管理经验,而且使得北洋新政“为全国所具瞻”[③],起到了开风气之先的作用,同时也提高了周学熙在社会上的知名度。到光绪三十一年(1905年)全国各地掀起收回路矿权斗争时,周学熙理所当然地被委以交涉收回开平矿权的重任。他先收回了唐山细绵土厂,并以听到袁世凯内调外务部尚书的传闻为契机,将官商合办的启新转变为私人投资的企业,实现了其投身实业建设的个人抱负。

总之,政府的提倡为周学熙投身实业创造了良好的社会条件,而他本人思想的发展能够跟上时代的轨迹,又使得他抓住了这次机遇,在时代大潮中脱颖而出。在经办官营企业取得较大成就后,他又抓住时机,把自己实业救国的志向付诸实践。

(二)直接而稳固的官商联盟

中国从秦朝建立中央集权的封建国家以来,基本上一直是一个“官本位”的社会,在此格局下,行政权力至上,国家在社会生活中占据着异乎寻常的地位,“一切都是由上面来指导和监督,一切合法的关系都由各种律例加以切实地规定”[④],封建国家的干预权力几乎达到了广泛无边、无所不在的程度。层层节制的各级行政机构,不仅牢牢控制着国家行政、立法、司法、军事、财政,而且还直接干预社会经济生活和文化意识形态。当一个官本位社会向近代工商社会过渡时,金钱与权力在新的时代条件下的广泛结合,势必要借助于“绅

① 周学熙:《年谱》,第688页。
② 周叔媜:《别传》,第3页。
③ 周叔媜:《别传》,第204页。
④ 黑格尔著,王造时译:《历史哲学》,上海书店出版社2001年8月版,第128页。

商”这一中介于官与商、封建政权与近代资本之间的特殊社会群体，新兴社会势力只有在财富与政治权力的牢固联姻中，即权钱结合中，方能排除阻力，应运而生，由亦官亦商的绅商阶层向近代工商资本家转化过渡，乃是传统使然，时代使然①。19 世纪末 20 世纪初，随着中国社会生活的变化和新式企业的不断涌现，出现了官商之间的双向互动，不仅商人通过捐纳途径买得翎顶辉煌，跻身于绅士阶层，而且出现了由官向商的流动，在绅、商之间的互渗互动过程中，逐渐形成“封建身份与近代资本，传统绅士与新式商人的胶合”的绅商阶层②。这个阶层既以科举功名和职衔、顶戴为标识，附骥于官场，又同时广泛涉足工商经营活动，孜孜牟利，成为晚清到民国初年一支举足轻重、极其活跃的社会力量③。周学熙作为官僚型绅商阶层中的一员，他兼具两个时代的性格和特征，他的企业活动体现了对封建势力的严重粘连性和依附性，他所办的企业则集中体现了近代中国社会转折、过渡时代经济发展的历史行程，构成了一个观察近代企业组织形式转型的绝佳历史透视点。

周学熙（1865—1947 年），安徽省东至县人，出生于官宦世家，到其父辈家道中落。其父周馥初在李鸿章幕下供文职，得到李鸿章的赏识，当同治九年（1870 年）李鸿章奉旨调任直隶总督兼北洋大臣时，周馥随行来到了天津，因办理河务工程得力，在仕途上也步步高升，由长芦盐运使、天津道、四川布政使逐渐被提升到山东巡抚、两江总督、两广总督，声势可谓显赫。周学熙初入开平矿务局就是因其父的关系，后来投奔袁世凯也是由于父亲的缘故。周馥与袁世凯同在李鸿章幕下，两人交情甚好，光绪八年（1882 年）6 月朝鲜发生“壬午

① 马敏：《官商之间——社会剧变中的近代绅商》，天津人民出版社 1995 年 1 月版，第 7 页。

② 王先明：《中国近代社会文化史论》，人民出版社 2000 年 11 月版，第 82 页。

③ 马敏：《官商之间——社会剧变中的近代绅商》，第 1 页。

兵变”，袁世凯随吴长庆军前往镇压，因对朝鲜国王的行为“过于武健”，为盛宣怀所密参。李鸿章欲将他“撤差枪毙”①，多亏周馥为其开脱求情，也正是由于周馥的关照，才使李鸿章对袁世凯免于追究责任，从此，袁世凯对周馥往往“敬礼有加”②。后来袁世凯出任山东巡抚，两家又结成儿女亲家，周学熙同父异母之八妹嫁给了袁世凯第八子袁克轸为妻，所以，周学熙到山东后，袁世凯对周学熙委以重任，总办山东大学堂。袁世凯光绪二十七年（1901 年）由山东巡抚升署直隶总督兼北洋大臣，周馥继任山东巡抚，按回避例，周学熙不能直接在其父亲手下担任要职，而此时的袁世凯在得到他梦寐以求的直隶总督兼北洋大臣这一要职后，正准备推行“新政”，网罗人才。他非常赏识周学熙在山东大学堂任总办时所表现的才干，主动找周馥商量，要周学熙到直隶任职，这也是周馥求之不得的事情，自然满口应允。于是，袁世凯上报清政府，称周学熙在总办山东大学堂任内“筹划精密，虽阅时无多，而规模备具”③。指名调周学熙到直隶，委任为天津候补道。光绪二十八年（1902 年）袁世凯为了缓和天津制钱的短缺，乃饬令周学熙创设银元局，鼓铸铜元。周学熙选择河北大悲院烬余旧址，利用东局修械厂陈旧机器，召集工匠“精心构思，设法修配，昼夜兼营”，自 8 月测量地基，仅 3 个月时间“房屋机器一律告成”。11 月间开铸，到 12 月已铸成当十铜元 150 万枚，天津“市面赖以接济，物价顿平，人心大定”④，且“群称便利”⑤。既改革了币制，

---

① 刘垣：《张謇传记》，载沈云龙主编《中国近代史料丛刊续编》第十三辑，总 128，台湾文海出版社 1975 年 3 月版，第 115 页；郝庆元：《周学熙传》，天津人民出版社 1991 年 4 月版，第 25 页。

② 《大公报》，光绪二十八年六月十九日（1902 年 7 月 23 日），第三十七号，第 75 页。

③ 天津图书馆、天津社科院历史研究所编，廖一中、罗真容整理：《袁世凯奏议》中册，第 965 页。

④ 周学熙：《年谱》，第 687 页。

⑤ 天津图书馆、天津社科院历史研究所编，廖一中、罗真容整理：《袁世凯奏议》中册，第 964 页。

又充实了银库。在当时环境下，开办工厂如此之速，实前所未有。办理银元局的成功，更使得袁世凯对他刮目相看，被“推为当代奇才”，“嗣后以一切工业建设相委”[①]，周学熙从此成为袁世凯的心腹，不断得到嘉奖提拔，由候补道升为天津道、长芦盐运使、直隶按察使，同时总办直隶工艺总局，掌管北洋银元局、淮军银钱所，到袁世凯担任民国大总统后，周在袁世凯政权下更两任财政总长。可见袁世凯在经济建设方面对周学熙之信任。而周学熙在其经营启新的过程中，正是由于巧妙而充分地利用了这种官权与官势，才使得启新在中国民族产业资本发展普遍艰难的时代里独放异彩，顺利发展、壮大。

周学熙创办的启新洋灰公司采取了“官督商办”的组织形式。“官督商办”是洋务派兴办民用企业所采取的最主要、最基本的组织形式，它是特定历史条件下的产物。但周学熙所创办的启新的经营形式已不同于洋务运动时期，而是洋务运动时期“官督商办”的变体。启新最初名义上是“官督商办”企业，周学熙是直隶总督袁世凯委派的创办人，负责“招商集股”，但这时掌管企业大权的官的产生方式已不同于洋务运动时期，启新公司招股章程第17条明确规定：“本公司开办伊始，所有总协理、董事、查账人暂由创办人先行试办，俟公司事有端绪再开特别会议照章公举”[②]，而且周学熙被委派担任总理也只是在第一届股东会召开以前，以后都是经股东会正式选举的。周学熙在企业中有个人投资并直接参与企业的经营活动，表明他已由纯粹的封建官僚过渡为官商一体的人物，启新的“官督商办”已不同于洋务运动时的“官督商办”。在洋务运动时期，官是国家政权的代表，是凌驾于企业之上的行政长官，他代表清朝政府控制着企业经济和行政的一切权力，他们虽然也参与企业的经营管理，但是企

---

① 周叔媜：《别传》，第2页。

② 甘厚慈：《北洋公牍类纂续编》卷十九《矿务二》，清光绪三十三年（1907年）京城益森印刷有限公司铅印本，第45页。

业的“所有盈亏,全归商认,与官无涉”①。私人资本家除了保留资本所有权和按年领取股息、负担亏损责任外,既失去了股金的支配权,又不得过问企业事务,对他们自己的投资根本没有监督和控制权,基本处于附庸的地位。这样,公司督办就完全可以不尊重商股意见,不顾企业的发展,随心所欲地挪用资金,随意安插亲信。而在启新所采取的官督商办形式中,官已不是国家政权的代表,而是以私人身份投资于企业,最重要的是企业中官的地位不是由封建政权赋予的,而是根据投资股额的多少由股东会选举决定的。这样就削弱了官督的权力,而增强了企业的商办色彩。在企业领导人亦官亦商的双重身份中,商的成分渐渐增大,官在企业中更多地扮演“商”的角色,企业的盛衰成败与官僚个人利益息息相关,官权与商利渐渐趋向一致。所以这时的“官督商办”与洋务运动时期的官督商办有所不同,官商之间已不是那种官为控制、商为经营的关系,而是官商结成联盟,官商一体化,共同关注着企业的发展。一方面企业与官方保持密切联系,企业借助官力扶持;另一方面由官商一体化人物经营企业,使企业在官商合力作用下迅速发展。

周学熙在经济形势对民族资本主义发展较为有利的情况下投身实业,他本人作为经济官僚又直接控制着政府的经济部门,当时正总管北洋财政并身兼淮军银钱所和天津官银号负责人等要职,只要政治上得到支持,其企业的发展无疑会得到特殊的优惠。周学熙本人也充分认识到,在近代社会环境里,国家政权的经济职能能否充分发挥对企业的发展起决定作用。他认为办企业“无政治之力,则不易推动;有官僚之习,则将成腐化,故必以商业化之方式,而佐以官厅之督导”。② 从中可以看出,他对洋务运动时期官督商办的弊病已有了

① 《李鸿章全集·奏稿》卷二十,同治十一年(1872 年)十一月二十三日《试办招商轮船折》,第二册,第 713 页。

② 周叔媜:《别传》,第 154 页。

深刻的了解,但他仍希望"有善良之政府,实行保护产业之政策"①。而当时的袁世凯北洋集团作为一个地方的军事、政治集团,为了巩固自己的地位,也在积极谋求经济的发展。袁世凯认为中国商业之所以日趋疲敝,在于"官尊商卑,上下隔阂,官视商为鱼肉,商畏官如虎狼",因而他提出应使"官商一体,情意相通",凡商家"有害则官为除之,有利则官为倡之,其有抑制凌铄者官为保护之,其有财力不逮者官为助成之"②的见解,这就为官商之间新型关系的建立提供了可能。周学熙在创办和经营企业的过程中,充分地借助了政权的力量,为企业营造了一层保护膜;而袁世凯为了增强自己的经济实力,对周学熙办实业给予了很大的支持。作为水泥业中流砥柱的启新洋灰公司在创立发展过程中,就凭借周学熙与官僚政权的密切联系而大获扶植保护之利。

首先,在启新创办之初得到了财政上的支持。当启新刚刚收回自办之时,袁世凯就批准周学熙"原集老厂旧股,早经亏赔净尽,所有一切旧欠,均不与新公司相干。老厂旧机,业经腐败,毋庸计价,房屋地亩,照原置价值,除历年折旧,从实估计"③的请求,同意周学熙以低价收买了唐山细绵土厂,使启新摆脱了大笔欠款的沉重包袱而又借助原有资产重新开工,省去了一部分筹办经费。启新创办之初,由于股本难集,预筹100万元股本,由袁世凯批准分别由淮军银钱所及天津官银号两处各供应50万元,其中借淮军银钱所的50万元为坐本,可以"随时呈报划拨"④,天津官银号的50万元为行本,"随时息借应用"。后来为了统筹划一,其坐本亦改由官银号承借,按"年

① 梁启超:《为国会期限问题敬告国人》,第七《敬告国中有资力之人》,见《饮冰室合集》第三册,《文集》卷二十三,中华书局1989年3月版,第23页。

② 天津图书馆、天津社科院历史研究所编,廖一中、罗真容整理:《袁世凯奏议》上册,第275页。

③ 南开大学经济研究所、南开大学经济系编:《史料》,第36页。

④ 周叔媜:《别传》,第13页。

五厘行息，前三年按年付息，暂不还本，第四年以后，每年付息一次，兼还本银6万两，递年息随本减扣，至第十年本息全清"[①]，当时长期放款并不多见，而且一般借款利息均在月息8厘至1分2厘之间，年息5厘只合月息4厘多一点，启新得到的放款，既无任何抵押，期限又长达10年，而利息却不及一般借款利息的半数，这样特殊又特殊，优越又优越的条件，是一般企业难以望其项背的，也使启新免去了谋始的艰难。

其次，启新在具体的运营过程中，也得到官僚政权的特殊扶植和保护，享受到了一系列特权。启新在创办之初，主要享有以下几方面特权：(1)设厂特权。启新成立后，周学熙于宣统元年(1909年)七月呈请农工商部："嗣后直隶境内如再查有此项相同之土质，应仍归职公司推广添设，以杜外人觊觎，而免另立公司，致启争端，坐亏血本"，此请求得到了批准。随后启新又取得了"于东北各省及扬子江流域有优先设立分厂特权"[②]。民国以后，启新又一再重申此项特权，力图长期垄断国内水泥的生产。(2)赋税特权。启新为了避免重税盘剥，同样呈请袁世凯减轻或豁免税额。启新成立不久，周学熙即恳请袁世凯咨明税务大臣、外务部、农工商部，准照湖北织布厂、火柴厂、北洋烟草公司等"纳正税一道，沿途概免重征，并豁免出口税项"，"以保商业而挽利权"，这同样得到了袁世凯的批准。启新的洋灰、缸砖、花砖、矸子土等制品，"无论运销何处，只令完纳正税一道，值百抽五，沿途关卡验明放行，免于重征"[③]。民国以后，此项特权依然有效，启新由此而保全的利益十分可观。(3)运输特权。启新与轮船招商局及各铁路局均订有减收运费合同，一般按七、八折收费。水泥系笨重货物，不能多装，运费也较廉，较之装别的货物吃亏太甚，

① 南开大学经济研究所、南开大学经济系编：《史料》，第38—39页。
② 南开大学经济研究所、南开大学经济系编：《史料》，第90页。
③ 南开大学经济研究所、南开大学经济系编：《史料》，第93页。

所以各航运公司及铁路局都不太乐意运输。启新享有此项特权，经过长途运输而成本仍然在其他公司之下，故而获利甚丰。(4)销售特权。当时国内建筑事业尚不发达，水泥用量以铁路工程为最大，启新尚未投产，即恳请袁世凯"饬关内外、京张、京汉、正太、汴洛、道清、沪宁各铁路局查照购用"[①]，并与之订有长年购用合同，这样就保证了启新水泥的销路。(5)燃料特权。制造洋灰，烧制砖瓦，煤向来被视为命脉。启新一开始购用开平煤炭，开平常"故意抬价居奇"，致使启新水泥"成本过重"，周学熙遂呈请袁世凯设立了滦州煤矿，并与之订立互用煤灰合同，"滦矿售煤与洋灰公司，应酌减价值，不得过于开平市价十分之七"[②]，这样，启新得以长期有廉价煤炭供应。启新创立之初所享受的以上种种特权都是依靠周学熙与袁世凯的特殊关系而获得的。民国以后，袁世凯出任大总统，启新所享有的种种特权都得以保持。1913 年，启新先后与山西矿务局、津浦路局订立购灰合同，1914 年又同汉冶萍煤铁公司、奉天葫芦岛开埠局订立专用洋灰合同，并禀请交通部、内务部"通饬各铁路局、开埠局、工程处，凡用洋灰务须尽先全数购用本公司之货，免致利权外溢"[③]，对此，交通部、内务部皆批准给予优先权。为了保证与滦矿的交易"不随时而变更"，除了续订合同外，启新还通过购用滦矿公司矿股的办法以"保固我公司永远用煤不致失败"[④]。正是由于有一系列特权的保护，启新不断赢得高额利润，从光绪三十二年(1906 年)7 月至1925 年，启新共获盈余 14 977 578.54 元[⑤]。当然，启新享受这些特

① 南开大学经济研究所、南开大学经济系编:《史料》,第 91 页。

② 南开大学经济研究所、南开大学经济系编:《史料》,第 97 页。

③ 《禀交通、内务部请维持国货给予优先权案》,1914 年 12 月,见《启新公司第 108 号卷》,启新洋灰公司档案馆藏。

④ 《提议酌购滦州官矿公司矿股以维利益事》,宣统元年(1909 年)4 月 28 日,见《启新公司董字第 21 号卷》,启新洋灰公司档案馆藏。

⑤ 南开大学经济研究所、南开大学经济系编:《史料》,第 269 页。

权也不是无条件的,而是经过某种交易而达成的协定。周学熙为了报答袁世凯对公司的特别关照,在《洋灰公司创办章程》中即明确规定:“本公司股息,除官利及酌提公积外,按照十四成分派,以一成报效北洋兴办实业”[①],以后在《招股章程》及《续订章程》中也多次重申这一规定,这些“报效”,“实则变成了袁世凯在启新的大量股票”[②],袁世凯依靠这些股票,每年分享红利颇为丰厚。周学熙依仗袁世凯,袁世凯利用周学熙,双方互惠互利。对于与各铁路矿局订立长年购灰合同,启新公司“将灰价特别核减以相酬报”[③],如“售灰与滦矿,按照定价,除扣足成本外,将余利减去十分之三”[④]。同时,为了保持和加强与官方的联系,宣统二年(1910年)、1914年启新两次主动要求农工商部、邮传部和交通部“酌附官股”,“俾得官商一气,共保利源”[⑤]。由此,我们可以看出,维系在启新外层的官与启新内部的商之间紧密联系,默契配合,双方共得利益,共同为企业谋发展。

启新不仅注重同官僚政权的密切联系,而且在企业内部保持一种官商互渗关系,使政治权力和经济活动得到了有机的结合。我们知道,在一个没有正常商业环境的情况下惨淡经营的商人总想与朝廷建立某种亲善关系,以求得荫庇,而建立这种关系要靠钱,但又不能全靠钱。启新与政府关系的建立,除了依靠启新每年给予北洋的“报效”外,还由于周学熙与北洋派官僚之间的私人交情。启新能够顺利发展,就是因为有一批拥有实权的军阀官僚参与了企业的经营。启新在创办之初,由于有袁世凯的直接扶持,因而享有一系列特权得以顺利发展,1916年袁世凯去世,周学熙政治上失势,启新前期所能

---

① 南开大学经济研究所、南开大学经济系编:《史料》,第37页。

② 郝庆元:《周学熙传》,第127页。

③ 《宣统三年二月奉天葫芦岛开埠局需用洋灰订常年合同》,见《启新公司第69号卷》,启新洋灰公司档案馆藏。

④ 南开大学经济研究所、南开大学经济系编:《史料》,第98页。

⑤ 南开大学经济研究所、南开大学经济系编:《史料》,第88页。

享有的特权逐渐松弛或消失,这时启新发展的原因之一则是更多地依靠了一批实权派官僚的参与,他们担任公司的董事、监察,甚至总理、协理等要职,在公司存有利害关系,这就为启新的发展提供了种种便利。

周学熙以亦官亦商的双重身份投资企业,在其经营企业的过程中始终没有完全摆脱官的身份,而且他在北洋官僚集团中也是颇有政治影响的人物,与北洋政府重要官僚结交至深,这就使得启新洋灰公司一开始便与北洋派官僚结下了不解之缘。近代绅商们在创办企业的过程中,首先遇到的难题就是如何招商集股,筹措必要的启动资本,而周学熙则轻而易举就解决了此问题,他主要依靠的就是北洋派官僚、军阀的大量投资。启新股东以创办人周学熙为中心,主要由以下几方面人士组成:一是北洋派官僚,包括袁世凯家族成员以及王士珍、张镇芳、言敦源、颜惠庆、龚心湛、王锡彤、朱启钤、王克敏等;二是周学熙安徽同乡,包括孙多森、陈惟壬、徐履祥等;三是长芦盐商,包括李士铭及其后代李颂臣、李赞臣等,另外,还有启新开办时的技术人员,后来唐山工厂的经理李希明及周学熙的好友卢靖。这些人在晚清或为道员、盐运使、按察使等实缺官员,或为捐有职衔的候补官员,民国时期不少人还担任过地方的都督、省长、中央各部的总长、次长乃至国务总理,地位都相当显赫。启新创办人及总理周学熙其官位的显赫自不必说,从光绪三十三年(1907 年)—1912 年任协理的孙多森,系清末大官僚孙家鼐之子,二品顶戴,曾任农工商部商务议员、直隶候补道,民国成立后,一度任中国银行总裁;二任协理王筱汀(锡彤),是袁世凯的幕僚,与袁世凯的长子袁克定是结拜兄弟,前清丁酉拨贡,二品顶戴,曾任北洋政府参议院参政;历任启新董事的陈惟壬,驻天津总理处坐办,曾充江芦候补道、农工商部议员,花翎三品顶戴;唐山工厂经理李希明,是二品衔的山东补用道;启新头号股东卢靖(木斋),历任赞皇、南宫、定兴、丰润县知县;股东王士珍,任袁世凯陆海军统率办事处督办,陆军总长、参谋长,1917 年任国务总理兼陆军总长；龚心湛，曾任广东知府并署理按察使，1912年任汉口中国银行行长，1919年擢升为财政总长，兼代国务总理，1924年任段祺瑞执政府内务部总长，同时也是周学熙"夹带中之得意人才"；李伯芝（士伟），1913年任农商部矿政顾问，1914年任中国银行总裁，1920年任中日实业公司总裁，1921年任财政总长，1915—1926年间任启新董事；……综观启新历届股东名单，花翎顶戴，比比皆是①。启新最初招股，百万巨资"不半载即行全数齐集"②，从光绪三十二年（1906年）11月至光绪三十三年（1907年）7月仅用了8个月时间就还清了官银号的贷款。另外，《启新洋灰有限公司招股章程》规定："年已及壮有股份100股以上始有被选为董事之资格，年已及壮有股份200股以上曾充董事之职者始有被选为总协理之资格，年已逾冠有股份100股以上者方有被举为查账员之资格，惟现任本公司董事及在事人不得兼充"③。在《民元修订章程》中又规定："有1 500股者，有被举为董事查账员之资格，有3 000股曾充董事一任者，有被举为总协理之资格。"④不论章程的修订有何目的，总之要担选为董事、总理、协理及查账员者都是拥有大量股份之人。下列是1919年该厂任董事、协理董事及被举为总理者与其股额名单⑤：

卢木斋8 490股　李颂臣7 290股　李希明4 860股　周学熙4 800股
陈一甫4 044股　王筱汀3 300股　李伯芝3 000股　张邵野3 060股
李赞臣3 000股　詹春诚3 000股　杨毓璟2 710股　孙犁锡2 280股

① 参考南开大学经济研究所、南开大学经济系编：《史料》，第42—43、175页；郝庆元：《周学熙传》，第117—118页；中国人民政治协商会议全国委员会文史资料研究委员会编：《文史资料选辑》第五十三辑，文史资料出版社1981年6月版，第13页；汪敬虞：《中国近代工业史资料》第二辑，下册，第927页；《大公报》，1915年6月24日，第二千五百八十九号，第276页。

② 周叔媜：《别传》，第22页。

③ 甘厚慈：《北洋公牍类纂续编》卷十九《矿务二》，第46页。

④ 南开大学经济研究所、南开大学经济系编：《史料》，第174页。

⑤ 南开大学经济研究所、南开大学经济系编：《史料》，第42页。

张芷庵2 160股 傅润源2 100股 孙荫庭1 800股 杨溥庵1 738股 许汲候1 724股 沈穆涵1 700股

以上尽管是1919年的股东名单,但基本上是光绪三十三年(1907年)首届股东的班底,而且到1924年任启新大股东的也基本上是这些人。从中我们就可以看出官僚、军阀占了启新大部分股份,这就为启新提供了充足的运转资金,保证了生产的顺利进行。另外,一批官僚政客充任公司大股东,他们的职权与启新洋灰的广泛推销也多有密切的关系。由于有实权官僚的支持,启新到1924年在全国东西南北的销售处共有59处,启新洋灰也就被全国各重大建筑工程所采用。在桥梁方面,有津浦铁路之淮河桥、黄河桥,京汉铁路洛河铁桥墩,北宁铁路二十五号A桥,陇海铁路渭水铁桥及广西梅县梅豁桥,广州海珠桥等均用启新洋灰。在东部沿海,有青岛挡浪坝,烟台挡浪坝,厦门海坝,青岛码头和青岛栈桥,威海胜德码头等也都是购用的马牌洋灰。在北部城市,在北京有大陆银行,北京图书馆,北京辅仁大学、北京燕京大学、北京交通银行;天津有英租界工部局菜市、河北体育场、天津法国总会、天津回力球场、开滦矿务总局及天津华新银行等也均使用启新洋灰。在南部城市,上海有中国银行货栈、上海中汇银行、上海亚细亚煤油公司、上海邮政总局、上海市政府、上海德邻公寓、上海华安人寿保险公司、上海大陆银行大楼等;广州有仲元图书馆、中山塔等;南京有中央体育场、中山陵园及中山陵碑亭、南京司法院大楼等都是向启新公司购用洋灰的。其中北京方面各项建筑用灰与时任教育总长的傅增湘有关,而各地许多军事工程、碉堡、要塞设施用灰则多是通过曾任国务总理兼陆军总长的王士珍联络的,各铁路局用灰则与担任过财政总长、代国务总理及内务总长、交通总长的龚仙舟有很大关系,上海方面用灰则多是由担任过外交总长、农商总长、国务总理等要职的颜惠庆推荐与指定的[1]。

---

① 郝庆元:《周学熙传》,第122—125页。

成功的生产和得力的销售是企业飞黄腾达的两只启动轮，没有充足的资金供应，生产就是无米之炊；没有正常的销售，再生产就会梗阻。在半殖民地半封建的中国，经营企业面临的最重要的两大问题就是资金和销售问题，而周学熙所办的启新则依靠实权派官僚的扶持和参与成功地解决了这两大问题，所以启新才能够顺利发展。一般来说，实权官僚在企业里投资量越大，或个人利益与企业盛衰关系越密切，该企业得到的权势照顾也就越大。权势越大，其可能运用的特权的力度也越强，权势所产生的特殊作用也越突出。投资启新的官僚绝大多数本身就是中央和地方的军政首脑，所以他们对启新所产生的效应就更加直接了。同时，周学熙也十分注意保持与这些官僚的联系，1916 年因"启新公司货物全以行销铁路为大宗，且各路多有附股"，所以选举董事之时，"特别选一著名路界者以承其乏，既可力任维持，且能推广销路"①，故经詹天佑推荐，聘用交通部考工司司长沈慕涵为公司顾问。而且，启新后期与各铁路局订立购灰合同也多是通过私人信函进行交易的。如宣统三年（1911 年）周学熙给综理粤汉铁路工程的詹天佑写信："我公综理粤汉，道线延长，需灰繁巨"，"按从前京张、张绥需灰……请先订一长年合同"，"以应工需，而尽交谊"；1923 年，由于"制造洋灰之新公司纷纷继起，出货日多，将来商场竞争，势所不免"，周学熙遂直接写信给交通总长吴秋舫："恳请贵部俯念启新公司与各路订约以来，竭尽义务，十有余年，非各该新公司所得相比，准予通饬各路局，所有前与启新公司订立之互换利益合同，他公司不得援以为例。"②周学熙的这些要求基本上都得到了满足。所以，军阀官僚的直接参与以及周学熙与他们的密切联系，无疑对启新的发展起了十分重要的作用。

综上所述，我们知道，与官僚政权的密切联系是启新能够顺利发

---

① 南开大学经济研究所、南开大学经济系编：《史料》，第 89 页。

② 南开大学经济研究所、南开大学经济系编：《史料》，第 92 页。

展的主要原因之一。世界资本主义发展史也证明,任何国家在资本主义商品经济发展初期,都需要一个权力集中的国家政权来统一领导和决策。但是,由于每个国家的国情、历史、宗教和文化传统以及启动资本主义商品经济发展的时间和所处的国际环境都有很大的不同,因而其国家政权的作用形式也是不同的。西欧特别是英国那些最早发展资本主义商品经济并实现工业化的国家,国家政权是在内部资本主义发展的推动下,不自觉地发挥它的作用的,资本主义发展的主体力量始终在民间,国家政权没有作为主体直接介入过商品经济发展过程。然而,对于那些进入资本主义商品经济发展阶段较晚的落后的国家来说,由于它们的资本主义发展不是内部资本主义因素自然生长的结果,相反,它是在内部资本主义因素很不发达的情况下,由西方资本主义强行切入,并面临民族危亡的强大挑战下,被迫选择资本主义的,它们在发展资本主义商品经济时,国家政权的作用是自觉发挥的。它们往往有明确的发展资本主义商品经济的目标、纲领和强烈意识,经济发展的第一推动力量或实际组织者不在民间,而在政府。政府往往直接介入资本主义商品经济发展的过程,利用国家政权的权威,集中组织各种社会资源,强行推进资本主义发展[①],国家政权的强大成为引导社会变革的决定性因素。

在近代中国半殖民地半封建的社会环境和得不到强有力的国家政权组织领导、保护的特殊条件下,中国的私人投资者虽然不愿意企业受政府控制,但这并不等于说,他们在面临外资压迫,封建势力阻挠时,不希望得到政府的扶持。从封建政府那里获得一些有利于本企业发展的特权往往是他们所迫切要求的。而要获得政府的照顾,创办人和主要投资人就应该是同官场关系特别密切的人。这就使得中国民族资本主义的发展走上了一条畸形的道路:资本主义商品经济发展的条件不是由国家政权统一解决的,资本主义商品经济和工

① 盛斌:《周学熙资本集团的历史地位》,《学习与探索》1992 年第 1 期。

业化的推进力量和组织者，既不是国家，也不是民间力量，而是具有强烈资本主义意识，有志振兴中国的与封建官僚有密切联系的绅商。他们在创办经营近代企业时，既具有卓越的经营才干，又具有与官僚政权联系的便利。与官僚政权结合，以求得保护和支持是半殖民地半封建的中国民族企业生存发展的必要条件，也是中国近代化所采取的一种独特形式。大凡有一定的生存竞争能力，并发展到一定规模的企业，都或多或少地与官僚政权有过一些联系，纯粹依靠经济的力量独立自主发展起来的企业在近代中国为数很少。

周学熙创办的启新洋灰公司就是依靠攀缘北洋官僚集团发展起来的。以袁世凯为首的北洋派在清末民初的中国北方如同一张无形的巨网，笼罩了军事、政治、经济生活的各个方面。周学熙作为亦官亦商的人物，他巧妙而充分地利用了这张巨网，拉拢十数位军阀官僚投资于启新。这些人有的进入了董事会，有的甚至担任协理、经理等要职，正是由于这张巨网的庇护和提携，才使得启新在与国内外企业的激烈竞争中，不仅站稳了脚跟，而且一度垄断了国内的水泥市场。在这里，超经济力量的运用固然是其资本积累以致产生垄断的有力杠杆，但周氏企业在与官僚政权的结合中又创出了自己的独特方式，即官为扶持，商为经营，利用官力但又不为官所制，在企业中尽可能最大限度地保持商的自主性。官为扶持就是利用官权和官势为企业的发展提供种种特权和便利，其目的是为了追求更高的利润。为了维护商的利益，在企业的实际运营过程中，则更多地采用了资本主义的营运方式。在企业的经营决策中起主导作用的是商人的力量，企业的重大决策往往由企业产权的所有者股东大会来作出，官权与商利由对立走向了一致，在一定程度上商人的利益压倒了官的权力，一旦企业有被官府操持和控制的危险，则宁愿舍弃官的扶持而保持商办的独立性。如启新创办之初曾借官款100万元，条件亦相当优惠，但在听到袁世凯即将调任外务部尚书的消息时，为避免因官场的变化而影响企业的发展，启新领导人立即募足商股而还清了官款。这说明启新所采取的"官督商办"的经营形式是对洋务运动时期"官督商办"形式的继承和发展。周学熙充分利用了这种经营形式的合理成分,又避免了其所产生的一系列弊端,官商之间一时出现了某种良性互动关系,结成了紧密的官商合力联盟,共同谋求企业的发展。在当时的社会条件下,这无疑是组织近代化大企业较合理也较有效的方式,它使得官与商在企业中得到了较完美的结合。

三、启新洋灰公司的营销管理

探讨周学熙所办启新洋灰公司成功的缘由,答案不是简单的,也不可能是简单的,这里既有外部的原因,又有内部的因素。外部条件对于一个企业的发展固然重要,但内部因素仍然是最重要的,也是最主要的,如果没有内部因素存在并起决定作用,外部有利的条件也就起不了作用或者起不了大作用。与北洋政权的密切联系纵然为启新提供了坚强的后盾,但如果没有内部出色的经营管理,袁世凯去世后启新就不会出现繁荣局面。

(一)建立了系统而完备的管理体制

1.高度统一的权力核心

启新创办伊始,在其《创办章程》中即声明"一切均照有限公司定例办理","凡系本国人民,均可附股,无论官、绅、商、庶人股者均一律享股东之权利"[1]。既然启新的创办采用了西方股份有限公司的组织形式,其管理组织机构亦就理所当然地仿西方公司制度建立。启新常设组织机构主要由股东会、董事会和总事务所三部分组成。股东会是启新的最高决策机构,"除选举董事、监察人和总协理外,对重大事务有决议之权利"[2],这就赋予了股东们对企业事务的参与权。但公司《招股章程》及《续订章程》又都对股东权利作了一定的

① 南开大学经济研究所、南开大学经济系编:《史料》,第36页。
② 南开大学经济研究所、南开大学经济系编:《史料》,第169页。

限制,如公司《续订章程》第4章第29节即明确规定:“凡股东年已逾冠有10股以上者方有选举之资格,100股以上者方有被选举之资格”[1],这些规定使得众多的中小股东并不能真正获得管理企业的实际权力,其发言权、表决权和选举权的被剥夺就造成了股东会大权操诸少数大股东之手的局面。董事会是公司的最高管理机构,最初由总理、协理各一人及董事共七人组成,“本公司事务规则,工厂条规及临时对他商联合重要契约,均须由总协理提经董事会议订立之”;“本公司制造、运输、营业一切事宜及总分厂所用人行政,均由总协理提经董事会同意”[2]。这样,董事会就控制着公司的一切经营管理大权。总事务所是启新最高权力机构的执行机构,设在天津,最初称为“总理处”,由董事会“选举总经理一人、协理二人以总所为常川办事之所”,“总经理执行董事部所通知之股东会及董事会议决之一应事件;有主持总所及工厂与办事处、分所、货栈一切用人、制销、办事之全权。协理协同负责办理”[3]各种事宜,后由于开拓销路,扩大营业,为适应需要而于1923年改称“总事务所”,由公司经理任命总事务所经理,“承总协理之命承办公司全体事宜”[4]。既然股东会大权由创办启新的少数大股东掌握,他们则采取种种方法,牢牢地占据了董事及总协理的职位,从而掌握了董事会及总事务所的大权,由此他们也就控制了整个启新。从光绪三十三年(1907年)—1924年,周学熙一直担任启新总经理职务,协理一职在18年的时间里也只更换了一次,历任启新董事的也一直是李希明、陈一甫、孙稚筠、王筱汀等人。这样就形成了高度统一的权力核心,而周学熙又是这个权力核心中的核心人物。他告诫子侄说:“要搞实业,首要的是抓权”,而周

① 甘厚慈:《北洋公牍类纂续编》卷十九《矿务二》,第47页。

② 南开大学经济研究所、南开大学经济系编:《史料》,第171—172页。

③ 南开大学经济研究所、南开大学经济系编:《史料》,第173页。

④ 启新水泥厂厂志办公室编:《启新水泥厂厂史》(1889—1989年),启新水泥厂厂志办公室1989年,第79页。

学熙本人也十分注重这一点。最初，他做官不能亲自主持公司事务，但却不肯把经营管理大权轻易让与别人，遂实行了“坐办”制度，以亲信陈一甫为驻津总理处坐办，而人权、财权则紧紧掌握在自己手中。在他做了总理之后，对财权抓得更紧，甚至连一元钱的开支也要亲自批示[①]。虽然《公司章程》规定了企业重大决策由企业产权的所有者股东大会来决定是否通过，但周学熙在股东大会上“一向是大权独揽威风凛凛的”[②]，股东们到会者不多，而且很少发言；董事会虽然有议定公司事务规则、工厂条规等的权利，并对公司制造、运输等一切事宜及总分厂所用人行政具有审批权，但事实上也只是周学熙一人说了算，董事会只是批示同意而已。公司中之重大事，以银钱账目、机器设备、进出货、庶务为大宗，每宗以列名董事分主其事，但对总理绝对负责即是明证。周学熙曾以大连地方商家、金州帮由东家自当掌柜事业蒸蒸日上和山东帮因东家养尊处优一切委之伙计以致生意日见退化的例子为戒，认为“天下事未有自家不操心劳力，专恃他人而能有成，即幸成，而未有不败者也”[③]。所以，他在经营启新的过程中很注意揽权，而他之所以能够大权独揽并在企业中享有较高的权威，一是因为他和他的家族及派系在启新所掌握的股权确实占压倒多数的比例；二是因为周学熙本人的政治地位和社会地位绝非一般对手所敢比拟。由此便形成了高层领导的集权化，这种集权化领导，避免了股东间意见分歧的干扰，便于统一管理和有效决策，从而提高了企业的决策效率。但它并不像无限公司组织形式那样，既无董事会，股东会又无大权，总经理掌握着公司全权，周学熙在决策

① 中国人民政治协商会议全国委员会文史资料研究委员会编：《文史资料选辑》第五十三辑，第11页。

② 中国人民政治协商会议全国委员会文史资料研究委员会编：《文史资料选辑》第五十三辑，第19页。

③ 郝庆元、林纯业整理：《周学熙家语》（上），中国社会科学院近代史研究所近代史资料编辑组编：《近代史资料》，总77号，中国社会科学出版社1990年7月版，第184页。

的过程中毕竟要听取广大股东及各董事的意见。他在十多年的时间里能历任总理,也表明了周学熙本人确有非凡的经营才干和领导才能。

2. 分权制衡的组织系统

启新洋灰公司的组织系统经历了一个由简单到完备的演进过程。建立初期,由于业务不多,周学熙自任公司经理,指令同乡兼亲戚孙多森为协理,又确立以亲信陈一甫、李希明、徐履祥三人组成董事会。陈为驻津总理处"坐办",李为驻唐山工厂经理,徐任监事,驻厂督工候选,各董事分主其事,对总理绝对负责,组织机构比较简单。随着水泥产量的增加,销路的扩大,其他各厂的水泥也涌现于市场,启新为增强竞争能力,竭力扩充营业机构,其组织机构也几经变更。周学熙任职期间组织系统见附表 3-1-1、3-1-2 及 3-1-3。

表 3-1-1

唐山工厂组织系统

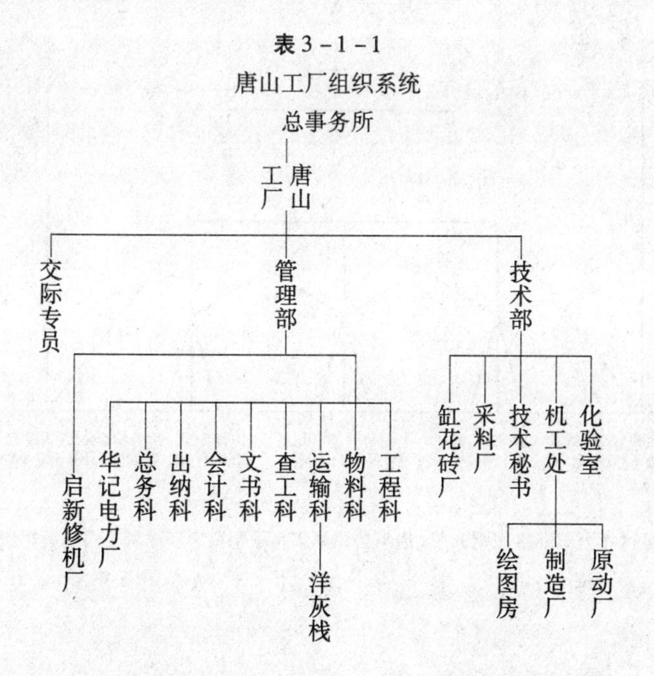

资料来源:《唐山工厂办事总则》,启新洋灰公司档案馆藏。

表3－1－2

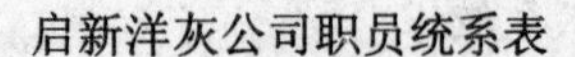
启新洋灰公司职员统系表

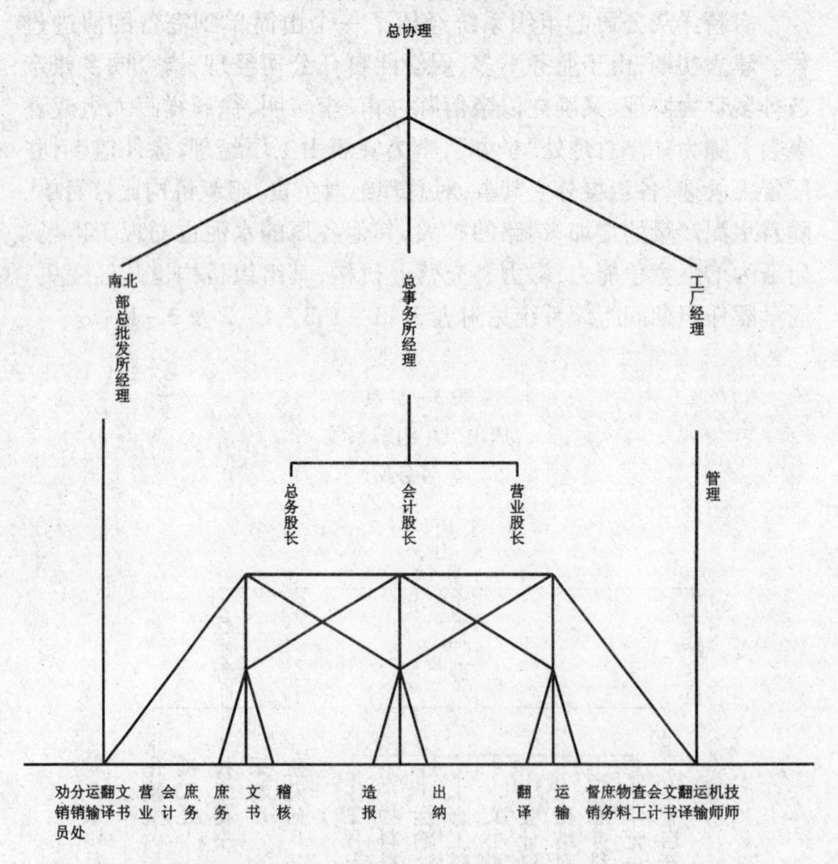

资料来源:《本公司办事规则》,见《启新公司第275号卷》,启新洋灰公司档案馆藏。

表3-1-3

唐山工厂办事系统

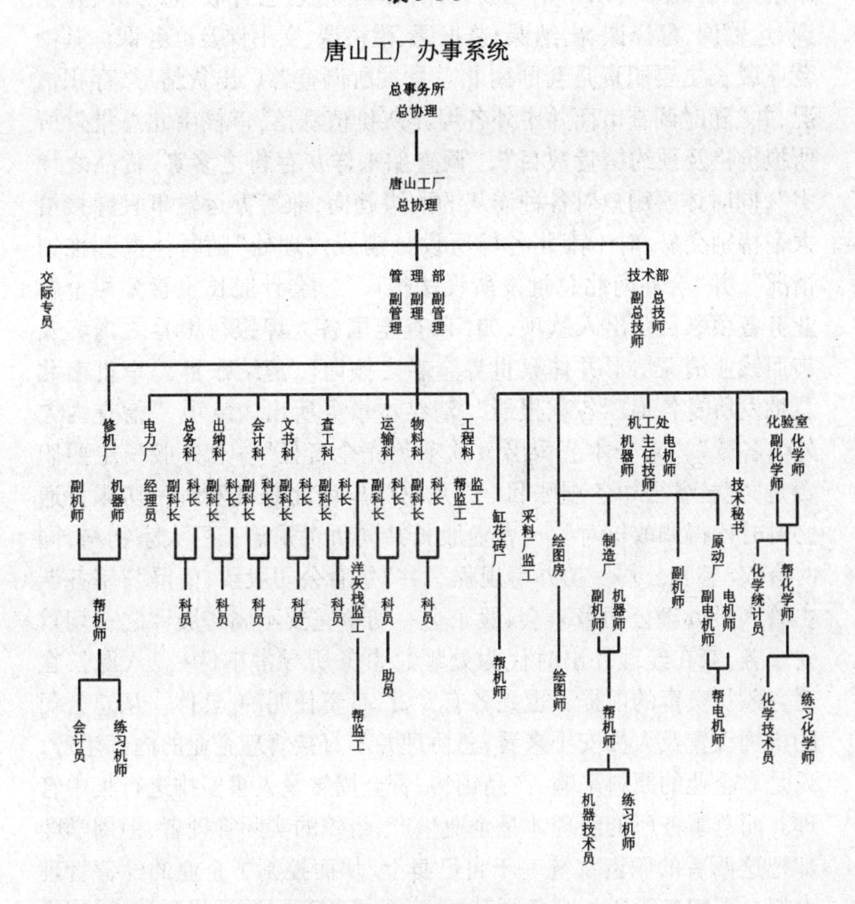

资料来源:《唐山工厂办事总则》,启新洋灰公司档案馆藏。

由上表可以看出:启新公司由总协理坐镇总公司主持公司用人营业一切事宜,总事务所及唐山工厂经理、南北部总批发所监理在受命于公司总协理的情况下各有专责。总事务所经理"承总协理之命办理公司全体事宜,商承总协理统筹各工厂及南北部批发所一切兴革事宜”。总事务所下辖三股八课,即营业股、会计股、总务股、督销课、运输课、翻译课、出纳课、造报课、稽核课、文书课及庶务课。其中营业股长主要职责是会同南北总批发所调查各厂出货情形、存积情况,并“随时调查市面并中外各埠洋灰价值涨落,审核南北总批发所所拟价格及预约销货数目”,“调查舶来洋灰存售之多寡、货品之优劣”,同时体察用户对各种洋灰的购买趋向,兼筹办运输事宜并接洽大宗特别交易,对于南北各埠所设分销或代理处“随时体察其推销情况”,并“会商南北总批发所设法推广”。会计股长主管公司金融业务各项账目及出入款项,如“调查全国各大埠银行银号之内容及市面钱业消涨情形并体察世界金融之倾向”,清结账目,“审批南北总批发所及各工厂各项报册”,清结本事务所出入款项,“稽查内欠外欠各款”,“对于本公司出入款项负完全责任”。总务股长主要职责是“复核各公司各项账目”,“凡总分厂南北总批发所一切账目遇必要时均得调取核对”,与营业股长共同负责采购工厂大宗物料,同时有权“整顿公司一切办事规程”,并“掌管公司股票、债票”,率各课主管人员办理公司董事会、股东会一切事宜及不属各股课之一切重要事务,兼在经理外出时代为处理总事务所寻常事件[①]。八课长在对各股长负责的前提下也是各有专责,且责任明确、具体。从总公司的机构设置及人员安排来看,总协理并不直接管理企业的内部生产,只是对企业的原料采购、产品销售、资金周转及人事安排进行集中管理。而总事务所的经理才是企业生产、组织的实际管理者,但周学熙却把这两者的职责都统一于自己身上,从而控制了企业的经营管理大权。下辖各股股长则各司其职,减少了相互间的干扰和扯皮,这样就提高了整个企业的管理效率。

唐山工厂及南北部总批发所的组织体系与总事务所基本相同。唐山工厂下设技术部、管理部与交际专员,彼此之间分权制衡。下设

① 《总事务所办事细则》,见《启新公司第275号卷》,启新洋灰公司档案馆藏。

若干科、室,科室与各部之间则是层层节制,技术部、管理部之管理、副管理,总技师、副总技师及交际专员都是直接秉承总经理、协理之命主办或襄办全厂关于行政、技术及外交一切事宜。技术部虽然负责管理考核所属人员工作成绩之责,但对于“员司之进退及奖惩事宜”上,则“须与管理部会商”。技术部虽然负责管理考核所属工人工作,但“工人进退、工价之增减及工人伤亡抚恤等事须由技术部会同管理部核办”。管理部的权力也同样受到技术部的限制,如工程科本来直属于管理部,“但技术部得因技术上之需要直接指挥办理该部建筑上之修葺或改造事宜”,“管理部指挥洋灰栈办理洋灰灌装事宜,但须先得化验室之许可,关于灌装部分所有一切机械设施之管理及修理由技术部办理”①。唐山工厂这种分权制衡、层层节制的组织系统既避免了各部主管人员的权力膨胀,又使得所有公司职员都能各负其责,有效地提高了公司的办事效率,基本上克服了过去官办和官督商办企业那种机构臃肿、人浮于事的弊病。

通过以上论述,我们知道启新所采取的是集权与分权相结合的管理体制,高层领导集权化,公司、工厂及各科室之间则采取分级管理,但同级之间又实行分权制衡的原则。这样公司就可以快速、有效决策,各部门主管人员职责分明,又不可能绝对控制所辖之部、科,这种有效而系统的管理体制,无疑是启新经营管理的一大特色。

(二)启新洋灰公司的资金运筹

1. 采取多种方式招募股本,融通资金

资金是企业运行的血液,企业没有资金就无法从事生产和扩大再生产,创办经营近代化大工业更需要有雄厚的资本作后盾。周学熙也同样意识到资金是否雄厚是企业能否生存发展的关键。为保证企业能在充足的资金供应下顺畅发展,周学熙殚精竭虑,精心运作。在创办和经营启新的过程中,为筹措和有效地运用资金,周学熙采取

---

① 《启新洋灰有限公司唐山工厂办事总则》,启新洋灰公司档案馆藏。

了多种方式。

首先,他依靠天津官银号的借款先行办厂。启新洋灰公司采取西方股份有限公司的形式进行组织,按照惯例,资本当出自股东之手,公司也属于民有,但周学熙认为:“完全民有,既为世界所公认,自当引为先导之师。唯是民穷财尽,募股甚难,搀用外股,又滋流弊……开办之初,资金无出,可由政府先行认股,俟募集逾额之时,再将政府暂认之股退出。”①基于这样的认识,启新最初计划集资100万元,由于商股一时难集,周学熙便利用自己手中的权力并依仗袁世凯的支持由天津官银号暂时垫拨。在他看来,利用官款只是作为企业创办的借款,在企业中拒绝官方作为股东的形式存在,在股本100万元招募收齐后,他便将官银号借款全部还清。启新在后来由于营业的需要也曾酌附官股,但大都是在尽归股东分认后酌加的,而且是有限度的,在企业中尽量招收商股,官股只是作为维系封建特权而采取的一种手段。

其次,采取优惠政策吸收商股。启新公司最初招股100万元,股额定为2万股,每股洋50元。为尽快筹集资本,在《招股章程》中明确规定:“本公司之二万股额,入股在先前一万股者,每十股另给一股名为优先股,其分官利、余利均与正股无异,以示提倡。”②当时水泥在市场上销路看好,再加上周学熙采取的优惠政策,投资自然踊跃,所以启新仅仅用了八个月的时间便募足100万股本,悉数还清了官银号的借款。到1910年启新公司扩充新厂、新机添股时,“新股仍以龙银五十元为一股,共计三万股,均作正股,不给优先股”③,其扩充北分厂添设砖窑,续招股本时,所招股本也是均作正股,不给优先股。从此就可以看出,启新最初招股优待先入股者,完全是为加速招

---

① 周叔媜:《别传》,第65页。

② 甘厚慈:《北洋公牍类纂续编》卷十九《矿务二》,第45页。

③ 甘厚慈:《北洋公牍类纂续编》卷十九《矿务二》,第49页。

满股额所采取的一种招股策略,而这种策略收到了它预期的效果。到后来启新利润优厚,招股十分容易,当然不必再花费代价去吸引投资者。

第三,利用自己的金融机构调剂资本。周学熙十分重视金融机构与企业发展的关系。他认为:“我国实业之不振,原因虽多,而无辅助机关,实为致病之由”,“实业之能否发达”,“以银行之能否设法辅助为断”①。基于金融组织是实业发展的先导和保证,为力求实业发达,周学熙于1919年创办中国实业银行,特在唐山设立支行,以长短期贷款、承购发放公司的股票、债票等多种形式向公司进行资本渗透,启新遇到资金存积时便将大量款项存入银行,现金周转不足时,再向银行支取。建立自己的金融机构,既免去了向其他银行贷款所受的中间盘剥,又可使企业酌盈济虚,方便了资金周转,有力地保证了企业的生产和发展。

2. 高度重视资本积累,进行扩大再生产

资本积累也就是利润的资本化,这是企业生存发展的一个重要前提,向来被视为工商业之命脉。没有资本的积累,企业生产技术水平的提高,机器设备的更新,生产规模的扩大都无从谈起。启新公司的经营者为了增加产量,增强市场竞争能力,以获取更多的利润,随着水泥市场的不断扩大,也不断进行资本积累。从光绪三十二年(1906年)创办到1924年,启新曾五次增加资本,其增加资本的来源大致可分为以下三类:

(1)利润资本化。在资本积累方面,周学熙总的原则是多积累,少分红。在启新公司《创办章程》及《招股章程》中都明确规定:“本公司股息,优先股、正股,均给官利常年8厘,除官利及酌提公积外,

① 周学熙:《年谱》,第709页。

按照十四成分派。……以二成提存机器厂房折旧……"[1]显然，周学熙一开始便十分注意提取一定的利润用于企业的巩固与发展。这部分提存为公积金以及扩充机器准备金等项的利润，都以股票升值和增股等办法变为股东所有。1912 年公司改组后，公司新股票改为"照股先行派息 4 厘，再酌提公积若干"，其余仍然按照十四成分派，其中十四成之二成提存机器厂房折旧。1917 年北洋"报效"取消后，此项虽仍列入报册而实款并未报解，便"将此项存数并此后按年应提之款，统改作本公司公积……此后公积即于先提股利 4 厘外，按十四成之三提存"[2]。从光绪三十二年(1906 年)到 1924 年，启新提存的公积金累计达到 1 343 683. 84 元[3]，占其累计盈利额的十分之一强，这种以滚雪球式的办法积累资本的方式较好地解决了当时普遍存在的资金不足问题。

(2)剩余价值资本化。从光绪三十二年(1906 年)创办到 1924 年，启新增加的股本有四次是通过招收新股的办法取得的。根据公司《续订章程》，启新招收新股的原则是："先尽原认股者照数承认，如原股东无力承认即尽公司内有力股东承认，倘不愿承认或认不足数再由总协理及董事酌量另行招股售与原股东以外之人。"[4]这就是说，启新股东对本企业享有优先投资权，故启新新增股本绝大部分仍保持在原投资人手中。这些旧股东用于购买新股票的资金已不再是他们过去搜刮而来的"宦囊"，而是由他们历年积累的股息、红利和高额薪俸、津贴、酬劳等等转化而来，也就是由他们剥削工人所得的剩余价值转化为企业的运营资金。启新四次招收新股共 5 390 990

---

① 南开大学经济研究所、南开大学经济系编:《史料》，第 37 页；甘厚慈:《北洋公牍类纂续编》卷十九《矿务二》，第 45 页。

② 南开大学经济研究所、南开大学经济系编:《史料》，第 264—265 页。

③ 南开大学经济研究所、南开大学经济系编:《史料》，第 269 页。

④ 甘厚慈:《北洋公牍类纂续编》卷十九《矿务二》，第 47 页。

元[1]，这样，通过剩余价值的转化，启新资本额得以大幅度增加，为企业的发展提供了充足的资金，保证了再生产的顺利进行。

(3)通过办理职工储蓄，扩大企业的资金来源。启新公司为扩充资本、增强实力，于公司第九届股东常会上，提议设立公司同人储蓄并提存慰劳金。"所有本公司支领月薪之职员皆为本会(同人储蓄会)会员"，"公司于各会员月薪之外，每月加给十成之一慰劳金，按月储存"。而且公司会员必须将其所得薪金的5%按月提存，"每月发薪时由会计科代为扣存"[2]。通过设立"同人储蓄慰劳金"这种巧妙方式，启新获得了一大笔资金，部分地解决了启新扩充和运营的流动资金，加快了资金周转。

正是由于合理而有效的资本运筹，启新获得了进行生产和扩大再生产的源源不断的资金保证，得以顺利扩充、发展，在激烈的市场竞争中立于不败之地。

(三)注重生产技术、设备的更新和改良，始终保持高质量的产品

技术和设备是重要的生产要素，是衡量企业的重要标准，它的层次高低，不仅反映着企业的生产水平，而且也反映出企业的技术发展战略。周学熙在经营启新的过程中，为了提高产量、增加利润以增强实力，十分重视引进先进的设备和技术，并不断进行设备更新，在其经理启新的18年中，曾先后两次大规模地扩充设备并进行技术改进，提高了产品的产量与质量。

启新开办之初，原细绵土厂所用立式砖窑，"其品质产量远不如卧式旋转窑"[3]，在当时已不合用，遂改作制造花砖、矸子土之用。另向丹麦史密芝公司购置最新式制造洋灰之旋窑两具，用以燃烧洋灰块锭，同时又添购重要机件虎口碾石机两具，烤料罐一具，原料圆长

---

① 南开大学经济研究所、南开大学经济系编:《史料》,第256页。

② 南开大学经济研究所、南开大学经济系编:《史料》,第306页。

③ 周叔媜:《别传》,第18页。

磨各一具，洋灰圆长磨各一具，煤末圆长磨各一具，烤煤罐一具，用干法制造洋灰，日产灰700桶，开国内使用机械干法生产水泥之先河。

创设水泥厂，在20世纪初尚属新创，所以销路异常兴旺。启新水泥一时“竟有出不敷售之势”①，遂于宣统元年(1909年)在马家沟另辟北分厂，先设机器砖窑，专用机器轧砖，时“安装锅炉带机器1部，马力150匹，轧砖机器1部，磨矸子土机器2部，活泥机器1部，细土罗柜1部，绞车2部，磨细矸子土面小磨1部，水泵1部，磨电机1部，每日每窑能出缸砖1万4、5千枚”②，可见启新公司的机械化程度是比较高的。

虽然添建了北分厂，产品仍出不敷售，于是大加扩充成为不可须臾或缓之事，启新公司遂于宣统二年(1910年)扩充新机，“全副安设总电机器，马力1 200匹，锅炉4具，并采用外洋最新水磨之法”③。宣统三年(1911年)公司进行第一次大规模扩充，向史密芝公司购置旋窑2具，原料圆长磨各2具，洋灰圆长磨各2具，煤末圆长磨各1具，烤煤罐1具及其他附属设备，并改用半湿法制造洋灰，日产洋灰1 200桶。1921年，启新公司又进行了第二次大规模扩充，仍向史密芝公司订购大号旋窑2具，新式大碾2具，原料圆长磨各4具，丹式洋灰磨2具，煤磨2具，烤煤罐3具，烤料立窑4具及其他附属设备。后为提高原料及洋灰细度，又自造旋窑1具，同时购买德国美亚公司叮当碾石机2具，德式原料磨3具，丹式洋灰磨1具。经过大肆扩充，启新日产水泥达到4 700桶，工厂扩展为甲、乙、丙、丁四厂，机械化程度逐步提高。生产手段采取灰石初用人工钻孔，后改用气压机；采取土料初由用人工而改为用刨土机；土石运砖也由用人力推送而改为用小机车铁斗车拖运。随着生产设备的改进，生产技术也有了

① 陈真：《中国近代工业史资料》第三辑，第341页。
② 陈真：《中国近代工业史资料》第三辑，第346页。
③ 陈真：《中国近代工业史资料》第三辑，第346页。

很大的提高。最初烘烤原料使用燃料，而窑后废剩余热进至烟囱时温度约在700 ℃左右并不利用，耗热甚巨。随着技术的提高，这些废剩余热被用来烘烤原料或蒸发蒸汽[1]，年节省原料费用三万余元，省煤七八万元[2]，既节省了能源，又使废气得到了合理利用。另外，生产技术的改进还表现在水泥的包装方面，最初使用铁桶包装，后改为木桶，由于装运不便，又改用麻袋，这样既方便运输，又可减轻损耗。

随着水泥生产设备的不断增加和改进，生产水泥所需电量也日趋增大。启新公司的原动厂动力设备也随着添置并逐次对原动厂进行了扩充。启新最初使用的动力为德国寇利资厂出品的1 000马力、二级卧式汽力引擎，用绳轮带动总轴及各部机器，所用蒸汽是由发热面积150平方公尺之拨柏葛水式锅炉三具发出的，用人工加煤，又无预热水管设备，其发动效率十分微弱，所以，所使用的电力主要由开滦电力厂来供给。后由于生产需电量增加，而开滦供给启新的电力价钱则逐日上涨，为减轻成本，更为了摆脱对开滦的依赖，启新遂大力发展原动厂。宣统二年至宣统三年(1910—1911年)公司进行第一次大规模扩充时，便另行建筑原动厂房屋，安装一具由德国西门子公司出品的1 260千伏安3 000伏50周率三相交流之引擎发电机，引擎与发电机直接连接，又置发热面积200平方米之拨柏葛水管锅炉五具，以马达传力带动窑磨，其原动效率较之旧厂已有明显进步，工厂进入了引擎发电时期，这在当时的工厂中尚属少见。1922年启新丙、丁厂建成时，对原动厂也进行相应扩展，当时限于经济条件只添置了美电公司制造的1 400千伏安2 300伏25周率三相交流透平发电机一具，发热面积200平方米拨柏葛水管锅炉五具，其不足电力仍需由开滦供给。到1926年，公司财力充裕，乃进行统一电源

---

① 参考启新洋灰公司编:《启新公司30周年纪念册》，启新洋灰公司1935年印。

② 《李经理调查日本关宫岛间洋灰厂上总理函》，1924年2月，见《启新公司第257号卷》，启新洋灰公司档案馆藏。

及增进效率之原动厂改进工作，新添德国制 6 000 千伏安透平发电机一具，透平机属推动式分速力级及压力级二级速力级单式压力级复式蒸气，每分钟转运 3 000 转，发电机系三相交流式 6 000 千伏安 2 200 伏 25 周率，由效率较大之冷风器发电，同时，启新还对旧有设备进行了改进与更换①。经过对原动厂的改进与扩充，启新改变了对开滦的依赖状况，自己供给本厂所需全部电力，而且发电效率逐步提高，成本也大幅度下降。

周氏启新洋灰公司的发展时期，正是世界"第二次科技革命"时代。它引进的机器设备，一开始就具有很高的技术水准，历次的更新、改进也能跟随上世界技术水平的发展。设备的更新提高了企业的资本有机构成，为企业产品数量的增加、质量的提高准备了前提条件，随着先进设备与技术的引进而来的必然是产品产量的增加与质量的提高。周学熙担任启新总经理期间，眼睛总是盯着西方水泥制造业工艺的改进及先进设备的发明和运用，一旦有新设备与新技术被使用，且证明确实能促进水泥产量、质量的提高，他就会不惜重金购置。启新机器设备大多数都是在周学熙任总经理期间引进的，说明他十分注重机器设备的引进与更新。正是由于先进设备的引进，启新"马牌"水泥享誉国内外，启新水泥历次在国内和国际上获奖。光绪三十年（1904 年）在美国圣鲁意赛会得头等奖牌，宣统元年（1909 年）在武汉奖进会得第一等奖状，宣统三年（1911 年）在南洋劝业会考列一等奏奖，同年还在意大利博览大会得优等奖牌，1915 年在美国旧金山巴拿马万国展览会得金质奖牌②。这不独在中国首屈一指，而且堪与世界最上等之洋灰相媲美，达到了国际水平，这在 20 世纪初的中国简直是难以想象的。

正由于有良好的设备和先进的技术，降低了生产成本，提高了劳

① 南开大学经济研究所、南开大学经济系编：《史料》，第 139—140 页。

② 《启新公司证书汇览》，启新洋灰公司档案馆藏。

动生产率,保证了启新公司以优质的产品供给市场,增强了其竞争的能力,这也是启新长久不衰的重要砝码。

(四)启新洋灰公司的市场营销策略

市场营销是企业及其他经济组织通过交换过程满足市场需求的经济活动。满足市场需求是市场营销活动的出发点和目标,为达此目的,就必须以客户需要为经营导向,运用整体营销手段争取顾客的满意,而且要时时注意市场需求及其变化,通过把握和满足市场需求来实现长远赢利目标。为了保证营销活动的成功,企业家必须制定相应的营销策略,因为市场营销方面的无能将直接关系到市场竞争天平的倾斜,乃至对企业的生存产生决定性的影响。任何企业家总是在市场竞争中求生存、求发展的,在半殖民地半封建的中国,市场问题更成为经营企业所面临的最重要的问题。同时,近代中国恶劣的市场环境也锻炼了企业家的精明,促使他们采取多种多样的方式去占领市场,开拓市场,广筹销路,作为一代著名企业家的周学熙也不例外。他在创办启新后,立即把精力放在产品销售和市场方面。

首先,注重市场调查与预测,根据市场的需求组织生产。市场预测是企业经营决策的前提,旧中国极其狭小而又变动不居的畸形市场条件决定着企业在经营过程中,兴衰常常存在于举棋之间,正确决策具有特别重要的意义。而要正确决策就需要了解市场的行情变化,预测市场发展趋向,以引导企业寻找有利的投资方向进行生产和经营。周学熙在经营启新的过程中,就十分注重对市场的调查与预测,他认为:“凡事预则立,不预则废”①,在决策中,贯彻了积极稳健的指导思想。

(1)开办之际,对市场前景的预测。周学熙早在担任开平矿务局上海售煤处负责人时,曾在南方各地督办开平煤的销售,有机会了解到各地纷纷建厂、建矿和修铁路,水泥作为建筑业的基本材料,潜

① 《启新改良办法》,见《启新公司第394号卷》,启新洋灰公司档案馆藏。

在市场极大。唐山细绵土厂收回自办是北洋新政与当时国内收回路矿权运动相结合的产物，当时水泥消费全赖进口，收回自办获利必然可观，正是基于这种对水泥市场前景的预测，周学熙才费尽周折创设了启新洋灰公司。

(2)对产品产销情况的预测。产品的销售量是个动态因素，它受到政治、经济、历史和社会等因素的制约。中国近代社会战争频繁，内乱不断、外患日炽，各种根据常识和规律都难以预测的未知、可变因素太多。为了生产适销对路的产品，经营者往往必须对市场进行不停顿的监控和预测。启新在各地所设的总批发所负有进行市场调查、预测销售数量的使命，每日将各地水泥销售数量、价格及消涨原因造成日报表报告总事务所，以便为公司决策提供信息，而公司在制定生产计划时也正是依靠了这些信息。如启新公司在1912年由于扩充新机，“照原定额总厂机器出灰二十四万桶，扩充新机出灰三十万桶”，按定额应出灰五十四万桶，但实际连上年余存只出灰四十五万桶，只因“此期内金融仍在恐慌时代，各铁路及商埠海口工程多未兴办，不敢放手制造之故”①。公司1920年提议续行扩充新机、增出洋灰，亦是因为公司原有机器每年出灰共约50万桶，而公司“民国六年(第六届)全年运出之货计有五十五万余桶，造不出售已达数万，而七届售货乃增到七十四万余桶，第八届又已运出六十四万余桶，供不应求所差过巨，其尚得以应付无缺者，概系从前存货历届推陈出新方足以资供应”。到1920年存洋灰十九万余桶，1921年出货又约六十九万桶，虽可满足当年销售，但按照市场销售情形，“须及早绸缪，扩充新机，增多出货，方不至坐失机宜”②。启新公司根据市

① 《报告中华民国元年本公司制销货品总结余利营业大概情形折》，1913年3月，见《启新公司董字第17号卷》，启新洋灰公司档案馆藏。

② 《提议续行扩充新机增出洋灰以供销路事》，1920年1月28日，《董事会议决案》，见《启新公司董字第24号卷》，启新洋灰公司档案馆藏。

场需求状况来决定公司的生产做到了产销对路，这也是启新能够成功的原因所在。

（3）重视对原材料市场的调查研究，力求降低生产成本，在竞争中求生存。在竞争的环境中，面对外国水泥的跌价竞销，为了竞胜图存，降低生产成本、占领市场成为至关重要的一环。当时，外国生产工艺先进，中国水泥的生产技术、设备都得依靠外国，在这方面明显不占优势，所以只能利用自己的长处，从运输、包装材料等方面来降低成本。1917年启新为了获得高质低价的桶板，曾派人四出实地考察，辗转数百里，历经数县，终于勘测到由星潭铺（湖北阳新县）旱路入山横直二、三十里处的丛树，"实为桶板最好材料，较之蕲水县等处树大且多，约计可敷二十年应用"，因树大不便转运，故决定就地自设手工厂，做成桶板然后再运至石灰窑。这样做，估算成本"较和记代办之价值计可有减无增且较可靠，并较在鄂厂扩充机器桶板厂为合算"[①]。通过广泛的实地调查，作出最能节省费用的决策，无疑增强了启新的竞争能力，为其占领市场准备了前提。

启新面对不断变化的市场环境，不断变化的竞争对手情况，通过详细的调查研究，取得充分的信息和情报资料，及时把握住了市场脉搏，尽可能做到知己知彼，从而作出准确决策，正因为如此，启新才能够在一段时间里垄断国内水泥市场。

其次，完善销售渠道，建立了一套密致得力的销售网络。

启新洋灰公司建立初期，由于业务不多，仅在总理处（后改为总事务所）设立一营业部，办理销售业务，在各地设代销店，由当地殷实商号经销，扣取佣金，对于铁路、矿山等大用户则由公司直接联系。1914年启新吞并大冶后，南区销路迅速增长，特别是上海的铁路和民用建筑的水泥用量已经超过北方，原有的销售机构已不能满足业务发展的需要。为增强竞争能力，周学熙及时指出："出货增多，则

---

① 《启新公司第126号卷》，启新洋灰公司档案馆藏。

推广销路,实为唯一要图。”[①]启新在积极提高产品质量、扩大经营规模的同时,扩充了营业机构。先于1923年8月在天津设立北部总批发部,以扬子江迤北各省为营业区域,营业范围包括关内京兆、直隶、山东、山西各省,河南、陕西、甘肃北部,热河、察哈尔、绥远及附近蒙古各部。随后又于9月在上海设立南部总批发所,以扬子江流域及苏、浙、闽、粤沿海各地为营业区域,并批示:“各本区域内,何埠应设分销或派代理,均责令随时随地体察情形,积极筹办。”[②]南北部总批发所的设立,扩大了启新水泥的销售范围。但到1923年冬,上海象牌、南京泰山牌水泥先后出货,再加上外国水泥的大量减价揽销,竞争异常激烈。长江流域原本为启新兼管之湖北大冶水泥厂塔牌水泥行销之地,象牌、泰山牌水泥出货后,溯江而上,开始侵夺启新公司塔牌灰的销路,而南部总批发所远在上海不能兼顾,为保住销路,“自应分设专所,以专责成,急起直追,借广营业”[③],故又在汉口设立西部总批发所,以湘、鄂、皖、赣、川、贵各省,及河南、陕、甘等省南部为营业区域。同时,启新公司查得“东三省向为外灰充斥之地,从前用灰颇少,近来改良市政,建筑繁兴,需灰日巨”,而本公司的马牌灰“质性耐寒,于边地尤为适用”[④],遂又开辟了东北市场,于奉天设立东部总批发所,以关外奉、吉、黑三省,及朝鲜、蒙古边境为营业区域。除四个总批发所外,启新还在较大的市镇分别设立了分销处或代理处,控制了各地的许多小批发商和零售商,正是利用这些密致的行销网络,启新水泥的销售几乎遍布全国各省。在完善销售渠道的同时,启新还完善了销售机构的职能,使其更好地担负起开拓市场的任务,在《总批发所办事简章》中规定:“总批发所对于营业区域内,应负扩

---

① 南开大学经济研究所、南开大学经济系编:《史料》,第176页。

② 南开大学经济研究所、南开大学经济系编:《史料》,第176页。

③ 南开大学经济研究所、南开大学经济系编:《史料》,第177页。

④ 南开大学经济研究所、南开大学经济系编:《史料》,第177页。

充销路,催收货款之责;各处市价随时应增、应减,总批发所须详细审察、分别酌拟;总批发所对于营业区域内各埠,得随时派员前往调查市状,并切实指导分销实力,劝导建筑家以联络或传习用灰方法,以开风气。”①

在开拓国内市场的同时,启新还开辟了广阔的国外市场,在南洋、欧西、美国旧金山等地设立代销点,“罗致各方有势力之行号为我代销”②,而且“优美成绩已信用于海外,诚为我灰行销外洋挽回利权之嚆矢”③。

这样,通过完善销售渠道,建立总批发所和各分销处、代销点,不仅使启新水泥销售范围扩大、销量增长,同时扭转了部分地区销售方面的不利局面,增强了竞争能力,这也是启新经营上获得成功的一条重要经验。

另外,启新还采取了多种推销方式,如广告宣传、降价竞销、代办运输、简化手续、售后服务等。周学熙认为:“凡货物宣传愈多、则制者愈求其精,货愈精,名誉愈隆,销路愈广,则我之势力愈厚而基础愈稳固矣。”所以启新很注重产品的宣传,在读者观览较多的刊物上遍登公司广告,而且常派专人到各地去兜揽售货,派“精于商情、学识深、阅历多者”办理劝销事宜,“使用主于各种建筑不特愿用我公司洋灰”而且以“实行销售为结果”④。为了推广销路,启新也很注意做好售后服务工作,对公司所售出的货,如发现“数量不足,或夹有潮湿块结杂质损坏及桶袋破裂情事”,“剔出另行补换,或酌扣价款”,

---

① 南开大学经济研究所、南开大学经济系编:《史料》,第 178 页。

② 《派员调查南洋销路事宜并报告函件》,见《启新公司第 342 号卷》,启新洋灰公司档案馆藏。

③ 《报告中华民国元年本公司制销货品总结余利营业大概情形折》,见《启新公司董字第 17 号卷》,启新洋灰公司档案馆藏。

④ 《派委胡叔潜君暂兼总所试办特别劝销事宜》,见《启新公司第 348 卷》,启新洋灰公司档案馆藏。

而且“其退换运费等项,均由公司担任”[①]。正是有了诸如此类的推销妙术,才使启新水泥销售有路并畅销于国内外,在艰难的环境中占领了广阔的市场。

每一部辉煌的历史都饱含着创业的艰难,每一个成功的企业无不是汗水和智慧的凝结。在企业的发展中,资本、技术、设备等生产要素固然有其重要作用,但如何将这些生产要素组合优化,企业家的主体作用有着重大意义。周学熙“平日不作高论,惟脚踏实地,逐步施行,赴之以敏,守之以勤,持之以恒”[②]。他办实业,“一切章则条例,均亲自裁定,巨细不遗”[③],所以启新的成功很大程度上归结于周学熙的悉心经营。他以强大的北洋派系为靠山,通过建立系统而完备的管理体制组织生产,注重资本积累和设备更新,并以市场作为产品生产的出发点和归宿,一度使启新在中国水泥工业中独占鳌头。在企业大潮崛起的今天,周学熙所积累的丰富的经营管理经验和探索出的生财聚富之道,仍然可以为企业界提供有益的借鉴。

第二节　英人统治下的开平煤矿

中日甲午战争后《马关条约》的签订为外国的资本输出打开了大门,开平煤矿作为洋务运动中经营较成功的企业,其所处的优越的地理区位及理想的煤藏资源又进一步提高了开平煤田的经济价值,早已成为帝国主义觊觎的目标。光绪二十六年(1900 年)随着八国联军的侵犯,开平煤矿最终沦入英国人之手。

---

① 南开大学经济研究所、南开大学经济系编:《史料》,第 96 页。
② 周叔媜:《别传》,第 181 页。
③ 周叔媜:《别传》,第 188 页。

一、开平煤矿的修整与改进

开平煤矿所处的优越的地理区位及理想的煤藏资源，提升了它的经济价值。就煤质而言，"块煤以九槽为最，末煤以西井一号为最，十二槽八槽次之，经化学师平均考验，末煤百分中仅有土质十五六分，块煤仅有十分上下，且火坚焰长，堪炼上等焦炭，足供熔铁炼钢之用。日本所产煤质，尚较逊之，即中国沿江沿海，如胶州抚顺等煤质，亦无足与相埒者，故开平煤久为火车轮船机厂所欢迎"。就其交通条件而论，"出海最近，东至秦皇岛，仅二百六十余里，西至塘沽，仅一百六十余里，且自有码头，凡天津、新河、塘沽、秦皇岛、上海、烟台、营口、香港、广州，共计九处，又自有轮船数艘，故能指挥如意，其入内地，则天津为五大河汇归之处，由天津分运内地，航路四通八达，尤为利便。是以成色论，日本煤抚顺煤，不能与之敌；以交通论，井陉、临城福公司、保晋公司、峄县等矿，均不能与之争，如此则销路又无可虑者，故开平所占天然优盛，在五大洲可称巨擘"①，早已成为帝国主义伺机掠取和亟思染指的重要目标。胡佛在光绪二十六年（1900年）写给墨林公司的报告中就直言不讳地指出："这项产业肯定值得投资100万镑；这个企业决不是一项投机事业，而是一个会产生非常高的盈利的实业企业"②。光绪二十六年（1900年）义和团运动爆发，英国利用时局的混乱，采用欺骗、威胁、恫吓等种种卑鄙手段将经营颇具成效的开平煤矿据为己有。从此以后，这有历史意义并曾有为祖国效劳24年之光荣历史的开平矿务局便陷入黑暗的深渊，便只成一历史名词；因为它已完全归英商掌握，且已改名为"开平矿务有限公司"了③。英国人占据开平后，出于掠夺资源的目的，竭力

---

① "中研院"近代史研究所编：《矿务档》，第236—237页。

② 熊性美、阎光华主编：《开滦煤矿矿权史料》，第41页。

③ 徐梗生：《中外合办煤铁矿业史话》，商务印书馆1947年8月版，第5页。

经营。

英国人占据开平后，立即着手进行矿山的恢复和修整工作，经过短期的调整很快于光绪二十六年（1900 年）10 月底即开始生产。在恢复生产的同时对内部组织进行改组，首要进行的是会计制度的改革，对所列出的各项费用除表示可能达到的最大数额外，英国人认为没有什么价值的中式记账法予以更换，代之以西方的会计制度和方法记账。对于光绪二十七年（1901 年）后开平财务制度改进的情况，在《关于 1901 年至 1908 年公司业务情况的备忘录》中有记述："第一件应实行改革的事当然是有关会计业务问题。关于由合格而谨慎的会计人员所进行的一般会计业务毋庸赘述。但是，另一方面，关于工业商业的会计却一无所有。这个企业固然应以它的各个矿坑为基础，但是由于还有一些可以称之为附属部门的部门，办理出售煤矿产品的业务，又有分散在整个煤斤市场的各商业代理处，煤矿产品输出的秦皇岛港口，运送煤斤的船队、焦炭厂、制砖厂等等事务有关的部门，这个事业实际上就呈现出一种极为复杂的局面。为了领会和了解企业的每一个不同部分的活动进展情况，已建立了一套工业商业会计制度，从而使各部分得以区分开来，而且从账户方面来说，实际上是使每一部分成为一个独立的事业。这个制度进行得很顺利，并能使人看出每一部门中所发生的变动，（按情况来说）而且必要时可以深入了解"。英国资本家对开平财务制度改革的实质在于，使其所属的各个部门（销煤航运砖厂、炼焦、秦皇岛港口、芦台运河、浦东码头等）都成为独立核算单位①。这样也就可以知道"哪一部门是厂里最薄弱的环节，需要想法子改进；哪一部门有浪费，需要想法子克服"②，成本会计制的实行，减少了浪费，提高了生产效率。而整个企

① 丁长清：《从开滦看中国近代企业经济活动和中外经济关系》，《中国经济史研究》1997 年第 1 期。

② 刘念智：《实业家刘鸿生传略》，文史出版社 1982 年 3 月版，第 65 页。

业的生产经营基本按照资本主义方式来营运,将"所有账务和付款都集中于总局,而营业管理是循着"商业公司路线进行的。工资账上的空额和贪污曾使用胡佛所谓的"外科手术"来努力消灭①。经过短期的有效整顿,生产很快步入正轨。初期由于矿山的修复工作仍在进行中,产量并没有明显增加反而较之开平矿务局时期有所下降,但很快就稳步上升,而其所使用的人员却大为减少。光绪三十年(1904 年)至宣统三年(1911 年)开平煤矿雇用的工人人数明显少于开平矿务局时期的 9 000 人,光绪三十一年(1905 年)竟然不足 7 000人,而其他年份也介于 7 000 至 8 000 人之间,基本没有大的变动,这说明其生产效率有了较大提高,往日管理混乱、人浮于事的弊端已有了很大改善。

表 3－2－1　1904—1911 年开平矿务有限公司矿区工人数

项目 年度	里工	外工	合计
1904	3 488	5 455	8 943
1905	3 599	3 255	6 854
1906	3 384	4 387	7 771
1907	3 206	4 748	7 954
1908	3 042	4 876	7 918
1909	3 025	5 416	8 441
1910	2 409	4 646	7 055
1911	1 299	5 544	6 843

资料来源:《开滦煤矿志》第三卷,第 137 页。

① 卡尔逊:《开平煤矿》第四章,第 11 页。

开平矿务有限公司时期，完成的最大最有成效的一项工程，就是续建完善了深水不冻的秦皇岛码头。他们经过调查认为“利润似乎不是受产量大小或者市场需要的限制，而是受运输工具的限制”①。所以恢复生产后即积极进行秦皇岛港的开发与续建工作，而且不惜耗费巨资，“在那里建筑的码头和防浪堤，所花的费用，已不下2 500 000元”②，而其“设备完全亚东所罕见”③。并修筑了由开平经唐山到秦皇岛的铁路支线与华北铁路系统相联接，这些都为开平煤矿的生产、运输和销售提供了便利。

机器装备是衡量企业生产力水平的物化标志，也是企业经营效益能否提高的物质基础，英国资本家在完善运输渠道的同时对生产设备又进行了不断改进。光绪三十四年(1908 年)开平矿务有限公司在林西矿安装 735 千瓦蒸汽绞车，该绞车是光绪三十二年(1906 年)英国最新产品，也是当时中国煤矿中使用最大的绞车④。光绪三十二年(1906 年)在唐山和林西矿建立小型发电厂，“安装有成本一百万余元的东方最大的发电设备”⑤，当时安装有三台比利时造万达往复式双擎发电机，两台往复式发电机，还有十三台兰开夏锅炉⑥，并开始试用电力绞车。以电力为动力的机械设备的使用，为进一步矿井深部开发、提升、排水创造了条件。到光绪三十三至三十四年(1907—1908 年)，这种更新机器设备的工程大体完成。因此，开平煤矿在当时已经拥有年产 200 万吨左右的生产能力，比之光绪二十

---

① 开平矿务有限公司临时股东大会议事录，开滦档案案卷号 G0767－61，光绪二十七年(1901 年)7 月 16 日。

② 汪敬虞：《中国近代工业史资料》第二辑，上册，第 66 页。

③ 《大公报》，光绪二十八年六月十二日(1902 年 7 月 16 日)，第三十号，第 60 页。

④ 开滦矿务局史志办公室编：《开滦煤矿志》第二卷，第 154 页。

⑤ 汪敬虞：《中国近代工业史资料》第二辑，上册，第 66 页。

⑥ 开滦矿务局史志办公室编：《开滦煤矿志》第三卷，第 536 页。

六年(1900 年),它的生产能力提高了一倍以上[①]。另外英国资本家对开平矿务局开凿的唐山矿、林西矿进行了不断的矿井延伸,光绪二十八年(1902 年)—1912 年共延伸开发出五个水平(开平矿务局时期仅对唐山矿开始延伸),并于光绪三十一(1905 年)将唐山矿 1 号井延伸到五水平,扩大了生产场地[②]。随着生产技术水平的提高、设备的改进和运输条件的完善以及矿井开拓工作的进行,煤矿生产能力也逐年提高,产销量、利润都有了明显增长,局面很快铺开。

二、开平煤矿的生产与经营

由于矿山修复工作的完成,生产设备的改进,经营管理逐渐走上轨道,产量也迅速增加。从表 3－2－2 可以看出,开平煤矿从光绪二十七年(1901 年)3 月至 1912 年 6 月,共产煤 1 157. 9 万多吨,光绪三十二年至三十三年(1906—1907 年)度,年产量由原 80 多万吨左右上升到 100 万吨以上,宣统二年至宣统三年(1910—1911 年)度曾达到 148 万多吨。随着产量的增加,资本也逐年有增,从光绪二十九年(1903 年)的 1 316 万多元上升到 1912 年的 1 625 万多元,九年之中增长 300 多万元,随着生产规模的不断扩大,利润也随之滚滚而来。从表 3－2－3 可以看出,开平矿务有限公司组成初期,其利润就呈直线上升的态势,从光绪二十七年(1901 年)的 1 755 685. 40 元到宣统元年(1909 年)为 2 886 262. 10 元,八年之中增长了 64%,但从宣统二年(1910 年)开始则出现下降趋势,这是因为与滦州煤矿竞争,便要经常降低煤价。虽然这样,开平公司仍然获得了可观的利润,11 年中获利 2 531 万多元,平均每年获利 230 万元,这在当时的

① 《关于 1901—1908 年开平公司业务发展情况备忘录》,光绪三十四年(1908 年)11 月 24 日,开滦档案 M1115－25,转引自张国辉:《从开滦煤矿联营看近代煤矿业发展状况》,《历史研究》1992 年第 4 期。

② 开滦矿务局史志办公室编:《开滦煤矿志》第一卷,第 29 页。

中外企业中是不多见的。经过从光绪二十八年至宣统三年(1902 年到 1911 年)的经营,开平矿务有限公司已拥有雄厚的财力,资产总值由光绪二十八年(1902 年)的 160.106 4 万镑增到宣统三年(1911 年)的 209.557 9 万镑,净增资产 49.451 5 万镑①。

表 3-2-2 开平矿务有限公司产销量及资本额统计表

时间	产量(吨)	销售量(吨)	资本(元)
1901 年 3 月 1 日—1902 年 2 月 28 日	51700	437170	-
1902—1903	777 291	599 835	-
1903—1904	715 322	808 904	13 163 189.4
1904—1905	876 725	834 281	13 471 778.4
1905—1906	833 680	828 165	13 870 876.2
1906—1907	1 000 202	914 969	14 327 868.8
1907—1908	1 117 571	959 299	14 701 105.0
1908—1909	1 226 069	1 149 329	15 179 411.6
1909—1910	1 359 502	1 231 466	15 656 664.0
1910—1911	1 170 165	1 215 173	16 008 346.6
1911—1912	1 488 941	1 439 497	16 255 117.2
1912 年 3 月 1 日—1912 年 6 月 30 日	514 564	-	-
总计	11579032	-	-

资料来源:产销量见开滦矿务局史志办公室编:《开滦煤矿志》第三卷,第 627 页;资本额见王玉茹:《开滦煤矿的资本集成和利润水平的变动》,《近代史研究》1989 年第 4 期。

① 开滦矿务局史志办公室编:《开滦煤矿志》第三卷,第 723 页。

表3-2-3　1901—1912年开平有限公司净利　单位:银元

年度	毛利	局经费		各经理处费用	净利
		金额	其中:税		
1901.2.19—02.2.28	1 755 685.40	-	-	-	1 755 685.40
1902.3.1—03.2.28	1 628 438.39	-	-	-	1 628 438.39
1903—1904	1 959 170.52	-	-	-	1 959 170.52
1904—1905	2 442 945.43	-	-	-	2 442 945.43
1905—1906	2 391 709.46	189 186.84	5 579.63	107 033.21	2 095 489.41
1906—1907	3 045 507.80	177 088.42	7 347.17	83 456.37	2 784 963.01
1907—1908	2 704 083.88	219 694.32	7 538.25	118 208.25	2 366 181.31
1908—1909	3 244 462.69	230 372.17	7 928.56	122 557.44	2 891 533.08
1909—1910	3 286 745.37	247 833.97	7 985.99	152 649.30	2 886 262.10
1910—1911	2 680 559.01	243 409.03	9 425.23	198 736.71	2 238 413.27
1911—1912	2 122 011.18	219 622.84	10 315.41	168 535.21	1 733 853.13
1912.3.1—6.30	632 709.18	59 992.03	2 869.19	39 509.25	533 207.90
合计	27 894 028.31	1587199.62	58 989.43	990 685.74	25 316 142.95

注:1905年以前在核算方法上,总局费用及各经理处费用、历年费用均以固定比例分摊于各种经营的成本中,所以毛利即净利。

资料来源:开滦矿务局史志办公室编:《开滦煤矿志》第三卷,第748页。

图 3-2-1 开平矿务有限公司利润图

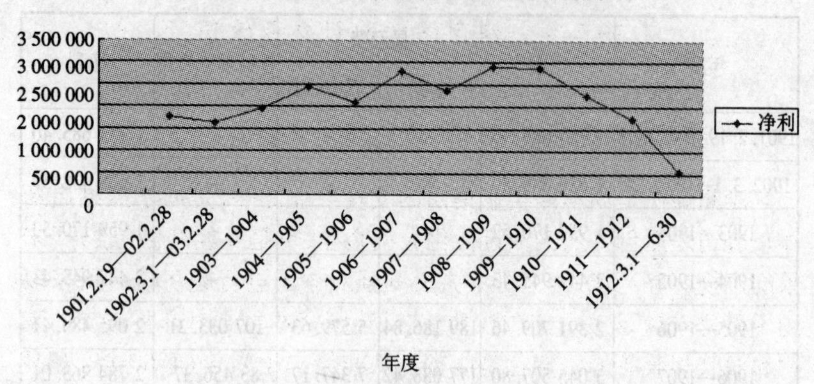

另外，开平矿务有限公司除采煤外，还继承并发展了开平矿务局时期的业务。制造焦炭、焦油、水泥、砖瓦、地下水管和石灰，并且利益可观，“公司的耐火砖厂的生产，无论在数量或质量上，都能使得公司实际上取得了除长江以外全部耐火砖的生意”①。同时，开平能够紧紧围绕市场需求生产适销对路的产品，“预料到在各通商口岸中(虽然不在中国居民区)越来越需要下水道的系统，因此建立了一个水管工厂，专制混凝土水管。他们也从事釉砖以及屋瓦和铺地砖的制造”②。生产规模、业务范围有了进一步的拓展。

总之，英国人控制开平煤矿后，把对新产品、新技术的不断开发作为衡量企业业绩的重要标准。开平矿务有限公司时期，无论开平煤矿的生产水平、业务范围都有了较大地扩展，产量、利润也都比开平矿务局时期有了明显提高。

---

① 汪敬虞:《中国近代工业史资料》第二辑，上册，第 65—66 页。

② 汪敬虞:《中国近代工业史资料》第二辑，上册，第 66 页。

第三节　滦州煤矿的创办与经营

一、滦州煤矿的创办

滦州煤矿是周学熙实业集团的支柱产业之一，是周学熙继启新洋灰公司之后创办的又一近代化大型企业，也是几经交涉"收开"未果的产物。在近代，西方资本主义列强对中国进行经济侵略所采取的手段之一就是对中国矿权的掠夺，英国资本主义对开平煤矿的骗占和对滦州煤矿的侵吞就是明证。从光绪二十六年(1900 年)开平煤矿被骗占到 1912 年滦州煤矿的被吞并，中英双方围绕矿权问题进行了旷日持久的争讼，由此引发了近代"华北最大的国际公案"①，在当时国势衰微，强权胜于公理的情势下，企图从列强那里将到手的肥肉夺回来只不过是与虎谋皮，而每一次交涉的结果则往往是对中国矿权的更大的出卖。滦州煤矿就是在第一次收开失败后创办的。

周学熙曾担任过开平矿务局的总办，所以当张翼盗卖开平煤矿事发后，作为知情人之一，他被任命去交涉收回开平煤矿事宜。但由于主客观方面的原因，几经交涉终未能收回，遂"力劝中国官家实行在唐山相近处所开采同层同样之煤"②，以"为收回开平张本"③，企图"以滦制开"以达到"以滦收开"之目的。同时，英国人骗占开平后，"从前水师所用五槽煤，系煤质之最高者，今久已不见，即寻常通用之九槽煤，近亦夹杂石块甚多，而且官家用煤多方刁难，任意抬价"。周学熙办理的银元局就深受其害，"数年之间几无日不以催煤

① 胡光麃:《波逐六十年》，载沈云龙主编:《近代中国史料丛刊续编》第六十二辑，总 616，台湾文海出版社 1979 年 3 月版，第 184 页。

② 陈真:《中国近代工业史资料》第三辑，第 540 页。

③ 汪敬虞:《中国近代工业史资料》第二辑，上册，第 72 页。

为事,往往任催不应,几至不能开工;而价值之昂,从前东局南局所用,每吨不过 3 两,今则增至八九元,故意要挟”。至于民间所用,“从前唐山每吨售价不过 2. 6 元,天津每吨不过五六元,今则唐山售至五六元以外,天津售至十一二元,并常常缺乏,民间烧锅及砖瓦窑往往因无煤而大受赔累,且有因此歇业者”①。而“煤为日用必需,近年商旅日增,用煤益巨,来源稀少,购觅为难,洵非多开煤矿,不足以资民用”②。当时,朝廷急图变革,袁世凯又初任直隶总督,力图振兴经济以巩固自己的政治地位,认为“富强之道,以开辟地利为先,而矿务尤为天地自然之利。近年北洋商务日盛,海船轮车,运输既便,人烟繁庶,用煤益多,而官家水师、制造等事,尤以煤为命脉,迥非开平、林西两矿井所能敷给”③。这种情况也并非不是事实,当时报纸也曾屡屡报道煤炭紧缺,如《大公报》光绪二十八年(1902 年)和光绪三十二年(1906 年)就有“开平煤矿自与洋人合办之后,煤价倍增”,“唐山煤窑之煤缺乏,故客车仍不能全行”,“开平煤矿煤又大缺,津沽烟煤异常昂贵”④诸如此类的报导。鉴于以上种种原因,袁世凯委派周学熙于光绪三十二年(1906 年)开始筹备,光绪三十三年(1907 年)创设了“北洋滦州官矿有限公司”。

作为周学熙实业集团的中坚企业,滦州煤矿在其筹建和发展过程中也与启新洋灰公司一样得到了官僚政权给予的种种优惠。

首先,获得大大超出矿务章程所许可范围的优先采矿权。中国矿务章程规定,“每矿不得过三十方里”,而滦州煤矿“系为北洋官家用煤便益而设,与他处商矿事体不同,其矿界故较部章三十方里特别

① 陈真:《中国近代工业史资料》第三辑,第 539—540 页。

② 熊性美、阎光华主编:《开滦煤矿矿权史料》,第 317 页。

③ 熊性美、阎光华主编:《开滦煤矿矿权史料》,第 318 页。

④ 《大公报》,光绪二十八年六月初七日(1902 年 7 月 11 日),第二十五号,第 49 页;光绪三十二年正月初十日(1906 年 4 月 3 日),第一千二百八十四号,第 48 页;光绪三十二年三月初十日(1906 年 4 月 3 日),第一千三百四十三号,第 165 页。

宽展，并定明他矿不得援以为例”[1]。资源是保证企业正常生产经营的基础，矿界约占地三百三十方里，超过规定十多倍，这就为生产的发展提供了必要的物质前提。并且附设“滦州矿地有限公司”，资本1 428 500元[2]，将矿脉相连的公私土地一概收买或租用，共约35 830余亩，每年收入租金约160 000元之巨[3]，公司由此获得可观的利益。

第二，官款的挹注。周学熙等认为滦矿既是针对开平而设，而开平经30年的经营，规模宏大，滦矿应架乎其上才足以有压倒之势，“矿工浩大，非厚集资力，未由展布设施，非开拓规模，无以助壮声势”[4]。故所定股本数额极巨，由天津官银号办理筹款事宜，最初股本定为200万两，光绪三十四年(1908年)又续招300万两，共计500万两。但由于与开平有争讼之事，入股并不踊跃，实缴不过300万两，其中“官股八十万两，即直省盐斤加价银五十万两，学款银三十万两，亦即官股约占商股三分之一”[5]。官款在滦矿筹建过程中占了相当的比重，减缓了企业创办时期资金筹措的困难。

第三，销售特权。面对强大的有国际财团支持的开平矿务有限公司，滦矿必须广筹销路，为此，周学熙禀请直隶总督“俯赐札行北洋机器局、铁工厂、长芦运司盐驳暨招商轮船局、京奉铁路局等处一体查照，定常年合同购用，以符官矿名义，而免利源外溢”。对滦矿的此项要求，时任直隶总督陈夔龙也同样给予了支持。而滦矿则以低廉的价格给予回报，“凡官家用煤，如能订立常年合同者，一律比照山价格外减让，按八五折价，另加运费，以全公谊”[6]。

---

① 熊性美、阎光华主编：《开滦煤矿矿权史料》，第319页。

② 天津市档案馆、天津社科院历史研究所、天津市工商业联合会编：《天津商会档案汇编》(1903—1911年)上册，第1262页。

③ 陈真：《中国近代工业史资料》第三辑，第349页。

④ 汪敬虞：《中国近代工业史资料》第二辑，上册第72页。

⑤ 徐梗生：《中外合办煤铁矿业史话》，第10页。

⑥ 熊性美、阎光华主编：《开滦煤矿矿权史料》，第338页。

第四，赋税减免权。滦州煤矿在其招股章程中即提出“开平煤矿与此矿相近。所完税厘，必须援照开平成案一律，庶无畸轻畸重之弊”①，该项请求获得批准。后在经营过程中，滦矿又以“开平煤矿，创办有年，井深质佳，售价又昂，外运约居十之七八，是以照章完纳税厘。陈家岭创办伊始，煤井仅及二十余丈，煤质尚次，售价又低，除自用烧锅炉、炼焦炭外，非特未曾外运各埠，即土销亦属有限。若遽完纳税厘，力实未逮”为由，恳请“准照庚子以前土销免税之例，将此项税厘暂行从缓，或照开平局完纳税厘数目，每吨减收十分之六；俟煤质渐佳，煤价稍昂，外运渐多，再为照章完纳”。对于此项要求，由于“开平煤税，每煤一吨纳税银一钱，焦炭一吨纳税银一钱五分；又每吨交报效银五分，厘捐钱八十四文，无论土销、外销，均系照此征取，历经办理有案”，而滦矿“密迩开平，若将税厘核减，是与开平办法两歧，万一开平矿援以声请，其将对以何词。且煤税一钱，系属新章核定，将来须报部核销，遽予减收，尤恐部中责问”，故以“该矿甫经开办，全赖设法维持”为由，允许“余利暂可缓提，报效亦可邀免。而税厘两项，似宜与开平办法一律，无论外运土销，每吨征出井税银一钱，厘税钱八十四文，庶足以昭公允”②。另外滦矿还以“官矿”为名，以矿照费“为数过巨”，请求减免，“以示维持”③，对于滦矿免缴矿照费的请求直隶总督杨士骧同样给予了支持，准其免缴矿照费。

第五，设备方面，接收了前磁州矿务局的部分机器，为其初期发展奠定了基础。在滦矿筹建过程中曾奉督宪面谕：“拟将封存磁州煤矿机器，提交天津银号运往滦州一带试开煤矿应用”，磁州矿务局所订购小机器、吸水机器价脚共行平[化]银二万三千余两④，在滦矿

① 熊性美、阎光华主编：《开滦煤矿矿权史料》，第320页。

② 熊性美、阎光华主编：《开滦煤矿矿权史料》，第335—337页。

③ 熊性美、阎光华主编：《开滦煤矿矿权史料》，第327页。

④ 熊性美、阎光华主编：《开滦煤矿矿权史料》，第333页。

筹建之时，由直隶总督命令运往滦州应用，滦州煤矿由此节省了一部分经费，能够顺利开工生产。

从滦矿公司享有的特权来看，不可谓不优厚，当时全国官商各煤矿几乎无与伦比。特别是矿界宽展至330方里，超过矿章规定十倍以上，几乎囊括了整个开平盆地。就采矿业来说，这是生产发展的基本物质基础和头等重要的生产条件；相对于开平矿务有限公司的英国人来说，滦矿股东则能够坐享优厚矿山地租，以及预期旺盛煤苗的丰厚利润。正是由于封建势力的偌大支持，才使滦州煤矿走上了迅速发展的道路。

二、滦州煤矿的经营

正是由于有官僚政权的全力支持，滦矿初创时期进展比较顺利。滦矿从筹备到投产仅用了一年的时间，光绪三十四（1908年）末，滦州煤矿所属的用土法开采的陈家岭附矿已开始出煤，此后马家沟、赵各庄等矿也相继建成投产，其历年产量如下：

表3－3－1　滦州煤矿历年产量表

年份	产量（吨）	年份	产量（吨）
1908	12648	1911	278645
1909	232872	1912（1—6月）	179111
1910	216802	－	－

资料来源：1912年数字来源于熊性美、阎光华主编：《开滦煤矿矿权史料》，第342页；其他年份数字来源于开滦矿务局史志办公室编：《开滦煤矿志》第二卷，第312页。

滦州矿区蕴藏丰富，煤质良好，最初几年产量即迅速增加，据表3－3－1显示，光绪三十四年至宣统二年（1908—1910年）短短三年时间,产量就增加达20余倍,而且发展前景也十分乐观。据滦州煤矿第三次股东常会报告称,马家沟正矿在投产的半年中即“出煤五万二千余吨。赵各庄因铁路未成,外运不便,土销有限,限定出数,计自正月至年底,出煤三万四千余吨。预算本年(指宣统三年1911年)马家沟正月至四月,每日可出四百余吨;五月至七月,每日可出八百余吨;八月至年底,每日可出一千七百余吨,全年可出四十万吨。赵各庄铁路岔道已成,本年春季每日可出二百余吨,夏季二道行[巷]告成,每日可出三百吨,秋季每日可出五百吨,冬季每日可出六百吨,全年共可出十三万吨”,这样仅马家沟、赵各庄两处,全年就可出煤五十三万吨,而且“马家沟系从少数核计,如依矿司雷满[雷曼]报告,仅马家沟一处,本年计可出五十六万吨”①。其产煤成本,估算每吨不到两元,略低于开平(开平每吨成本约在两元左右)。当时唐山末煤售价每吨五元,块煤每吨八元,通算作五元,则每吨可能获利三元有余;每年如售煤一百二十万吨,即可获三百数十万元之利,除公积及厘税、官利等项,约可获净利200万元,这是滦矿公司颇带乐观的估计。而且他们认为这仅仅是马家沟一处的预算,若连陈家岭、赵各庄等处统计,其利益远不止此②。但由于事属创始,销售市场局限于华北一隅,宣统元年(1909年)才开始运到天津,并逐渐把天津作为其主要的销售市场,“运进这个城市的数量,一九一〇年是三万五千九百七十二吨,一九一一年是九万八千二百九十六吨”③。不用说,这本来是开平公司的市场,滦煤源源而来使坐视观望的英国资本家再也无法稳坐钓鱼台,在开平矿务公司宣统三年(1911年)召开的股东年会上,它的主席明确指出:“这种竞争影响到那个一向是我们

---

① 熊性美、阎光华主编:《开滦煤矿矿权史料》,第346—347页。

② 《北洋滦州官矿公司预算马家沟第一正矿出煤获利说略》,见甘厚慈:《北洋公牍类纂续编》十九卷《矿务二》,第42页。

③ 熊性美、阎光华主编:《开滦煤矿矿权史料》,第342页。

最赚钱的市场”,他们实在无法做到熟视无睹,于是英国控制下的开平矿务有限公司决定采取激烈的手段和“全面减价的步骤”①,这样一来,就引起了一场价格战。“彼此贬价求销,竞争剧烈”,当时曾任京奉铁路机务处长的施肇祥先生曾在唐山亲眼目睹过开、滦两矿激烈争售的场面,“开平的煤堆在铁道之北,滦矿的煤堆在铁道之南,摆堆叫卖,喊价低廉至每吨一元二角,还要以每吨二三角佣金来引诱用户的佣仆购买”②。这从一个侧面也说明了滦州煤矿投产后蓬勃发展的形势。

除了官僚政权的扶持外,滦矿生产的发展也由于其十分注重先进设备的引进。滦州煤矿创办伊始,即从德国订购最新式的机器,这些机器在光绪三十四年至宣统二年(1908—1910年)间全部安装完毕并投入运行。滦州煤矿规模宏大,除马家沟正矿外,还包括赵各庄、陈家岭、印字沟、桃园等附矿,矿厂工程仿照开平煤矿设置,所有正附矿使用之汽机、锅炉、抽水机、电机、电灯、绞车、气钻、气机、煤楼及一切料件,均为当时最先进的机器设备,且一开始即大多使用电力带动。滦矿主矿在马家沟,有矿井两处,第一号井装有一架每小时150吨电引力的复式蒸汽运送机和传动器,以双绞车提运,井口设有井房并筛煤楼,每点钟能筛出煤225吨;锅炉房内安设兰加牙锅炉7口,带重加热汽管添水泵并电力提灰机一副。第二号井装有一套每小时有50吨电引力的蒸汽运送机。宣统元年(1909年)建立了一所暂用电机房,初期安装便携式发电机,次年改换德国造并列复式发电机一台,兰开夏锅炉八台,为井下水泵、电绞车、电风扇、陡河水泵及电灯等用。其陡河水泵距矿局约一英里之遥,宣统二年(1910年)正规发电机开始发电,安设磨电机一分,以双汽缸汽机带动。其一汽缸系1 200马力者,其次系1 500马力者,矿内所用之大发动机系三股

① 卡尔逊:《开平煤矿》第五章,第12页。

② 胡光麃:《波逐六十年》,第251页。

线,其电流为3 000电力之交流电气。小发动机之电力,经过油箱,变为500电力。安设电力抽风机两副,专为井下流通空气之用,一系每分钟抽4 000码立方风者,一系每分钟抽3 000码立方风者。宣统三年(1911年)又安设电力大压气机一分,每分钟能供5 500码立方风[①]。

良好的设备和先进的技术是企业实力增强的基础。由于先进设备的引进,再加上"滦州煤矿是在铁路线的附近建立起来的,它和开平[矿务局]不同,用不着发展运输设备。只用了几条铁路支线,就把滦州矿区和京奉铁路联接起来了"[②],所以滦州煤矿投入运营后,很快获得了高额利润。

公司领导人力图按照资本主义方式进行经营,公司招股章程明确规定:"公司全按商规办理。所有官场习气,一概屏除。所用之人,亦照生意规矩,须一人得一人之用,不得瞻徇情面,以致人浮于事"[③],在实际运营过程中也正是本着这样的原则进行的。由于滦州煤矿与启新一样都是周学熙实业集团的支柱产业,其在经营管理方面一脉相承,兹不赘述。

第四节 开滦联营后的发展

一、开滦联营及其经济效益

与开平煤矿相比,滦州煤矿的矿区规模要大得多,矿界极广,并且垄断了当地矿藏,故滦州煤矿的筹办,被开平视为劲敌。"始则阻

---

① 中国人民政治协商会议天津市委员会文史资料研究委员会编:《天津文史资料》第三十八辑,天津人民出版社1987年1月版,第58页;熊性美、阎光华主编:《开滦煤矿矿权史料》,第338—339页;开滦矿务局史志办公室编:《开滦煤矿志》第三卷,第536页。

② 熊性美、阎光华主编:《开滦煤矿矿权史料》,第341页。

③ 熊性美、阎光华主编:《开滦煤矿矿权史料》,第320页。

止钻探，继则商缓采掘，肆意要求，横生阻力"[①]，继则"知我股本未足，经济支绌，毫无后援，锐减煤价，实行倾轧"[②]。开平把与滦矿的竞争视为"一项很重大的因素，并且必须以彻底的方式来对待"[③]，因此公司决定凡是滦州煤斤所到的地方，开平煤的售价便降到滦煤运输成本以下的价格。显然，这是要置滦州煤矿于死地的措施。当时滦矿公司和开平比较起来，就企业的资本、生产规模、煤炭成本、运输条件、市场开拓以及与各方面的经济联系等各个方面，滦矿无一不居于劣势。开平公司经过30余年的经营，效益可观，以光绪三十四年(1908年)到1912年计，开平公司获净利累计达1 000万元之巨，年均获利200多万元[④]。股息率从光绪三十四年至宣统二年(1908—1910年)连续三年达到15%的水平，宣统三年(1911年)达10%，最低年份的1912年也达到了7.5%，年平均为12.5%[⑤]。这些股息的分付，是基于企业的效益和发展为原则的。生产力配备方面，开平"有自置的港口，有自备的轮船，有现成的码头堆栈，更辅以有三十余年的悠长历史"，煤的产销成本皆较滦煤为低。滦州是新创企业，初出茅庐，虽从德国购进新式机器，但数量毕竟有限，与开平相比"一切相形见绌"[⑥]，开平所占有的这些优势足以保证它以强大攻势发动市场竞争。为了在市场竞争中挤垮滦矿，"一切可能做的事都做了"，如围绕矿区设立栅门制度对买其煤的买主给以回扣，改变筛孔尺寸的大小以增加末煤的粒度，每吨末煤搭一筐块煤等措施[⑦]。滦矿矿井成本、运费及其他费用都比开平要高，这样，在开平强劲攻

① 汪敬虞：《中国近代工业史资料》第二辑，上册，第72页。
② 汪敬虞：《中国近代工业史资料》第二辑，上册，第73页。
③ 开平矿务有限公司1911—1912年总经理年报。
④ 开滦矿务局史志办公室编：《开滦煤矿志》第三卷，第748页。
⑤ 卡尔逊：《开平煤矿》第四章，第13页。
⑥ 徐梗生：《中外合办煤铁矿业史话》，第11页。
⑦ 开平矿务有限公司1911—1912年总经理年报。

势下，滦矿终因“资金告罄，渐形不支”①，最终以滦收开不成，反成以开并滦。总而言之，“滦矿所倚靠的经营特权敌不过英帝国主义的政治特权；它所拥有的丰盛煤田抵不过英、比财团的巨额资本”②。开滦联营后，虽然设立了由两矿共同组成的议事部，“随时将总局办事情形报告于开、滦两董事部”③，但滦州煤矿由袁世凯之子袁克定就任督办一职，而“袁常年住在威海卫，不常在津，任由外人把持公司事权，其职位已等于具文”④。开滦煤矿的经营管理权由外人掌管，而彼此之间消弭了竞争，因之规模、实力大增，业务更加蒸蒸日上（详见表3－4－1、图3－4－1、图3－4－2）。

表3－4－1　1912—1932年开滦矿务局生产、销售及盈利情况表

年度	煤总产量(吨)	煤总销量(吨)	利润总额(元)	供两公司分配的纯利润(元)		
				总额	开平公司	滦州公司
1912—1913	1 693 196	1 728 635	2 934 737	1 655 749	993 449	662 300
1913—1914	2 532 166	2 411 038	4 786 259	2 928 386	1 757 032	1 171 354
1914—1915	2 877 478	2 691 754	5 448 606	3 286 416	1 971 850	1 314 566
1915—1916	2 884 976	2 667 743	5 201 094	3 177 539	1 906 523	1 271 016
1916—1917	2 932 109	2 766 873	5 776 339	3 791 987	2 146 974	1 645 013
1917—1918	3 254 018	2 996 669	8 703 355	6 211 569	3 299 398	2 912 171
1918—1919	3 398 375	3 128 677	8 424 101	5 995 734	3 162 910	2 832 824
1919—1920	4 201 888	4 010 977	12 067 814	8 917 456	4 581 805	4 335 651

① 张秉彝：《开滦煤矿调查报告书》，1934年8月，第1页。

② 熊性美：《论英国资本对开滦煤矿经营的控制——开滦矿权丧失的原因分析之一》，《南开经济研究所年刊》1986年，天津大学出版社1987年11月版。

③ 熊性美、阎光华主编：《开滦煤矿矿权史料》，第510页。

④ 胡光麃：《波逐六十年》，第252页。

续表

年度	煤总产量(吨)	煤总销量(吨)	利润总额(元)	供两公司分配的纯利润(元)		
				总额	开平公司	滦州公司
1920—1921	4 363 899	3 775 379	10 426 808	7 313 448	3 850 013	3 463 435
1921—1922	4 085 510	3 536 027	7 173 126	4 593 785	2 528 683	2 065 102
1922—1923	3 874 975	3 712 924	9 205 492	6 109 768	3 313 180	2 796 588
1923—1924	4 464 814	4 284 156	10 830 008	7 330 372	3 927 004	3 403 368
1924—1925	4 033 780	3 385 070	5 640 272	3 116 238	1 816 415	1 299 823
1925—1926	3 581 716	3 480 040	5 336 409	2 839 290	1 663 361	1 175 929
1926—1927	3 683 299	3 790 353	9 504 710	6 004 093	3 322 938	2 681 155
1927—1928	4 958 368	4 537 000	12 554 555	8 368 558	4 503 393	3 865 165
1928—1929	4 414 592	4 408 000	9 462 882	5 813 374	3 233 033	2 580 341
1929—1930	4 812 718	4 750 742	9 548 715	5 655 044	3 231 733	2 423 311
1930—1931	5 541 802	4 489 000	8 066 234	4 064 030	2 363 294	1 700 736
1931—1932	5 262 311	4 512 000	10 291 000	5 923 656	3 407 132	2 516 524
总计	76 851 990	71 073 057	161 382 516	103 096 492	56 980 120	46 116 372

资料来源:熊性美、阎光华主编:《开滦煤矿矿权史料》,第582页。

图3-4-1　1912—1932年开滦矿务局生产、销售及获利趋势图

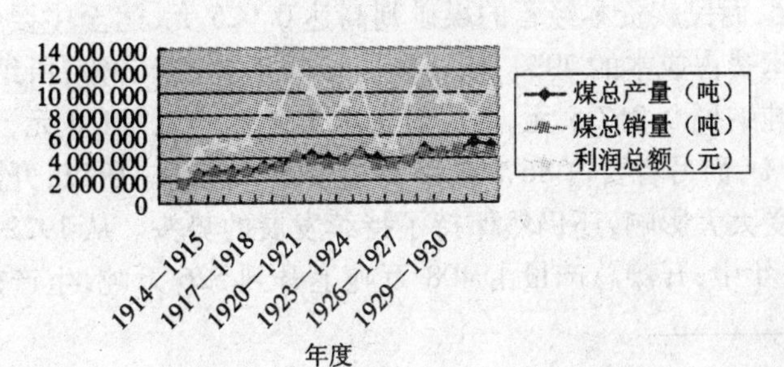

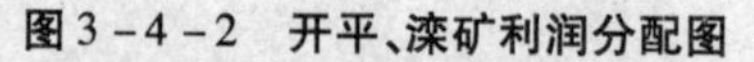
图 3－4－2 开平、滦矿利润分配图

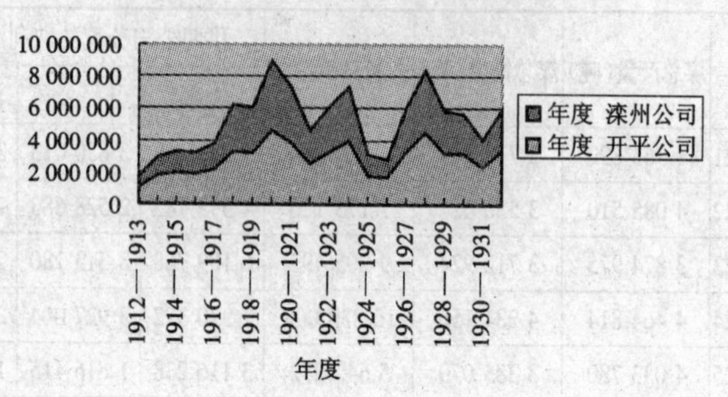

从上述图表可以看出，开滦联合后从 1912—1932 年，产销量均有较大幅度增长，除 1921—1922 年和 1924—1926 年度有所低落外，其他时间均呈直线上升，产量从 1912—1921 年的十年中增长 267 万吨以上，销售量也由最初联营时的 1 728 635 吨增加到 1921 年的 3 775 379 吨，增长了 204 万余吨，增长达一倍以上。产量增加，市场扩大的同时，也为开滦煤矿带来了丰厚的利润。1912—1921 年十年间利润总额达 1 042 万余元，其中开平公司利润由 99 万多元上升到 385 万多元，增长了 2. 8 倍以上，滦州公司利润由 66 万多元上升到 346 万多元，增长了 4. 2 倍。20 世纪 20 年代以后，虽然军阀连年混战，时局动荡不安，但开滦煤矿有外国旗作为护身符，再加上运费税捐较之中国民族资本经营的煤矿要轻得多，开滦每吨公里运费只 0. 008 元，而民族资本经营的煤矿则高达 0. 025 元，运至主要销地开滦每吨运费占成本的 79%，而民族资本煤矿要占 159%；所纳税捐，开滦每吨纳税 0. 267 5 元，而民族资本煤矿要纳 1. 731 0 元，开滦占成本 18%，而另者要占 86%①，两者相较差异悬殊。所以，开滦不仅生产未受太大影响，还仍然保持了持续发展的势头。从 1922—1932 年的 11 年中，开滦总产量由 408 万吨上升到 526 万吨，生产效率有

① 严中平：《中国近代经济史统计资料选辑》，第 167 页。

了很大提高,销售量也逐年上升,1922—1932年销售量由353万吨上升到了451万吨。利润也随之增加不少,开平公司净利润累计达3 331万元,年平均在300万元,而滦州公司累计为2 650万元,年平均240万元。整个统计数字皆表明,开滦矿务总局成立之后,由于企业运转正常,产销两旺,营业总利润虽有时上下波动,但上升的趋势始终未变,有的年度上升幅度在3—4倍,净利润的变动幅度基本上和总利润的增长保持一致。"就开平说,自1911年'联合'起至1937年抗战止,一个持有100镑股票的股东,稳坐在伦敦,已分得了371镑2先令的红利和96镑的增股,同时其所持股票的价值又增加了百分之五十。滦州方面的资本家,则不费吹灰之力,每年坐地分肥三四百万元。这种利益太优厚了。"[①]虽然开滦联营后,滦州煤矿所获利润少于开平煤矿,但在当时半殖民地半封建的社会条件下,开滦的联营也不失为滦矿保全自身的权宜之计,随着双方的联营,经济实力有了明显提升,也大大增强了其在市场上的竞争能力。

二、开滦煤矿的经营管理

开滦煤矿是旧中国经营最为成功的企业之一,在中国乃至亚洲的煤矿中都是首屈一指的,它不仅在中国资本主义产生时期起过重要作用,而且直到1936年,开滦一矿的产量仍约占全国煤炭总产量的十分之一,是我国最大的煤炭供应基地之一。由于煤炭工业属于能源工业,它的发展在很大程度上反映和制约着其他工业的发展。从它在全国煤产量中所占比重可以看出,开滦煤矿在中国煤炭工业发展史上,乃至整个中国工业发展史上,都占有举足轻重的地位,它的发展可以说是中国工业化程度的一个标识[②]。而开滦经营之所以如此成功,虽然与其有外国旗的保护有关,但同时离不开其有效的经

① 魏子初:《帝国主义与开滦煤矿》,神州国光社1954年1月版,第9页。

② 郭士浩:《早期开平煤田的开发》,《南开学报》1980年第6期。

营管理，由于做到了产、运、销各个环节互相衔接，密切配合，开滦才得以占领并拓展其在各地的销售市场，生产持续稳定地发展。

(一)职责分明的管理机构的建立

开滦矿务总局建立后，取消了原滦州官矿有限公司的组织机构，在开平矿务有限公司的基础上重建组织机构，实行董事会下的总经理负责制。各矿机构也进行了调整，企业管理组织系统趋向复杂。由原两公司的股东会各自选出董事部，再由两公司的董事部选派代表组成开滦总局议事部，尔后聘任总局的总经理、副总经理，总经理总揽全局的产、运、销，人、财、物大权，企业的一切经济运作由总经理统一指挥，总局下的各部门主任、各地经理处经理，矿区总矿师及矿区下的各矿矿师，在层次领导下分管一部分工作，即“职能性分权”①。20世纪20年代至30年代，开滦矿务总局的机构逐渐庞大，形成多系统多层次的管理形式。总局下设部，部下设处，还有唐山开滦矿区和各地经理处(包括各地码头)，矿区和经理处又有分部门分层次的管理机构。

① 开滦矿务局史志办公室编:《开滦煤矿志》第三卷，第52页。

表3－4－2

20年代至30年代前期开滦矿务总局机构

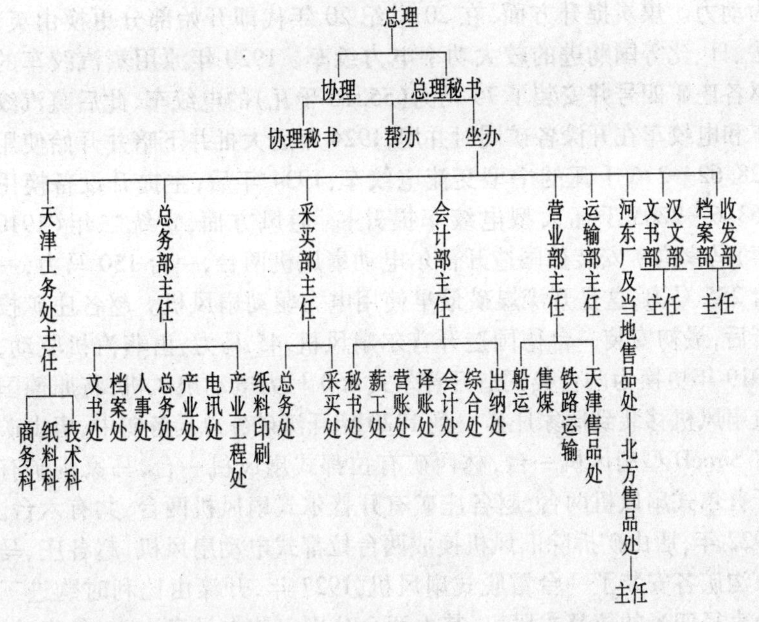

资料来源:开滦矿务局史志办公室编:《开滦煤矿志》第三卷,第16页。

由于系统而有效的管理,提高了工作效率,使生产得以高效有序地进行。

(二)注重先进设备的引进和更新

技术和设备是重要的生产因素,它的层次高低,反映着企业的生产水平。将新技术追求到手,可以降低整个公司的生产成本,提高劳动生产率,也才能在竞争中站住脚。开滦煤矿始终重视新技术的开发和引进,注重设备的更新和改进。开平公司的技术装备在全国煤矿中首屈一指,滦州煤矿一开始即从德国订购先进设备,两矿的联营,大大提高了开滦煤矿的规模和实力。

开平、滦州两公司联营成立开滦矿务总局后，为适应扩大生产的需要，加之林西自备电厂发电能力不断增加，陆续以电力代替蒸汽作为动力。煤炭提升方面，在20世纪20年代即开始部分更换由英、法、日、比等国购进的较大功率电力绞车。1920年原用蒸汽绞车的赵各庄矿四号井安装了75马力(55.16千瓦)的电绞车，此后蒸汽绞车和电绞车在开滦各矿同时并用，1924年后大批井下暗井开始使用128.62—216千瓦的中型交流电绞车，1934年后，主提升设备换用863.6—2205千瓦大型电绞车提升①。通风方面，宣统二年(1910年)马家沟矿安装德国造开普尔电动扇风机两台，一台150马力，一台255马力，这是开滦煤矿最早使用电力驱动扇风机。赵各庄矿投产后，最初安装一台德国造开普尔扇风机，45马力，由蒸汽机驱动，1919年更换为两台英国造开普尔式150马力电动扇风机，将原德国造扇风机移装到唐家庄矿。到1920年开滦矿务总局各矿中，唐山矿有SirccD型扇风机一台，林西矿有拉都式扇风机一台，马家沟矿有开普尔式扇风机两台，赵各庄矿有开普尔式扇风机两台，共有六台。1922年，唐山矿拆除旧风机换成两台拉都式电动扇风机，赵各庄、马家沟矿各安装了一台雷脱式扇风机，1927年，开滦由比利时购进三台直径四米的拉都式风扇，其中两台分别安装在马家沟、赵各庄矿，将赵各庄矿拆除的风机移装到林西矿备用，将马家沟矿德国风扇移装到唐家庄矿备用。至此，各矿都有了备用风机，并全部使用电力驱动②。在矿井排水方面，光绪三十二年(1906年)唐山、林西两矿建立发电厂后，开始使用以电力为动力的比利时造离心式“苏尔则”泵，老式蒸汽泵被逐步淘汰。开滦矿务局在引进的同时也注重研究开发自己的产品，光绪三十二年(1906年)至1921年间，开滦机厂共仿制“苏尔则”式水泵40余台，投入各矿井下使用，从此形成开滦自

---

① 开滦矿务局史志办公室编:《开滦煤矿志》第二卷，第154页。

② 开滦矿务局史志办公室编:《开滦煤矿志》第二卷，第188页。

己的水泵系列①。

随着生产规模的扩大,所需电量日益加大,开滦矿务局逐渐对原动厂进行改进。开滦联营前,唐山、林西、马家沟三个矿的发电厂系自发自用,不向外供电。开滦联营后,林西矿发电厂建变电站,安装两台750千伏安变压器,架设林西至赵各庄2 200伏输电线路,开始向赵各庄矿送电,平均负荷132千瓦,有119千瓦用于赵各庄矿井下排水。到1915年,各矿均建有变电站,林西矿变电站由原750千伏安变压器改成三台1 500千伏安变压器,赵各庄矿安装750千伏安变压器两台,唐山矿、马家沟矿各安装750千伏安变压器一台。1916年架设林西至赵各庄,赵各庄至马家沟,马家沟至唐山之间三万伏高压输电线路,由林西矿发电厂向各矿高压送电,1919年架设林西至唐山三万伏高压输电线路,与原有林西至赵各庄至马家沟至唐山线路接成环形。此时唐山矿750千伏变压器增至四台,马家沟矿750千伏安变压器增至两台,1922年,唐山矿4 500千伏安变压器投入运行,林西矿安装4 500千伏安变压器四台,原1 500千伏安变压器移装赵各庄矿。1924年,唐家庄矿建变电站,安装750千伏安变压器两台,架设林西至唐家庄三万伏高压输电线路,1931年又敷设了第二条线路,至此各矿都有了双电源线路②。1916年后,林西发电厂逐步扩建成开滦中央发电厂,安装两台英国造3 000千瓦平水轮发电机,1922年改换瑞士BBC公司造6 000千瓦透平发电机两台和拨伯葛锅炉六台,1932年12月投入英国造1 100千瓦透平发电机和两台30吨/小时的锅炉,至此,林西发电厂共有发电机五台,锅炉十四台,总装机容量29 000千瓦,年发电量达1亿千瓦小时③。发电、供电装备皆有明显提高。

---

① 开滦矿务局史志办公室编:《开滦煤矿志》第二卷,第202页。

② 开滦矿务局史志办公室编:《开滦煤矿志》第二卷,第225页。

③ 开滦矿务局史志办公室编:《开滦煤矿志》第二卷,第536页。

在改进设备提高生产能力的同时,还对矿井其他辅助设备进行了改造、更新,对选煤工艺进行了技术革新。1912 年前,各矿井架多为木结构,仅有唐山矿三号井和马家沟矿有铁制井架,1914 年后,开滦机械制修厂已能自制井架,赵各庄矿二号井改成自制 83 尺高铁井架,以后逐步进行更换。1914 年前,井筒罐道以木制罐道和钢丝绳罐道为主,此后,各矿相继改用 45 磅至 75 磅钢轨罐道①。同时对选煤工艺进行技术革新,开滦自 1912 年采用自制活塞式手摇选煤机取代了柳条筐在水中荡洗的手工方式后,即开始进入机械化选煤阶段。1914 年,林西第一选煤厂配置鲍姆式选煤机一台,采用汰选煤工艺生产精煤,1923 年,林西第三选煤厂投产后,开始引进浮选工艺,即用克利苏油为起泡剂,柏瑞芬油为捕收剂,利用机械转动形成泡沫将精煤浮出,浮选工艺的采用,使煤泥回收率由过去的 35% 提高到 58%,解决了煤泥的洗选途径和方法②。设备更新、技术创新是企业在激烈的市场竞争中求得生存和发展的重要途径,也是企业增强活力的源泉。由于设备的改进和更新,开滦煤矿经济实力大增,生产能力有了显著提高,产品质量和数量皆有较大提高,也增强了它在市场上的竞争力。然而开滦在扩大和改进动力、洗煤、井下和铁路运输以及港口设备等方面不断增加投 ,但"采用机械的范围只限于井上下的提升和部分搬运过程,大部分工作都是利用工人和机器'竞赛'的办法来达到剥削工人劳动的目的"③,对于采煤过程和井下运输的投资,英国人却十分吝惜,一直沿用落后的手镐刨煤法和骡马拖运。

(三)改善运输渠道

1. 改进铁路、港口设施

开滦矿务局成立之时,正处在辛亥革命后以及第一次世界大战

---

① 开滦矿务局史志办公室编:《开滦煤矿志》第二卷,第 167 页。

② 开滦矿务局史志办公室编:《开滦煤矿志》第二卷,第 358 页。

③ 魏心镇、朱云成:《唐山经济地理》,第 30 页。

时期中国资本主义发展的"黄金时代",这时由于政府采取了一系列奖励发展工商业的措施,社会环境对工商业发展十分有利,各类工厂企业如雨后春笋般涌现出来。各项建设的开展也对能源提出了新要求,开滦矿务局紧紧掌握了中国资本主义顺利发展的大好时机,全力调整生产,并且在提高产量的同时,又锐意经营和改善秦皇岛港口的吞吐能力,对铁路设施进行维修、改造。

1913—1915年开滦联营初期,对矿区铁路进行维修,铺设石碴道床,轨道全部加固。1916年为改善林西矿厂轨道,将磅房至古冶车站间的45磅钢轨改为70磅的钢轨,在唐山矿利用散旧的铁索等材料,制造"三合土"(钢筋混凝土)道枕2000根,试用良好,这是开滦首次使用钢筋混凝土道枕①。铁路设施的改善,提高了铁路运输能力,使其更加畅通,扩大了销售市场。同时开滦进一步完善了秦皇岛港的扩建工程,为扩建港口的需要,又陆续添置了"汤河"号和"教士"号两条挖泥船及泥驳,还添置了"开滦"号拖轮和汽艇等,大大便利和提高了港口自身的疏浚、拖带、引水能力。同时配套修建了船坞,设有电动卷扬式斜坡滑道和修船厂,对港作业船只和船舶进行坞修②。港口的建设,促进了海运的发展,也极大地节省了运煤的费用,降低了成本。

2. 适时调整运输方针

在进行港口建设的同时,开滦矿务局也逐渐改变了海运方面的运输策略。秦皇岛初开口岸时,开平矿务局曾自备有六艘运输船。由于这些船舶吨位较小,远途运输成本很高,为节省经费,提高运输效率,开平公司改变了其海运方针。光绪三十年(1904年),开平公司将"富平"、"永平"、"北平"三艘旧轮出卖,1922年又淘汰了过于陈旧的"西平"号运煤船,留下了登记吨位为1 242吨的"广平"号,

---

① 开滦矿务局史志办公室编:《开滦煤矿志》第二卷,第427页。

② 黄景海主编:《秦皇岛港史》(古、近代部分),第209页。

同时新购进了登记吨位为1605吨的“开平”号轮①。这以后,由于港口靠泊能力的提高,开滦公司大大削减了自备运输船队,采取了大量租用外轮为主的做法。仅1924年港口租用的船舶登记吨位就为49 689吨,共有中外轮船27艘,是开平公司原有的自备船队总吨位8 300吨的六倍多。其租船情况见下表。

表3-4-3 开滦矿务局租用船只统计

国籍	租用艘数	登记吨位(小计)
中国	7	13 578
英国	3	5 246
挪威	5	7 690
日本	12	23 166
总计	27	49 689

据:“满铁”调查资料《秦皇岛港的诸关系》编制,见黄景海主编:《秦皇岛港史》(古、近代部分),第209页。

3. 保持并协调路矿关系,以顺利运输开滦煤

为保证煤炭的运输,煤矿公司与铁路有很密切的关系。“铁路对于煤矿来说是必需的,因为它可以为煤矿运输煤炭,而煤矿对于铁路也同样是必需的,因为它可以供应铁路所需之煤斤,彼此互相依赖。”②“为了随时把煤炭运到需要的地方去,以获取最有利的市场和最大可能的利润”③,处理与铁路局的关系至关紧要,这也是开滦经营过程中所面临和必须妥善解决的一个重要问题。

---

① 黄景海主编:《秦皇岛港史》(古、近代部分),第208页。

② 《开滦煤矿与铁路局的关系》,开滦档案案卷号1-2-45。

③ 1923—1924年开滦总经理年报,转引自丁长清:《开滦煤在旧中国市场上的运销初析》,《中国经济史研究》1988年第3期。

为了保证煤炭和矿用物资的正常转输，开滦煤矿除购买铁路公司股票外，主要通过和铁路局签订一系列协议解决了这一问题。早在开平矿务有限公司时期，铁路局和煤矿之间就不时地签订协议。如光绪二十七年(1901年)三月，铁路与煤矿公司订立的合同就规定，煤矿公司应首先供应军事当局所需的煤斤，而铁路除供给军用之外，尽可能的供给公司运煤车辆。光绪二十七年(1901年)五月十八日又订立重要合同，“公司同意购买载运2 000吨容量的车辆交予铁路使用，但当铁路能付给价款时，则该项车辆均成为铁路之财产。为了报酬公司，铁路则保证煤炭每日十万吨。另外，公司同意每月卖给铁路上等的蒸汽煤炭一千五百吨，按特价每吨收费六元，超过一千五百吨则每吨收价七元，当时市价为十五元，但军事需要有优先权”①。一直以来京奉线对开平煤矿所产煤品，都给予降低运费的特价待遇。随着京奉线附近煤矿企业增多，运输压力增加，煤矿与铁路部门双方就会重签合同以保持最优惠之原则，使煤炭能及时运出，如京奉路局与开滦煤矿于1923年夏就增签了一个专价合同，将“运费再予削减”，以使运价低于沿线其他煤矿，这样就使开滦煤矿的煤的运费“特受优惠，‘最为便宜’”②。除了运煤主干线京奉线外，与其他路局如津浦、京张、芦汉等线也同样如此，而且类似这样双方互惠互利的合同几乎每隔几年就会重签一次以协调路矿关系。随着情况的变化，开滦煤矿和铁路局签订的合同的内容也有所增减和变化。在煤矿筹建之初出于运煤的需要，开平煤矿曾挖筑了运煤河，但煤河的通行一定程度上妨碍了铁路的生意，故“关于胥各庄的运输问题，铁路总办指出矿务公司应协助铁路将运河的运输归给铁路”③，公司以后

---

① 《开滦煤矿与铁路局的关系》，开滦档案案卷号1-2-45。

② 洪瑞涛：《我国铁路煤炭运输研究报告》1934年，(油印本)第四册，第184页，转引自宓汝成：《帝国主义与中国铁路》，第450页。

③ 开滦档案，案卷号1109号。

也照此办理。但到了20世纪20年代,由于政局不稳,各派军阀拥兵自雄,内战纷争频繁,革命怒潮蜂起云涌,铁路车皮大都用于调动军队,运送开滦煤的车皮严重缺乏。在此情况下,矿务局有时会借用煤河以资转输,对此路局曾提出抗议,于是双方经过协调解决争端,1925年12月订立的合同就规定:"为了社会上公共的便利及矿务局利益,当铁路局不能办理矿务局所要求的运煤数量时,于铁路之外可采用第二条运煤路线。"①

同时,开滦还通过大批量地购买车辆租予路局使用的办法来维持煤炭的正常运输。如1923—1928年,开滦为解决外销煤的运输问题,分六批购买18台机车,600辆载重40吨的煤车,20辆守车,租给路局使用,路局按时付给租费,开滦运输仍旧照章交纳运费,限期满后车辆归路局所有②。在20世纪20年代,由于路局运输紧张,对开滦用车时供时停,为维持煤运,经与路局商议,开滦自备车辆时常在干线上提负运输工作。1926年,开滦有自备机车7辆在干线上行驶,1929年,开滦自备有75辆30吨的煤车在干线上行驶③。开滦矿务局除自购车辆租予路局使用以及自备机车担负外运任务外,还通过贷款给铁路以抵消未来运费的方法保证煤炭顺利转运。通过这些互惠合同的签订以及一系列有效措施的实行,既降低了煤炭运费,又促进了路局对开滦煤的运输,这也是开滦经营成功的一个重要砝码。

(四)开滦煤矿的市场营销策略

1.提高产品质量,增强市场竞争力

争取竞争优势是企业经营的基本战略,也是企业立于不败之地的重要保证。为了在市场竞争中占据优势,开滦煤矿采取了多种多样的方式。

---

① 开滦档案,案卷号1135号。

② 开滦矿务局史志办公室编:《开滦煤矿志》第二卷,第446页。

③ 开滦矿务局史志办公室编:《开滦煤矿志》第二卷,第446页。

(1)强化煤质管理、化验

开滦煤灰分多,在煤矿中煤质并非最上乘,为增强市场竞争力,开滦煤矿一直重视煤质管理、化验,采取尽可能的措施提高产品质量。1912年联营后,为强化煤质管理主要采取了几种方法:一是通过煤层的巷探和掘进工程,对各煤层的质量进行观察和采样试验,以确定能否开采。二是根据煤层产状、顶底板条件,采取相应的措施进行开采,防止矸石混入煤中。三是"舍劣采优",即择优质煤层开采,丢弃劣质煤层,以调整煤层开采比例和调整各矿出煤数量。同时,加强煤质化验工作。在总局设化验总处,各矿设化验分处,下设煤筛磅房和试验室,按点班采制煤样化验,各销售处贮煤场也设有专人负责采样,由总局化验总处化验,各矿化验分处仅做本矿煤的灰分、水分化验及筛分试验①。通过一系列措施的实施,开滦保证并提高了煤炭的质量。

(2)根据市场需要,适时调换设备

为了能生产适销对路的产品,开滦煤矿不时对生产设备进行改进和调整。如鉴于唐山矿涌水量经常增加,适时加大排水能率,从宣统二年至宣统三年(1910—1911年)的875千瓦增加到宣统三年(1911年)至1912年度的962千瓦,而且为唐山矿的一部分锅炉供给较好质量的煤②。为了使生产的产品适合市场需要,开滦所采取另一措施是改进和调换筛选设备。1912年联营后,即开始改进筛选设备,以部分戈式筛机取代了固定筛,到1913年各矿完全采用了戈式筛,筛板一律统一为28.8毫米圆孔筛板,并在筛机出料口安设拣矸调带(通称跑板),设拣矸工从块煤中拣除矸石。但是到了1915年,由于核煤在市场上畅销,开滦于是将筛孔改为21毫米和38毫米两种,大于38毫米的为块煤,21毫米至38毫米的为核煤。为了提

① 开滦矿务局史志办公室编:《开滦煤矿志》第三卷,第508、513页。

② 开平矿务有限公司1911—1912年总经理年报。

高核煤产量,还对筛选设备进行了改进。1917 年,在赵各庄矿三号井安装了一台能力为每小时处理 150 吨原煤的大型截口式振动筛机,筛煤效率提高,核煤产量增加。1919 年,赵各庄矿已有截口筛四台,林西矿、唐山矿、马家沟矿也开始安设截口筛机,到 1922 年矿区共有截口筛十二台,戈式筛五台,筛选能力大大超过了当时原煤生产能力。为减少外销装运过程的破损,1923 年总局决定,除林西洗煤厂之煤需矿内筛分外,各矿运销之煤一律不在矿上过筛,而将原煤运至各售煤处过筛,并将筛孔由 25 毫米改为 21 毫米,以增加块煤,减少末煤。1927 年,各矿将 38 毫米筛孔亦改为 25 毫米或 21 毫米,1931 年,总局又统一规定,凡出末煤的矿,筛孔一律改为 25 毫米圆孔筛板,但是由于市场销路和用户需求的变化,块煤的规格时有变更,因此筛孔尺寸也随之经常变换①。

2. 广设销售机构,收集煤业情报

产品的销售是否正常,直接影响生产的顺利进行,而产品销售要力求畅利,就必须使产品“妙应时机”,即紧紧扣住市场的需求,积极地占领市场,要积极主动出击占领市场,就必须善于进行未雨绸缪的筹划。市场环境是不断变化的,竞争对手的情况也在不断变化,要及时把握市场脉搏,只有通过详细的调查研究,取得充分的信息和情报资料,才可能做到知己知彼。

为使开滦煤遍及各地,开滦煤矿在重要通商口岸和各主要城市皆设有销煤机构,这些机构不仅担负煤炭经销业务,同时还兼有收集关于市场供需状况及其他煤矿生产经销情况的详细情报的职责。开滦通过对所搜集的情报进行分析从而对产销情况作出预测,采取有效措施对下一阶段工作作出具体指导,这在开滦历年的总经理年报中都有所反映。刘鸿生在经销开滦煤的过程中就奉命对其他煤矿的情况进行调查,在 1921 年 12 月开滦有情报汇报在江西发现了几处

---

① 开滦矿务局史志办公室编:《开滦煤矿志》第三卷,第 512 页。

新开煤矿，但有两处地名在地图上并无标志，为获详情，总经理那森指示上海经理处“提供关于此事的一些情报，特别是关于煤的质量和产量的大概指标，以及运输的情况等”，由此上海经理处指示刘鸿生“设法取得”所需情报，并“尽速办理”①。正是在充分了解竞争对手的情况下开滦才做到了有效决策，从而在市场竞争中争取了优胜。

3. 与国际垄断资本合作，垄断中国煤炭市场

中国的广大煤田，大部分都是无烟煤，用于供应家庭用煤的市场，对蒸发黏结煤和炼焦煤的市场不会发生严重的竞争②。所以开滦煤矿在第一次大战前几乎独占中国北方市场，虽有来自德国势力控制下的井陉煤矿的竞争，但由于开滦在运输方面的绝对优势使其难以与之争衡，在天津、北京以及其他地区“没有给我们多大的影响”，而民族资本所开办煤矿更由于规模小、产量不高，其在市场销量无足轻重，不足以对开滦构成“严重的竞争”③。但在这一时期以及第一次世界大战之后，在沿海市场上则有来自日本财团控制下的抚顺煤以及山东煤的竞争，为了获取高额利润，开滦采取了与日本资本家联合的方式，共同垄断中国煤炭市场。

抚顺煤矿原是民办小煤矿，后由日本南满铁路株式会社经营，遂成为中国当时大型煤矿之一。1913 年产量超过 200 万吨，占全国总产量的近三分之一，与开滦相差无几④，它的发展对开滦构成了很大威胁。为谋发展，开滦积极谋求与其合作，协调煤价，垄断市场。开滦矿务总局于 1912 年成立后即与日本三井财团达成协议，开始进行垄断中国煤业市场的活动。1914—1915 年以后，开滦更通过参加每年在日本东京举行的日本煤矿主会议，不断地协商双方在日本、中国

① 上海社科院经济研究所编：《刘鸿生企业史料》(1911—1931 年)上册，第 10 页。
② 熊性美、阎光华主编：《开滦煤矿矿权史料》，第 37 页。
③ 开平矿务有限公司 1911—1912 年总经理年报。
④ 靳宝峰、孟祥林主编：《唐山市志》第二卷，第 953 页。

和远东其他国家市场上的煤炭价格及各自销售煤炭的比例，形成了在中国沿海各口岸双方共同垄断市场的局面。据1915—1916年开滦总经理年报记载，该年开滦总经理到东京秘密会晤了日本各主要煤矿主，并参加其第一次会议，“我在最近的日本之行期间已和我们市场的煤的供应者达成协定，大家一致同意，任何供应者不应试图取得别的供应者所持有的合同，同时……对煤的价格也作了相应的增长”①。1918年，开滦与日商三井洋行代表的南满铁路株式会社订立合同，双方在东北及华北互为开滦及抚顺煤的代销处，双方都不直接销煤②。与井陉、临城、中兴等煤矿亦曾在某些年间订立过分配市场的协定，还同井陉、中兴煤矿多次签订销售合同。如在1935年同井陉签订的合同规定，在销售总数内开滦煤占76%，井陉煤占24%；在1933年同中兴煤矿签订的合同规定，在上海及长江沿岸，开滦煤占总销量的43%，中兴矿占22%，其他矿占35%③。这些协定使开滦煤在华北和华南沿海各城市能保持市场和维持高价。

4. 销售有道的市场营销手段

煤是笨重物资，在封建社会交通不发达的情况下，销场往往限于产地附近，而开平煤矿的创办则打破了这一格局，而且开滦在保持北方市场的同时，加速开拓以上海为中心的东南沿海市场。1912年开滦联营后双方消弭了竞争，在华北地区继续保持垄断地位的同时还积极以天津为重镇，尽力向相邻中小城镇扩大销场，在此基础上加速开拓东南沿海口岸，进行以上海为中心，进一步向长江中上游新市场的拓展。此外，南方的广州以及海外市场皆是开滦想要占领、想要进一步开拓的领域。开滦煤在几十年的经营中之所以能行销海内外是通过激烈的市场竞争获得的，因此在长期的市场竞争过程中，开滦也

① 丁长清：《从开滦看旧中国煤矿业中的竞争和垄断》，《近代史研究》1987年2月。

② 靳宝峰、孟祥林主编：《唐山市志》第二卷，第953页。

③ 靳宝峰、孟祥林主编：《唐山市志》第二卷，第954页。

形成了一套行之有效的营销经验。

在诸多的经验中最数上海市场的开拓和占领具有代表性。上海是中国最早开放的通商口岸之一，不仅商业发达，工厂林立，贸易兴盛，而且是沿海贸易的枢纽，又是万里长江入海的咽喉，沿长江上溯可抵南通、南京、芜湖、汉口等地，经运河可达苏、杭等城市，便于商品运输内地，是一个最具吸引力的市场。虽然在19世纪80年代开平煤就已销售到上海，但上海市场煤的供应仍多依靠外煤，开平在上海市场的开拓方面成效甚微。在开平一筹莫展的时候，上海某德商洋行买办和工部局翻译向他们推荐了刘鸿生。刘鸿生以上海市区及邻近各县烧制石灰和砖瓦的窑户为对象开始了其销煤生涯，以后又逐渐扩展到江、浙一带的烧窑业中，“销煤工作做得很有成绩”①。这在宣统三年(1911年)—1912年开滦总经理年报中也有所反映：“我们上海的业务的一个令人满意的特色是上海郊区的砖窑灰窑用煤的销售量大为增加，从唐山派去的烧窑工教会了窑主们并和他们讲解烧煤比烧柴的好处。”②刘鸿生很快被提升为买办，开滦在上海的生意逐渐呈现出兴旺之势。为了打开局面，刘鸿生曾“绞尽脑汁”，设法到内地去推销，“因为一般用户需用的煤炭，通常是极少只采用一种煤炭，而是需要有好多种煤炭搭用的，否则不但效果不好，而且费用也不经济”。刘鸿生遂同上海最大的煤号义泰兴合作，“将各种煤炭搭配好销售”③，取得了良好的成效。开滦由于政局关系“在获得合理的价格的吨位方面遇到了连续不断的困难”，为此“竭尽一切努力使买主或代理商自己寻找承运人”，而他们“能以秦皇岛船上交货为基础卖给他们而不负更多的责任”④。刘鸿生在销售过程中也毫不

---

① 上海社科院经济研究所编：《刘鸿生企业史料》上册，第4页。

② 开平矿务有限公司1911—1912年总经理年报。

③ 上海社科院经济研究所编：《刘鸿生企业史料》(1911—1931年)上册，第7页。

④ 开平矿务有限公司1911—1912年总经理年报。

例外地要面对此问题,“在第一次世界大战爆发后,开滦自备船只被英国政府征用了”①,刘鸿生设法自租轮船从秦皇岛将煤运到上海出售,这样的方式连续使用了三年之久,直到第一次世界大战结束。这种方法使得开滦煤在战争期间运输困难的情况下仍然保持了上海市场,销售量稳步上升,这从开滦在上海煤市所占比重即可窥之一斑。

表3-4-4 上海煤市销售量及开滦煤所占比重的增长(1904—1924年)

年份	上海煤市的总销售量		开滦煤		日本煤		其他煤	
	数量(吨)	指数(1913年=100)	销售量(吨)	占煤市总销售量的%	销售量(吨)	占煤市总销售量的%	销售量(吨)	占煤市总销售量的%
1904	867 909	62.17	40 067	4.62	741 564	85.44	86 278	9.94
1905	915 499	65.58	65 522	7.16	752 070	82.15	97 907	10.69
1906	999 062	71.57	69 852	6.99	824 239	82.50	104 971	10.51
1907	1 025 398	73.45	81 417	7.94	818 240	79.80	125 741	12.26
1908	1 072 762	76.85	135 857	12.66	845 020	78.77	91 885	8.57
1909	1 117 118	80.03	140 942	12.62	833 316	74.60	142 860	12.78
1910	1 126 189	80.67	202 860	18.01	784 281	69.64	139 048	12.35
1911	1 099 821	78.79	154 839	14.08	819 126	74.48	125 856	11.44
1912	1 187 378	85.06	185 734	15.64	887 131	74.71	114 513	9.65
1913	1 395 959	100.00	281 999	20.20	917 172	65.70	196 788	14.10
1914	1 467 585	105.13	399 442	27.22	854 543	58.23	213 600	14.55
1915	1 337 287	95.80	415 664	31.08	743 767	55.62	177 856	13.30
1916	1 461 531	104.70	480 196	32.86	814 857	55.75	166 478	11.39

① 上海社科院经济研究所编:《刘鸿生企业史料》(1911—1931年)上册,第7页。

续表

年份	上海煤市的总销售量		开滦煤		日本煤		其他煤	
	数量(吨)	指数(1913年=100)	销售量(吨)	占煤市总销售量的%	销售量(吨)	占煤市总销售量的%	销售量(吨)	占煤市总销售量的%
1917	1 515 155	108.54	513 194	33.87	791 587	52.24	210 374	13.89
1918	1 315 006	94.20	384 977	29.28	733 034	55.74	196 995	14.98
1919	1 458 529	104.48	606 949	41.61	650 033	44.57	201 547	13.82
1920	1 696 275	121.51	885 258	52.19	554 326	32.68	256 691	15.13
1921	1 935 962	138.68	906 420	46.82	637 319	32.92	392 223	20.26
1922	1 838 869	131.73	756 819	41.16	562 860	30.61	519 190	28.23
1923	2 083 219	149.23	976 457	46.87	610 193	29.29	496 569	23.84
1924	2 073 502	148.54	977 592	47.15	588 369	28.38	507 541	24.47

注:1. 根据英商壳件洋行1923年6月30日及1927年6月30日所编的上海煤炭存销报告整理。

2. 日本煤一栏不包括日本在中国所控制的各煤矿运销量在内。

资料来源:上海社科院经济研究所编:《刘鸿生企业史料》(1911—1931年)上册,第8页。

上表的统计反映了开滦煤和日本煤在上海煤市销量变化的基本情况。在20世纪初的一段时期内,开平煤在上海市场所占比重与日本煤相比为数甚微,最高年份也只占上海煤市总销量的7.94%。1912年当开、滦两矿联营之初,上海煤市上开滦煤所处地位仍远在日本煤之下,它的年销量不过占上海煤市总销量的14%—15%,而日本来煤则占到74%。嗣后由于开滦上海经理处的积极经营,两者在销量上所占比重逐渐出现了此消彼长的变化。到1920年,开滦煤在上海煤市的销量就已超过了日本煤,占到52.19%,而日煤比重则下降为32.68%,开滦煤已占有明显的优势。这固然与当时国内国际政治经济形势有关,但也充分说明了开滦上海经理处的业绩。

1922年1月14日，开滦上海经理处经理巴汉致总经理那森函中说："刘鸿生为人颇有才智，他对上海——更重要的是对上海周围地区——的煤业知识，很少人能和他相比拟。卡尔德承认需要多年的时光才能取得这种知识。对我来说，他的意见经常是十分宝贵的。"①

另外，开滦还采取降价竞销、给予回扣、分等级分地区出售等营销策略。如在同山东中兴煤的竞争中，开滦曾采取每年计划廉价倾销五万吨、损失六万元的办法，以减少山东煤在本省市场的获利，并牵掣其在华东市场的竞争力量②。为了避免轮船招商局跟滦州公司签订合同，对招商局的装煤价格给以大量地削减③。开滦煤"煤质各层不同，各层之中各段又不同，所以该公司将各层各段之原煤分类混合加名出售"④，"将良好之煤运销于竞争剧烈之处，如上海、香港以及美国、日本，其接近矿区或无竞争之处则以劣煤充数或则优劣混合"⑤。

正是由于采取了灵活多样的营销策略，开滦煤才得以行销海内外，"沿本路（北宁铁路）平汉各处均有分销处，更由塘沽、秦皇岛转运于外埠，如上海、烟台、汉口、牛庄、吕宋、旅顺、威海卫、营口、香港、新加坡、澳门、美国加利福尼亚、日本长崎、神户、横滨，印度、南洋菲律宾等处"⑥。

---

① 丁长清：《开滦煤矿的市场经营策略》，《南开经济研究所年刊》1986年，天津大学出版社1987年11月版。

② 靳宝峰、孟祥林主编：《唐山市志》第二卷，第954页。

③ 开平矿务有限公司1911—1912年总经理年报。

④ 张秉彝：《开滦煤矿调查报告书》，第7页。

⑤ 张秉彝：《开滦煤矿调查报告书》，第43页。

⑥ 张秉彝：《开滦煤矿调查报告书》，第43页。

第五节　唐山城市的形成

随着开滦煤矿、启新水泥厂及唐山修车厂、华记电力厂等一系列大型近代化企业的创办和发展，唐山工业化逐步展开，工业化程度也有了相当提高，唐山也逐渐由一繁荣小镇向近代城市过渡。这一时期唐山所兴办的近代工业经多年的发展，大都资本雄厚，设备先进，技术水平高，基本上代表了华北近代工业发展的最高水平。到20世纪20年代，唐山已发展成为初具规模的以煤炭工业为主导的综合性工商业城市。

一、唐山城市空间范围的展拓与人口的增长

开滦、启新、唐山修车厂这三大企业的不断发展，大大拓展了唐山城市的空间范围，也促进了唐山人口的持续增长。唐山近代经济的发展主要体现在几个近代化大型企业的建立，近代唐山城镇的发展，首先也就是几个大企业的发展和扩展。由于建设工厂需要大量征用土地，以建筑厂房和住房，因此随着唐山工厂数量的增加，城镇便不断沿着铁路两侧及各矿区周围拓展。1912年，开、滦联合营业后，对两矿进行了大力整顿，关闭煤质不佳的矿区，在1922年以前，包括唐山、林西、赵各庄、马家沟四个矿区，其中林西和赵各庄在古冶镇，马家沟在开平镇，而且滦州煤矿初建时，曾将马家沟、陈家岭、石佛寺、赵各庄、无水庄、白道子、洼里等处"划为矿区"[①]，成立了滦州矿地有限公司，这样就突破了唐山镇的建置范围而包括了开平镇、古冶镇的部分区域。而这一时期启新洋灰公司、唐山修车厂也不断进行了扩建，厂房面积大为增加，同时这些厂矿还相继在林西、马家沟建立分厂及其他附属企业，如马家沟砖厂、林西机修厂、启新修机厂、

① 陈真：《中国近代工业史资料》第三辑，第537页。

马家沟耐火材料厂等，这就使得城区面积大大扩展。而这些大型厂矿的建立和发展，由于集中了大量的工人从而形成新的居民聚居点。为了生产和生活的需要，这些工厂区和居住区也相应地建设了一些城市基础设施和生活设施，从而改变了这些地区原有的乡村性质。如马家沟，曾是开平镇所属的一个较小村落，周围一片荒原，光绪二十一年(1895 年)时东部仅有一所开平武备学堂，但随着光绪三十三年(1907 年)马家沟煤矿的建立，宣统二年(1910 年)又建立了马家沟耐火材料厂，境内建筑物遂逐年增多，先后建起开滦马家沟矿警队第二署、高级员司房、员司房、南贵里工房和南大院、东大店等居民区，随之俱乐部、评剧院、茶馆、中、小学以及百货商店、药铺、浴池、饭馆等均应运而生。到 20 年代已建成 17 条街巷，成为繁荣一时的小聚落①。其他区域也莫不如此，矿区和邻近村庄逐渐毗连成一片，城镇空间得到进一步拓展。

城镇规模的扩大，工业的发展，也增强了城市的吸纳能力，四面八方的人口纷纷来此或做工或经商或从事各种服务性工作，人口也持续增长。宣统二年(1910 年)，开滦煤矿"直接雇用工人达 10 000 人，另外还有 10 000 户人家从事供给矿区所消费的粮食、饲料、油料、篮筐和其他各种土产品"②，再加上其他厂矿及各村庄的人口，到 1922 年，唐山镇居民达到了 85 000 人③，较之光绪二十六年(1900 年)已增长了四倍。由于唐山城市区划多有变更，最初只包括丰润、滦县所属的 12 个村庄，并不包括开滦矿务总局的马家沟、林西、赵各庄几大矿区，当时统计唐山人口也就不把马家沟、林西、赵各庄等矿人口计算在内。所以就研究所涵盖的区域来讲，唐山实际人口远远超过了此数。短时间内人口的迅速集聚，既是城市发展的需要，也是

---

① 唐山市开平区地方志编纂委员会编:《开平区志》,第 304 页。

② 汪敬虞:《中国近代工业史资料》第二辑,上册,第 66 页。

③ 魏心镇、朱云成:《唐山经济地理》,第 15 页。

图 3－5－1　宣统二年(1910 年)唐山附近煤矿图

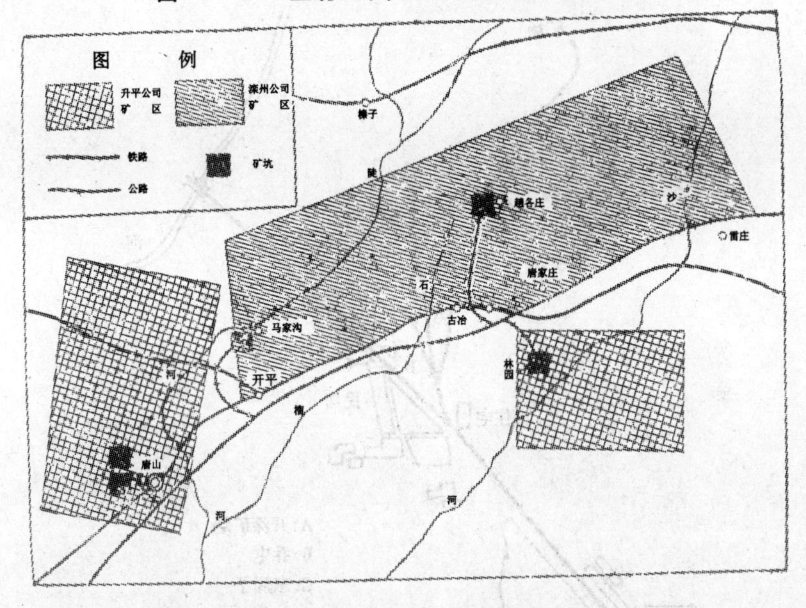

资料来源:魏心镇、朱云成:《唐山经济地理》,第 11 页。

城市发展的标志。唐山人口增长异常迅速,但这不是人口自然增长的结果,主要是外来人口大量迁移入唐的结果。近代工矿业、交通运输业、商业、服务业吸引了大量劳动力,导致流动人口的大量增加,可见工业发展对促进唐山城市规模的扩大和人口的聚集增长起了重要的作用。随着唐山城市的发展,五方杂处,商贾荟萃,社会治安日显重要。光绪二十六年(1900 年)唐山设立巡捕局,以后名称多有变更,光绪三十三年(1907 年)改建为唐山巡警总局,1914 年巡警总局又改称唐山警察局,机关由西马路移至小山东下坡,内设二科,下辖三个警察分局和一个保安警察队①,规模已有所扩大。在这一时期,

① 唐山市路南区地方志编纂委员会编:《唐山市路南区志》,第 517 页。

图3-5-2　1919年唐山城市空间图

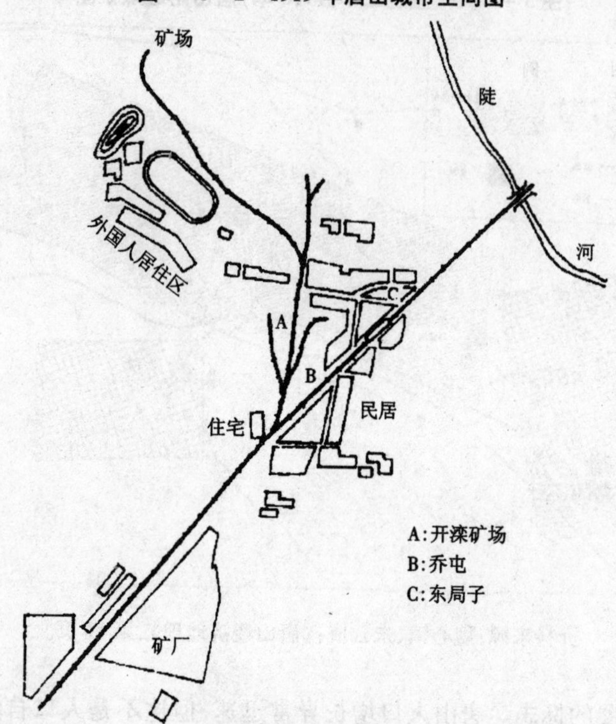

资料来源:刘金声、曹洪涛:《中国近现代城市的发展》,第207页。

唐山还出现了民间军事武装组织——唐山镇绅商保卫局,是唐山商务分会为了"防范土匪,保卫本镇治安,补助巡警"于宣统三年(1911年)9月28日设立的组织,由众商招募商巡20名、巡长1名、伙夫2名、文牍1人组成,并公议由众商派出义务商巡80人,不支薪饷,"以资补助",经费由商界筹捐①。对维护社会治安,保护商人利益起了

① 天津市档案馆、天津社科院历史研究所、天津市工商业联合会编:《天津商会档案汇编》(1903—1911年)下册,第2404—2405页。

积极作用。

二、唐山城市功能的演变

唐山工业化的逐步展开及工业化水平的提高，工业门类的增加，为城市发展奠定了基础，唐山逐渐由单一的煤炭工业重镇发展成为华北重要的多功能的经济中心，城市功能发生了近代化的演变。

开滦煤矿、启新洋灰公司引进的皆是当时欧、美最先进的设备和技术，而且在发展中不断进行更新和改进，使其能够跟上世界新技术发展水平。就拿开滦来说，“这个企业的完备，几乎是无出其右的。……公司的厂房和设备，一般都是最现代化的形式。”①启新洋灰公司如前所述，从一开始即代表了华北民族资本发展的最高水平，以后历年的改进和更新也能跟上当时国际先进水平，一直是中国最大的水泥厂之一。唐山修车厂随着京奉铁路的投入运行，工厂的检修任务逐年增加，遂在铁路南侧兴建新厂（俗称南厂），光绪二十九年（1903 年）全部迁至新厂，厂区占地 500 亩，在北洋政府统治时期，对工厂投资较多。南京临时政府交通部于 1912 年初发布指示，指出唐山修车厂制造的客车，质量不低于从德国、比利时购买的同类车，而头等客车造价较外购低 13%，三等客车低 40%。为减少利益外流，主张扩大工厂生产能力，并规定京奉、吉长、京张三路所用各种车辆，皆由唐山修车厂制造。为此从 1913 年到 1915 年对唐山修车厂给予较多投资，建成机车机械场房 4 344 平方米，从英、美、日等国购入各种设备 388 台，其中有机车动轴颈车床、客货车轴颈车床、250 吨水压机、勾贝杆磨床等大型、精密设备，同时，工厂自制设备和装备 75 台②，工厂规模、设施皆有了较大改进。1913 年工厂借鉴欧美客车，

---

① 汪敬虞：《中国近代工业史资料》第二辑，上册，第 66 页。

② 唐山机车车辆厂厂志编审委员会编：《唐山机车车辆厂志》（1881—1992 年），第 2 页。

开始对旧式客车进行技术改造,加装电灯照明、制动装置和暖气装置,还派员赴英国学习车轴转动发电机安装使用经验,当年即试装成功。1914年后,在制造的机车上成功安装蒸汽过热装置,使每台机车节煤15%—20%,节水25%—30%①。到1915年工厂已有机、客车2个分厂,下辖20个厂房,职工人数2 731人,各种机具设备770台,年修机车60台,客车70辆,货车480辆②,成为当时分工明确、管理机构齐全、设备先进、技艺精湛,能制造、修理各种机车车辆的工厂,在全国铁路系统中名列前茅,以后又经过不断扩充逐渐发展成为全国规模最大的铁路修车厂。

煤炭工业的发展也带动了附属企业及其他相关企业的发展。开滦煤矿和启新洋灰公司都注重利用当地丰富的资源从事多种经营。开滦矿务总局各矿都建有相当生产能力和制修能力的砖瓦厂和修机厂,"在煤矿附近的乡村中,耐火土非常丰富。而在(开平)公司产业区内,有些地层,含有质量最好的泥土。这种泥土,被一个使用电力的现代化工厂用来制成火砖,每月产量1 750 000—2 000 000块,即每年约20 000 000块"③。1919年建立林西新机厂,到20世纪20年代发展成装备较为齐全的矿区总制修厂④。除此之外,1912年开平、滦州两公司联营后,由于煤质灰分较多,为提高质量促进市场竞争,开滦开始筹建选煤厂。开滦在1912年即自制一台小型活塞式手摇选煤机,对各矿各煤层的煤进行取样试选。1913年10月在林西由西蒙商行承包兴建第一选煤厂,1914年11月竣工投产。该厂占地面积200平方米,为长方形砖铁结构五层小楼,设鲍姆式选煤机1

---

① 唐山机车车辆厂厂志编审委员会编:《唐山机车车辆厂志》(1881—1992年),第93、98页。

② 唐山市路南区地方志编纂委员会编:《唐山市路南区志》,第303页;唐山机车车辆厂厂志编审委员会编:《唐山机车车辆厂志》(1881—1992年),第252页。

③ 汪敬虞:《中国近代工业史资料》第二辑,上册第66页。

④ 靳宝峰、孟祥林主编:《唐山市志》第二卷,第828页。

台,每小时可入选原煤75吨。1916年,为提高精煤洗选能力,适应市场需要,又仿照第一选煤厂设备自制选煤机,在原厂北侧建造了第二选煤厂。新厂除总装机容量由90马力增至150马力外,厂房规模、结构、洗选能力均与一厂相同,1918年4月投产,两厂选煤能力达到年入选原煤93.8万吨①。启新洋灰公司也同样如此,宣统元年(1909年)2月1日,启新洋灰公司投资3万元在马家沟建立机器造砖厂,生产铺地砖、黏土砖、耐火砖及琉璃瓦,并采用300号杠杆压砖机成型工艺,生产高强度建筑砖,当时在国内尚属首创②。1914年,启新洋灰公司在细绵土厂废弃的窑址上建立了启新瓷厂,生产杯盘器皿、卫生器具、恭桶、脸盆及小缸砖、隔电磁头等,系国内第一家生产现代陶瓷的工厂③。1919年10月31日,启新洋灰公司与丹麦史密斯公司联营成立"华丹公司",协定将启新修机房扩建成启新机厂④。此外,启新还设有缸砖厂和花砖厂,制造水泥花砖及建筑砖。启新不仅发展多种经营,而且出品精良,1915年4月16日,启新洋灰公司的洋灰、花砖等9项产品,在巴拿马国际评赛会上荣获金牌⑤。这一时期发展起来的引人注目的行业还有电力工业。电力工业属能源工业,是机器大工业发展的基础,电力工业的发展规模是城市和地区近代工业乃至整个经济发展水平的一个重要标志。唐山的电力工业发展较早,随着开滦煤矿和启新洋灰公司等企业的建立和发展,在开滦唐山矿、林西矿、马家沟矿一开始就利用往复式蒸汽机

---

① 开滦矿务局史志办公室编:《开滦煤矿志》第二卷,第355页。

② 唐山市路北区地方志编纂委员会编:《唐山市路北区志》,第11页;中国人民政治协商会议河北省唐山市委员会教科文工作委员会编印:《唐山文史资料》第二辑,1985年12月,第29页。

③ 中国人民政治协商会议河北省唐山市委员会教科文工作委员会编:《唐山文史资料》第二辑,第29页。

④ 唐山市路北区地方志编纂委员会编:《唐山市路北区志》,第14页。

⑤ 唐山市路北区地方志编纂委员会编:《唐山市路北区志》,第13页。

组发电,启新洋灰公司还于宣统二年(1910年)建立起唐山第一座发电厂——唐山华记电力厂,利用窑炉余热发电,两台发电机总装机容量12 800千瓦,随后开滦煤矿也于1916年修建了林西发电厂,装机容量6 000千瓦,以后逐步扩建成总装机容量28 000千瓦,[①]发电能力不断增强。

一系列近代化大型企业的建立,对其他工业的发展也起了一定的示范作用,在它们的影响下,一些传统工业也逐步改进技术,改良工艺。唐山陶瓷生产有着悠久的历史,早在明代即出现了集中生产的"陶成局",虽然开平煤矿创建后,为开平生产砖瓦,工艺有所改进,但仍处于落后状态,设备简陋,规模较小,只能生产传统的瓦、罐、盆等一些产品以及缸窑所造之大小各样缸罐以及盆碗一切等物,"虽属销路较远而制造仍循旧制,未有机器"[②]。1920年,唐山陶成局秦幼泉赴江西景德镇、河南彰德、山东博山、山西阳泉、河北磁县及东北大连等地考察学习陶瓷生产。回唐后,将陶成局改为"新明磁厂",增购机器,广聘人才,研创新产品,销路日广,并在京、津开设瓷器分销处[③]。与此同时,唐山也出现了一批生产各类生产、生活用具的私营铁工厂和铸造厂,如1920年开业的全顺号铁工厂,是唐山最早的铸铁工厂,时有职工30多人,并配备有一台10马力煤油机,一台风车,一座花盆式化铁炉,主要生产农具、铁锅、火炉等产品[④]。同一时期成立的华盛祥铁工厂,主要铸造机械零件和农具等,工厂设备简陋,工艺落后,雇用三四十名工人从事繁重体力劳动,但就其规模而言,则也算是当时较大的厂家,产品遍及冀东城乡。随着人口的聚集,还出现了为居民生产、生活服务的各种行业。大量的粮食消费刺

---

① 江淮主编:《唐山经济概况》,第71页。

② 天津市档案馆、天津社科院历史研究所、天津市工商业联合会编:《天津商会档案汇编》(1903—1911年)上册,第990页。

③ 唐山市路北区地方志编纂委员会编:《唐山市路北区志》,第15页。

④ 唐山市路南区地方志编纂委员会编:《唐山市路南区志》,第313页。

激了粮食加工业的发展。20 世纪初,唐山镇即有人从事粮食加工,1914 年,从事粗粮加工的增加到 18 户,但多为前店后厂的家眷铺式经营,自产自销①。另外还有榨油、酿酒以及制作副食、糕点、肉制品等的私营作坊。宣统三年(1911 年)在东新街开设的德义木局,以制作高档家具而闻名冀东②。这一时期化学工业也异军突起。民国初年,唐山能染制整匹布的手工染坊有四户,虽已开始应用化学染料,但仍采取锅煮棒搅的落后生产方式,且产量低、色质差,很难满足广大人民群众对色布的需要。1920 年 9 月,曾在天津德顺染厂任过领班,懂技术、会管理的翟风池在唐山东中新街创建"大顺染厂",初期生产以手工操作为主,但因产品色泽好、质量高,生产逐步得到发展,股份由二股发展到四股③。除此之外,出现了近代化的化学企业——中国造胰工厂。中国造胰工厂位于唐山达谢庄,1916 年 3 月由何子恩创建,资本 13 000 元,制造依赖手工,并无机器设备,唯一用具即为造胰模型及其自造之压印商标机。由于采取了各种各样的推销方式,如遍登广告、雇人宣传、直销、免费馈赠等,使该厂产品迅速打开销路,取得了良好的经济效益④。

从以上可以看出,这时唐山的工业发展不仅规模扩大,工业门类相应增加,而且技术含量高,在华北各城市中居于领先水平,有一些行业不仅在唐山,即使在全国也属于首创。近代工业的不断发展,积聚了大量财富,为城市的建设,为增强城市的综合功能提供了坚实的物质基础,到 20 世纪 20 年代唐山已发展成为华北仅次于天津的以采矿、建材为主的综合性工商业城市。

---

① 靳宝峰、孟祥林主编:《唐山市志》第三卷,第 1855 页。

② 唐山市路南区地方志编纂委员会编:《唐山市路南区志》,第 12 页。

③ 唐山市路南区地方志编纂委员会编:《唐山市路南区志》,第 314 页。

④ 唐山市路南区地方志编纂委员会编:《唐山市路南区志》,第 316—317 页;《冀东道统计概要》,唐山市档案馆案卷号 K29 - 9 - 1784;河北省实业厅秘书处编:《河北实业公报》第十五期,河北省实业厅 1932 年 7 月,第 20 页。

三、唐山城市商品经济的持续发展

随着唐山经济地位的上升，开平等地商号逐渐向唐山转移，栈房、商店、旅馆、剧场、饭馆、茶楼、妓院纷纷出现，商业渐趋繁盛，并出现了一些大型商号。金融业也进一步发展，这些都增强了城市的活力，提升了服务行业的档次。

光绪三十年(1904 年)资本家赵岚将光绪二十八年(1902 年)在开平所建的“瑞生成”绸布庄迁到唐山广东街，宣统元年(1909 年)赵岚又在粮市街开设分号，形成“南瑞”、“北瑞”两大商号。南“瑞生成”因地处闹市中心，以经营门市零售为主，北“瑞生成”则以经营批发为主，营业范围涉及冀东 22 县、东北锦州及热河一带[①]。商业的繁荣还表现在各种行业商店的出现，光绪三十四年(1908 年)冯庆余开设了玉发客栈；宣统元年(1909 年)靳广森开设了鸿章照相馆；1912 年，开滦医院外科医生王祥和在粮市街开设的普济药房是唐山最早的西药店；同年，李荫贵开办的“天顺斋”糕点店是唐山最早的糕点店，以经营京式糕点“大饽饽”而闻名；“两益成”杂货店在粮市街开业，经营进口红白糖、火柴等商品；1917 年，张怀清在北菜市开设猪肉铺，之后又有张福林开设牛肉铺；1919 年，丰润人刘太和在和平北街开设了唐山第一个固定的蔬菜店——玉和顺蔬菜店[②]。工商业的发展也刺激了商人资本的活动，随着商品经济的发展，商人资本的活动也日益活跃。传统的金融机构继续发展，同时近代金融机构新式银行也开始涌现。唐山早在开平煤矿创办后不久，即出现了传统的金融机构——钱庄。据光绪三十一年(1905 年)《大公报》载，

---

① 唐山市路南区地方志编纂委员会编：《唐山市路南区志》，第 363 页。

② 唐山市政协文史资料委员会等编：《唐山历史写真》，第 137 页；靳宝峰、孟祥林主编：《唐山市志》第二卷，第 1285 页；《唐山市志》第三卷，第 1791、1800 页。

“唐山同成钱庄系刘姓所开设,已历20余年”①,据此推算,成立时间当在光绪六年(1880年)左右,进入20世纪尤其中华民国成立后,随着工商业的迅速发展,唐山金融也日形活跃,钱庄、银号、当铺纷纷成立,同时还出现了近代化的金融机构——银行。由于资料所限,统计难以周全,现就所掌握资料统计如下:

表3-5-1 唐山银号、钱庄、当铺、银行一览表

名称	开设年份	经理	资本额(元)	所在地址
大银市	1906	刘凯元	-	财神庙街
小银市	1900	刘凯元	-	副里村
广发银号	1914	-	-	粮市街
同成钱庄	1880年左右	刘凯元	-	-
永德兴钱庄	1914	徐歧元	20 000	便宜街
永发当	1912	刘志一	10 000	便宜街
天顺成当	1912	孙筱亭	20 000	新立街
永德兴当	1914	夏锦江、张荣甫	20 000	便宜街
永顺当	1915	高仰之	10 000	东局子街
交通银行唐山支行	1912	周杰英	随时由总行调拨	广东大街
中国银行唐山汇兑所	1914	胡宗杰	-	广东大街

资料来源:唐山市路南区地方志编纂委员会编:《唐山市路南区志》,第412—413页;《大公报》,光绪三十一年十一月十五日(1905年12月11日),第一千二百四十一号,第886页;唐山市路北区地方志编纂委员会编:《唐山市路北区志》,第400—401页。

---

① 《大公报》,光绪三十一年十一月十五日(1905年12月11日),第一千二百四十一号,第886页。

从以上统计来看，唐山金融业在民国以后日形活跃，这些金融机构相互调拨资金，进行货币业务，部分还有发行纸币的权力。

唐山商业的繁荣情况，也可以通过火车站的货物发运量来衡量。火车站是唐山具有近代意义的建筑，因开平煤矿而设，以后不断扩展。光绪三十三年（1907 年）由于地面塌陷重建新火车站，时设 1 000 平方米的候车大厅，并建有七股客车线，两个站台、天桥以及九条到发线、货场、仓库等设施以及通达各厂矿的铁路专用线，车站除客运外，主要从事煤炭、水泥、陶瓷等大宗货物运输，其中仅煤炭一项运往秦皇岛即占总运量的 80% 以上。据《秦皇岛市志》载，光绪二十八年（1902 年）至 1913 年间，唐山运至秦皇岛港煤炭累计达 540 多万吨，年均 45 万吨，约占当时唐山、西北井两矿总产量的 80% 以上。嗣后，由于京奉铁路单线、复线工程先后竣工，初步构成了以唐山为中心，沟通东北、华北的铁路货运网络，货运量呈逐年增长之势，时外运货物主要是煤炭、水泥、陶瓷、石料、纸张、干鲜果品、棉花、花生、畜类等 20 余种[①]。唐山进一步成为冀东货物集散中心和工商业中心，经济集聚功能进一步增强。

中国资产阶级的团体——商会，是随着中国资本主义企业的兴起而产生的。“清末新政是中国早期现代化的前奏，商会则是在这一前奏曲中应运而生的产物”[②]。为了开通风气、联络商情，唐山于光绪三十二年（1906 年）八月设立了类似商会性质的同文阅报社[③]。光绪三十三年十一月初九日（1907 年 12 月 13 日）为“保商振商、开通商情”又成立了唐山镇商务分会，而滦州商会的设立时间却在光

---

① 唐山市路南区地方志编纂委员会编：《唐山市路南区志》，第 375—376 页。

② 虞和平：《商会与中国早期现代化》，上海人民出版社 1993 年 8 月版，第 21 页。

③ 天津市档案馆、天津社科院历史研究所、天津市工商业联合会编：《天津商会档案汇编》（1903—1911 年）上册，第 325 页。

绪三十四年(1908 年)[①],可见唐山在经济地位上已超过了滦州。唐山镇商务分会的设立,既是政府倡导的结果,同时也是唐山商业发展的标志。

商品经济的发展需要有更多的市场形式与之相适应。随着商品经济的发展,商品交换形式也越来越丰富,各种形式的集市贸易也逐渐发达起来,夜市、庙会、民俗节日集市和定期的市场交易共同繁荣着城市的商品经济。唐山工商业的兴盛刺激了传统贸易市场的繁荣,定期集市、庙会重新恢复并发展起来,庙会期间远近商贾云集,"骡车载道,极为拥挤"[②]。唐山较著名的庙会有雹神庙庙会、常明庵庙会。其他一些服务业如饮食、通信、医疗、娱乐、文化等方面的设施也相应增加。唐山城市化进程的快速发展,华北其他地区无法与之比拟。

四、唐山文化、教育、卫生事业的进步

经济的发展带动了城市文化、教育、卫生事业的兴盛,而城市的发展又急需人才的补充。文化、教育、卫生事业的进步,标志城市文明的初显。唐山近代教育大体分为公立、私立、教会办学及企业办学。开滦煤矿除资助地方办学外,也为解决职工子女入学问题而开办了自己的子弟学校。这些学校分布在各矿区,教学形式依照中国教育部颁发法令进行。

近代中国不断遭受资本主义强国的侵略,它们在进行政治、经济、军事侵略的同时,也进行文化渗透,企图在思想上征服半殖民地国家的人民。而传教士充当了资本主义文化侵略的急先锋,为了达到其传教的目的,他们除了讲经布道之外,还辅助以种种非宗教性的

---

① 天津市档案馆、天津社科院历史研究所、天津市工商业联合会编:《天津商会档案汇编》(1903—1911 年)上册,第 277—278 页。

② 《唐山调查录》,见《东方杂志》第二十一卷,第十七号,第 58 页。

活动，如从事教育或创办慈善事业等。近代西学在中国的传播以传教士首开其端，唐山也不例外。早在19世纪80年代西方教会势力即已渗入唐山，到20世纪初，教会在唐山已有相当大的势力。唐山近代西式教育即开始于英国基督教会在便宜街创办的华英书院，该校于光绪二十八年(1902年)建立，主要通过对儿童进行启蒙教育的同时，灌输、传播基督教，始为初级小学，1912年在老谢庄以西新建校舍，添设高级班，扩充为完全小学。学校负责人均为英国人，最早为韩荫士，继之为雷汉伯，再次之为瑞加斯，教务主任是中国人郑兰之。学校课程以英语为主，每天都有《圣经》，学生入学首先要买一本《圣经》，通过上《圣经》课，向学生灌输宗教思想。除英语、圣经课外，还有算术、地理、尺牍、写字等课①。

绅士作为中国“一个独特的社会集团”②，在地方事务中扮演了重要的角色，起着举足轻重的作用。在近代新学传播的过程中，地方绅士也成为一支不容忽视的力量。光绪二十九年(1903年)在废科举、兴学堂的影响下，乔头屯开明绅商刘凯元将其家塾改为私立小学堂，宣统二年(1910年)又改私立为公立，随后名称多有变更，同年又改为“唐山公立两等小学堂”，宣统三年(1911年)唐山公立两等小学堂设董事会，吴述三、林端甫分任校董，由京奉路唐山修车厂、开滦矿务局赞助经费，每年出资各800银元，1912年又将其改称为“唐山公立两等小学校”，1916年改称为“唐山同仁小学校”。它的设立，开创了唐山公立小学的先例，一种新型的办学形式逐渐取代古老的私塾③。

同时，一些官办学堂也陆续建立。1917年在林西庵子庙建立了

---

① 刘水主编：《唐山市教育志》，教育科学出版社1993年10月版，第170页。

② 张仲礼著，李荣昌译：《中国绅士——关于其在十九世纪中国社会中作用的研究》，上海社会科学院出版社1991年5月版，第1页。

③ 唐山市路北区地方志编纂委员会编：《唐山市路北区志》，第11页；唐山概览编纂组：《唐山概览》，红旗出版社1996年7月版，第749页。

庵子庙小学,为庙宇改建的校舍[①]。1919 年,天津铁路分局在唐山火车站东南择地 20 余亩,兴办了唐山扶轮小学,分南北两院同时动工,1920 年春竣工使用。南院为总校部,设有 27 间教室,高年级班在此院上课,设有 20 间办公室,院内房舍整洁规范,体育场内篮球场、足球场、爬梯、转塔、单双杠等一应俱全,院内还建有花园,栽植洋槐垂柳,夏天绿树成荫,鲜花盛开,令人心旷神怡,不失为读书的好去处。北院相对来讲面积稍小一些,有教室 10 间,办公室 1 间,操场居中,为低年级学生就读场所,学校在 1920 年秋季开始按四轨制招生,男女合班上课[②]。唐山扶轮小学是唐山建立较早、声誉较好的企办初级小学。据《唐山调查录》载,唐山"初等教育,有扶轮小学、同仁小学等数校,尤以扶轮小学为佳,计分高等小学国民小学两组。校舍整洁,设备完美,成绩甚佳,为华北不可多得之小学。并设有校园,使生徒有正当之娱乐,用意至善。毕业后可升入天津扶轮中学"[③]。

到 1920 年时,唐山市只有以上四所小学堂和一所唐山镇立国民学校。学校数量虽少,但教学质量却在冀东处于领先水平。

除此之外,还出现一些工矿企业所办的专门学校,如唐山路矿学堂即是京奉铁路与开平矿务局会同筹设,后发展成唐山唯一一所高等院校。该校从创办至此后的近半个世纪中,先后更名为唐山工业专门学校、唐山交通大学、交通大学工程学校、国立交通大学唐山分校等,为交通部直辖的高等院校。最初创办目的是"为作育路矿两政人才,以免事事仰仗外人"[④],其前身是山海关北洋铁路官学堂,创办于光绪二十二年(1896 年),光绪二十六年(1900 年)9 月因八国联军入侵而停办,光绪三十一年(1905 年)为便于在唐山修车厂实习

① 刘水主编:《唐山市教育志》,第 262 页。
② 唐山市路南区地方志编纂委员会编:《唐山市路南区志》,第 624 页。
③ 《唐山调查录》,见《东方杂志》第二十一卷,第十七号,第 59 页。
④ 《盛京时报》,宣统元年(1909 年)闰二月初四日,第七百七十一号,第 190 页。

而迁至唐山。同年10月,山海关北洋铁路官学堂投资10.3万银元,在唐山镇石家庄东南征地192.85亩,建校舍210间。次年3月27日,清政府铁路督办批准北洋铁路学堂增设矿科,学堂名称也随之改为唐山路矿学堂,光绪三十三年(1907年)2月下旬,唐山路矿学堂正式开学,学生分甲乙两班上课。宣统元年(1909年)秋矿科停办,专修铁路工程科,遂又更名"唐山铁路学堂",1912年8月粤汉铁路招考工程练习生28名,在全国五六百名考生中,唐山铁路学堂毕业生有23名被录取,由此学校名声大振。1916年2月,在北京举行的全国工程高等学校作业展览评比会上,唐山铁路学堂学生茅以升、王节尧的作业被评为全国第一,教育总长特嘉奖他们"俟实扬华"匾额一方。同年,学校第七届毕业生茅以升报考清华官费留学被录取,赴美国康乃尔大学进修硕士,在大学和研究生考试中获特优成绩,为此康乃尔大学决定,凡唐山工业专门学校毕业生,一律可免试入学为研究生。由于该校师资力量雄厚,能不断进行教学改革,并制定了"精勤求学,敦笃励志,果毅力行,忠恕任事"的校训,毕业生成绩优秀,曾有"东方康乃尔"之誉①。该校"设备完美,教授多硕学之士",在1920年左右"学生约200余人,计大学4年预科2年。毕业后得学士学位,可入美国各大学研究院专修高深学术"②。后逐渐发展为国立交通大学,跻身于全国一流高等学府行列之中。

20世纪初,唐山还开办了两所专门学堂,一所是光绪三十二年(1906年)开平矿务有限公司创办的唐山巡警学堂,分官生、兵生两班,每学期半年,五期后停办③;另一所是宣统元年(1909年)9月23

① 唐山市路北区地方志编纂委员会编:《唐山市路北区志》,第11—12页;刘水主编:《唐山市教育志》,第787页;唐山市路南区地方志编纂委员会编:《唐山市路南区志》,第628页。

② 《唐山调查录》,见《东方杂志》第二十一卷,第十七号,第59页。

③ 唐山市路北区地方志编纂委员会编:《唐山市路北区志》,第11页。

日马家沟总局(即滦州矿务有限公司)在赵各庄开办的测绘学堂①。此外,唐山修车厂于宣统元年(1909年)8月创办工余夜校,“并制订办学章程十二章六十七条,招生对象主要是工厂工人及无力就学的工人子弟,课程设中文、英文、算术、物理、制图,学制预科两年,本科三年,学校设专职教员五名,并聘请工厂部分员司兼课。1921年3月工厂还借用扶轮小学校舍办职工学校,部定专职教员四名,并从工厂员司中聘若干名任兼课教员,教员均由局长委任,设普通科和补习科,至1922年因财政困难停办”②。

这些学校因隶属关系不同,经费来源也不一,有的出自教会,有的来自政府,但大多为工矿企业投资,校舍来源有政府投资建房,有工厂、商团捐款建房,也有个人捐房、捐款,还有租用民房的。设备也比较简单,但不管怎样,唐山教育事业已真正开始起步,并显示出蓬勃发展的势头。

随着各类学校的建立,也出现了图书馆、书店等文化事业机构。最早的图书馆是光绪三十一年(1905年)建立的唐山路矿学堂图书馆,清末民初开滦矿务局、唐山修车厂、启新洋灰公司也先后建立了小型图书馆,为本企业员司服务。1920年,唐山创立工人图书馆,备有马列著作和进步书刊供工人秘密阅读,实为以图书为媒介进行革命活动之场所③。

以前唐山境内无正式书店,只有兼营文具和书籍的游学商人,1912年,唐山出现了第一家专营文具和图书的慎余书局④。

唐山的近代化与中国近代化运动息息相关。在唐山城市近代化进程中,社会不可能仅通过个人与个人之间的直接交往来行使其传

---

① 刘水主编:《唐山市教育志》,第787页。

② 唐山机车车辆厂厂志编审委员会编:《唐山机车车辆厂志》(1881—1992年),第205页。

③ 靳宝峰、孟祥林主编:《唐山市志》第五卷,第3020页。

④ 靳宝峰、孟祥林主编:《唐山市志》第五卷,第3026页。

播功能，大众传播媒介的发展必不可少。近代中国早期大众传播媒介以周报、日报、杂志为主。人口的聚集，使得信息的传播越来越迅速，报纸作为近代兴起的新闻传播媒介也在唐山开始出现。唐山第一家报纸发刊于宣统二年（1910 年）2 月，是小集人田博亭创办的《震兴白话报》，他自任总经理兼主笔，馆址设在财神庙街，那时因铅字不足，遂用石印，编排得法，缮写清楚，颇受读者欢迎，至宣统二年（1910 年）12 月改组为《公言报》，仍由其任总经理兼主笔，馆址移至小山前街，1912 年 12 月停刊①。

五四运动期间，唐山交大学生成立学生会，并创办《救国报》，这是唐山最早的白话文报刊，也是中国学生运动史上最早的进步刊物之一。并成立“人社”，成为唐山最早的学生社团②。

随着唐山城市的发展，唐山医疗卫生事业也得到了进一步发展。光绪二十六年（1900 年），开平矿务局将诊疗所改建为小型“华人医院”，后改称“中华医院”，这是唐山第一所西医医院，同时在附近建有一所专为外籍人员服务的小医院，开滦矿务局在所属各矿矿区也均设有诊疗所或小型医院为本局职工免费服务，同时也对外施医诊疗③。宣统二年（1910 年）中华医院（开滦医院）开始使用外国患者捐献的手提式 X 光机诊断疾病④。当时，启新洋灰公司和唐山修车厂均与开平矿务有限公司所属的中华医院订有协议，为本局职工诊治疾病。1912 年，唐山修车厂自建面积 70.23 平方米的诊疗所，设“华医室”为职工诊病治疗⑤。唐山医疗卫生状况有了较大改观。

---

① 王知之：《唐山事》第一辑，第 47 页。

② 刘水主编：《唐山市教育志》，第 73 页。

③ 开滦矿务局史志办公室编：《开滦煤矿志》第四卷，第 110 页。

④ 靳宝峰、孟祥林主编：《唐山市志》第五卷，第 2970 页。

⑤ 唐山机车车辆厂厂志编审委员会编：《唐山机车车辆厂志》（1881—1992 年），第 210 页。

五、唐山基础设施建设和公用事业的发展

城市是文明的象征,城市化的程度在一定意义上就是文明化、现代化的程度。一个国家的城市是这个国家经济、文化方面的综合载体,一个区域的城市则是这一区域经济、文化方面的综合载体。考察唐山的近代化,离不开几个大企业,几个大企业的近代化水平是唐山城市近代化的标志,也是唐山经济、文化的载体。随着唐山工业化水平的逐步提高,唐山城市建设取得了长促进展,基础设施建设和公用事业的发展,成为唐山城市近代化的象征。由于唐山是随着工业发展而自然成长起来的一个城市,城市没有任何规划,各企业各家自扫门前雪,是一个个独立的经济体,同时又是一个个小社会,唐山城市的发展也就是企业的发展。随着工商业的发展,具有近代意义的城市基础设施大量兴建。

火车站由于地面塌陷,于光绪三十三年(1907 年)重建并较原来有所扩展。当时设 1 000 平方米的候车大厅,并建有七股客车线,两个站台、天桥以及九条到发线、货场、仓库等设施,同时辟有启新细绵土厂、德盛窑业厂、新石场等厂矿的铁路专用线。车站除客运外,主要是煤炭、水泥、陶瓷等货物运输,其中仅煤炭一项运往秦皇岛即占总运量的 80% 以上,年均 54 万吨①。

这一时期道路建设也有了明显发展。唐山是自然发展起来的城市,行政权属丰、滦两县,各自为政现象十分普遍,道路建设无规划。开平矿务局建矿后围绕矿区逐渐形成大车道多条,但道路多为自然形成的村内街巷、胡同和村际人行小路或驴车、马车车道,且多为土路,只有少数灰渣路和石子路,基本处于无序状态。随着开平煤矿由英国人经营,西方物质文明在这里得以进一步体现,唐山市内交通的近代化包括城市道路建设与运输工具的近代化两个方面。唐山近代

① 唐山市路南区地方志编纂委员会编:《唐山市路南区志》,第 375 页。

化的道路建设始于开平矿务局所修之西山路。宣统元年(1909年),开平矿务局修筑唐山矿来往高级员司住所的“西山路”,全长约900米,系唐山市内第一条水泥路①。后又相继在西山别墅、广东大街南北侧、启新东西门等地修建多条道路,使区域内道路状况大为改善,但随地为屋占据官道现象也更加明显,弯弯曲曲的特征十分突出②,其中广东大街在民国年间改为水泥混凝土路。同时随着煤炭、建材、陶瓷、电力等工业的发展,先后兴建了几座桥梁,改善了陡河两岸交通状况,但多为石桥、木桥,桥面狭窄,荷载能力较差③。与此同时对原有桥梁也进行了修整,双桥里京山铁路桥,桥的下行墩台建造于光绪十五年(1889年),于1915年又建上行墩台,这样桥上西部有六米宽公路可通行机动车,东部通火车,桥下可来往行人和一般车辆,是沟通铁路南北的交通要道④。道路的改善也为交通工具的变革带来了条件,除了铁路运输之外,1920年,唐山出现了第一辆汽车,是开滦矿务局英国高级员司乘坐的四缸脚踩福特汽车⑤,而大多数人“日常代步有人力车,仅数十辆,乡村及铁路不通之处,多用骡车。汽车马车仅数量,系私人所有”⑥。

随着经济的发展和人口的增加,近代新式建筑在城市中较之以前顿时多了起来。光绪二十六年(1900年)英国人控制开平煤矿后,外国雇员人数大为增加,“约有40到50个欧洲人雇用于唐山,那里有一个俱乐部和赛马场,以及其他一些表示先进文明和进步的东西”⑦,开滦联营后,矿务局所属各矿皆为洋人建造了住房,采取了英

① 唐山市路北区地方志编纂委员会编:《唐山市路北区志》,第11页。
② 唐山市路北区地方志编纂委员会编:《唐山市路北区志》,第265页。
③ 唐山市路北区地方志编纂委员会编:《唐山市路北区志》,第279页。
④ 王克勤主编:《唐山城市建设志》,第119页。
⑤ 唐山概览编纂组:《唐山概览》,第347页。
⑥ 《唐山调查录》,见《东方杂志》第二十一卷,第十七号,第59页。
⑦ 卡尔逊:《开平煤矿》第四章,第11页。

国式、意大利式等不同风格,设施齐全,装饰考究,除卧室、餐厅、浴室外,还配有会客厅、舞厅及花园式的庭院。而为矿区的中国员司所建房屋也体现了城镇建筑风格,多为一家一院,分别设有厨房和住室①。由于受地质条件的影响,再加上居民多为普通人民,大部分建筑物都比较低矮,两层以上的建筑很少。房屋有不少是利用本地出产的石料砌成的,即以石块作基础,砌7—9层砖,土坯垒墙,而大部分工业建筑则为焦顶平房,这是唐山建筑物的一大特点,在华北平原的其他地方则很少见②。

随着唐山人口的增多,城市娱乐场所也逐渐增多。除原有娱乐场所继续开放外又相继有几家大型娱乐场所出现。在光绪二十六年(1900年)就有高长寿在小山顶端建的鸣盛戏院和高连堂兴建的近天阁茶园两家茶园问世③。光绪三十一年(1905年)又兴建了庆仙茶园,后曾改庆仙舞台、庆仙戏院等名称,位于财神庙街,建筑为砖木结构,两级式起脊屋顶,上敷铁瓦,场内三面设木制楼席,均为包厢,正面5间,左右两侧各6间,包厢间隔木板,正面包厢后部设簸箕形女席散座,楼下分池座和廊座,两侧廊座高于池座约1米,舞台前沿有高尺许的镟木栏杆,后台为两层条形小楼。这个茶园以演河北梆子和京剧为主,为当时建筑结构和内部设置最好的剧场,可容纳800人④。宣统元年(1909年)4月22日,王凤亭在老车站街创办永盛茶园,建筑为青石基础,砖砌到顶,木制房梁,为两级式起脊屋顶,上敷铁瓦,园内三面设楼席,正面包厢,两侧散席,楼下设池座和廊座,全园设长条木制茶桌、坐凳,可容纳观众近千人,为唐山当时规模最大、

① 开滦矿务局史志办公室编:《开滦煤矿志》第四卷,第303页。

② 魏心镇、朱云成:《唐山经济地理》,第24页;唐山市路南区地方志编纂委员会编:《唐山市路南区志》,第128页。

③ 唐山市路南区地方志编纂委员会编:《唐山市路南区志》,第11—12页。

④ 唐山市路南区地方志编纂委员会编:《唐山市路南区志》,第645页;唐山市路北区地方志编纂委员会编:《唐山市路北区志》,第11页。

设备最完备的演出场所。开业当天，以成兆才、任连会、金菊花为首的“京东庆春平腔梆子班”应邀作首场演出，是唐山市区最早演出“唐山落子”（评剧）的戏园，此后“庆春班”遂久住茶园并以此为基地把“莲花落”改为“平腔梆子戏”，使之逐步发展为北方著名剧种“评剧”，从而开创评剧这一新兴剧种的先河。1917年，永盛茶园业主王凤亭投资购置一堂新戏箱，改“京东庆春平腔梆子班”为“京东永盛合班”，以茶园为基础，对评剧进行全面改革，使其在唐山广为流行，成为唐山居民喜爱的全新剧种，评剧创始人成兆才的许多新作均在此公演，故永盛茶园被称为评剧的摇篮①。另外，唐山还有一座由魏子东于宣统二年（1910年）在便宜街修建的九天仙茶园②。20世纪初，随着唐山工商业的繁荣，大批曲艺艺人流入唐山，在铁路南的小山一带聚集，起初只是撂地打场、露天卖艺，时称书场，后逐渐发展到将场子用布围起来，场内设长条木凳的观众坐席，场主提供桌椅供艺人使用，艺人演出后纳场租。后随场租收入增加，有些场主如万顺、仁记便择地投资，用木杆搭架，四壁及棚顶以秫秸夹扎，内外抹以泥灰建起简易屋棚，时人称为书馆，虽极简陋，但可遮风避雨，小的可容百余人，大的能坐数百人。随后，一些以砖木建成的书馆逐渐增多，其条件又较棚屋为佳。1917年，唐山小山、粮市街一带已有引香、燕乐、普乐、永胜四家书馆，多演“十样杂耍”③。随着人们娱乐活动的增加，乐亭大鼓也由艺人胡少兰传入唐山，在小山演出时颇受群众欢迎④。

城市社会的一大特征是人口高频率的运动与密集型人际信息沟通。随着唐山城市规模的形成，信息沟通系统也有了发展。以现代

① 唐山市路北区地方志编纂委员会编：《唐山市路北区志》，第11页；唐山市路南区地方志编纂委员会编：《唐山市路南区志》，第11—14页、645页。

② 唐山市路南区地方志编纂委员会编：《唐山市路南区志》，第12页。

③ 唐山市路南区地方志编纂委员会编：《唐山市路南区志》，第647—648页。

④ 唐山市路南区地方志编纂委员会编：《唐山市路南区志》，第14页。

邮政、电讯和新式交通为核心的沟通系统，不仅反映了人们彼此之间联系的需要，而且也是城市社会、经济近代化实现的必要条件。邮政为近代重要的信息事业。唐山自设邮政局以来，邮政业务有了较大发展，邮政通信网络进一步增大，主要办理信函、包裹、汇兑、邮政储蓄等业务。信件除普通、挂号信件外于光绪三十二年（1906 年）增开信函快递，1912 年相继新开促价商函、商务传单、国际保险信函、邮转电报、商行广告、诉讼文书等服务项目。包裹，主要包括普通、保险、国际包裹三种主要营业项目，1920 年后相继增开国际、国内保险箱匣，小包邮件特别包裹以及保值包件等业务项目，收到良好的社会和经济效益。唐山的邮政汇兑业务始于光绪二十五年（1899 年）4 月，时只开办普通汇票一项，1918 年后随着境内外商业贸易的加强，先后增办国际、航空、简易邮政汇票、包裹、押汇、邮政信汇等项目。1919 年 10 月，唐山邮政局被授予二等邮政储金局，开始办理邮政储金业务，以吸取社会游资。时个人存款每月限额 100 元，最高控制在 2 000 元以下，学校和民众团体月限额 150 元，最高额为 3 000 元，规定额内存款年息四分二毫，超额部分不予付息①。随着邮政业务的拓展，邮政通信网络得到一定扩展，邮政线路，唐山开办邮政之初，对外只有经丰润至遵化一条邮路，全长 75. 5 公里，设步班投递每三天往返一次。光绪二十八年（1902 年），增加滦州至乐亭全长 70 公里邮路，唐山、滦州至天津、山海关，邮差可搭乘火车带运邮件。光绪三十二年（1906 年），唐山至遵化邮路改为日夜兼程班，17 小时跑完全程，这一年除火车邮路外，已拥有唐山—遵化、稻地，滦州—乐亭、迁安，遵化—建昌、芦台等六条干线邮路，全长 640 里，仍设步班投递。后随着邮政局的增设，邮件运输网络不断扩展，至宣统二年（1910

---

① 唐山市路南区地方志编纂委员会编：《唐山市路南区志》，第 395 页。

年)已有邮路22条,总长度近2 200华里[①]。

这一时期唐山电讯业务也有了进一步发展。电讯包括电报和电话。唐山在开平矿务局建立后,为了业务联系的便利即添设了电报线路。随着商业的发展,信息的传递日显重要。开平矿务有限公司一成立即着手重建并恢复被义和团运动破坏的通讯线路,随着业务发展,电报线路延长到了山海关。光绪三十四年(1908年),清政府架设天津至山海关的海防电报电路,途经唐山,在财神庙街设电报房,此即唐山官办电信事业的发端。嗣后,陆续开通往各县的电报电路,并逐步沿铁路向西侧展设,形成以唐山、滦州两处为中心的电报通信网络。1916年,电报房扩大改称唐山市电报局,时有通达天津、北平、丰润、秦皇岛等地线路六条,设备为莫尔斯人工电报机[②]。早期的电报设备莫尔斯人工电报机,主要器件包括电源装置、发报电键、收报记录器或音响器,结构简单,经济耐用[③]。

随着煤炭资源的开发,唐山逐渐发展成为北方一个能源城市,电力工业也得到了迅速发展。除各工矿企业逐渐以电力代替蒸汽作为动力进行生产外,在光绪三十三年(1907年)唐山矿务局即安设电灯,"凡矿厂内外及附近街市局所住宅一律皆系电灯"[④],唐山民用电力事业也有了发展。1917年启新洋灰公司因工厂电力有余,遂附设电力厂,称唐山华记电力厂,资本15万元,呈奉交通、农商部核准专供唐山市马家沟、林西、赵各庄电灯之用[⑤]。1918年1月,华记唐山

---

① 唐山市路南区地方志编纂委员会编:《唐山市路南区志》,第396页;靳宝峰、孟祥林主编:《唐山市志》第二卷,第1529页。

② 唐山市路南区地方志编纂委员会编:《唐山市路南区志》,第397页。

③ 唐山市路南区地方志编纂委员会编:《唐山市路南区志》,第398页。

④ 《大公报》,光绪三十三年四月二十八日(1907年6月8日),第一千七百六十二号,第317页。

⑤ 启新洋灰公司编:《启新洋灰公司三十周年纪念册》;宋美云:《北洋军阀统治时期天津近代工业的发展》,见中国人民政治协商会议天津市委员会文史资料研究委员会编:《天津文史资料选辑》第四十一辑,天津人民出版社1987年8月版,第144页。

电力厂以三相交流2.2千伏25赫兹配电线路经财神庙街向广东街、粮市街一带供电,用单相110千伏和三相220伏电源供给电灯和动力用户,供电范围包括财神庙街、广东街、粮市街、富贵街、老柴草市街、东局子街、老戏园子街、老火车站街等商业区,时全市供电线路长7.67公里,随后又在小窑马路、东编街安装路灯,到1920年供电线路增至13.47公里①。

水是生命之源,水源是否充足直接关系到一个城市能否正常运转。唐山是随着工业发展自然成长起来的城市,虽然在光绪二十四年(1898年)已设镇,但由于行政权仍属丰、滦两县管辖,在正式建市之前,唐山没有自来水公司管全市供水,各厂矿和居民基本是自己解决工业用水和生活饮用水问题。开平矿务局建矿初期,即在陡河西岸建一座简易水厂,日产水约3 800立方米,此水由市场大街,经乔屯东西街通往矿区管道,继续向西延伸至西山口,供给西山别墅30所英人洋房及开滦矿区、东西司事房生产、生活用水,别墅洋房用水都有卫生设备,矿区工房设有若干公用压水泵。在市区南部的铁路系统用水,由在大红桥西头路南所建的"铁路给水所"(与开滦水厂隔路相望)供给,有两眼潜水大口井,将水抽至贮水池,加压沿铁路线西上通至南厂水塔,为厂内生产和车站机车上水。启新水泥厂因原隶属关系,用水一直由开滦"西泵房"和西北井水厂供给,而启新发电厂则取用河水,厂内有冷却设备。市区北部制陶工业一直沿用井水,提水工具多用辘轳,少数工厂用马拉水车。广大居民生活用水则没有公用水设备,除少量工房备有自来水管道外,陡河两岸居民多取用河水,大城山一带则多饮泉水或山坑水,龙王庙一带则饮用大泉水,乔屯以西则用土井水。到20世纪20年代,唐山只有12公里长

---

① 靳宝峰、孟祥林主编:《唐山市志》第二卷,第1019页;《唐山市志》第一卷,第34页。

的自来水管道和62个水栓[①]。

唐山城市排水系统经过不断挑挖,在近代主要形成两大排水系统,即铁路排水沟和开滦排水沟。铁路排水沟发源于铁路工厂及新车站两处,其一经东马路,其二顺车站铁路与该一干合流,注入水沟一面街,在福裕里街口与矿务局水沟合流,经东新街南流,顺达谢庄南北街,转向刘屯南去水沟流入礼尚庄大坑。开滦排水沟发源于矿务局大井,途经司事房,至双桥街北头,分二支干。其一南流至福裕里,与铁路水沟合流,经东新街南流,顺达谢庄南北街,转向刘家屯南去水沟,流入礼尚庄迤南洼地;其二经新立街、东新街,至沟东大街福宁当(系一商号名)前,再分二支流。其一支东流,经屠宰场后面,东流注入陡河;其二支流,由福宁当前顺沟东大街北流,经过铁路北地洞流至国民学校门前、乔屯东街迤东,又分二支,其一顺铁路北流,导入陡河,其二经乔屯东街西头,天主教街迤北,顺乔屯北大街东北流,沿启新洋灰公司大墙东流,经纺纱厂门前,注入陡河[②]。这两大排水沟除广东大街、粮市街、新立街、便宜街及高级员司住宅区,建有砖砌排水管道外,其他均为土明渠,市内污水随流而下,时常向外泛滥,对城市环境造成很大污染。

这一时期,唐山也出现了近代化的供热设施。光绪二十六年(1900年),开平矿务局被英国人骗占后,在西山路地势较高、风景优美的地方建起大约30幢供外国人居住的小洋房,每一座小洋房有一台小锅炉供热,供热面积大约几千平方米,这是唐山最早使用锅炉供热用于取暖。随着唐山城市规模的逐步扩大,相继建立的一些工矿企业如唐山修车厂、华新纺织厂、德盛瓷厂、唐山发电厂等大型厂矿也使用一部分锅炉蒸汽为办公设施采暖。此外,有的大医院、高等院

---

① 靳宝峰、孟祥林主编:《唐山市志》第一卷,第597页;徐纯性编:《河北城市发展史》,第102页;唐山市路北区地方志编纂委员会编:《唐山市路北区志》,第290页。

② 王知之:《唐山事》第一辑,第38页。

校也使用锅炉供热取暖,但绝大多数工矿企业、办公和公共设施、居民住宅,都是用小火炉和火炕取暖①。

随着工商业的持续发展,住户增加,商铺增多,人口密度越来越大,为保护商民利益,城市消防工作开始起步。唐山最早的消防组织是1917年唐山商会成立的"水会",负责市区商业消防事宜,遇有火警即按议定的抽人办法奔赴现场灭火②。

总之,唐山到20世纪20年代就工商业的发展水平、人口的聚集程度、城市基础设施、公用事业建设等诸方面来看,不仅"非内地县城所能比"③,更不是一般城镇所能比拟的。虽然没有正式设市,但它已发展成为初具规模的以煤炭工业为主的综合性工商业城市,其所拥有的近代化的工矿企业,发展水平在旧中国经济落后的状况下,在华北地区都是首屈一指的,其发展水平基本代表了华北近代工业最高水平。

---

① 王克勤主编:《唐山城市建设志》,第210页。

② 唐山市路南区地方志编纂委员会:《唐山市路南区志》,第526页。

③ 罗澍伟主编:《近代天津城市史》,中国社会科学出版社1993年7月版,第443页。

第四章　唐山工业体系的建立与城市近代化的发展

1922年，随着华新纺织有限公司唐山工厂的建成投产，唐山工业化改变了以往单一的重工业投资结构，逐步建立起以煤炭、电力等能源工业为骨干，以水泥、纺织、陶瓷、机械制造等为主体的近代工业体系，形成以大机器生产为主、手工工场为辅的工业生产系统，工业化的广度和深度皆有所拓展，而唐山城市近代化进程也逐步深入发展。到20世纪30年代末，鉴于唐山在经济、政治上的特殊地位，终于脱离丰、滦两县的管辖而建立起独立的行政机构。发挥集团经济规模优势，建立以主体工业为先导的配套工业体系，是唐山工业化较为成功之原因所在。

第一节　唐山工业体系的建立

一、棉纺织业

棉纺织业是中国重要的产业部门，与国计民生密切相关，但同时也是受外国商品侵略影响最早、最深的部门，在外国机制纱大肆倾销的摧残下，中国自给自足的自然经济开始分解。棉花、棉纱、棉布三者本互相关联，若要增加棉布产量先得以丰富的棉纱为前提，而要使纱厂有足够的原料供应不可不扩充棉花的种植，三者相互依存，缺一不可,否则织布虽多而所用之纱只能依靠舶来之品。在与洋商分利的旗号下中国也相继出现了一些近代化的纺纱厂,但大多集中在东南沿海一带,华北作为中国重要的产棉区,因“纱厂未兴,销场甚细,以故直、鲁、豫等省所产之棉,仅近交通便利之区,尚藉输出外洋,稍资交易。彼邦人士购我生棉,制纺成纱仍复销行我国,而我直、鲁、豫等省植棉之农民及织布之机户,复终受困于外人之操纵控制,而莫可如何”。在此情况下,“欲筹挽救之方,舍兴办纱厂、布厂,别无良图”①。北洋新政时期,在直隶工艺总局的大力推动下,“直隶之织布业早已著名于全国,所谓爱国布者风行海内,贫富各户皆乐用之,天津一隅,布厂林立,每年出货足以衣服本省之人,而在内地如高阳一县织爱国布尤为出名,一县出产之价值每年不下千万余元”②。织布业的发展导致棉纱需求量逐年增加,但这些织布工厂所用棉纱大多依赖进口,广阔的市场前景为创办近代化的纺纱厂准备了必要的前提。但在第一次世界大战前,华北除了天津有一家模范纱厂外,竟无一家大型近代化纺纱厂创立。模范纱厂创办于 1912 年,资本 16 万元,只 1 920 纱锭,规模较小,设备简陋,只有 80 匹马力蒸汽机一台③。周学熙实业集团华新纺纱厂的建立才最终打破了这一局面,一些近代化的纺纱厂在天津、在北方才逐渐兴办起来,一时出现了纺织业勃兴的局面。唐山华新纺纱厂即是周学熙实业集团华新纺织有限公司系统的一个分厂。

河北为北方重要的产棉区,在黄河流域当推首位。“所产出之棉花分北河西河御河三种,论其品质北河产最良,御河次之,西河又次之;论其产额则西河最多,御河次之北河又次之,在民国五年

---

① 中国第二历史档案馆编:《中华民国史档案资料汇编》第三辑《工矿业》,第 196 页。

② 《申报》,1919 年 4 月 11 日,第 675 页。

③ 天津市档案馆、天津社科院历史研究所、天津市工商业联合会编:《天津商会档案汇编》(1912—1928 年)第三册,天津人民出版社 1992 年 10 月版,第 2685 页。

(1916年)直隶棉花之产数共计六十三万担,比之江苏殊不逮也。然若以此产数尽其所有则可以供给二十万锭之纱机制成十八万包之棉纱,但用之于本省及邻省者,其数仅有三分之二,其余三分之一则悉为输出国外之品"①。丰富的棉花产量为纺纱业的发展提供了必要的前提。

第一次世界大战爆发后,由于欧美等资本主义国家忙于战争,暂时放松了对中国的经济侵略,进口棉纱、棉布锐减,以致国内纱、布价格飞涨,纱厂利润倍增。周学熙见经营纱厂有利可图,便建议袁世凯投资纺织业,而袁世凯在担任中华民国大总统后,也曾对振兴实业予以重视,表示"民国成立,宜以实业为先务"②。在经济上采取了一系列有利于工商业发展的措施,企图通过增加经济实力而捞取政治资本,但这些政策措施的实施客观上为民族资本的发展提供了一线生机,一时出现了民族资本投资的热潮,民族资本工矿企业如雨后春笋般涌现。而对于华新公司袁世凯更是"拨公款,派督办,惟恐此局之不成"③,对周学熙给予了充分的支持。

光绪二十九年(1903年)周学熙从日本考察回国后,在筹办直隶工艺总局的过程中即提出"国非富不强,富非工不张"的主张,强调通过鼓励民间兴办实业以达国家富强的目的,而在兴办实业的过程中,周学熙一贯主张官商合作,官助商办。在出任财政总长时,他更"力图运用国家财力加强基础产业建设的力度"④。周学熙于1915年再掌财政,"其所规划,不限于财政税收,而以全国经济建设为

① 《申报》,1919年4月11日,第675页。

② 白蕉:《袁世凯与中华民国》,见荣孟源、章伯锋主编:《近代稗海》第三辑,第38页。

③ 王锡彤著,郑永福、吕美颐点注:《抑斋自述》,河南大学出版社2001年6月版,第255页。

④ 虞和平等编:《周学熙集》,前言,华中师范大学出版社1999年10月版,第4页。

先”[①]。当时财政极其紊乱，他依据第一次任财政总长时所订财政方针，“费十阅月心力整理之，收支适合，且中央威信已著，各省解款，皆能如数而止，关盐两税也集权中央，故库有余存，且约计每年可余2 000万”，所以决定“专办民间兴利之事，为国家生财源”[②]。他兴办的其中一项事业即是纺织业。而且周学熙办企业一向主张多积累，少分红，“当开滦营业鼎盛时，因提出议案，经股东会通过，嗣后股息以每股二元四角为最大限度，过此则提存为创办新事业专款，以之生息，建设实业”[③]，再加上周氏所办启新洋灰公司获利也较优厚，遂改变单一的重工业投资结构，利用积累的大量资本向轻纺部门发展。当时为了“外以杜旁溢之金钱，内以裕群生之衣被，增兴地利，培养富源”，周学熙于1915年开始筹建华新纺纱厂于天津。鉴于“北方天气干燥，棉质短硬，人工粗拙，积此数因，其困难更加南方数倍”，所以“设非国家特别维持，优予利益，难期效果”[④]，积极贯彻其“官助商办”的指导思想。周学熙筹议创设纺织厂的时期，正是其第二次任财政总长的时期。1915年开始筹办的华新纺织公司，最初设想远大，“拟先从直、鲁、豫三省举办，渐及山、陕，股本1 000万元，官股四成，商股六成，股本年息八厘”，并且与周氏集团其他企业一样享有一系列的优惠条件，除拨垫官款外，“请由政府保息五年”，同时对于“所购机器、料物及棉花等原料，凡水陆运输，请予免除一切税捐，制成纱布，照南方成案，出厂完正税一道，通行各处，概不重征”。并申请准许“在直、鲁、豫三省专办30年。在此限内，尽该公司尽力推广，如有他商愿办纱厂，可附入该公司合办，倘愿独立自办，照从前南通大生纱厂成案，每出纱一件，给该公司贴费若干”。华新公司企图

① 周叔媜：《别传》，第175页，

② 周学熙：《年谱》，第704页。

③ 周叔媜：《别传》，第172页。

④ 中国第二历史档案馆编：《中华民国史档案资料汇编》第三辑，《工矿业》，第196—197页。

在获得一系列优惠条件的情况下，进一步垄断华北棉纺织业。对于华新公司的要求，袁世凯给予多方照顾，“除专办年限应由农商部核办外，其补助官股一节，本部查有芦商应还大清银行旧欠一项可以指拨”。再加上“现在创办伊始，拟先拨官股四分之一，以示提倡，其余俟商股收足若干时，按照应摊官股成数陆续拨发。又五年保息办法，应俟每年该公司结账后，视所得赢利，倘不及长年八厘之数，准由本部照数补足，以资扶掖。所称免税一节，查外洋机器物料，自欧战发生以来，价值、保险、运费、镑价种种加增；又采办棉花原料，北方多系陆运，脚费比南方水路较重，均系特别情形，所有机器物料进口及棉花原料转运，应准特免一切税厘，用示维持。其出场纱布，只完正税一道，此外税厘概免重征”①。总之，除专办30年由于北洋派系矛盾以及社会舆论的压力未予批准外，其他要求皆得到了满意的答复，以“洋纱、洋布，每年进口甚巨，漏卮极大。北方纺织风气未开，诚宜特别提倡，以重民生要政”为由，“准援照办理”②。正在华新筹建过程中，北洋政局发生变故，袁世凯因搞帝制复辟抑郁而死，周学熙也离开了财政部，华新失去了有力的支持者。这时的华新公司不但“官股无着，商股也难以照缴”③，又恰逢第一次世界大战期间，机器迟迟未到，建筑又愆期，遂有浙江人陶兰泉运动财政部阴谋攫取此厂为官办④。财政部以“该厂旷日持久毫无成效，且有私借外款情事，特令财政部会同审计院派员查办”，于是“周实之之督办以部令易之，另

① 中国第二历史档案馆编:《中华民国史档案资料汇编》第三辑《工矿业》，第198页。

② 中国第二历史档案馆编:《中华民国史档案资料汇编》第三辑《工矿业》，第198页。

③ 第二历史档案馆馆藏档案，全宗号1027，卷宗号173，转引自盛斌:《周学熙资本集团的垄断倾向》，《历史研究》1986年第4期。

④ 周志俊:《青岛华新纱厂概况和华北棉纺业一瞥》，见中国人民政治协商会议全国委员会文史资料研究委员会编:《工商经济史料丛刊》第一辑，文史出版社1983年6月版，第21页。

派员来接"[1]，华新公司遂陷入危机当中。在这种情况下，周氏集团的当权人物"以创办以来，辛苦备尝，率尔放弃，有违提倡初心"[2]，遂"连日在津开议，拟以商股已集，请裁督办，举周缉之主政，同人各勉力凑办股款，支撑局面"，一面积极走上层路线，由言敦源、王筱汀进京面谒段祺瑞，周学熙在津会晤徐世昌，请求帮助。后由徐世昌出面，"力劝当局，以同是北洋中人，不可自相倾轧"，而段祺瑞"亦知缉之能力足任此局"，乃予以首肯，"立饬部中照办"[3]，最终使公司渡过难关，于1919年1月正式开工生产。并且基本上保持筹办时期的许多特权，如官股、官款挹注、保息、免税等。另外，北洋政府又强令盐商"已入股款不能自由退股，未缴股款设法照缴"[4]。华新纱厂一经开工，适际本年一、二两月，纱布畅旺，营业彩结，共达514 647.75元，除各项开销409 819.48元外，计获盈余104 828.27元[5]。又据华新纺织公司开业情形及第一届、第六届营业总结分派余利节略所述，该公司从1919年3月至1920年2月共计获利137万余元[6]。从1919年至1922年底的四年间共获利413万余元，超过资本一倍以上[7]。丰厚的利润也刺激了投资者的热情，华新公司积极实施开设分厂的计划，陆续在青岛、唐山、卫辉建立了三个分厂，皆采取股份有限公司的组织形式，分别招股，各计盈亏。

---

① 陈真:《中国近代工业史资料》第三辑，第668页。

② 《华新公司津厂开业两个月来营业情形及第一届总结分派余利节略》(1919年5月)，见中国第二历史档案馆编:《中华民国史档案资料汇编》第三辑《工矿业》，第211页。

③ 王锡彤著，郑永福、吕美颐点注:《抑斋自述》，第255页。

④ 《中国实业银行总行档案》，卷一号。

⑤ 《华新公司津厂开业两个月来营业情形及第一届总结分派余利节略》(1919年5月)，见中国第二历史档案馆编:《中华民国史档案资料汇编》第三辑《工矿业》，第211页。

⑥ 《北洋政府财政部档案》，转引自沈家五:《从农商部注册看北洋时期民族资本的发展》，《历史档案》1984年第4期。

⑦ 中国人民政治协商会议天津市委员会文史资料研究委员会编:《天津文史资料选辑》第一辑，第20页。

唐山分厂于1919年开始于天津设筹备处,积极进行招商集股的准备工作。"唐山距津较近,且不啻由启新产出"①,集股自然比较容易,其"股本内以启新洋灰公司为唯一大股东,共占25%,其余多系零星散户"②。初招股本80万元,1921年加招140万元,增至220万元,初订购纱机12 000锭③。唐山、卫辉两厂均订购英国赫直林敦厂机器,当时因英机受德国潜水艇影响,久运不到,又以12 000锭规模太小,遂决议将卫厂英机合并到唐山工厂并加订纱机,而将原拟在临清兴办模范厂的美国文素厂机器10 000锭,并再加订10 000锭归卫厂④,这样,唐山分厂总纱锭增为24 300锭。经过详细调查研究,从九处地址中,选定了交通比较方便,距启新洋灰公司较近、容易得到电源、地亩价格便宜和靠近农村有招工来源等有利条件的启新洋灰公司东门外陡河东岸作为厂址。在筹建过程中,吸取了天津、青岛两厂建厂时的经验教训,在设备安装、新工培训等方面得到了津、青、卫三厂的大力支援,在选址购地、建厂、电力诸方面也得到了开滦、启新的有力支援。到1922年,厂房建筑、机器安装工程大体完成,于7月1日正式试机投产,生产8支以上32支以下棉纱,其中以16支、32支纱为主,其余4支、10支、20支、24支各纱则时纺时停,商标以三松三鱼为正牌,次则有圆寿、吉庆、常胜、万全等牌⑤。

唐山华新纱厂一经投产即赶上由1922年直奉战争所导致的危机,当时受影响最深的是东南沿海开放口岸一带的纱厂,上海华商纱

① 王锡彤著,郑永福、吕美颐点注:《抑斋自述》,第268页。

② 《唐山华新纺织股份有限公司企业性质及资本性质补充说明》,唐山市档案馆案卷号0152-3-3。

③ 王锡彤著,郑永福、吕美颐点注:《抑斋自述》,第268、305页。

④ 中国人民政治协商会议全国文史委员会文史资料研究委员会编:《工商史料》第二册,文史出版社1981年11月版,第33页。

⑤ 中国人民政治协商会议河北省唐山市委员会教科文工作委员会编:《唐山文史资料》第四辑,1987年12月,第46页;河北省实业厅秘书处编:《河北实业公报》第十五期,第18页。

厂一度曾有停工的建议。与此相比较,内地纱厂的日子则相对好过一些,再加上华新公司与上海纱厂相比具有一些优点:华新纺织公司是周学熙实业集团的一个骨干企业,周氏集团所具有的高度统一的权力核心,使其各个企业之间可以相互协调,酌盈济虚,在1922年华商纱厂危机中就充分发挥企业的集团优势,利用自己的金融机构支持企业的发展。1922年,世界尤其美国棉花减产,这直接影响到中国的棉花价格,因为外国棉花纤维长,用机器纺纱,当然纤维长的棉花最适宜,而中国棉花种类虽多,但纤维短,所以华商纱厂所用原棉,大约有30%依靠进口。再加上投机商大批抢购原棉,日本商人涌入上海市场,也大批争购原棉;与此同时,河北和山东省的棉花生产因为1920年的旱灾而下降。1921年江苏和湖北省的棉花遭受水灾。棉花种植不但受到不正常气候的直接影响,而且天灾出现数月之后,农民因为必须重新储备粮食,不得不从经济作物的种植转入粮食生产,这又构成了棉产下降的一个间接原因。由于原棉普遍缺乏,加以战争导致交通堵塞,华商纱厂出现了普遍的危机。而华新津厂"上半年知花价将涨,则多购价廉之印度花6 000余担,下半年见山西花价尚平,则又预批大宗粗细绒花30 000余担,避开37—38两之贵价"。这两次购花,就费银140余万两。由于栈存棉花价格低于市场价格,仅此两次的原料预购就赢得了30余万元,以如此巨额资金进行原料的预购囤积,在一般纱厂是难以想象,更是无法办到的。而"华新独能利用时机,购棉存纱,减轻成本,获得高额利润,立于不败之地,很重要的一个原因是有金融系统作后盾"[①]。鉴于"原棉之敛输,为纱厂之命脉"[②],为适应棉纺织工业发展的需要,华新纺织公司还兴办了一些附属企业,如兴华棉业公司即以"改良品种,推广植棉

---

① 盛斌:《周学熙资本集团的垄断倾向》,《历史研究》1986年第4期。

② 周叔媜:《别传》,第153页。

为主要事业"[1]，并分设厂栈于河北、河南、山东、山西、陕西等省。周学熙在任全国棉业督办期间，曾从美国选购优良棉种，在各地成立植棉试验场，通过发展植棉事业来解决纺纱厂原料供给问题。1922年，该公司基于"近年来外人在中国添厂设机，风起云涌，几有一日千里之势"，为"共同应付"，由"津、青、唐、卫四厂集议……公同组织管理处"，统一负责各厂及附属企业的原料购买、产品销售、金融调配、资金周转、业务联系等[2]。由于各种措施的实施，使华新公司在危机中不仅维持生产而且获利不菲，所以华新纱厂对上海华商纱厂联合会提出的有关减工计划很不满意。由于华新纱厂的反对，天津棉业公会只好撤回对减工计划的赞同意见。1923—1924 年，华新纱厂的 25 000 枚纱锭全部开工[3]。

华新公司唐山分厂，靠近产棉区，原料取给便利，如永平府滦州、倴城、十八泡等村，"产长绒棉花，色较白，丝较长，体较柔软"，遵化、玉田县也是华北主要的产棉区[4]，市场前景也十分广阔。冀东一带织布工业较其他工业为盛，不独平津唐各市纺织厂林立，男女工人藉资谋生，即使北宁铁路沿线各县镇村庄，"农户莫不视为重要之家庭工业，产量既丰，销路亦广"[5]。加之北宁铁路纵贯市区，运输十分方便，而且产品转运费也比较低廉，又有启新和滦矿作为奥援，劳动力、燃料等都比上海便宜，投产后很快获利并不断扩展。1927 年又增添大牵伸细纱机 1 台 400 锭，至此唐山工厂共有纱锭 24 700 锭。为了

① 周叔媜：《别传》，第 153 页。

② 盛斌：《周学熙资本集团的垄断倾向》，《历史研究》1986 年第 4 期。

③ 白吉尔：《民族资本主义与帝国主义——1923 年华商纱厂危机》，《国外中国近代史研究》第五辑，中国社会科学出版社 1983 年 8 月版。

④ 天津市档案馆、天津社科院历史研究所、天津市工商业联合会编：《天津商会档案汇编》(1903—1911 年)，上册，第 955 页。

⑤ 北宁铁路经济调查队编：《北宁铁路沿线经济调查报告》第一册，北宁铁路管理局 1937 年 12 月，第 11—12 页。

扩大生产规模，经公司董事会研究决定，于1927年开始筹建布厂，添设拼花池及飞花楼，购置了松花机、精梳机、细纱机各1部，添设粗纱机4部[①]，1928年，一座钢骨水泥锯齿型织布场房落成，安装英国利费舍电力织机250台，于1929年初投产，注册商标为三燕，产品行销天津、东北各地。同时改建锅炉房，于厂房之北添购英制锅炉一架，1931年，又添设漂染厂，购置漂染机器，机器除烧毛机、压光机系由英国法姆诺顿厂制外，余均是上海源兴昌所造。在筹建染厂的同时，在纺纱上还增添了大牵伸细纱机2 100锭，合股机2 000锭。1932年又增建织布厂房84间，安装电力织机250台，日野上打式织布机两台，德式下打式织布机两台，还有自织布机一台，这样共有织布机505台，年产棉布30多万码，纺纱机26 800锭，合股机2 000锭，年产棉纱22 600包，职工增加到2 300多人[②]。华新公司唐山分厂由此发展为纺、织、染三位一体的全能企业。华新唐山分厂不仅注重先进设备的引进，同时也力求改进，在此期间于纺场增添喷雾设备，对车间照明予以了改进，这些对纱厂产量、质量的不断提高都起了促进作用，也为争取市场提供了保证。在1931年春，津、青、唐、卫四厂公议撤销总事务所，各厂各自为一独立公司，分向实业部更正注册立案，唐厂遂于1932年3月改称唐山华新纺织股份有限公司。

唐山华新纱厂正式投产之时，第一次世界大战已经结束，纱厂的繁荣时期业已过去，但由于唐山工厂所处地区竞争并不厉害，产品销路“在唐山及其附近有鸦鸿桥、窝洛沽，在天津及其附近有高阳宝坻等市场，远至东北西北，均有间接销路，并在天津设立分销处，零售染

---

① 华新纺织厂厂史整理小组：《华新纺织厂厂史》（初稿），1975年7月，唐山市档案馆案卷号0152－2－465，第11页。

② 于文成：《唐山市概览》，第57页；中国人民政治协商会议河北省唐山市委员会教科文工作委员会编：《唐山文史资料》第四辑，第47页；河北省实业厅秘书处编：《河北实业公报》第十五期，第19页。

色布匹"[①]，经营状况还算不错。三松牌棉纱在京、津、东北和冀东各县以物美价廉受到用户欢迎，销路畅旺；三燕布投产后也以质高价廉博得美誉，与最通行的无锡庆丰纺织厂所织的"双鱼"、"吉庆"并驾齐驱。1932 年，三燕布以质高价低胜过天津"五蝠"，那时天津是北方纺织业最发达的城市，但唐山华新三松纱、三燕布同样畅销津门。在用户中流传着天津"五蝠"、唐山"三燕"之说。1931 年日本侵占东北各地，抵制日货运动如火如荼，此时正是华新产品畅销之时[②]。这也从侧面反映了华新纱厂成立后运营是比较顺利的。

由于资料所限，对于唐山华新公司的经营状况我们无法窥其全貌，唐山华新纱厂 1922—1927 年经营状况没有具体的统计资料，但在最初的几年里，生产还是比较稳定的，"年年有盈利"[③]。据有关记载，1928 年华新纱厂发息四厘，1929 年发息八厘，1930 年、1931 年各发息四厘[④]，其中 1931 年因抵制日货运动，销售旺盛，纯益 720 086 元余[⑤]。可见效益不错。1932 年据当时的《工商日报》记载，华新纱厂"获得六七万元盈余（指扣除所有开支之后的纯收益），其营业之发达，自开厂以来，无与其匹"[⑥]，当年发息一分四厘，并填满历年亏空。1933 年发息六厘。1934 年由于唐山陷落，停工达两个半月之久，纱价滞落，保兵险费重，致无利可获，1935 年勉可发息二厘[⑦]。总之，自"九一八事变"以后，由于东北销路先告断绝，鸦鸿桥、窝洛沽

---

① 《唐山华新纺织有限公司概况》，唐山市档案馆案卷号 0152－2－293。

② 中国人民政治协商会议河北省唐山市委员会教科文工作委员会编：《唐山文史资料》第四辑，第 47 页。

③ 中国人民政治协商会议天津市委员会文史资料研究委员会编：《天津文史资料选辑》第三十八辑，第 14 页。

④ 王锡彤著，郑永福、吕美颐点注：《抑斋自述》，第 397、407、415 页。

⑤ 陈真：《中国近代工业史资料》第三辑，第 1384 页。

⑥ 华新纺织厂厂史整理小组，华新纺织厂厂史（初稿），1975 年 7 月，唐山市档案馆案卷号 0152－2－465，第 18 页。

⑦ 王锡彤著，郑永福、吕美颐点注：《抑斋自述》，第 426、436、446、454 页。

两市场亦相继彻底毁灭，市场逐渐萎缩，再加上兵连祸结，社会动荡不安，外货竞争日烈，加之运输不畅，"存货山积，无法推销"[①]，经营日趋衰退，纱厂基本处于亏损状态，织、染两厂获利还算可观。1934年工厂盈余101 479.92元，内计纱厂净亏40 554.17元，布厂净余54 977.87元，染厂净余87 056.22元。1935年盈余29 450.91元，内计纱厂净亏53 858.2元，布厂净余17 155.23元，染厂净余66 153.88元[②]。在当时中国民族工业发展普遍萧条的情况下，唐山华新纺织厂仍能略有盈余，"尚堪维持"[③]，这也算是一件值得称道之事。鉴于纱厂亏损日益严重，而织、染尚能维持盈利状况，公司遂决定扩展织、染厂，以织染盈利来弥补纱厂的亏损。由于这时资金严重匮乏，到1936年公司负债已达200余万元，遂决定再"借款40万元添织布、漂染机以资补救，股东一致通过"[④]。最后经天津裕大纱厂经理日本人植松真经介绍与日本东洋纺绩株式会社加入股份，"强行收买50%的股权"[⑤]，遂改为中外合办，唐山纺织工厂也不可避免地如同中国大多数民族工业一样落入日本人控制之下。

唐山棉纺织业不仅有机械化程度较高的华新纺织有限公司，同时也出现了主要以手工进行生产的毛织业、线袜业、印染业、织毛巾业等行业，这些行业在20世纪20年代至30年代大约有十家，即1915年成立的瑞立兴织袜厂、1920年成立的大顺染厂、1924年建立于新立街的大兴成工厂、1929年5月成立的鸿兴毛巾厂、1932年建立于宋谢庄的荣生针织厂及1932年建立于陆家街的同德成工厂与希德长、永合成、德本成、同合成四家织袜厂。其中大顺染厂于1934

① 北宁铁路经济调查队编：《北宁铁路沿线经济调查报告》第四册，第1251页。

② 唐山华新纺织厂厂史资料之十五，唐山市档案馆案卷号0152－02－298。

③ 北宁铁路经济调查队编：《北宁铁路沿线经济调查报告》第一册，第14页。

④ 王锡彤著，郑永福、吕美颐点注：《抑斋自述》，第464、446页。

⑤ 孔令仁主编：《中国近代企业的开拓者》（下），山东人民出版社1991年6月版，第91页。

年投资 8 000 银元，购置卷染机、蒸汽锅炉、电动机、拉宽机和丝光机，变手工操作为机器生产，1938 年该厂日产色布 7 200 码，所产三侠青畅销锦州至塘沽一带，士林兰供不应求，售价超过天津产品，年获利三万余元。而其他九家工厂规模都比较小，资本也较少，大兴成、荣生、同德成资本分别为 4 500、500 和 3 000 元，生产设备为脚踏缝纫机和手摇织袜机；鸿兴毛巾厂资本 2 000 元，有织巾木机 12 架，织时全赖人工操作，每日可出毛巾 480 块；其他几家织袜厂资本由 500 元至 2 000 元不等，工人由 10 人至 18 人不等，且皆系男性童工，每厂有十架左右手摇织袜机，平均每家每日大约可出男女线袜 200 双。这些工厂的产品主要在市内及附近乡村消费①。

二、建材工业

唐山富有黏土、石灰石等资源，发展建材工业十分便利，建材工业也是唐山的主要工业门类之一。唐山建材工业包括陶瓷、砖瓦、采石、白灰等行业。

（一）陶瓷工业

唐山蕴藏着丰富的制陶原料——黏土，发展陶瓷工业极为有利。唐山陶瓷工业有着悠久的历史，早在明代就形成了手工工场性质的陶成局，这种手工工场性质的作坊一直延续到近代，据杨嘉善报道："唐山之麓，尚有凿石老坑，采煤旧硐，约数十处；由此而开平东北之缸窑、马子沟、陈家岭、风山、白云山、古冶等处，目睹民间开煤者约二十余处；凿石烧灰，设窑烧炭，凿干子土烧陶器砖瓦者，又不下二三十处；每处多则一二百人，至少亦有数十人作工"②。唐胥铁路开通以

① 《冀东道统计概要》，第 27—31 页；靳宝峰、孟祥林主编：《唐山市志》第二卷，第 1181 页；唐山市路南区地方志编纂委员会编：《唐山市路南区志》，第 272 页；河北省实业厅秘书处编：《河北实业公报》第十五期，第 20—22 页。

② 孙毓棠：《中国近代工业史资料》第一辑，下册，第 613 页。

后，随着开平煤矿的不断拓展，适应煤矿建设的需要，借助于丰富的原料和燃料的便利，唐山的陶瓷工业得到长足发展。到20世纪30年代，这一地区有“窑店40余家，计窑有100余座”。但几百年来一直用手工操作，“其间旧式窑居多”①，其资本最低万元，最高三万元②，设备简陋、“质粗而价廉”③。就拿当时规模最大、后来发展为机器生产的陶成局来说，初时也“仅能造大缸盆等货”④。这些土法制瓷厂多集中于唐山附近的开平镇，洼里、古冶等地也有少量陶瓷厂，产品多为缸、碗、火砖及土货，借助于便利的铁路交通，产品可以销往东北至长春哈尔滨，西至北平，北至热河的许多地方，主要供农家日用之需，但出品的低劣限制了其运销范围。自“九一八事变”后，关外销路断绝，同时因受同业竞争及不知改良品质的关系，关内销路亦远不如前⑤。唐山近代陶瓷工业的真正发展始于启新瓷厂的开设。

启新瓷厂原属启新洋灰公司的附属企业，1914年，启新洋灰公司利用原料之便在老厂试产陶瓷，生产半陶半瓷性质的洋灰瓷，1921年，公司经理李希明以老厂旧具空闲可惜，因地制宜，聘请中外技师，正式改创瓷厂，主要制造各种瓷器、电瓷及小缸砖等物。经营三载，以本地所产原料欠佳，货物成品“未能美善”，销路不畅，遂有停办瓷厂之议。当时德国人昆德充任启新洋灰公司总工程师，见此项事业在华北尚有发展可能，遂提议继续进行，乃于1925年7月1日委托总技师昆德代办，并从德国购进碎石机、球磨机、泥浆泵、旋瓷机等机

---

① 实业部国际贸易局编辑：《工商半月刊》第四卷，第四、五期合刊，1932年3月1日，第4页。

② 北宁铁路经济调查队编：《北宁铁路沿线经济调查报告》第六册，第1916页。

③ 天津市档案馆、天津社科院历史研究所、天津市工商业联合会编：《天津商会档案汇编》(1903—1911年)上册，第979页。

④ 袁棻、张凤翔纂修：《滦县志》卷十四《实业》，第12页。

⑤ 北宁铁路经济调查队编：《北宁铁路沿线经济调查报告》第六册，第1916—1919页。

械设备，命名为启新瓷厂，资本26万元，所有职工共计460余人，均由昆德聘任[①]，“所筑之窑，设计新颖，与彭城镇窑诸多不同，非但节省燃料至50%，且同是一窑，烧窑之次数迅速”[②]，经过改造之后的启新瓷厂于1925年研制成功瓷器，并相继开发了日用白瓷、卫生陶瓷、耐酸瓷、电瓷和铺地砖等产品，专制杯盘器皿卫生器具恭桶脸盆小缸砖隔电瓷头等瓷器[③]。“产品多仿西洋式”[④]，行销于南北市场，营业一度发达。1927年，启新瓷厂开始生产彩色铺地砖和内墙瓷砖，并承办出口业务[⑤]，是国内第一家生产彩色瓷砖和承办出口业务的陶瓷企业，也是唐山使用机器、电力进行陶瓷生产的最早的厂家。到20世纪30年代有资本28万元，该厂各种货品，除当地销售之外，多销于天津、北平、上海、济南、青岛、香港、广东、烟台、厦门、南京、杭州等处，并在天津、北平、北戴河、上海、沈阳、保定、哈尔滨、汉口等埠皆设有批发所，1935年又增加出口便器、脸盆、水箱等卫生洁具，主要销往新加坡、马来西亚等地区[⑥]。总之，启新瓷厂每年售出总值，当地约4万余元，外销总值计卫生器皿年约9万余元，淡月合5 000余元，旺月8 000余元；铺地缸砖年约4万余元，淡月合2 000余元，旺月合3 000余元；电气瓷料年约8万余元，淡月合5 000余元，旺月合7 000余元；各种瓷料年约5万余元，淡月合4 000余元，旺月合7 000余元[⑦]，是华北最大的陶瓷生产企业。其后昆德自戕，瓷厂亦逐渐衰

① 靳宝峰、孟祥林主编:《唐山市志》，第一卷，第40页；河北省实业厅秘书处编:《河北实业公报》第十五期，第13页。

② 实业部国际贸易局编辑:《工商半月刊》第四卷，第四、五期合刊，1932年3月1日，第5页。

③ 启新洋灰公司编:《启新洋灰公司三十周年纪念册》。

④ 北宁铁路经济调查队编:《北宁铁路沿线经济调查报告》第四册，第1253页。

⑤ 靳宝峰、孟祥林主编:《唐山市志》第一卷，第43页。

⑥ 靳宝峰、孟祥林主编:《唐山市志》第二卷，第1097页。

⑦ 实业部工商访问局编辑:《工商半月刊》第四卷，第六号，1932年3月15日，第9页。北宁铁路经济调查队编:《北宁铁路沿线经济调查报告》第六册，第1901、1888页。

落，迄20世纪40年代仅能制电料器材及耐火砖等，至壶碗盆碟各种细瓷器皿已归无有矣①。

在启新瓷厂的带动下，唐山相继又出现两家较大的机器制瓷厂，即由陶成局发展而来的兄弟厂——德盛窑业厂和新明瓷厂。德盛窑业厂原设在唐山北东缸窑，初名陶成局。开平矿务局成立后，曾由陶成局烧制缸砖筑造矿井，出品精美。后又为大沽船厂和天津机器局制造生产缸砖，陶成局由此也获得了可观的利润，生产规模得以扩大。并多方探寻各种原料，潜心研究，逐渐推陈出新，相继生产耐火砖及单双釉缸管，又仿造各种细瓷，业务一日千里，并于古冶、林西等处分设缸砖窑，于天津设立批发部。1930年，因旧址不敷应用，便在唐山雹神庙旁，购置新址，建筑楼房，建造新式瓷窑、砖窑，并购置机器，改用电力，由陶成局秦幼林主持，所生产的大缸、陶管、建筑砖和卫生器皿，及耐火砖、耐酸硅各砖，出产较富，遂改名为德盛窑业厂。组织机构亦日益齐备，占地约100余亩，资本20万元，雇用职员58人，工人工徒157人，计件工60人，设备有球磨轧碎机、制砖机、搅泥机、滤泥机、制坯机等共30余架②，产品销路为“东北至哈尔滨，西北销张家口以北，沿津浦路则南抵德州，沿平汉路则直逮保定”③。1932年将天津德盛缸店改为德盛窑业厂总事务所，另于天津、迁安、遵化、河头等地设有五个销售处，在其他省市亦设有多处代销点。1936年在国内首先使用德国进口的光学高温计控制窑火温度，并为

① 王知之：《唐山事》第一辑，第59页。

② 靳宝峰、孟祥林主编：《唐山市志》第二卷，第1057页；北宁铁路经济调查队编：《北宁铁路沿线经济调查报告》第六册，第1903页；袁棻、张凤翔纂修：《滦县志》卷十四《实业》，第12页。

③ 实业部工商访问局编辑：《工商半月刊》第四卷，第六号，1932年3月15日，第9页。

南京硫酸铝厂研制成功高铝火砖和耐酸砖，在美国通过技术鉴定①。到20世纪40年代，资本达到100万元，从业人员达1 160人，年产细瓷1 450吨，炼瓦(缸砖)9 000吨，火泥1 500吨，并在天津、北京、滦县等处分设支店②，可谓盛极一时。

唐山陶瓷业，能与启新、德盛相颉颃者，还有一家新明瓷厂。新明瓷厂与德盛窑业厂皆源于陶成局，两厂之组织及出品产销情形，均大同小异，惟营业方法新明瓷厂不若德盛活跃，出品种类则较德盛为多。开平矿务局最初由陶成局包制缸砖，后来便自己设厂制造，由陶成局秦幼泉主持，初期仅能生产缸盆等日用粗瓷。随着唐山陶瓷事业的勃兴，百业竞进，秦幼泉已意识到企业"非谋改良难以图存"，遂于1920年派员去江西景德镇、河南彰德、山东博山、河北景县之彭城镇及大连等处考察，并学习、借鉴启新瓷厂的经验，出品有了较大改进，遂改组为新明瓷厂，出品日臻完善，销路益见推广。又于1926年聘请专门人才悉心研究制造旧式新式器皿，五彩、七彩瓷器以及缸砖、缸管、火砖、火瓦等件。1928年又添购制瓷各种机器，新开发了嫁妆用瓷及陶管、火砖等产品，并于1932年呈请实业部商标局，以明星商标注册，获得有15年专利之许可，业务日有起色，销路不断拓展，在北平、天津、唐山、河头等地设立五所批发售品处。在1931年至1934年，河北实业厅国货展览会，连年给予优等、特等奖状；1933年北平市各界提倡国货运动委员会，给予优等奖状；1933年及1934年，铁道部全国铁路沿线出产货品展览会，给予超等奖状。从此声誉日隆，业务更加蒸蒸日上，新明瓷之销路，无远弗届。到20世纪40

① 靳宝峰、孟祥林主编：《唐山市志》第五卷，第2964页；中国人民政治协商会议河北省唐山市委员会文史资料委员会编：《唐山文史资料选辑》第十五辑，1992年10月，第83页。

② 于文成：《唐山市概览》，第58页。

年代有职员50余人,工人400余名,瓷厂亦由此斐声全国[①]。

除了这三家机器制瓷厂外,开平煤矿从一开始即以制造缸砖为附属产业。另外,唐山较大的瓷厂还有1935年成立的华兴长瓷业厂,设在乔头村北街,资本1 000元,工人54名,年生产白瓷釉400吨,瓷器100吨,所用原料自行生产[②]。随着制瓷工业的发展,出现了为瓷器业服务的制釉工厂。在20世纪30年代唐山只有一家制釉工厂——华兴瓷釉工厂,于1930年开设,厂址在乔头屯,资本额为400元,装有一只电力机以马达驱动,产量每日可出瓷釉一吨上下,每吨价值40元,完全供给当地各瓷厂需用。此外,造缸业也是唐山久负盛名的一个行业,从业者皆能"精益求精不遗余力",故其出品亦"质美坚牢"。1932年唐山有全信、瑞生、三合三家造缸厂,资本由2 500元至5 000元不等,共有工人80余人,这三家工厂皆成立于20世纪20年代初,各厂除以造缸为主业外大都以兼营粗瓷器为副业,无商标,每日可出缸50余套(每套四个)、粗瓷碗13捆(每捆14个),以东三省及天津为主要销售市场[③]。

(二)采石、石灰工业

随着唐山工业化的逐步展开,城镇建设、各项工程的兴建对石料的需求日益增加,采石人数日渐增多,遂形成一大行业。在跨入近代之前,唐山附近城子庄、新立庄、雷庄子、山西刘庄等村居民即采石炼灰以建筑房屋或转运外销,用以贴补家用。启新洋灰公司建立后即购买此山,以作为制作洋灰的原料,居民们生财之道断绝,只好另辟新径,开凿城子庄北边之石,形成新石厂,在唐山就形成新、老两个石厂。启新洋灰公司作为中国较早建立的近代化的水泥厂,其机械化

① 北宁铁路经济调查队编:《北宁铁路沿线经济调查报告》第六册,第1912页;王知之:《唐山事》第一辑,第54—55、59页;于文成:《唐山市概览》,第59页;靳宝峰、孟祥林主编:《唐山市志》第二卷,第1057页。

② 陈佩:《河北省滦县事情及唐山市事情调查》,第64页。

③ 河北省实业厅秘书处编:《河北实业公报》第十五期,第25、28—29页。

水平比较高，随着对石料需求量的加大，采石也逐渐以机器代替人力，利用风钻开眼凿石；而新石厂则由村民自己开山凿石，完全用人工，效率比起启新石厂差了许多。“人工打眼两人打一天可打一丈二尺深，风钻则一人一小时可打二丈深”[①]，人工与机器生产相差甚大。因为采石有利可图，北石场西部的铁菩萨山也成为村民的采石地[②]。

此外，开滦矿务局随着业务的发展，各矿井下砌石、地面建筑、铺设铁路所需石料、片石、石砟日渐增多，为节约开支，遂在各地采用“包工制”雇工采石，进一步刺激了唐山地区采石工业的发展。光绪三十四年(1908 年)开平矿务有限公司在赵各庄北山东麓，由包工大柜雇用临时工人二三十人开山采石，用于开平公司各矿生产建设工程及地面房屋建设，年开采量约 5 000 立方米。1924 年，开滦矿务局在马家沟、唐家庄、赵各庄等矿也组织开山采石，并于当年 9 月购置了赵各庄北山，成立“北山采石厂”，采用“包工制”经营形式生产。1927 年由赵各庄矿大户郝纯举兄弟包工建立裕丰采石场，雇里工 20 多人，临时工二三百人，年产石料一万立方米。自 1924—1949 年北山采石厂先后经历六家包工。这些石料除少数民用外，绝大多数供应给当地及天津等地的工矿企业，如天津永利制碱公司、秦皇岛耀华玻璃厂，以及天津市建筑用石，唐山附近铁路用于铺路的石料，亦均来自这些石矿[③]。1931 年前是唐山石厂的黄金时代，石厂工人的待遇可以超过全市厂矿工人待遇的两三倍[④]，20 世纪 30 年代，随着近代工业和交通运输业的发展，采石业也相应发展，但随着抗日战争的全面爆发，采石工业逐渐衰落。

---

① 王知之:《唐山事》第一辑，第 64 页。

② 靳宝峰、孟祥林主编:《唐山市志》第二卷，第 1118 页。

③ 靳宝峰、孟祥林主编:《唐山市志》第二卷，第 899、1119 页。

④ 王知之:《唐山事》第一辑，第 64 页。

采石工业的发展，也带动了石灰业的发展，"操是业者环唐山之西北隅触目皆是"，石灰由石厂自烧，运销塘沽、天津、北平等地，其运量之多寡，视各地需要而定。灰厂多设在石厂附近，大多规模较小，季节性生产，往往自产自销。在20世纪30年代，唐山相继成立了十多家较大规模的石灰厂，如坐落在山西刘庄的万利灰局、东成灰局、新昌灰局，坐落在亮甲坨的同盛灰石厂，坐落在城子庄的昌合灰石厂、成记灰石厂，坐落在陡河村附近的德发成灰石厂，坐落在五家庄的昌光灰局、聚成灰厂以及东昌、天成、全信、双发、同义兴、友信成灰局等，资本自数十元至800元皆有。1936年坐落在雹神庙的德泰灰石厂和三裕灰石厂合并为新华灰石厂，年产石灰达1 500吨。唐山石灰窑最盛时一度发展到170多座①。随着采石工业的衰落，石灰业也一荣俱荣，一衰俱衰。据1937年北宁铁路局调查，经营采石业者，"昔有四五十家，今仅存四家，石灰窑昔有四五十，现仅存十四五个"②。

（三）砖瓦业

砖瓦为建筑之重要材料，大到宫殿官衙，小到私人住房，砖瓦皆为必不可少之物。砖瓦工业为中国传统工业，发明已有数千年历史，唯几千年来"墨守旧法，殊少进步"③。旧式砖窑，设备简陋，品质低下。近代以来，随着欧风东渐，西方物质文明在中国沿海通商口岸城市得到了广泛传播，西式建筑相继在这些地方涌现，高楼大厦触目皆是。中国土制砖瓦，因缺乏美观，不得不随时代而淘汰，新式砖瓦业乃应时而起。民国初年，上海商人朱志尧于上海浦东三林塘创办的

① 河北省实业厅秘书处编：《河北实业公报》第十五期，第25页；靳宝峰、孟祥林主编：《唐山市志》第二卷，第1119页。

② 北宁铁路经济调查队编：《北宁铁路沿线经济调查报告》第四册，第1274页。

③ 实业部工商访问局编辑：《工商半月刊》第三卷，第二十二号，1931年11月15日，第19页。

窑厂,为中国机制砖瓦厂之嚆矢[1]。唐山由于制砖原料丰富,砖瓦生产遂成为一大产业。启新洋灰公司、开滦矿务局在建矿之初皆建有砖厂。

开滦矿务局因矿区内火泥砖泥随处皆有,不能任货弃于地,再加上各矿建设用砖甚巨,自建矿之初即设窑烧砖自用,以后随着出品增多,遂在市场上销售。"1906 年电力代替了蒸汽,并且装置了最新式的机器。"宣统三年(1911 年)火砖厂"耐火材料的生产达 50 000 吨,而其设备的年生产能力,则近 100 000 吨。它可以算作东方最大的一家火砖工厂"。这个工厂产品的市场,除了中国本部以外,还有西伯利亚、美国的太平洋沿岸、菲律宾、爪哇和马来亚联邦[2]。产品主要有耐火砖、建筑砖、铺道砖、特别耐火砖、缸管、瓷砖等。1921 年,开滦矿务局投资六万英镑在马家沟建新砖厂,1924 年,扩大生产规模,从国外进口设备,建成国内第一个原料粉碎机械化、采用倒焰式窑炉烧成的耐火材料企业。连同租用的旧砖厂共有八座大穹形窑,每窑容 3.4 万块砖,三座小穹形窑,每窑容 1.65 万块砖,两座煤气窑,每窑容 2.4 万块砖,可烧制标准砖和特型耐火砖、铺地砖及上等建筑砖,另有霍门夫窑一座,分 20 间,每间容 1.05 万块砖;圆形窑一座分 18 间,每间容 0.4 万块砖,两种窑烧普通建筑砖及井下用砖,还有土窑四座,每窑容 3.05 万块砖,烧各种缸砖、地面用砖和异色面砖,主要设备有 110.25 千瓦磨机、36.75 千瓦搅泥盘、110.25 千瓦制砖机等,制砖程序全部机械化。1932 年,开滦矿务局扩建了唐山、林西砖厂。唐山砖厂建有霍夫门窑一座,每月烧砖 30 万块,另有穹形窑、煤气窑各一座,瓷砖窑五座,土窑 33 座,烧制缸砖、缸管。林西砖厂建土窑十座,每窑容 3.6 万块,月产砖 30 万块,产品为建筑砖,主

---

① 实业部工商访问局编辑:《工商半月刊》第三卷,第二十二号,1931 年 11 月 15 日,第 19 页。

② 汪敬虞:《中国近代工业史资料》第二辑,下册,第 1110 页。

要供林西、赵各庄、唐家庄三矿使用[①]。开滦矿务局也由此成为“远东高级耐火砖品之最大出产者，其品质可与欧美最优等之出品相颉颃”[②]。

启新洋灰公司附设之机器砖厂，在清末仿造的西式有花之砖，“已极精致”[③]。在宣统二年（1911 年）时已是“规模宏大”，能制造“铺地耐火黏土、火砖和琉璃瓦”等产品[④]，以后经过不断扩大生产规模，其出品之花砖、缸砖、瓷砖及马赛克砖尤负盛名[⑤]。

唐山建材工业在 20 世纪二三十年代已形成包括水泥、陶瓷、采石、砖瓦等门类较多的一大行业，且各企业设备先进、技术水平也比较高。

三、粮食加工业

粮食加工业主要包括面粉、榨油、碾米等行业。20 世纪 20 年代以后是唐山近代粮食加工业进行机器生产的形成和发展时期。

（一）面粉工业

民以食为天，解决人民的日常生活所需，是一个社会的基本职能，也是经济发展与否的表现。随着唐山城市人口的增加，对面粉需求量日增，唐山近代化的机器面粉厂也相应出现，但发展缓慢。安子瑜等于 1924 年创办的德成面粉公司，是唐山当时唯一的一家机器面粉厂。德成面粉公司位于唐山沟东三官庙街，资本 11 万元，工人只 23 人，到 1928 年工人达到 48 人，全厂占地七亩，计有房屋 48 间，总

---

① 靳宝峰、孟祥林主编：《唐山市志》第二卷，第 898、899、986 页。

② 淮南煤矿局编：《开滦矿务总局》，第 14 页。

③ 天津市档案馆、天津社科院历史研究所、天津市工商业联合会编：《天津商会档案汇编》（1903—1911 年）上册，第 980 页。

④ 汪敬虞：《中国近代工业史资料》第二辑，下册，第 1079 页。

⑤ 实业部工商访问局编辑：《工商半月刊》第三卷，第二十二号，1931 年 11 月 15 日，第 19 页。

价值约一万元。该厂有三台美国产复式制粉机，一台100马力锅炉蒸汽引擎，进行机器生产。主要产品为面粉，副产品为麦麸，面粉以绿丹凤、蓝丹凤、绿龙头三种品牌粉质为最佳，年产量为223 000袋，白袋面粉质较次，年产量为7 200袋，麦麸年产量约46 000担，可用作贫民食品及牲口饲料。产品主要销售地为唐山市内和开平、古冶两矿区，以及丰润、滦县境内各镇，各种品牌面粉也曾远销至口外热河一带，并沿北宁铁路销至锦州一带，赢利最多的一年为1928年，这一年该厂净盈四五万元，1931年“九一八”事变后关外及口外销路断绝，营业情形不过仅能维持现状而已。到20世纪30年代机器设备，计有1924年购自哈尔滨耀滨工厂的两匹半马力漂粉电滚一座，80匹马力发动机一座，及本厂自造80匹蒸汽力烧心卧式锅炉两座，此外尚有钢辊4架、吊罗1架、滚罗1架、平罗2架、漂粉机2架、消粮机1架、打麦机1架、缝口机1架，除钢辊系德国伯力工厂1923年所制外，余均为美国恒丰公司1928年所制。在唐山经营德成面粉的本地商行，共有30余家，组织大小不等，采办此货的外来商号，有赵各庄华丰公司，古冶益昌恒、益昌号、大昌兴、永盛号等[①]。德成面粉厂的建立，改变了唐山面粉工业中依靠驴骡拉磨、前店后厂的那种手工作坊的落后状况。

（二）榨油业

这一时期唐山共有六家制油厂，为复盛合、庆德隆、庆元昌、瑞信栈、隆义栈、永德栈，后三家因原是栈房，所以还兼营转运业务。隆义栈每日分两班工作，用豆十吨，其余各家每日一班，共用豆25吨，瑞信栈与庆德隆还兼制造豆饼，瑞信栈有资本21 000元，庆德隆有15 000元，两家共计有工人16人，产量也大体相同，每日各出豆油

① 唐山市路南区地方志编纂委员会编：《唐山市路南区志》，第317页；北宁铁路经济调查队编：《北宁铁路沿线经济调查报告》第四册，第1216页；《冀东道统计概要》；王清彬等编：《第一次中国劳动年鉴》，北平社会调查部1928年12月，第193页。

700 斤,豆饼 150 片,豆油基本在市内销售,豆饼除供四乡肥田饲猪外并运售于津东西各市镇。两厂各有电碾一只,以电力驱动,油榨二只,以人力驱动,此外尚有豆饼模型各数十个①。到 1938 年唐山才出现机器榨油工厂,为赵瑞堂在小窑马路创建的中华油厂,时有工人 20 余名,机械设备 23 台,以生产花生、棉籽油为主,生意颇为兴隆。②总的说来,唐山榨油工业规模小、技术力量差,大多为前店后厂的手工作坊,一年中也只有春秋两季进行两三个月生产。

(三)其他行业

粮食加工业中,还出现了进行碾米、制作糕点、酿酒、生产酱油等的生产厂家,但也多是小规模的手工作坊式经营。据 1939 年唐山市工商业联合会调查,唐山有三家碾房,主要出产小米、秫米,年产约 9 000 石③。20 世纪 30 年代初成立的永谊合酱园,是唐山生产酱油的厂家之一,时有工人 20 余名,手工生产酱油、食醋,月产 30 余吨④。而 1934 年在马家屯后街开设的泰康酱油公司,是唐山当时唯一工厂化生产酱油的厂家,资本 1 850 元。此外,1931 年徐冠州在新立街开设的新新麻糖公司,将丰润县七树庄的蜂蜜麻糖引进唐山,并成为唐山特产之一而畅销各地⑤。唐山酿酒业只有隆丰勇号一家,成立于 1912 年,资本额为 4 000 元,有工人四名。但唐山附近各地酿酒业却比较发达,适应这一行业的发展,出现了生产酿酒原料的造曲子业。曲子为烧锅蒸酒必需之物,亦可作酿醋酿酱之重要原料。

---

① 北宁铁路经济调查队编:《北宁铁路沿线经济调查报告》第四册,第 1256 页;河北省实业厅秘书处编:《河北实业公报》第十五期,第 30 页。

② 唐山市路南区地方志编纂委员会编:《唐山市路南区志》,第 307 页。

③ 《河北省唐山市工商业联合会关于物资物价市场调查》,1939 年,唐山市档案馆案卷号 12-9-31,档案号 M007-09-0031。

④ 唐山市路南区地方志编纂委员会编:《唐山市路南区志》,第 307 页。

⑤ 唐山市路南区地方志编纂委员会编:《唐山市路南区志》,第 273 页;《冀东道统计概要》,第 31 页。

唐山制造曲子的工厂有新华兴、永升泉、庆裕厚三家,资本由4 000元至5 000余元不等,规模大小相差无几。各厂工人数因该业无一定工作时间而无定数,所有雇用工人均系短工性质①。

四、化学工业

唐山化学工业除1916年何子恩创办的中国造胰厂外,还有久孚造胰厂、中华造胰公司及钧发祥共四家,其中以中国造胰公司为最大。另外还有制革、料器、造纸、制酸、硫磺等行业。

中国造胰厂由于何子恩的出色经营,在20世纪20年代以后工厂继续发展,到1937年有资本5 300元,雇用工人36人进行生产,产品销路较好,效益颇佳。该厂年产肥皂15 000箱,产品50%在本省销售,也曾一度推销于辽宁省及北平等地。而久孚造胰厂在1928年也已有工人30人,规模也不算太小。除中国造胰工厂外,其他厂资金自1 000元至5 000元不等,出品商标不一,销路以本地及北宁路沿线各站为最多,出省者甚少。各家制造皆赖手工,并无机器设备,唯一工具即为造胰模型及其自造之压印商标机,压印时以手摇动。工人数在18名以上且皆系男工②。

唐山造纸工业发端于1923年王相文创办的华洋造纸厂,资本400元,初期只有职工5人,日产量150公斤,1925年,该厂添置网纸机、锅炉等设备,并对造纸工艺进行改进,生产出三芋纸和灰手纸,取得了良好经济效益,工人发展到17人,日产量达到0.5吨。到1937年抗日战争全面爆发前,唐山市共有三家造纸厂,共有工人100余

① 河北省实业厅秘书处编:《河北实业公报》第十五期,第27、22页。

② 实业部工商访问局编辑:《工商半月刊》第三卷,第二十一号,1931年11月1日,第34页;刘大钧:《中国工业调查报告》,经济统计研究所1937年2月,第214页;王清彬等编:《第一次中国劳动年鉴》,第191页;河北省实业厅秘书处:《河北实业公报》第十五期,第20页。

名，配备有网纸机、蒸煮灶、锅炉等设备九套[①]。

唐山市料器业只有兴华料器厂一家，1931 年 9 月创办，资本 5 000 元，工人 40 余名，厂址在沟东大街，只春、秋两季工作，所用原料石料购自北戴河，碱灰购自天津永利制碱公司。在设备方面，配置有土锅炉两座及一只黑油发动机。产品有玻璃瓶、火油灯、煤油灯灯罩、化妆品瓶及电料用品等，每日可出 350 打，以“三戟”二字为商标[②]。

唐山在 20 世纪 30 年代有七家制革厂，1933 年，王光五成立的德晶制革厂，位于唐山新兴西街，资本 1 500 元，其余六家即永利、大北、惟一、新记、中西、隆盛，规模大致相同，资本自 5 000 元至 25 000 元不等，各备有轧皮机一只至三只，皆以人力驱动，共有工人 100 多名，出品皆为红蓝底皮、珐琅皮与花旗皮，所用原料皆购自天津，产品销售也仅限于津东各县[③]。另外，开滦矿务局由于在矿井下一直使用骡马托运煤车，所以从一开始就自设制革厂，“专制唐山总医院所用之革及各矿骡马所需之鞍韉等”[④]。

唐山有制造硫酸工厂两家，一家名为得利三酸工厂，另一家名为利中制酸工厂。得利成立于 1931 年 8 月，资本额为 50 000 元，利中成立于 1932 年，资本仅 4 000 元。两厂均系专制硫酸，共有工人 36 人，其中得利 30 名，利中六名。商标得利为宝马，利中为吴印塘君肖像[⑤]。

---

① 靳宝峰、孟祥林主编：《唐山市志》第二卷，第 1313、1323 页；河北省实业厅秘书处：《河北实业公报》第十五期，第 24 页。

② 北宁铁路经济调查队编：《北宁铁路沿线经济调查报告》，第四册，第 1256 页；河北省实业厅秘书处：《河北实业公报》，第十五期，第 23 页。

③ 北宁铁路经济调查队编：《北宁铁路沿线经济调查报告》第四册，第 1256 页；《冀东道统计概要》；河北省实业厅秘书处：《河北实业公报》第十五期，第 24 页。

④ 淮南煤矿局编：《开滦矿务总局》，第 15 页。

⑤ 河北省实业厅秘书处：《河北实业公报》第十五期，第 25—26 页。

开滦矿务局所采之煤,内多含有硫磺石,是制造硫磺的重要原料,但却未加利用而被弃置一旁。直到1919年9月唐山才有磺矾公司设立,该厂资本10 000元,有工人16名,经历年惨淡经营,规模"大见扩充",一切设备"亦颇整洁可观"。起初时产量并不高,每日可出硫磺皂矾约各七八十斤,到1928、1929年已都增至200斤左右,后以原料缺乏又均减至150斤左右,产品主要以市内制酸厂为销场,运售外地的数量微乎其微①。

五、机械制造业

唐山的机械制造业发端于唐山修车厂,继之有启新机器厂以及开滦各矿所建之修理厂。

唐山修车厂在20世纪20年代之前已是全国规模最大、设备最完备的铁路修车工厂。进入20世纪20年代以后,工厂又有进一步的扩展。1921年从英国购入一台机车动轮旋床、两台荷重45吨电动桥式起重机、一台旋轮箍用立式车床。1922年,工厂自制熔铜炉一座,另又购入各种设备51台②,扩展改进虽远不如以前迅速,但在20世纪30年代中期,工厂"经历年之扩充,暨随时之整顿","组织已臻健全,设备亦称完善,所有制修机车客车货车之能力,大有甲于国有铁路各工厂之上"③。"所有路政上一切零整机件皆可自行修制,且其出品大多质地坚固,式样新奇,实可与舶来品媲美"④。工厂工人人数并不固定,历年均有所变化,大约在1937年左右有职员共217人,工人2 506名,生产能力也有了较大提高,每六个月可制造机车一辆,每月大修机车六辆,小修机车四辆,每两个月可制造客守车

① 河北省实业厅秘书处:《河北实业公报》第十五期,第23页。

② 唐山机车车辆厂厂志编审委员会编:《唐山机车车辆厂志》(1881—1992年),第13页。

③ 于文成:《唐山市概览》(1881—1992),第58页。

④ 河北省实业厅秘书处:《河北实业公报》第十五期,第5页。

一辆，每月大小修客守车各十辆，每月可制货车五辆，每月可大修货车100辆，小修50辆[①]，同时，制造、修理机车、客车、货车的技术水平也有了较大改进。但从1932年以后，随着日本侵略势力的渗透，政局动荡不安，铁路运输受到严重影响，致使工厂处于半停滞状态，基本上停止了机车的制造，1934年以后，客、货车的制造也基本停止，只对入厂施修的各种车辆进行技术改造和维修，如机车采用过热蒸汽，改油盅、回动手把，安装速度表，客车调整坐席，货车更换油箱、车钩，安装制动装置等[②]。虽然这样，在1937年左右仍有资本2 996 020元，工人2 272人，也算是规模较大的铁路工厂[③]。

启新机器厂是启新洋灰公司的附属企业，启新洋灰公司为制修水泥机械设备，于宣统二年(1910年)成立机修房，1917年扩建为翻砂厂，开始制造水泥机械配件，结束了国内水泥机械配件完全依靠进口的局面。1919年启新机修房与丹麦史密斯公司联营，于1921年建成水泥机械专业厂，称为新机厂，当年11月21日，就开始制造第一台国产水泥机械——烘干机，于1922年9月完成。1923年后又相继改名为启新机器厂、启新修机厂，并开始制造中国第一套水泥回转窑，于1925年7月13日完成。1923年从德国克伦机器厂购进了一具半吨容量的电弧炉，并且有750安培电焊机、五吨化铁炉、400公斤空气锤以及剪卷钢板等重要设备，1924年，又从德国西门子公司购进电力化钢炉一座，1925年，炼出华北第一炉钢水，1926年，又试验铁模翻砂成功[④]，这一系列重大突破使启新机器厂声誉大振，在

① 袁棻、张凤翔纂修:《滦县志》卷三《地理·交通·铁路》(1881—1992年)，第70页。

② 唐山机车车辆厂厂志编审委员会编:《唐山机车车辆厂志》(1881—1992年)，第2页。

③ 刘大钧:《中国工业调查报告》，第213页。

④ 中国人民政治协商会议河北省唐山市委员会教科文工作委员会编:《唐山文史资料》第二辑，第29页;唐山市路北区地方志编纂委员会编:《唐山市路北区志》，第15页;靳宝峰、孟祥林主编:《唐山市志》第二卷，第984页;《唐山市志》第五卷，第2963、2965页。

国内外引起重大反响。该厂经过不断的引进设备和进行技术改进,成为国内一流的机器制造修理厂,“除修理制造洋灰窑磨等机件外,尚能以其余力代造各铁路矿厂、水利机关等铸钢零整机件”,曾承造过北宁路局铸钢车钩轴箱各主要钢件,秦皇岛柳江煤矿铸钢车轮及轮圈,山东模范窑业厂全部制瓷机件,塘沽永利制碱公司第一次造碱机件,唐山交通大学全部暖气工程,华记湖北水泥厂原料磨,开滦矿务局矿用煤车之铸钢车轮轴架,平绥平汉两路车钩等①。生产产品种类繁多,包括高锰钢磨瓦、暖气炉片、旋床、电力化钢炉、风锤、电焊机、机车零件、铸铁机件、特种铸铁,一度覆盖全国②。由于启新机器厂所取得的巨大成就,工厂也得到了很高的评价。国内纪念水泥发明百年大会的有关文章明确记载:“启新机器厂是中国独一无二之洋灰机器制造厂。”“能计划打样制造及安装全副制造洋灰机器及各种零件,如轧石机、轧石轮机、大筒磨、旋磨、大球磨、散热筒、烤料磨、提运斗及麻花钻,各种传动机件……该厂较之世界著名制造洋灰机器厂所造物品,足以比美。”③1932年,启新机器厂还从德国西门子公司购进两台电焊机,这也是中国北方建材行业首次引进德国电焊机。1934年7月5日,启新机器厂有36件产品参加全国矿冶地质联合展览会获奖④。总之,从机器设备、制造、修理能力、产品质量诸方面来看,启新机器厂都是旧中国水泥机械制造业之先进工厂。

开平煤矿从建矿之初,为修理矿山机械设备,在各矿皆设有机械修理厂。在唐山、林西、马家沟、赵各庄、唐家庄五矿修理厂中,林西修理厂“最为完全而规模亦大”⑤,“小如针钉,大如车船均可修

---

① 启新洋灰公司编:《启新洋灰公司三十周年纪念册》。

② 靳宝峰、孟祥林主编:《唐山市志》第二卷,第1128页。

③ 靳宝峰、孟祥林主编:《唐山市志》第二卷,第1132页。

④ 唐山市路北区地方志编纂委员会编:《唐山市路北区志》,第20、21页。

⑤ 张秉彝:《开滦煤矿调查报告书》,第92页。

制”[①]，下设铸铁、机械、打铁、铆铁、木工、螺旋六大部分，其他矿不能修理制造及一些精细机件皆由该厂制造或修理。

20世纪20年代以后，随着唐山工商业的发展，又相继出现过十几家生产各类生产、生活用具的小型铁工厂和铸造厂，但在唐山市工商业联合会1938年调查时，仅剩八家[②]。今将曾出现过的、有资料记载的九家铸造厂的情况列表于下：

表4－1－1　唐山铸造工厂一览表

<table>
<tr><th>名称</th><th>成立时间</th><th>资本额</th><th>工人数目</th><th>生产产品</th><th>年产额</th><th>地址</th></tr>
<tr><td rowspan="2">义顺兴铁工厂</td><td rowspan="2">1937年</td><td rowspan="2">1 500元</td><td rowspan="2">31</td><td>各种小型铁机</td><td>50架</td><td rowspan="2">东局子街十号</td></tr>
<tr><td>零碎机件</td><td>-</td></tr>
<tr><td>玉兴栈铁厂</td><td>不详</td><td>1 000元</td><td>25</td><td>铸锅</td><td>90吨</td><td>沟东南街十四号</td></tr>
<tr><td rowspan="2">万顺工厂</td><td rowspan="2">1936年</td><td rowspan="2">4 200元</td><td rowspan="2">25</td><td>各种小型铁机</td><td>95架</td><td rowspan="2">乔屯礼字前街十一号</td></tr>
<tr><td>零碎机件</td><td>无定额</td></tr>
<tr><td rowspan="2">全顺号铁工厂</td><td rowspan="2">不详</td><td rowspan="2">6 000元</td><td rowspan="2">30</td><td>铸锅</td><td>10 300口</td><td rowspan="2">沟东大街十五号</td></tr>
<tr><td>翻沙</td><td>100 000斤</td></tr>
<tr><td rowspan="2">义盛铁工厂</td><td rowspan="2">1932年</td><td rowspan="2">700元</td><td rowspan="2">60</td><td>发动机</td><td>20架</td><td rowspan="2">东新街五十一号</td></tr>
<tr><td>零碎机件</td><td>无定额</td></tr>
<tr><td>同义公铁工厂</td><td>不详</td><td>1 500元</td><td>34</td><td>修配钢铁机件</td><td>约值15 000元</td><td>小窑马路七号</td></tr>
</table>

① 《开滦矿务总局及其职工》，约1931年编印，第4页。

② 河北省唐山市政府工商业联合会关于粮食涨价原因、商号户数、商品价格、房租调查、洋灰劳银旬报，《河北省各市县工商业数目分类调查表》，1938年7月4日，唐山市档案馆案卷号12－9－29，档案号M007－09－0029。

续表

名称	成立时间	资本额	工人数目	生产产品	年产额	地址
复兴成铁工厂	1939 年	500 元	39	各种小型铁机	40 架	乔屯北小街甲五号
				修配机件	约值 9 000 元	
义合顺铁工厂	1933 年	1 500 元	16	各种小型铁机	17 架	乔屯礼字前街三十七号
				修配机件	约值 5 000 元	
同聚成生铁厂	不详	5 000 元	25	铸锅	120 吨	福宁街三号
				铸炉	30 吨	

资料来源:《冀东道统计概要》,第 27—31 页表;于文成:《唐山市概览》,第 49—53 页表。

此外还有经营状况不详的万发成、鸿兴、新民、华兴、久大、德丰、中孚、同兴厚等几家,资本自 500 元至 20 000 元不一。铁工厂和铸造厂因规模小,生产产品以日常用品为多,虽然有的能够制造印刷机、织布机、轧花机、榨油机、切面机、磨粉机、水泵引擎及火油柴油发动机等小型机器,但产品并不优良;有些已使用柴油机或电动机作动力,并配备有车床、钻床、电锯、电刨、电剉、电刮等简单的机器设备①,但机械化程度并不高。

总之,到 20 世纪 30 年代唐山已形成以机车车辆、水泥机械和矿山机械为主的制造工厂。以生产日用产品为补充的机械工业虽已有所发展,并形成一定规模,但产品在国内并不领先。

此外,唐山还有一些小规模生产的手工作坊,如生产五金材料、制席、制伞、染布、刻字、印刷、木器、竹藤器、肠衣、金银饰品、毛笔制造等工厂,这些手工作坊一般都是作坊和商店合一,商店后面就是作坊,一边生产一边售货,从业人员大多一二人或三五人不等。据不完

① 河北省实业厅秘书处编:《河北实业公报》第十五期,第 30 页。

全统计，在20世纪30年代中期，“七七”卢沟桥事变前，唐山共有各类工厂上百家，涉及十多个行业。这些工厂大多资本少，规模小，多系手工生产，产品产量低，质量也不高，产品基本皆在当地或本省销售。

从1918年第一次世界大战结束到1922年，中国民族资本持续着大战期间蓬勃发展的势头，1922年以后，帝国主义对中国的经济侵略重新得到加强，中国民族工业的繁荣时期宣告结束。张仲礼先生通过对中国近代民族资本十个行业在20世纪20年代的发展状况进行了分析，认为：“中国近代资本主义在二十年代还是有所发展的，而且其发展速度超过了过去，只是到了三十年代，民族资本才经历危机，发展停滞”①。综观唐山近代工业的发展也证明了这一结论。

从20世纪20年代到1938年1月唐山正式建市之前的这一段时期，总的来说，唐山近代工业在1931年之前发展状况良好。因唐山工业产品大多以关外为一大销场，随着1931年“九一八”事变后关外市场的断绝，市场萎缩，经营日趋衰落，到1937年抗日战争全面爆发前降到谷底。1937年8月，冀东防共自治政府由通州迁到唐山，1938年1月，唐山正式建市以后，又逐渐复苏。就拿周学熙实业集团的中坚企业启新洋灰公司来讲，在第一次世界大战后期和战后初期，水泥产销量皆比战争前期大为增加，但这种发展势头仅仅维持到1923年，从1923年开始由于国内军阀连年混战，交通阻滞，再加上有刘鸿生和姚锡舟的华商水泥厂和中国水泥厂的相继建成投产，使启新洋灰公司的水泥产品销量大受影响，工厂发展受到极大限制，基本处于停滞状态。从1926年开始，随着国内抵制外货运动的开

---

① 张仲礼：《中国近代资本主义在二十世纪二十年代的发展问题》，载复旦大学历史系、《历史研究》编辑部、《复旦学报》编辑部联合编辑：《近代中国资产阶级研究》（续辑），复旦大学出版社1986年7月版，第147页。

展,启新生产又重现生机,产销量又开始呈现大幅度上升趋势。在此期间虽然由于“九一八”事变的发生,“东三省销路顿受打击”①,但是由于中国人民爱国情绪的高涨,抵制外货运动的开展,使启新销路基本未受任何影响,甚至洋灰销路供不应求。灰块产量在1932年达到新中国成立前的最高峰(启新洋灰公司在1920—1938年的水泥产销量见表4-1-2),1932—1935年启新每年的销售量均占国内水泥销量的39.49%②。启新在1921年和1932年分别进行了两次大规模扩充,1926年,对原动厂进行了改造,由原来两厂发展到了五厂,虽然市场上的竞争日趋激烈,但启新通过与中国、华商两家水泥公司的联营共同对付日本水泥的倾销,仍然得以保持原有的大部分市场。但是这种一时的繁荣,随着国民经济的普遍凋敝,再加上国民党统治下繁重的苛捐杂税,当时一桶水泥征生产税1.2元③,以及外灰销售额的增加,是不可能长期保持下去的,因此在1934年以后,启新的产销量就已经开始走下坡路了。到“七七”事变前,“因各地市面不景气,该厂原有各销场亦不能维持旧日销售数量,遂致收入减少,经济状况颇形困难”④。

表4-1-2 启新洋灰公司1920—1938年历年水泥产销统计表

(单位:公吨)

年份	灰块产量	磨灰产量	销售量
1920	100 917.865	109 741.290	133 333
1921	121 854.665	121 419.270	121 667

① 南开大学经济研究所、南开大学经济系编:《史料》,第154页。
② 南开大学经济研究所、南开大学经济系编:《史料》,第157页。
③ 伊藤武雄:《冀东各县概况调查》(日文),天津事务所调查课,第266页。
④ 北宁铁路经济调查队编:《北宁铁路沿线经济调查报告》第六册,第1937页。

续表

年份	灰块产量	磨灰产量	销售量
1922	139 791.000	130 031.725	108 333
1923	235 538.485	231 782.115	197 285
1924	230 356.630	127 787.725	112 548
1925	161 111.635	127 785.430	134 434
1926	46 454.625	75 971.725	80 855
1927	110 364.340	191 109.325	206 323
1928	144 652.320	153 904.910	127 179
1929	207 438.165	233 812.645	256 179
1930	243 279.180	226 163.070	231 152
1931	244 343.295	265 129.875	291 664
1932	250 361.550	241 692.060	238 512
1933	250 109.865	246 081.375	234 885
1934	248 817.695	256 989.425	257 434
1935	236 919.735	237 437.045	194 863
1936	191 599.180	182 420.370	222 923
1937	179 319.570	187 962.200	190 642
1938	127 568.255	96 437.600	101 894

资料来源:南开大学经济研究所、南开大学经济系编:《史料》,第155—156页。

开滦煤矿在20世纪20年代初由于有外国势力的保护,虽然由于政局动荡生产销售受到影响,但基本上在20世纪20年代乃至30年代经营状况一直都比较好。国内工人运动蓬勃发展,抵制外货运动时有发生,但开滦因是中外联营,往往可以左右逢源,坐享其利。

1933 年以后经营状况则大不如前，如 1931 年赢利达 10 027 866 元，1932 年则降到 4 943 021 元，到 1934 年更降为 3 799 213 元[①]。1934 年产煤 500 万吨，但与往年相比“相差已在五分之二弱”，1935 年产量虽未有大变动，但“销路殊滞”，秦皇岛仓库及各地堆栈存煤多达 150 万吨[②]。20 世纪在 30 年代以前开滦煤“颇能垄断我国沿海各埠之市场”，而“九一八”之后，由于“外煤倾销，更以华南煤矿开采日多，致华南市场，渐为他矿所竞争，营业略呈衰落之象”[③]。而唐山其他一些厂矿如启新瓷厂、德盛窑业厂、新明瓷厂皆是在 20 世纪 20 年代以后才改进设备进行扩充的。总之，在 20 世纪 20 年代至 30 年代中期这一段时间内，由于抵制日货运动的促进作用，不仅使唐山原有工业得以发展，而且还出现了一些新的产业部门，如纺织、面粉、化学等，唐山近代工业在生产设备、工艺、规模诸方面都有了进一步的扩展。但由于整个社会半殖民地半封建的性质没有改变，民族资本所受的压迫依然十分沉重，尽管一些民族资本家在经营管理上采取了一系列措施，制定了一套切实可行的营销战略，但仍无法逃脱中国民族资本逐渐衰落的命运。在 1931 年“九一八”事变以后，由于受国际、国内政治经济形势趋向恶化的影响，中国民族资本逐步陷入捉襟见肘、罗掘俱穷的境地，唐山各项工业也莫不如此，“自事变以还，或受国外重税之压迫，或受其他竞争之影响，率皆日趋于衰落”[④]。

唐山近代工业在北方起步较早，其近代工业以开平煤矿为圆心逐渐向外辐射，逐渐形成以开滦、启新两大集团的大机器生产为主，和以其他小型机器、手工工场工业为辅的近代工业化体系，它是唐山近代工业发展的标志，也是唐山城市变迁的一个重要指针。

---

① 严中平:《中国近代经济史统计资料选辑》，第 152 页。

② 季啸风、沈友益编:《中华民国史史料外编——前日本末次研究所情报资料》第 93 册，广西师范大学出版社 1997 年 5 月版，第 218 页。

③ 北宁铁路经济调查队编:《北宁铁路沿线经济调查报告》第一册，第 8 页。

④ 北宁铁路经济调查队编:《北宁铁路沿线经济调查报告》第一册，第 11 页。

第二节　唐山城市近代化的进一步发展

随着唐山工业化体系的建立，唐山城市的近代化进程也有所发展。由于唐山一直以来只是一个辅助于京、津的工业区，没有独立的行政机构，光绪二十六年（1900 年）成立的警察局以及后来发展成的特种警察局也只是维持地方治安，并不负有城市管理的全责，重大行政事务仍然由丰、滦两县分管，各村由十二村公益会来负责，所以虽然唐山已由一荒野小村发展为一个近代化的工业城市，但多年来唐山城市没有专门的城市管理机构。经过 20 世纪二三十年代的发展，唐山城市面貌已有了很大改观，“以煤矿为中心，水泥、陶瓷、纺织、车辆等工厂林立，大小烟囱冒出的黑烟遮天蔽日”[①]，工业发达、商业繁荣、市场活跃，店铺鳞次栉比、商贾摩肩接踵，已是一个颇具规模的工商业都市景观。20 世纪 30 年代的唐山与前一时期相比，最突出的特点是唐山设市，城市管理机构的设置、商业的繁盛和社会福利事业都呈现良好发展势头。

一、唐山城市管理机构的设置

生产的高度集中是城市的一大特征，这种经济活动的高度集中是社会生产力发展的必然趋势。恩格斯在阐述近代城市发展的历史时指出：“大工业企业需要许多工人在一个建筑物里面共同劳动，这些工人必须住在近处，甚至在不大的工厂近旁，他们也会形成一个完整的村镇，他们都有一定的需要，为了满足这些需要，还需有其他的人，于是手工业者、裁缝、鞋匠、面包师、泥瓦匠、木匠都搬到这里来了。”以后随着工厂的增多，“于是村镇就变成小城市，而小城市又变成大城市。城市愈大，搬到里面来就愈有利……这就决定了大工厂

---

① 伊藤武雄，《冀东各县概况调查》（日文），天津事务所调查课，第 261 页。

城市惊人迅速地成长”[①]。唐山是一个因矿、因路而兴起的城市，随着唐山近代工矿企业的持续发展，城市空间不断向外蔓延、扩张，使得城市空间越来越向广域发展，到20世纪30年代正式建市时唐山已发展成为一个颇具规模的综合性的工商业城市，并荣膺“小天津”的称号。而且唐山也是冀东政治、文化中心，就这个意义上来说，唐山建市正是其政治、经济地位上升的必然结果。随着城市管理机构的设置，城市建设逐渐向正规化发展。

唐山是随着工矿企业的发展而自然形成的城市，随着各大厂矿企业的扩展，工商业的繁荣，城市空间范围进一步拓展，围绕着各大厂矿、沿着铁路线形成了多个居民聚居点（如图4－2－1、4－2－2、4－2－3所示）。且“民众多趋向工业，专门务农为生者实居少数”[②]，故产业之中，除工矿而外，农业、林业、牧畜、水产都欠缺。工商业人口在总人口中的比重远远超过了农业人口，说明唐山已聚集起一个庞大的工业生产者阶层，城市区域也继续越过铁路线向南部扩展。随着城市规模的扩大，人口急剧膨胀。对唐山人口的统计由于各种资料依据的统计标准不一，加上战乱人口变动严重，所以出现较大差别，所得出的只能是大略的数字。据《东方杂志》载，在1924年唐山有人口约70 000余人，到1935年北宁铁路局调查，“中外居民有77 864口”；新民会唐山指导部1939年调查为113 805人，而《唐山市政月刊》记载的1939年人口则为114 459人，另有外籍人口728人。而这些数字都不把开滦唐山矿以外的矿区人口计算在内，《唐山市政月刊》的记载甚至连开滦唐山矿区的人口也不包括在内。所以，这些数字皆不能准确表示唐山人口数。开滦矿务局人口随着矿区规模的扩大，人口也逐年增加，从1920年的19 062人增加到1939年的39 307人，增加达两倍以上。就以新民指导部调查，再加上开

① 《马克思恩格斯全集》第二卷，人民出版社1957年12月版，第300—301页。

② 陈佩：《河北省滦县事情及唐山市事情调查》，第63页。

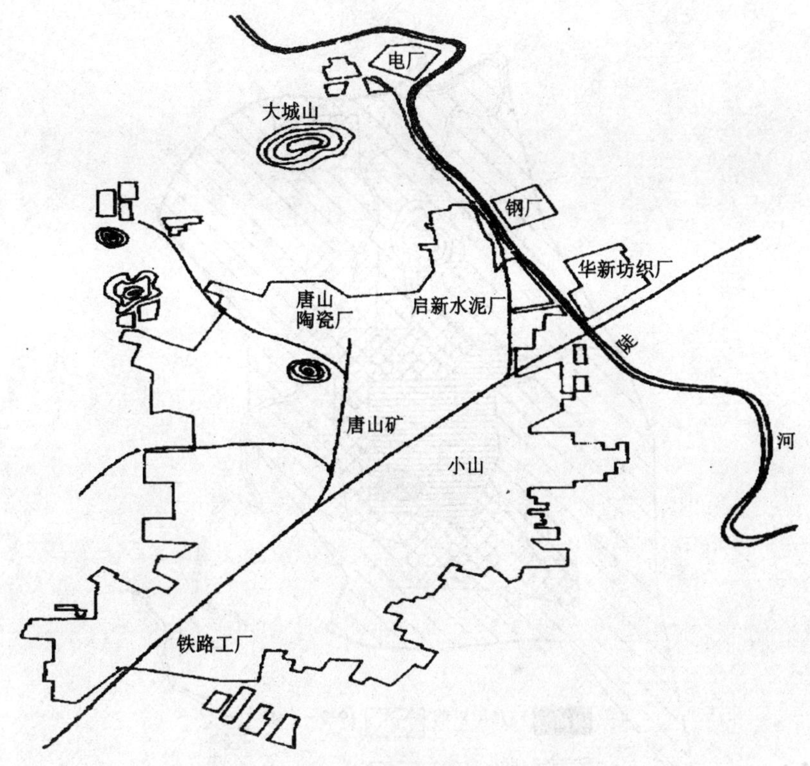

图4－2－1　唐山城市发展图(1937—1949年)

资料来源:刘金声、曹洪涛:《中国近现代城市的发展》,第208页。

滦矿区人口,工商业人口达到62 451人,占到人口总数将近50%①,

① 《东方杂志》第二十二卷,第十一号,第57页;北宁铁路经济调查队编:《北宁铁路沿线经济调查报告》第四册,第1247页;陈佩:《河北省滦县事情及唐山市事情调查》,第34—35页;唐山市公署:《唐山市政月刊》创刊号,第87页;开滦矿务局档案,资料卷1－2－49。

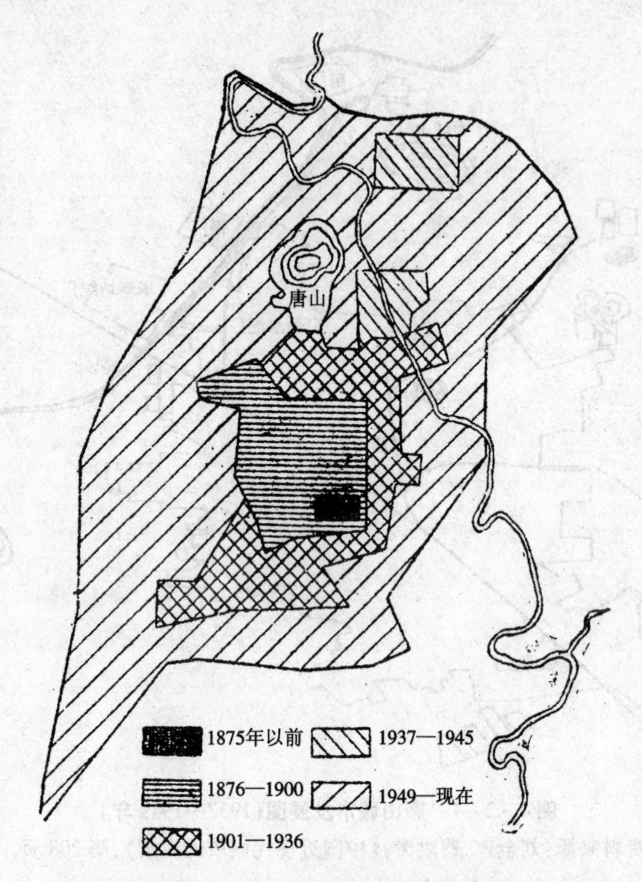

图 4－2－2　唐山城市空间扩展图

资料来源:魏心镇、朱云成:《唐山经济地理》,第 11 页。

唐山已逐渐“为社会人士所注意”①。但直到 20 世纪 20 年代中期,虽然其影响和地位已大大超过了滦县,却一直是作为滦县所属的城

① 《东方杂志》第二十一卷,第十七号,第 57 页。

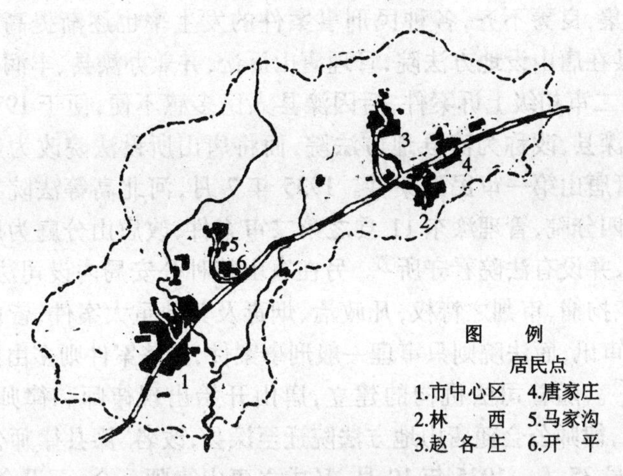

图 4－2－3　唐山市居民点分布图

资料来源：魏心镇、朱云成：《唐山经济地理》，第 17 页。

镇而存在的。除开滦矿务局有自己的矿警队外，只设有警察局来管理地方治安，另外丰润、滦县分别在此设有警察分所管理各自所属的村落，重大事件仍归丰润、滦县分管。1928 年，警察局先后改为警察厅和特种公安局，权限有所扩大，到 1938 年下辖六个分局及几十个分驻所，另设警察队、消防队、卫生队、看守所和开滦公安总队。除此之外，在 20 世纪 20 年代唐山还出现了民间武装团体，如 1925 年成立的唐山自卫团即属这一性质，有团丁 21 人，各类武器 20 支，受唐山警务分局领导，主要任务是协助当局维持治安，担任防务。1928 年后组织扩大，增设五个分驻所，1938 年有团丁 176 人，配手枪 63 支，大枪 94 支，年经费 3 528 元①。

大量外来人口迁居唐山，使唐山成为华洋杂处之地，如此众多的

① 唐山市路北区地方志编纂委员会编：《唐山市路北区志》，第 543 页；唐山市路南区地方志编纂委员会编：《唐山市路南区志》，第 517 页。

人口聚集，良莠不齐，各种民刑事案件的发生率也逐渐提高。1929年，滦县在唐山设地方法院，管理唐山诉讼，并兼办滦县、丰润等冀东11县第二审初级上诉案件，后因滦县人民多感不便，便于1931年3月移至滦县，改称为滦县地方法院，而将唐山所设法院改为唐山分庭，专管唐山第一审民刑案件。1935年7月，河北高等法院在唐山添设第四分院，管理滦东11县之第二审案件，改唐山分庭为唐山地方法院，并设有法院看守所①。另在唐山特种公安局内设司法科，负有侦查、拘捕、审判之特权，凡政治、烟毒及其他重大案件，皆由其进行秘密审讯，而法院则只审理一般刑事案件，经济案件则多由民间自行调解②。随着司法机构的建立，唐山开始出现律师和律师公会，1931年，律师公会随唐山地方法院迁至滦县，改名“滦县律师公会”，时有会员35人。1935年10月，又成立唐山律师公会，下设会长、副会长以及5名评议员和94名会员，1938年，会员发展到117人，个人开业的律师事务所也达到100多个③。随着唐山政治、经济、文化地位的上升，作为独立的行政区划便提到有关当局的议事日程。

1921年，广州市自治团体是中国第一个市自治团体，从此中国才开始有市组织机构。1921年7月，中华民国政府颁布市自治制，中国始有市自治的法令。有了这样的先例，唐山在1925年也曾有过建市的经历，1925年6月24日，中华民国临时执政府内务总长龚心湛在第3317号政府公报中颁布命令，规定：“市自治自民国十四年七月一日，于直隶省所属左列各地施行，其名称及区域均依本令所定。”其中称：“唐山市以唐山镇为其区域。”④但随着段祺瑞政府的垮台，这一规定变成了一纸空文。

---

① 王知之：《唐山事》第一辑，第25页。

② 唐山市路南区地方志编纂委员会编：《唐山市路南区志》，第532页。

③ 唐山市路南区地方志编纂委员会编：《唐山市路南区志》，537页。

④ 中国人民政治协商会议河北省唐山市委员会文史资料委员会编：《唐山文史资料》第十五辑，第89页。

1937年8月“通州事变”发生，冀东防共自治政府由通州迁至唐山，“街衢园馆则渐见繁华，中外冠裳时有集会”①，唐山在政治上的地位凸显，冀东政府以“唐山实有特殊情形，为适环境之需”，于1938年1月明令唐山设市②。以唐山镇12村为其辖区，面积20.95平方公里③。随着城市管理机构的设置，城市建设也逐渐展现出新气象。

二、唐山市公用事业、基础设施的新进展

唐山公用事业的进一步发展，主要体现在邮电通讯方面。唐山自清末设邮政局以来，业务以信件、包裹为主，兼办邮政储金，后“因事故繁杂，地势重要，逐渐增添职员邮差数人”，并在广东街等处增设邮政代办所，业务量、服务种类等都有所发展。在邮政信函方面，1920年开办国际保险信函、邮转电报、盲人读物、认识证等业务，1934年以后，又陆续开办代订报刊、平快函件、存证信函、诉讼文书、商行广告、保值挂号等；在办理包裹业务方面，1923年开办国内箱匣业务，1924年开办小包邮件；最盛时期为“七七”事变前，后因战争关系，业务量下降甚多，邮件以去往天津、北京占65%，东北占20%，华南方面占10%，外国占5%，每年能盈余万元。随邮政事业的发展，唐山相继又增辟了邮路，由原先的1条到1927年已有39条邮路，长1 300多公里，每日三次接发唐山至天津、山海关火车邮路，当时外县邮递除搭乘火车或客运汽车外，长途均为马车运输。1935年，唐山邮政局开始用自行车载运邮件，不仅提高了投递速度，而且大大减轻了邮递人员的劳动强度。嗣后，长途邮路推行自行车，并开

① 唐山市公署：《唐山市政月刊》创刊号，第1页。

② 唐山市公署：《唐山市政月刊》创刊号，第86页。

③ 于文成：《唐山市概览》，第5页。

始试行委办汽车邮路①。

电信事业发展较之邮政通讯更为迅速,1925 年,天津电话局在唐山设电话分局,办理长途和市内电话业务,当时安装有一台瓷石式百门交换机,只有用户分机 53 部。1926 年,开滦五矿分设专用电话交换点,到 1934 年,唐山电话分局已设交换机 4 台,容量 400 门,到 1937 年左右已有电话机 760 余台,电话可达国内外各处,其中在 1936 年,唐山与天津交换量就达 2.86 万次,其中去话 1.65 万次。电讯业务量的增加,促发增设更多的电报、电话线路。1929 年以后,河北省政府开始经营长话,敷设天津至唐山、北平至丰润的长话线路,唐山直达天津、津榆铁路沿途各局均由唐山局接线,到 1937 年唐山已有七对线。电报线路除原开设之外,1923 年建设滦县至建昌的电报线路,计 240 公里,到 20 世纪 30 年代初,唐山至天津、北京、丰润、滦县、乐亭、永平、迁安等地均设有电报线路②。到 20 世纪 30 年代中期已形成以唐山为中心的电报、电话通讯网络,这在冀东地区堪居首位。另外,在 1928 年唐山已出现无线电通信,是由美国海军部在唐山设置的一部弧光式电台,呼号为 NGC,而开滦矿务局在 20 世纪 30 年代末也已设有短波无线电台与天津、秦皇岛等地进行无线电通信③。

在这一时期唐山公用电力事业也得到了长足发展。开滦煤矿在 1920 年时所建的林西发电厂已成为矿局中心发电厂,同时建成了沟通林西、赵各庄、马家沟、唐山四个矿的开滦系统 30 千伏环型自备电网,对外供电能力明显提高。启新洋灰公司通过对原动厂的不断改

---

① 陈佩:《河北省滦县事情及唐山市事情调查》,第 86 页;唐山市路北区地方志编纂委员会编:《唐山市路北区志》,第 421 页;靳宝峰、孟祥林主编:《唐山市志》第二卷,第 1516、1517、1529 页;唐山市路南区地方志编纂委员会编:《唐山市路南区志》,第 396 页。

② 靳宝峰、孟祥林主编:《唐山市志》第二卷,第 1543、1539、1536、1541 页;陈佩:《河北省滦县事情及唐山市事情调查》,第 86 页。

③ 靳宝峰、孟祥林主编:《唐山市志》第二卷,第 1550 页。

进，1922年，华新纺织厂建立时由启新发电车间直接向其送电，到1926年，启新已摆脱对开滦电力的依赖，能够自己供给本厂所需全部电力。开滦、启新自备电厂的不断扩建和改进，也促进了唐山公用电力事业的迅猛发展。唐山华记电力厂最初向开滦租用电力向社会供电，以后随着启新原动厂的改进，遂分别向开滦、启新两大企业购电，随着开滦、启新剩余电力的逐年增多，购电量也逐渐加大。在1924—1931年间，开滦对马家沟、开平、林西、唐家庄、赵各庄等地区的公用供电事宜移交唐山华记电力厂经营，并成立了马家沟、林西、赵各庄、唐家庄四个电力分厂，公用电气事业明显增强。至1932年9月，唐山华记电力厂共有线路23.32公里，其中唐山16.36公里，林西2.88公里，赵各庄2.15公里，唐家庄1.05公里，马家沟0.88公里。供电量为589千瓦，最高负荷650千瓦，其中唐山550千瓦，林西15千瓦，赵各庄12千瓦，马家沟7千瓦，唐家庄5千瓦。同时开滦对外供电并没有因此中断。1934年2月，华记唐山电力厂归启新后，启新8 000千瓦机提运，发电量增加，已有条件自供全市用电。1935年建成启新电厂至乔屯、粮市街25赫兹2.2千伏配电线路双回三相六条，长6.5公里，与原配电线连接，同时将开滦唐山矿对外供电之配电线路断开，改向开滦唐山矿购电为启新自供，将唐山市铁路以东繁华市街小山一带改由启新供电，财神庙街、粮市街南端至北道门已成为唐山市区电力负荷中心，沟东、小山、付里村一带装有配电变压器238千伏安，广东街、粮市街、富贵街、乔屯一带共有配电变压器128千伏安，全市配电变压器达572千伏安。1936年2月，建成启新至北宁铁路唐山修车厂25赫兹6.6千伏配电线路，经2.2/6.6千伏1 000千伏安升压变压器，90平方毫米铜线3.5公里向唐山修车厂供电，唐山修车厂以6.6/2.2千伏1 000千伏安变压器降压用电，成为唐山公用电气第一家6.6千伏高压用户，自此该厂逐步以交流电代替厂用直流电①。

随着各类工矿企业的发展、商业的兴盛，唐山城市基础设施建设也有了很大变化。各类繁华的商业街道高层建筑多了起来，其中，繁华商业区小山各主要街道以二层楼房居多，较著名的有“大世界”、北洋饭店、裕丰饭店、华英医院、警察局等，均为当时建筑的佼佼者。西部教育区有著名的唐山交通大学、丰滦中学、扶轮小学等，院中建筑大多中西合璧，实用美观，其中唐山交通大学、丰滦中学两校的教学楼均为当时唐山市最高、质量最好的建筑物。此外，大学路两侧的铁路医院、日本宪兵队、领事馆以及李中和家宅（后来的卫协医院）等均为唐山境内较有名气的建筑。而华新纺织厂的纺场“采用脊楼式结构”②，顶上有气楼，四面皆为大玻璃窗，空气光线均极充足。1921 年还建有二层楼的扇形公事房③，在当时也算最新式的建筑。居民住宅则以砖石木架结构的平房为主，大体有两种类型，一类是中式起脊平房（瓦顶或芦苇草顶）。此类房屋多集中在刘屯、达谢庄、马家屯一带，是中国北方民宅的典型形式。另一类是具有唐山地方特色的焦（锅炉渣与石灰混合）顶平房，此类房屋多集中在开滦唐山矿、唐山修车厂附近和各街道④。开滦矿务局在 20 世纪 20 年代以后也陆续为工人建盖了多所住宅，这些房屋“纯以华北村屋为蓝本，平房独院，有炕有灶”，式样虽是老式，但建筑材料则以洋灰代泥以石代砖，这类房屋较之普通民宅“既可耐风雨之剥蚀，复可省岁修之靡费，保持清洁既易，裨益卫生亦多”⑤。近代城市基础设施和建筑艺术、建筑材料及建筑风格的变化，从一方面很大地改变了城市的景

① 靳宝峰、孟祥林主编：《唐山市志》第二卷，第 995、1019、1020、1036 页。

② 中国人民政治协商会议天津市委员会文史资料研究委员会编：《天津文史资料选辑》第三十八辑，第 13 页。

③ 河北省实业厅秘书处编：《河北实业公报》第十五期，第 17 页。

④ 唐山市路南区地方志编纂委员会编：《唐山市路南区志》，第 223 页。

⑤ 《开滦矿务总局及其职工》，第 9 页。

观，塑造了它的新形象，另一方面为这座城市增添了一种恢宏的气概，更增添了近代城市的气息。

三、城市商业与商品流通

工业发展势必带来商品经济的活跃与繁荣，从 20 世纪 20 年代开始唐山商业出现空前繁荣景象，到抗日战争前达到鼎盛时期。据《东方杂志》1924 年的报道称："年来商业极为发达，商贾云集，较诸三年前实有天壤之别。"[①]这一时期商业的繁荣表现在各类商业店铺的增多，及一批新型商业行业的出现，如西药业、钟表业、印刷业、自行车业、棉纱业、浴业等，到 20 世纪 30 年代唐山建市前已发展到 40 多个行业，1 100 多家商业店铺。但在抗日战争爆发前夕除银行业、酒业、旅栈业、理发业、人力车业、印刷业等行业外大都已呈现出衰落的迹象。1938 年唐山正式建市后，有些行业则出现畸形繁荣。据唐山市工商业联合会 1937 年的不完全统计，唐山商业已发展到 44 个行业，1 150 家以上店铺（如表 4－2－1）。在唐山工商业联合会 1938 年 6 月的统计中，认为唐山加入同业公会的商店有 776 家，而未加入的有 800 余家[②]。可见，唐山正式建市后，由于社会环境相对稳定，唐山商业继"七七"事变后的衰落已开始复苏。

表 4－2－1　唐山市商业调查表

业别	约计家数	业别	约计家数	业别	约计家数
银行业	约 4 家	钟表业	20 余家	渔业	约计 20 余
金银首饰业	约 11 家	木业	约计 30 余家	烟业	约计 7 家

① 《东方杂志》第二十一卷，第十七号，第 58 页。

② 河北省唐山市政府工商业联合会关于粮食涨价原因、商号户数等旬报，唐山市档案馆案卷号 12－9－29，档案号 M007－09－0029。

续表

业别	约计家数	业别	约计家数	业别	约计家数
海味业	约 8 家	酒业	约计 30 余家	猪栈业	约计 10 家
鲜货业	约 30 余家	洋广杂货业	约计 17 家	浴业	约计 12 家
绸布业	约 40 余家	转运业	约计 8 家	书籍文具业	约计 8 家
茶业	8 家	肉业	约计 30 家	灰石业	约计 32 家
油业	10 家	饭业	约计 80 余家	织染业	约计 20 余家
铁业	20 余家	糕点业	约计 20 余家	鸡鸭业	约计 20 余家
棉纱业	8 家	粮业	约计 20 余家	印刷业	约计 20 余家
米面业	30 余家	当业	约计 10 家	青菜业	约计 30 余家
中药业	40 余家	旅栈业	约计 90 余家	成衣业	约计 60 余家
西药业	30 余家	服装业	约计 10 余家	人力车业	约计百余家
磁业	7 家	自行车业	约计 9 家	理发业	约计 70 余家
煤业	40 余家	帽业	约计 20 余家	娱乐业	约计 11 家
鞋业	40 余家	制革业	约计 7 家	–	–

资料来源:《河北省唐山市工商业联合会关于商业兴衰调查表》,1937 年 11 月,唐山市档案馆案卷号 12-9-27,档案号 M007-09-0027。

从上表来看,发展最盛者为旅栈、人力车、饭业及理发业、成衣业,经营以日用消费品为主或围绕人们日常衣、食、住、行而展开,不仅商业店铺星罗棋布,而且出现了一些较大和较有名气的商号,如经营米面业的玉兴号、南昌记号、北昌记号、祥发号、华兴同、洪升厚、信成;经营绸布业的瑞兴成、瑞兴祥、洪昌泰、成记;经营鞋帽洋广杂货的德昌厚、中华鑫、奎昌;经营干鲜果类的德盛合、公兴同记、广德栈、闰记、云和泰;经营杂货的魁发号、义发祥、德春号、两益成、同兴顺、三益成、大丰、三成立、鸿记茶庄、隆记茶庄、裕兴长、华兴同、成益玉、祥茂；经营肠衣的华美洋行、瑞成号、同益丰、福记公司、仁记号等皆为当时较大的商号。这些大大小小的商号所经营的商品种类繁多，交易量也大为增加，如绸布有杭州之缎、绉、纺、罗、纱及毛葛，绍兴之绸、缎及盛泽纺，山东之绸，湖州及丹阳之绉，本市之各色布，天津及上海之细布、色布，无锡之粗布等。鞋类有男女各式皮鞋及便鞋，而皮鞋又有芝麻皮鞋香港皮鞋，便鞋也有礼服呢鞋及缎鞋等种类。干果有杏干、杏仁、柿饼、花生、栗子、核桃、瓜子、干枣等；鲜果则有红果、柿子、梨、苹果、杏、沙果、桃、西瓜、葡萄、鲜枣、香瓜等。各类商品琳琅满目，让人眼花缭乱。商品交易量也非以前所能比拟。绸布在“九一八事变”前，每年交易额达50—60万元，并可发往北平、济南及附近各县；铁业之旧铁行，营业每年达30余万元，新铁行之营业，每年达80余万元；鞋类在“九一八事变”前，运至口外热河等处每年约有4万双，事变后销路受限，仅能销滦县、秦皇岛、山海关一带，但全数也能达10万双；帽子除本地销售外还可以批发；洋广杂货也可转销于本市附近及滦县等地，“九一八事变”前，更可销至赤峰、平泉及热河；电料产品，全年来货值价两万余元；肠业五家公司每年营业额，共约五万元左右①。商品经销范围、流通领域都有了进一步的拓展。

在这众多行业中，各行各业皆涌现出了一些佼佼者。1921年成立的荣华顺百货店是唐山百货行业中较大的一个商店，位于新成街西口，由经理张鹤延等四人合资兴办。开始经营南方鲜货（果品），后来扩大到经营百货、针织品、玻璃器皿和纸张等商品，其经营范围之大，品种之多，在当时堪称唐山百货行业之首②。饮食行业中的鸿宴、九美斋则是唐山较大且较有名气的饭馆。九美斋饭庄，开办于

---

① 北宁铁路经济调查队编：《北宁铁路沿线经济调查报告》第四册，第1261—1273页。

② 靳宝峰、孟祥林主编：《唐山市志》第三卷，第1820页。

1925 年,坐落在便宜街西首,起初以经营棋子烧饼、开花包子、豆沙包、鸡丝卷等面食为主,1931 年发展成为饭庄,聘请烹饪高手承办宴席,其中棋子烧饼是其具有独特风味的食品,后被列为唐山特产之一。鸿宴饭庄,1937 年开办,坐落在兴隆街,服务对象为中上层人士,主营宴会酒席,兼营家常便饭和时令小吃,以别具风味的菜肴和殷勤周到的服务而驰名①。五金行业中,光绪二十八年(1892 年)开设的宝顺德五金行是唐山当时独一无二的五金商店,其开办较早。光绪三十二年(1906 年)启新水泥厂投产后,其为启新采购生产所需物料,而且还承揽制作水泥包装木桶盖的业务,并代销一部分水泥,从而使宝顺德五金行的营业蒸蒸日上。1915 年接兑宝顺兴商号,主营瓷器兼营小五金,1929 年还开设了拔丝制钉厂,自产自销,生意越做越活,资金越来越雄厚,到 1938 年,该店已拥有资金 49 000 元,营业厅房和仓库 47 间,从业人员 67 人,经营范围包括大小五金、油漆颜料、工农用具、建筑器材、电器材料等,经营以批发为主,兼营零售②。当时唐山较大的旅馆有五家,即裕丰饭店、经州饭店、北洋饭店、交通旅馆、远东旅馆,其中裕丰、经州、北洋皆系楼房,交通及远东为平房,裕丰设备最好,是唐山市规模较为完备之旅栈,北洋楼层最高,为三层楼。较大的客栈有八家,即第一栈、悦来栈、大通栈、天泰栈、长发栈、双盛栈、四合栈及双发栈,均设在新车站。唐山货栈业加入同业公会的有 20 多家,但较大的只有隆义栈、瑞信栈、永德栈三家③。

这一时期开设的商业店铺已有一些在生产关系上与封建商业有着较大差别,旧式商店多是夫妻店、父子店,往往家店不分,从业人员

---

① 唐山市路南区地方志编纂委员会编:《唐山市路南区志》,第 344 页。

② 靳宝峰、孟祥林主编:《唐山市志》第三卷,第 1819 页。

③ 北宁铁路经济调查队编:《北宁铁路沿线经济调查报告》第四册,第 1259—1270 页。

数量即使包括学徒在内也往往只有三四人，新式店铺雇佣人数则大为增加，宝顺德五金行从业人员多达67人，而1922年开设的成记布庄，从业人员也有14人左右[①]。而瑞生成绸缎庄老板赵岚更在唐山开设了一系列连锁店，如瑞信粮栈、瑞生德粮店、瑞生缸局、瑞生煤栈、瑞德烧锅、德记米厂等，被唐山人称之为"瑞字号"商店[②]。

随着商业店铺的增加，也形成了唐山较为繁荣的街市。广东街、粮市街、乔屯街、老车站街都是唐山较为繁华的街道，两旁店铺林立，"商店门面宽阔，内容充实，外表雄壮，道路平坦，行人车马，络绎不绝"[③]。商业的发展，使原有的城区已渐形拥挤，商业中心开始突破原有的城区范围继续向铁路以南的小山一带扩展。小山是突出于平地的一个小土丘，东、西、北三面坡度平缓，南面低洼成坑，是一大的积水坑，此地原为斩决犯人的刑场。随着唐山商业的繁荣，人口的增加，在20世纪初一些外地艺人首先在小山空旷地带卖艺，一时间耍猴的、变戏法的、说书的、唱戏的，皆在这里展示技艺，住户也逐渐增多，而为居民服务的商店、小饭摊、娱乐场所也纷纷出现，小山一带渐趋繁华、热闹起来。但直到20世纪20年代也只有一些茶摊、理发店、说书摊、简易商店，20世纪30年代以后逐年平垫，附近村庄也逐渐连成一片，主要的街道如便宜街、东新街、新立街也相继形成，富商大贾纷纷在这里集资兴办商店、饭馆、当铺、估衣店，妓院、赌场、鸦片馆、卖艺场也相继建立。1934年，裕丰饭店经理白月亭集资在小山最高点兴建联营商场——大世界，是集住宿、餐饮、娱乐于一体的多功能大型活动场所。大世界商场分东西两部分、上下两层。东部楼下设天宫电影院、日用百货店、糖果店、小吃部；楼上设天娥大戏院。西部楼上楼下皆为小桃园饭店，饭店以北则为天乐戏院，二楼两端有

---

① 靳宝峰、孟祥林主编：《唐山市志》第三卷，第1819页。

② 靳宝峰、孟祥林主编：《唐山市志》第三卷，第1791页。

③ 陈佩：《河北省滦县事情及唐山市事情调查》，第68页。

天桥相连①。其中,天娥戏院设池、廊共650个座位,舞台深10米,宽12米,副台各5米,后台备有化妆室、服装室、演员宿舍等设施,设有阵容整齐、实力雄厚的戏班,能演京剧、评剧、河北梆子等剧种。整个建筑设计新颖、设施完备。它的建成进一步加快了小山的繁荣,到20世纪30年代末小山一带已逐渐发展为唐山的闹市区。

随着唐山工商诸业的发展,城区人口日益增多,蔬菜副食需要量急剧增加。20世纪20年代以后,随着商业中心的南移,铁路以南人口逐渐增加,原有经营副食产品的北菜市已无法方便地供应人们日常需要的蔬菜副食产品。适应市场需要,高凤玉、陈子政在南兴里小市场北头建起几十间铺房,白月亭也在路西购买几十间房子辟为门市,以后各商户相继在此开设店铺,逐渐形成了一个新菜市,并很快成为唐山又一大繁商区,"从早至晚人群川流不息,购销量甚大"②。

唐山自清末迅速崛起以后,由于位于北宁铁路沿线,南经天津通往中国南方,经胥各庄可以通往天津的大运河,北经山海关可以通达东北境内,货物水陆运输皆十分便利,故一直是冀东商品集散地和物资中转站。在唐山集散的物资除唐山本地所产的工业品煤炭、水泥、石灰、陶瓷器、棉织品外,主要还有平绥、天津、张家口、廊坊等地运来的大米、面粉、高粱、谷子、绿豆、黑豆、棉花、油、蔬菜等农产品,以及由唐山附近县镇乡村而来的鸡、猪、鱼、蛋等畜产品(如表4-2-2)。这些物资,工业品多转运外地,农副产品或在唐山就地消费或转输附近各地,历年来转输量都比较大。

① 中国人民政治协商会议河北省唐山市委员会教科文工作委员会编:《唐山文史资料选辑》第四辑,第211页;王知之:《唐山事》第一辑,第33页;靳宝峰、孟祥林主编:《唐山市志》第三卷,第1787页;唐山市地名志办公室编:《唐山市地名志》,河北人民出版社1986年7月版,第255页。

② 唐山市路南区地方志编纂委员会编:《唐山市路南区志》,第358页。

表4-2-2　唐山主要工矿、农、畜产品集散数量表

品名	单位	数量	品名	单位	数量
煤炭	年产	372万吨	鸡	每天屠宰数	1 300只
水泥	年产	260万桶	牛	每天屠宰数	10头
石灰	年产	3 500万斤	猪	每天屠宰数	120头
水瓮	年产	25万个	鸡蛋	年产量	750万个
陶瓷器	年产	25万套	河鱼、虾	年产量	30万斤
大锅	年产	8万个	鲜鱼	年产量	12万斤
纺织棉丝	年产	35万匹	粟	年产量	150万斤
棉布	年产	2万匹	豆油	年产量	112万斤
染布	年产	25万匹	豆面	年产量	20万袋
白米	年集货	3万石	棉花	年产量	7 200万斤
面粉	年集货	48万袋	烧酒	年产量	30万斤
高粱	年集货	25万石	白菜	年产量	25万斤
谷子	年集货	3万石	麦子	年产量	9 000吨
绿豆	年集货	2万石	其他蔬菜	年产量	50万斤
黑豆	年集货	7万石	木炭	年产量	600万斤

资料来源：伊藤武雄：《冀东各县调查概况》（日文），天津事务所调查课，第263—264页。

除以上货物外，干果、鲜果类产品也是唐山集散和销售数量都比较大的商品。“杏仁之销量，每年约两千斤，三分之二运去天津；柿饼之销量，每年约万余斤；花生来自丰润、遵化、玉田、雷庄等地，均为带皮者，每年本地销量达一万斤有奇，花生米运天津者约占全数二分之一，运秦皇岛者约有二十万斤；栗子每年约四十万斤，转销天津者居半；核桃每年约销两万余斤，转销天津者约占全数三分之一；瓜子

有黑白两种，黑瓜子年销十余万斤，转销芦台者居四分之一，白瓜子年销五六万斤，转销外镇者占四分之一；干枣来自玉田、遵化，年约四十万斤，转销口外者约十余万斤，转销古冶、乐亭者约七八万斤；红果有本地产者及遵化产者两种，本地产者年约二三十万斤，遵化产者每年约有三十余万斤，转销天津者约二分之一；柿子来自盘山及香河，盘山来者约十余万斤，香河来者约四五十万斤，转销关外者占十分之二，转销倴城及乐亭者占十分之五，本地亦有出产，年约数万斤，多销当地；梨有滦县、昌黎产之小梨子，石门寨、喜峰口、破城及太平寨等地所产之小酸梨、窖酸梨、安梨、小梨、香水梨及白梨等，各货每年运来数量，计小酸梨及窖酸梨约五十万斤，小梨及香水梨约十万斤，白梨约万余斤，除销当地外计转销宁河三四万斤，芦台十万斤，塘沽四五万斤；苹果来自遵化，年约三万余斤，二分之一转销天津；杏来自遵化，有红白两种，红杏每年运来十余万斤，白杏每年运来一两万斤，红白两种，转销外镇者占全数量三分之一；沙果来自遵化，有甜酸两种，甜沙果每年运来数万斤，酸沙果每年运来约有三万斤，两种转销至芦台者不足一万斤；桃有两种，一由芦台来，每年约数千斤，一由北山来，每年约万余斤；西瓜（花皮圆形者）来自通州、香河，每年约有五六十万个，楚王瓜（俗称西洋枕）产于本地；葡萄来自遵化及昌黎，共有两种，一为长葡萄每年约有万余斤，一为圆葡萄每年约有两三万斤；香瓜本地产，每年约有二十余万斤。”①从以上商品集散和销售来看，唐山确确实实是冀东最大的商品集散地和货物中转站。

唐山也是华北仅次于天津、北京的工业城市，输出货品历来以煤炭、水泥、棉纱、陶瓷为大宗，此外，尚有白菜、芦席、猪鬃、蛋品、肠衣、猪只、棉花、酒等输出，“鸡、鸡蛋之输出亦不在少”②，但与大宗货物

---

① 北宁铁路经济调查队编：《北宁铁路沿线经济调查报告》第四册，第1263—1265页。

② 陈佩：《河北省滦县事情及唐山市事情调查》，第71页。

煤、水泥、棉纱、陶瓷等输出相比，则量少价微，不足以影响贸易商品的品种结构。

据北宁铁路局的调查，1937 年左右，开滦所产煤炭年均 594 万吨，除在当地及天津、塘沽销售外，大部都由秦皇岛、塘沽出口，以转销青、沪及华南各地，是北宁铁路主要货运产品，每年运价收入占全部货运收入的 40% 强①。唐山仅次于煤炭的另一大宗出口货物为启新洋灰公司所产水泥，主要运往塘沽及平津两市，皆由公司直接向铁路托运，运往塘沽者，转销上海、青岛、烟台、海州、厦门、梧州、龙口、宁波等处，年运总数约 90 万桶，合 158 000 吨；运往天津者，转销济南、徐州、开封、洛阳、郑州、西安、灵宝、渭南等处，年约 40 万桶，合 70 000 吨；运往北平者，转销张家口、绥远等处，年约 25 000 桶，合 4 400吨，总计每年运出约 130 万桶以上②。

华新纺织有限公司生产的棉纱、棉布，1934 年由唐山站运出之纱达 4 300 件，布 8 000 件，两者共重 1 703 吨，由于棉花生产的季节性，棉纱、棉布的销售同样有淡、旺季之分，旺运季节为 2 月至 5 月及 10 月至次年 1 月，淡运季节为 6 月至 9 月，大约旺季每月运出 160 吨，淡季每月运出 80 吨，产品主要运往天津、北京，再由这里转运至平汉、陇海、津浦沿线各站③。

唐山有“北方景德镇”之称。陶瓷、砖瓦等建材产品在唐山的流通货品中也占有重要地位，在输出货物中也占很大比重。唐山陶瓷产品种类较多，其中卫生器皿、铺地缸砖、电气瓷料多销往前门、天津、塘沽等站。运往前门的多在北京销售，1934 年大约运去 300 吨；运往天津的货物，除在天津消费外，还转销于香港、广东、青岛、烟台等地，1934 年销往天津约有 900 多吨；运往塘沽的产品，大多转销上

---

① 北宁铁路经济调查队编：《北宁铁路沿线经济调查报告》第一册，第 8 页。

② 北宁铁路经济调查队编：《北宁铁路沿线经济调查报告》第四册，第 1214 页。

③ 北宁铁路经济调查队编：《北宁铁路沿线经济调查报告》第四册，第 1217 页。

海,1934 年约有 940 吨。其他产品如缸砖、缸管、瓷器、火土等每年运销量也不少,每年由唐山站运出有一万余吨,多销于北宁路沿线各站及附近各地,有些经由海路运销上海,每年约有千吨左右,运销汉口约数百吨,销往海州千吨①。

唐山输出货物,开滦煤炭、启新水泥、华新的棉纱棉布远途运输多经铁路直接转输,销往附近及其他货物的销售有由本地商人贩运的,也有经由外来商人采购的,还有外来商人在铁路沿线各站作庄收买的。而卫生器皿、铺地缸砖、电气瓷料这些货物大多经由各大商号转销,采办此货的商号,有上海恒大公司、鸿康电料行、广东波弥大洋行、烟台德茂洋行、济南维德洋行及青岛德信洋行,而美最时洋行则负责转运。缸砖、缸管、瓷器、火土等货物则完全自运自销。外地客商来唐山采办陶瓷器皿的,以天津及关东商人为最多,关东客商且多系粮商,来时装粮食,回去时运瓷器,一来一回皆有利可图,甚为便利②。

除以上大宗输出货物外,其他如酒、猪、石灰石、白灰、火泥、鲜蛋、土布、猪羊肠、水果、铁锅、豆油、禽畜、席片等皆为唐山输出量较大的商品。高粱酒,多用酒篓装运运销秦皇岛、塘沽;20 世纪 30 年代以来,唐山每年运出的猪的数量逐渐增多,1932 年为 5 338 头,1933 年为 5 162 头,1934 年则达 11 000 头,1935 年仅 1 月至 6 月就有 9181 头。旺运时期为冬季及端阳、中秋两节前后,淡运时期为夏季,普通 10 吨车冬季可装猪 60 头,每头重约七八十斤,20 吨车每辆冬季可装 130 头,夏季可装 110 余头,主要运销地为天津。因铁路运输,猪受震动,不能静卧,猪蹄往往伤烂,到津后只能立即宰杀,而由

---

① 北宁铁路经济调查队编:《北宁铁路沿线经济调查报告》第四册,第 1215—1216 页。

② 北宁铁路经济调查队编:《北宁铁路沿线经济调查报告》第四册,第 1215—1216 页;实业部工商访问局编:《工商半月刊》第四卷,第六号,1932 年 3 月 15 日,第 9 页。

船运则到目的地后仍可饲养，所以运输主要由唐山用大车运至胥各庄，再转船经开滦煤河直运天津。而其他货物如石灰石、白灰、火泥多整车装运，余则零担输出，比重相对较小，这些货物也多运往天津、塘沽、秦皇岛、山海关等地[①]。

唐山是一个以煤炭工业为主的综合性工商业城市，在这里聚集了大量的产业工人和为数众多的商人，工商业人口在城市人口中所占比重较大，要解决人口的食粮消费，粮食及农副产品的输入就在城市经济中占有了十分重要的位置。唐山输入货品以粮食、大米、面粉及工业原料、日用消费品为大宗。每年通过运河从天津运往唐山及其腹地的货物包括谷子、高粱、大豆、大米、黄豆、面粉、砂糖、铁器、木材、鲜货、石油在内的一般的杂货就有八万吨[②]。"唐山原为销货场所，并非产粮区域，一切米粮端赖境外各地之输入"[③]，唐山市每年销大米三万包，小米400担，绿豆100余担，大米、绿豆及其他杂粮全由天津运来，小米多购自廊坊，所消费之面粉，有本地德成面粉公司产品，也有从外地运来的，外地面粉也均由天津购买[④]。日用消费品也多来自天津、上海及附近各县。而启新、德盛、新明等公司用作原料的石膏，概由山西太原运来。

唐山水陆交通皆十分方便，但由于水路运输运费较之铁路低廉，所以各种货物的运输能经水运的必经水运，其须由铁路运输的则经铁路，不能利用水道或铁路的则用大车。唐山及冀东各地商品经由水陆各渠道源源运往天津及全国各地，而各地商品同样可以通过便利的交通到达唐山及其附近各县镇，而唐山则是这一流通领域的中

① 北宁铁路经济调查队编：《北宁铁路沿线经济调查报告》第四册，第1218页。

② 伊藤武雄：《冀东各县概况调查》（日文），天津事务调查课，第262页。

③ 《河北省唐山市政府工商业联合会关于粮食涨价原因、商号户数等旬报》，唐山市档案馆案卷号12－9－29，档案号M007－09－0029。

④ 北宁铁路经济调查队编：《北宁铁路沿线经济调查报告》第四册，第1259—1261页。

转站。到20世纪30年代末期，唐山已成为冀东各地工、农业产品运销天津乃至全国各地的中转站及贸易枢纽，商品流通量、商业成交额都大大增加，市场更趋繁荣，商品流通领域也有了很大的扩展。

四、唐山文化教育事业的发展

进入20世纪20年代之后，唐山除高等院校没有增加只有唐山交通大学一所外，其他各级各类学校均有不同程度的增加，而且学校规模、教学设施皆有了进一步的提高。这一时期教育方面显现的特点是各级各类公、私立小学广泛设立；中学教育开始实行，而且基础较好的一些小学相继发展为中学。同时，社会教育也开始起步。

关于唐山初级小学的数目因为现今所编地方志是以现在行政区划统计的，所以对近代唐山所设小学没有准确的统计数字。现在按本文所讨论的范围统计，在唐山正式建市前共有各类小学30所（如表4－2－3），其中包括开滦、启新等各大企业及教会在唐山所办学校，以及在唐山建市前划归唐山或各企业管辖的学校，除有四所是1920年前创办之外，余皆为20世纪20年代以后所办。在这些学校中只有三所属公立小学，且其中1928年由万国道德会唐山分会创办的唐山七村公益女子小学在1936年才改为公立，私立小学占90%以上，有两所为个人所办，其余皆为开滦、启新、华新等企业及教会所办。

表4－2－3　唐山建市前所办小学一览表

名称	创办时间	创办人	备注
扶轮小学	1919年	天津铁路分局	1930年发展到12个班，学生550人。
淑德女子小学	1925年	启新洋灰公司	1929年归开滦矿务局。
培仁女子小学	1921年9月	天主教仁爱会	由孤儿院改建，1925年改名为培仁女子小学。

续表

名称	创办时间	创办人	备注
达谢庄小学	1926年	陈恭	-
唐山同仁小学校	1903年	刘凯元	公立
唐山私立中和小学	1925年	李中和	-
唐山七村公益女子小学	1928年	万国道德会唐山分会	1936年改为达谢庄七村公立小学。
唐山岳各庄私立志同女子初小	1937年	万国道德会唐山分会	-
唐山私立开滦小学	1924年7月	开滦矿务局	校址西马路，1930年有10个班，学生402人。
唐山西北井私立开滦初级小学	1927年10月	开滦矿务局	校址西北井，1930年有4个班，学生110人。
唐山富庄私立开滦初级小学	1929年	开滦矿务局	1930年有3个班，学生150余人。
唐山私立华新小学	1929年9月	唐山华新纺织厂	1930年2个班，学生25名。
唐山私立育英小学	1928年	天主教会	校址在乔屯天主堂院内。
滦县私立开滦赵各庄小学	1931年	开滦矿务局	-
滦县私立开滦赵各庄女子小学	1931年	开滦矿务局	-
滦县私立开滦唐庄子小学	1931年	开滦矿务局	-
滦县私立开滦唐庄子女子小学	1931年	开滦矿务局	-
滦县私立开滦林西小学	1931年	开滦矿务局	-

续表

名称	创办时间	创办人	备注
滦县私立开滦林西女子小学	1931 年	开滦矿务局	–
滦县私立开滦马家沟小学	1932 年	开滦矿务局	–
滦县私立开滦马家沟女子小学	1932 年	开滦矿务局	–
滦县私立开滦赵各庄女子初小	1931 年	开滦矿务局	1937 年停办。
滦县私立开滦唐庄子初小	1931 年	开滦矿务局	1937 年停办。
唐山私立福华初级小学	1926 年	天主教会	广东街。
唐山私立华英小学	1902 年	英国基督教循道公会	1925 年改为私立丰滦中学。
唐山私立善导女子初级小学	1927 年	天主教神父蓝振铎	–
私立赵各庄天主教堂初级小学	1931 年	天主教	1937 年停办。
私立林西天主教堂女子初小	建校时间不详	天主教	1931 年 3 月由开滦矿务局接办，更名为私立开滦林西女子小学。
私立唐家庄天主教堂小学	1932 年	天主教	1937 年停办。
东缸窑小学	1910 年	滦县政府	1931 年归唐山后发展为完全小学。

资料来源：靳宝峰、孟祥林主编：《唐山市志》第五卷，第 2822—2826 页。

唐山中等教育在这一时期也开始发端，到 1937 年前唐山市共有五所中学，其中公立学校只有省立四中一所，其余三所皆由小学发展而来。这些中学大都规模较大,设备完善,师资雄厚。

省立四中原为光绪二十八年(1902 年)10 月成立的永平府中学堂,至宣统元年(1909 年)时已有学生 108 名,1926 年在唐山开设分校,1928 年全校迁入唐山,1931 年设高中部,发展为完全中学。1933 年 10 月改名为河北省立唐山中学①。1935 年有高中 3 个班,初中 6 个班,在校生 360 人,教职工 29 人②。这是近代唐山第一所,也是唯一一所公立中学,以师资力量雄厚,学生素质高而闻名冀东。

唐山另外一所较有名的中学——丰滦中学,是由华英书院改建而来。1922 年华英小学开始增设初中部,1925 年改名为丰滦中学,1927 年添设高中部,发展为完全中学。该校占地 200 亩,建有三层教学楼,为当时唐山最高的建筑物,另外,校内还设图书馆、教堂等设施,办学经费由循道公会拨给。楼北是二层红铁瓦顶学生宿舍楼和宿舍区,中央设一个占地四亩的花园,栽植有丁香、核桃、花椒、马樱花等树木。楼南为一个拥有 400 米跑道的大操场,中为足球场。其东南部设有两个篮球场、两个排球场和网球场。1933 年在校生有 450 人。组织设备,均臻上乘……中等学校之规模,堪称完备③。后又进行了扩充,不断扩充校舍,增招学生,至 1938 年学生人数达 792 人,教职工 31 人④。是唐山一流的教会学校。

唐山私立培仁女子中学,1927 年 8 月建校,其前身为法国天主教仁爱会于宣统三年(1911 年)建立的仁爱孤儿院,1921 年 9 月改称贫民学校,1925 年增设高小班,改为唐山私立培仁女子小学。1927 年 8 月增办初中,改名为唐山私立培仁女子学校。1934 年夏增设高中部,新建校舍。1935 年与小学分开,改名为河北省私立培仁

① 唐山市路南区地方志编纂委员会编:《唐山市路南区志》,第 18 页。

② 刘水主编:《唐山市教育志》,第 185 页。

③ 王知之:《唐山事》第一辑,第 44 页。

④ 靳宝峰、孟祥林主编:《唐山市志》第五卷,第 2840 页。

女子中学。学校有教务处、庶务处、体育处、训育处,设修身、卫生、国文、日语、英语、算学、历史、地理、植物、动物等学科。1938年有教职员19人,学生283人。教育经费一是由校董筹集,二是由上海仁爱会总院捐助,三是由卢龙县天主教捐助,四是学杂费收入。在教育上,学生接受宗教信仰和所谓的“仁爱教育”,讲“修身课”、“圣经课”①。

私立淑德女子初级中学,系私营企业创办,由淑德女子小学发展而来。1921年10月,启新洋灰股份有限公司在老厂前创办淑德女子小学,1928年又添设女子师范班,翌年移交开滦矿务局接办,1931年将师范班改为中学,定名河北省淑德女子初级中学。学校实行双轨制,设事务、教务、训育、体育等机构,校长通过校务会协调全校工作。开设的主要学科有修身、算学、历史、地理、英文、日文、生物、生理卫生、矿务、体育、音乐、劳作、图画等。1938年有教职员11人,学生120人②。

此外,唐山的初级中学还有1927年8月,开滦建立私立开滦初级中学③。

这一时期,职业教育继续发展,但大多办学时间短,时停时开。为了适应企业发展的需要,开滦矿务局非常重视职业教育,相继举办过技术学校和训练班。1926年,开滦矿务局创办“私立开滦高级护士职业学校”,附设在开滦矿务局医院内,招收高中毕业生,开始只招女生,后也招男生,学制四年,隶属于开滦煤矿总管理处。学校主要为开滦煤矿培养相当于大专学历的高级护理人才,由中华护士会派员注册承认,并加入万国红十字会,是唐山最早的卫生学校,毕业

① 靳宝峰、孟祥林主编:《唐山市志》第五卷,第2840—2841页;唐山市路北区地方志编纂委员会编:《唐山市路北区志》,第680—681页。

② 唐山市路北区地方志编纂委员会编:《唐山市路北区志》,第681页。

③ 刘水主编:《唐山市教育志》,第3页。

生大多数安排到开滦系统的医院和诊所任职①。

1937年,开滦矿务局建立“开滦工务员训练所”,招收高中或工科职业学校毕业的男生,学制1年,以培养开滦煤矿井下工务员为目标,开设采矿、机械、电机专业,1946年停办。自1937年7月第一期招生至1946年3月停办,共举办采矿、机械、电机专业9期10个班,共有毕业生264名,其中采矿班231名,机械班17名,电机班16名②。

除此之外,同一时期唐山镇还建有一所“唐山商业专修学校”,1930年有学生四个班共38人,校长是陈炳韶。1931年张友兰创办的唐山私立产科学校,校址在唐山新立庄,校长张友兰,有教职员两人,学生八人。另外,尚有交通部创办的京奉铁路唐山职工学校,开滦林西修机厂工人郭润航等人发起组织的工余补习班,工人领袖邓培领导下的大同社创办的工人夜校及唐山工人图书馆在新立街合乐馆成立的工人夜校等③。

师范教育只有淑德女子小学招收的一个简易师范班,只招了一届,学制两年,除学习初中文化课外,还学习《教育学》、《心理学》等专业课程。1928年改为淑德女子中学后曾附设一个简易师范班。简易师范为初级师范,学制四年,学习初中课程,文化课一般有国文、数学、英语、物理、化学、历史、地理、体育、音乐、美术、劳作等,早期还有公民修身、经学等;专业课一般为心理学、教育学、伦理学、教授法、小学行政、体育行政等,当时对音、体、美、劳(俗称小四门)十分重视。学校有较严格的考试制度,每月进行一次月考,期末考试不及格

---

① 唐山市路北区地方志编纂委员会编:《唐山市路北区志》,第18页;刘水主编:《唐山市教育志》,第355页;靳宝峰、孟祥林主编:《唐山市志》第五卷,第2842、2853页。

② 唐山市路南区地方志编纂委员会编:《唐山市路南区志》,第615页;靳宝峰、孟祥林主编:《唐山市志》第五卷,第2842页。

③ 唐山市路南区地方志编纂委员会编:《唐山市路南区志》,第235、602、16页;靳宝峰、孟祥林主编:《唐山市志》第五卷,第2859页。

者,下学期开学第一周进行补考,补考后主要学科仍不及格者,确定为留级[①]。

传统私塾教育也继续发展。1930 年,滦县唐山镇有私塾 37 处,在塾蒙童 925 人,每处有 1 名教师,学生 10 至 60 人不等,教学内容主要是国文、英语、算术[②]。

唐山社会教育也开始起步。1935 年在小佟庄成立河北省第二民众教育馆,负责京东 22 县民众教育督导工作,内附设图书馆,供社会民众阅览。1937 年 9 月,由伪冀东防共自治政府接收,改称冀东第二社会教育实验中心民众教育馆[③]。

文化和教育是城市中最能体现城市近代化的领域之一。到 20 世纪 30 年代,唐山的学校教育已经包括小学、中学、大学,既有普通教育,又有职业技术教育,在课程设置、教材配备、教学内容、教学方法等方面与旧式私塾、学堂有了很大的区别。普遍开设外语、算学、理化、西洋史地乃至体育、美术、劳作等新课程,课程体系较为完备,教学内容与社会实际联系紧密,更加切合社会发展的现实需求。唐山的学校教育已构成了一个颇为完备的近代教育体系,形成新旧杂陈,高等、中等、小学、职业教育和社会教育共同发展的局面,而且涌现出一些质量较高的学校。

学校教育的兴盛,也使得各种文化团体、机构顿时活跃起来。唐山是近代中国北方产业工人集中的区域,在工人、学生运动蜂起云涌,各种社会思潮纷繁复杂的 20 世纪二三十年代,唐山的工人、学生也纷纷组织自己的团体,发表自己的主张。1921 年 12 月 18 日唐山修车厂工人阮章、王麟书等成立的唐山工人图书馆即是中国工人建立的第一个图书馆,也是工人活动的主要阵地,而 1923 年唐山交通

---

① 刘水主编:《唐山市教育志》,第 303 页;唐山概览编纂组:《唐山概览》,第 751 页。

② 刘水主编:《唐山市教育志》,第 91 页。

③ 唐山市路南区地方志编纂委员会编:《唐山市路南区志》,第 21—22 页。

大学学生会创办的平民夜校和社会科学研究会则是爱国学生进行马克思主义宣传的园地[1]。

作为大众传播媒介的报纸在这一时期也有了较大发展。1931年12月25日创办的《工商日报》,因言论正直,具有爱国倾向,于1938年9月25日,被日伪唐山市政府强令停刊。1931—1932年间,《新闻报》、《公报》同时发刊,1936、1937年是唐山新闻事业蓬勃发展的时期,报纸有《工商日报》、《新唐山报》、《光华画刊》三家,通讯社有津东、光华、新闻、镇东、大北通讯社五家,"各社组织相当健全,对于社会文化,贡献实多"[2]。

唐山邻近北平、天津,故平、津报纸在唐山设分销处者共有20多家。这一时期还出现了唐山第一份画刊,为田博亭1929年创设的唐山书画研究社发行的《星期画刊》,每期四开一张,采用石印,内容侧重书画文艺,发刊后名著文苑,不胫而走,出至13期,因故停刊[3]。另外,这一时期还出现了私人经营的广田社、令记画社[4]。

作为冀东文化中心的唐山,这一时期文化事业繁荣的一大表现即是书店的增多。唐山书店为私人所包揽,在1920—1938年这一时期共有书店11家,其中在20世纪20年代仅有两家[5]。1936年秋,唐山瑞兴祥绸缎庄在财神庙街开办"唐山坚声广播电台",这是唐山最早的无线电台。翌年8月,日伪强行接收改为"冀东防共自治政府"电台,隶属"满洲电信电话株式会社",不久,又被日伪华北广播协会接管,改名唐山广播电台[6]。1926年,开滦矿务局唐山矿建立气

---

① 靳宝峰、孟祥林主编:《唐山市志》第一卷,第38—39页。

② 唐山市路北区地方志编纂委员会编:《唐山市路北区志》,第20页;王知之:《唐山事》第一辑,第49页。

③ 王知之:《唐山事》第一辑,第48—49页。

④ 唐山概览编纂组:《唐山概览》,第747页。

⑤ 靳宝峰、孟祥林主编:《唐山市志》第五卷,第3027页。

⑥ 唐山市路北区地方志编纂委员会:《唐山市路北区志》,第21页。

象站,以观测气压、气温、降水、湿度、风力等,为唐山第一个使用仪器的气象站①。

唐山文化教育事业的兴盛,提高了人们的科学文化素质,也是社会文明进步的标志,同时也是唐山城市近代化的一大象征。

五、唐山市社会公益事业的勃兴

唐山经济的发展,使唐山由村落变成了都市,几十年间发生了翻天覆地的变化,人文环境也得到了一定的优化。慈善机构、俱乐部、影剧院、集体住宅、公共浴室等各项惠工事业的兴办,说明唐山社会公益事业日益发展。

社会保障是衡量社会发展与进步的一把标尺,唐山社会福利事业的勃兴即是其具体表现。唐山第一所慈善机构是开滦矿务局创办的开滦教养院,继开滦教养院之后,西方教会势力在唐山又创办了私立若瑟孤儿院、西山口教养院两所慈善机构。

开滦教养院,1923 年由开滦矿务局、启新洋灰公司、京奉铁路局、唐山警察局共同出资创办,委托天主教荷兰籍神父薛馥渊主持,占地 30 余亩,有宿舍四处(能容 250 人),并建有工场、厨房、洗衣所、库料房、浴室、医生住室、接待室及展览室、办公室及等候室、门房侍役室等。这些房屋多半为开滦出资建造,此外滦州矿地公司捐地 20 亩并每月助款 200 元。另外,开滦矿务局在各矿所堆之废渣,向来由矿警售票任人捡煤,此项所获票价 60% 拨助教养院,工头及工人因过失所罚之款也悉数捐入该院,总计各方面每月的捐款约 1 200 元,经费充足,设施完备,安设有汽炉并供给电力及暖气。开滦教养院最初名为“唐山市贫民教养院”,收养开滦矿务局与启新洋灰公司以及京奉铁路局之年老或不能工作之工人,并可安置矿区内之男女乞丐。该院除薛馥渊为院长外,另有教会修女、教职员、杂役等十人,

① 唐山市路南区地方志编纂委员会:《唐山市路南区志》,第 18 页。

院内最盛时期收容贫民500人；对十岁以下幼童施以初等教育，但主要是从事生产劳动，如织绒毡、织席和浆洗缝纫等，所得收入也为该院经济来源之一。1929年该院交由开滦矿务局单独管理，遂改名为开滦教养院，主要收容、救济开滦孤老残疾职工及伤亡职工之家属。1938年由该院拨往若瑟孤儿院孤儿30多名，次年仁爱女子孤儿院成立，该院拨去女孤儿20名，至1946年，全院尚有院民100名①。

私立若瑟孤儿院，又名若瑟教养院，系荷兰天主教徒、圣母七苦会修士白厄福（译音）于1937年创办的慈善机构，资金大部分来自荷兰七苦会总会，另由开滦矿务局捐助了木材、砖石等大批建筑材料以及铁床、木器、被褥等房内设施。在唐山王谢庄西端购地30余亩，建楼房两栋，计有房40余间和20间平房以及畜棚等附属设施，1938年竣工开院，专门收容教养男孤儿。时白厄福为院长，有荷、中两国修士3名，由开滦教养院拨孤儿31名，同时将开滦教养院部分设备移至该院。建院初期，荷兰外汇源源而至，加之孤儿从事木工、造胰、织毯、种菜等生产，院民生活、院内经济状况较为稳定。该院除宗教活动接受永平教区领导外，院内事务和经济完全自主。之后，又有六名荷兰修士陆续来院，分管各项生产和事务。抗日战争爆发后，荷兰外汇中断，院内生产项目大部停止，经费日趋紧张，主要依靠募捐、出租房屋、变卖财产予以维持②。

贫民院，又名西山口教养院，是1924年由英国教友（矿司）道克·伯多修建，其宗旨是专收矿工中鳏寡孤独者。该院由教会管理，聘请铁路工人孙鸿哲、启新洋灰公司李希明、地方绅士刘凯元、宋瑞庭为董事长，王锦章任总院长。院内设男女老人部和男女小孩部，工作和服

---

① 唐山市路南区地方志编纂委员会：《唐山市路南区志》，第546页；《开滦矿务总局惠工现况》，1923年5月印，开滦矿务局档案1－2－83。

② 唐山市路南区地方志编纂委员会：《唐山市路南区志》，第547页；唐山市路北区地方志编纂委员会：《唐山市路北区志》，第570页。

务人员均为教友。由法国仁爱会修女管理院内事务和老女人,由荷兰七苦会修士管理男老人和教孤儿学手工,收容人数最多时曾达到600人,后因房舍容纳不下,仅收纳与开滦矿务局有关的200余人。初期经费由开滦矿务局和唐山修车厂、启新洋灰公司共同承担,后期只有开滦一家支付,院方为使修女、修士过好宗教生活,每天从乔屯堂接神父举行“弥撒”和其他圣事。院内的设施有学校、澡堂、医院、牛奶房及工厂六七处,如织地毯、做木工、制肥皂等厂房。成年人及年龄稍大的儿童每天均习做工,如织席、编筐、裁缝、织地毯和生产肥皂、制扫帚、制鞋、木工等,其中以地毯最为著名,多销国外。工作者每日工资存储于开滦矿务局内,俟出院时发给①。

唐山是华北仅次于天津的重要工商业城市,也是华北重工业较为集中的区域,各大企业在赚取高额利润的同时,从20世纪20年代开始也兴办一些惠工事业,如开滦矿务局除投资兴建学校、医院,办慈善机构外,也相继创办了员工俱乐部,并为职工及家属盖起了住房;其他企业也同样如此。唐山所建俱乐部主要有开滦中级员司俱乐部、开滦高级员司俱乐部、启新同仁俱乐部。

开滦中级员司俱乐部建于1925年,地址在唐山西山口,是当时开滦矿务局中级员司及中级以上人员进行文化娱乐的场所。俱乐部礼堂建筑面积936平方米,内部设计十分考究,厅内前排设有藤椅300张,后排设木板长椅。前厅有图书馆和饮茶室,南厅为休息室,并有东西两个月亮门,可通往南面的网球、篮球和排球场。礼堂西北侧设有售票处、理发室和浴室等。俱乐部内有国剧、话剧和昆曲社,每周六、日都售票演出,每月除放映国产片外,还放两场美国好莱坞彩色电影②。

开滦高级员司俱乐部,建于光绪二十七年(1901年),最初名唐

① 唐山市路北区地方志编纂委员会:《唐山市路北区志》,第183页。
② 唐山市路北区地方志编纂委员会:《唐山市路北区志》,第614页。

山俱乐部,1929 年更名为唐山高级员司俱乐部。位于赛马场南侧,入会者除开滦高级职员有资格外,还有启新洋灰公司、华新纺织公司、京奉铁路局、教会之高层人员,是为上层人士开办的文化娱乐场所。除建有游泳池、滑冰场和高尔夫球场外,场地、庭院草坪都是用轮船从英国运来,内设客厅、舞厅、台球厅、电影厅和图书馆等,建筑考究,设施豪华,体现了美、法、意等不同建筑风格。图书馆备有各国报刊、画报和采炼技术资料,舞厅中备有夜宵西餐和各国名酒,员司用餐采取记账方式,每月从薪水内低价扣除,外国人不付钱,随意自取;电影厅每周放映两部外国电影,每月放映一部好莱坞最新原版影片,四周高墙有岗楼,门前有岗警,中、低级员司不得进入①。

启新同仁俱乐部位于唐山草场街,建于 1926 年,是由一座外国技师住宅改建而成的,为启新洋灰股份有限公司职员俱乐部。内设四股,即体育股(有篮球场、滑冰场、网球场、乒乓球室)、游艺股(有麻将牌、台球、留声机、电影放映机)、文艺股(有国剧社、话剧社、乐器队等)、庶务股(负责俱乐部管理及财务),还设有图书室,备置普通书籍、报纸供职工闲暇时阅览,有藏书两万册。该俱乐部 1930 年开始放无声电影,1934 年扩建为可容 400 人的简易礼堂。俱乐部的管理机构为由俱乐部会员选举产生的干事会,参加活动的多是工厂职员和家属②,是一个颇具近代化的游乐场所。

除了修建供职员娱乐、活动的场所外,在 20 世纪 20 年代以后随着工人运动的蓬勃发展,在工人运动的压力下,各工矿企业也相应开展一些惠工事宜,使工人的生存状况也得到了一些改善。

开滦矿务局在 20 世纪 20 年代以前只有为外国人建造的高级住房,式样为欧式,屋内设施齐全,装饰豪华,除卧室、餐厅、浴室外,还

---

① 《酒店和员司俱乐部》,开滦煤矿档案 1 - 2 - 140;唐山市路北区地方志编纂委员会:《唐山市路北区志》,第 614 页。

② 唐山市路北区地方志编纂委员会:《唐山市路北区志》,第 614 页。

设有会客厅、舞厅等。而开滦矿务局为工人修建的宿舍则与之有天壤之别,是一种名之为"锅伙"的由包工大柜出租的简陋房屋,室内无任何家具设备,只有面对面两条通炕,炕上铺着席,中间有一条行人小道①。20世纪20年代开始,开滦矿务局才有为各矿工人建盖的较为完备的住房,"式样颇多",砖石结构,安设有电灯,自来水,并修筑了道路、沟渠,派卫生队每日从事清扫工作,同样由包工大柜租给工人居住,每所租价由洋七元五角至十五元不等(连电灯廉价煤斤及卫生设备等在内,各处之平均租价计每小工每月占洋一角二分五厘)。下面是1923年时各矿所建工人宿舍数,计四矿已有容纳万人以上的工人住所,到1926年时开滦矿区已有住房1024年所②。

表4-2-4 1923年开滦矿务局工人宿舍概况表

矿名	宿舍数目	容纳人数	附记
唐山	大号16所	1950	尚有6所正在建盖
林西	大号29所,中号16所	3 800	
赵各庄	大号24所,中号42所	4 000	新盖宿舍有数所尚未住人
马家沟	大号28所	1 700	

资料来源:《开滦矿务总局惠工现况》,1923年5月印。

开滦矿务局员司住宅也是从20世纪20年代开始兴建,"式样有三四种,大小不一,有三间至七间者,亦有较多者,每所房屋各有院落,各自出入颇觉自如,至电灯自来水及卫生设备均不取费"③,而每月租价由洋二元五角至四元五角。

---

① 开滦矿务局史志办公室编:《开滦煤矿志》第四卷,第297、303页。
② 开滦矿务局史志办公室编:《开滦煤矿志》第四卷,第303页。
③ 《开滦矿务总局惠工现况》,1923年5月印。

表 4-2-5　1923 年开滦矿务局员司住宅概况表

矿名	房屋数目	房屋大小	附记
唐山	30 所	3 间	新盖
	464 间	大小不一	用本地房屋改造
林西	21 所	5 间至 6 间	新盖
	34 所	3 间	正建盖
	232 间	大小不一	用本地房屋改造
马家沟	38 所	5 间	新盖
	38 所	3 间	新盖
赵各庄	26 所	5 间	新盖
	70 所	3 间	新盖

资料来源:《开滦矿务总局惠工现况》,1923 年 5 月印。

另外,开滦矿务局从 1923 年开始在各矿区为工人家属建造房屋。1923 年在马家沟已建成 60 间,而赵各庄则正在施工,拟建 200 所,唐山、林西也已购得地亩准备施工。开滦矿务局还在各矿修建了剧园及公共浴室。1922 年,开滦矿务局在唐山矿首先建造了公共浴室,分为更衣及休息室、洗面室、大水池室三部分,使用暖气与自来水,每次连同胰皂、手巾、木屐在内收两枚铜元,1923 年在赵各庄、林西、马家沟也盖起了浴室。开滦矿务局在赵各庄矿建造了一座中国式剧院,每月演唱中国戏剧两次,每星期演一次电影,平时并不关闭任人游览,同时置备有棋子等玩具及留音机器等物件,又有新闻纸与各项杂志可以阅览,另外在这里还设有一处售品所,售卖茶果纸烟等商品，为限制人数起见，酌收极微之戏资①。以后林西矿也有同类设施。

在这一时期，唐山城市公共娱乐场所也有了很大变化，除增加了传统的茶园、剧场、戏院、书馆外，电影作为近代出现的一种新的艺术形式，于1927年开始出现在唐山。电影以其能给人以直观的感受"引起极多数人的爱好与欣赏"②。唐山第一家影院是1927年建于唐山矿西门附近的西马路影院，有座位600个，使用法国"百代"放映机放映无声电影，设备虽然简陋，但毕竟把电影这一新的艺术引入了唐山，令人们大开眼界。在20世纪30年代，天津外商新美电影公司也曾派流动电影放映队来唐山在开滦各矿放映，1937年，开滦中级员司俱乐部安装了固定放映机，与此同时，天宫电影院也在小山开业，唐山开始有了有声电影③。随着工商各业的发展，社会风气日开，人们对精神生活的追求日益提高，文化娱乐意识日渐增强。1927年，唐山交通大学学生石仲昆等组织了业余话剧团，每逢重大节日皆在校内演出，成为唐山最早出现的话剧表演④。开滦唐山矿也组织有国剧社，同时还出现了个人或集体组织的业余剧社、影社、书社、画社等公共活动场所或团体⑤。这些都很大程度丰富了市民生活，提高了市民的生活质量。

六、唐山城市医疗卫生事业的新进展

一直以来，唐山没有官办医疗机构，在医疗卫生方面取得成就的

① 开滦矿务局史志办公室编：《开滦煤矿志》第四卷，第293页；《开滦矿务总局惠工现况》，1923年5月印。

② 《上海研究资料（续集）》，转引自陈旭麓：《近代中国社会的新陈代谢》，上海人民出版社1992年7月版，第223页。

③ 唐山概览编纂组：《唐山概览》，第746页；唐山市路北区地方志编纂委员会：《唐山市路北区志》，第616页；靳宝峰、孟祥林主编：《唐山市志》第五卷，第3031页。

④ 唐山市路北区地方志编纂委员会：《唐山市路北区志》，第18页。

⑤ 靳宝峰、孟祥林主编：《唐山市志》第五卷，第3006页。

主要是开滦矿务局所办的医院。伴随开滦煤矿的建立而逐步发展起来的开滦矿务局医院,总院设于唐山,管辖唐山、林西、秦皇岛、天津四区。其中唐山区设三个分院,即唐山普通医院、唐山高级员司医院、马家沟助理医院;林西区也设三个分院,为林西助理医院、赵各庄助理医院、唐家庄施诊所,凡来院诊治者,概不取费。总院设外国总医官、总药剂师各一人,另有中国员司多人,在各区、各分院均设有医官、助理医官、光照师、看护长等。就设备来讲,"较首都中央医院完善多矣",尤其外科手术室及光线室之设备为"最新式而最完备"。1926年,开滦总医院配备有英国护士两人和20名未经专业培训的中国男护理人员。到20世纪30年代各医院所设病床,唐山普通医院有130张,唐山高级员司医院7张,马家沟助理医院30张,林西区助理医院45张,赵各庄助理医院60张,"凡病人应用之卧榻铺盖等件悉取最新式样"。在仪器设备、人员配备、医疗技术各方面都较之以前有了较大发展。国内一些知名专家、学者先后在此任职,医院在冀东一带享有盛名。启新洋灰公司、华新纱厂及唐山交通大学等单位皆与开滦医院订立契约委托代医①。

除开滦矿务局所设各医院外,1929年,北宁铁路局在唐山铁菩萨山南麓建立唐山铁路医院,设有内科和外科,1930年开诊,这是继开滦煤矿系统医院之后又一所具有一定规模的西医医院②。为了方便起见,该医院还在唐山修车厂内设有救急诊疗所③。除厂矿医院外,唐山还有华英药房、渤海医院、李大夫医院等几家私人医院,分别成立于1923、1921、1935年,各院主治项目各有侧重,华英药房注重儿科兼治其他各科及防疫事宜,并施行营养疗法;渤海医院则主管戒

---

① 张秉彝:《开滦煤矿调查报告书》,第31—32页;《开滦矿务总局惠工现况》,1923年5月印;唐山概览编纂组:《唐山概览》,第543页。

② 靳宝峰、孟祥林主编:《唐山市志》第五卷,第3164页。

③ 唐山机车车辆厂厂志编审委员会编:《唐山机车车辆厂志》(1881—1992年),第15页。

烟及内科；李大夫医院在服务对象上则注重对学生实行优惠并兼及防疫事项①。

总之，在进入20世纪20年代以后，唐山医疗卫生事业无论在医院数量、技术水平，还是医院建设、服务项目诸方面皆比以前有了一定的发展，而且在冀东一带处于领先水平。

七、唐山交通运输业的发展

唐山经济的繁荣，进一步刺激了唐山交通运输业的兴盛。20世纪20年代以后，不仅铁路运输有了新进展，同时以唐山为中心联系各县镇的公路运输也呈现出新景象。在1920年以前，唐山公路汽车运输基本处于空白状态，与附近各县、镇交往靠的主要是畜力车、木轮车、铁轮车，运输效率十分低下，且只能进行短途贸易。1920年直隶大旱，政府以工代赈对盛京御道进行整修，为唐山公路运输的发展提供了契机。1920年10月北京至丰润路段修整完毕，并开始通行客运汽车，当时有大昌、三河、天源、广隆和云记五家北京民营汽车行六辆大型汽车行驶于通县经三河、玉田到丰润全长152公里的路线上。随后又对丰润至临榆、唐山至丰润、滦县至乐亭等路段进行了整修，两次直奉战争时，出于用兵目的，双方均曾派军工或征募民工对此路进行过修补，1928年，河北省汽车路管理局再次进行全面修整，路况大为改观，1931年，河北省第一公路局又投资将京丰公路向东修至山海关，改名为京榆公路。随着北京至山海关公路的修建，上述几家汽车行又相继开办了由丰润经榛子镇、卢龙、抚宁到榆关镇的营业路线，营业里程又延长了140公里。1927年在该线各段行驶的汽车达13辆，分属于九家汽车行。1930年，唐山市出现了首家商办运输企业，即丰润县人缪锡九创办的永茂汽车行，嗣后，新德、祥顺、大有等多家汽车运输企业相继开业，到1936年唐山已有五家汽车行，

① 陈佩：《河北省滦县事情及唐山市事情调查》，第100—101页。

共有28辆汽车行驶于唐山至丰润、遵化、小集、乐亭、胥各庄、滦县、迁安、喜峰口、宝坻之间（见表4－2－6）。此外，津榆古道天津唐山间的路段也得到一定程度的修建，继续发挥着效用。这一时期，唐山的一些大型工矿企业，如启新洋灰公司、唐山修车厂、华新纺织有限公司也相继购置了汽车，但数量极少，且均属自用，开滦矿务局还配备了矿山救护汽车①。唯当时所修道路均为土石路面，晴通雨阻，但毕竟开辟了唐山公路运输的新篇章。

表4－2－6　1936年唐山民办汽车行一览表

编号	名称	运行区间	公里数	车辆数	所在地
1	永茂汽车行	唐山至丰润	23	12	唐山
		唐山至遵化	130		
		唐山至小集	26		
		唐山至乐亭	79		
		唐山至胥各庄	11		
		滦县至迁安	41		
2	民新汽车行	唐山至喜峰口	171	11	唐山
		唐山至胥各庄	11		
3	天丰汽车行	唐山至遵化	130	2	唐山
4	大有汽车行	唐山至宝坻	68	2	唐山
5	津记汽车行	唐山至遵化	130	1	唐山

资料来源：靳宝峰、孟祥林主编：《唐山市志》第二卷，第1418页。

① 刘旭阳主编：《唐山公路运输史》，河北科学技术出版社1992年4月版，第65页；靳宝峰、孟祥林主编：《唐山市志》第二卷，第1390页。

这一时期铁路交通也有进一步发展，各工矿企业因为产品远途运输多依靠铁路，故皆建有通往火车站的铁路支线。1921 年唐山站货运量为 774 万吨，1931 年则上升到 1012 万吨。据统计，1932—1934 年平均年货运量达 438.5 万吨，占当时北宁铁路全线货运量的 43.3%。外运货物主要为煤炭、水泥、缸盆、石料、纸张、草席、干鲜果品、棉花、花生、畜类等，以煤炭为主的矿产品占境内铁路全部发运量的 65.7%。1934 年，京山铁路双线工程竣工后，客、货运量都有了提高，年客运量增至 90 万人次，占京奉铁路全线客运量的 18.9%①。

总的看来，唐山交通东部“较为困难”，唐山以西则“较便利”。唐山东部一带近代式交通，除北宁铁路外，“仅有秦皇岛码头之轮运及短距离之公路而已”，而其“内地水陆运输均仍墨守旧法不知改进”。在唐山西部，言铁路，则由北宁路可与津浦、平绥及平汉相接，言海运，则由天津经沽河出口可与沿海各埠相通；言公路，则以平、津、唐三市为中心，贯通各地，余如内河航行，县路运输，因有上述各交通线路之联络，其效用实较宏大②。

与此同时，唐山市内交通也得到进一步改善，在原有路段基础上，又相继修筑了粮市街、新立街、广东街、便宜街等四条市内水泥马路，总长 13 公里，其他道路也逐渐铺垫石碴。过去唐山没有市内公交车，交通工具主要靠三轮车、人力车和骡马车，而大多数贫苦百姓出门主要靠步行。1931 年，唐山出现胶轮大车以后，马车客货运输逐渐兴盛。据天津事务所调查科的材料，可以看出在 20 世纪 30 年代唐山交通的情况。

---

① 靳宝峰、孟祥林主编：《唐山市志》第二卷，第 1479、1481 页。
② 北宁铁路经济调查队编：《北宁铁路沿线经济调查报告》第一册，第 19 页。

表 4－2－7 唐山市主要运输工具一览表

品名	市区	郊区	计	备注
公共汽车	13	－	13	－
私家汽车	3	－	3	保安队 1 开滦 1 专卖公署 1
卡车	2	－	2	开滦自用车
拉货马车	200	200	400	－
人力车	1 700	1 000	2 700	－
拉客马车	10	30	40	－
合计	1 928	1 230	3 158	－

伊藤武雄:《冀东各县概况调查》(日文),天津事务所调查课,第 270 页。

总之,20 世纪 30 年代的唐山交通运输不仅增加了长途客货运输,道路状况得以改进,而且交通工具也出现了新式运载车辆。汽车的出现使长距离公路贩运变得省时快捷,胶轮大车较之木轮大车载重量大且轻便灵活。[①] 交通工具的变革、道路状况的改进使唐山的商业更加兴旺,贸易更趋活跃。

唐山从光绪四年(1878 年)开平煤矿创建,到 1938 年正式建市,经过近 60 年的发展,人口达到了十余万,工业发达,商业繁荣,各项基础设施及公用事业都有了长足发展,电灯、自来水、人力车、汽车、火车、电报、电话、报纸以及五花八门的各种洋货、洋物,都逐渐被唐山居民所接受,唐山已是一个颇具规模的工商业城市。

① 唐山市路北区地方志编纂委员会:《唐山市路北区志》,第 414 页。

第五章 唐山城市近代化的总体考察

第一节 唐山城市人口结构的演进

一、唐山城市人口的规模变迁

近代工业文明的发展，大大推进了唐山城市化的进程。城市必然有大量聚居的人口，城市的人口集聚速度与规模就成为考察城市化水平的重要指标。近代唐山城市由村到城镇和由城镇到工商业城市的发展过程，也是大量人口向唐山集聚的过程。与唐山近代经济的发展相伴随的是人口的大量增长，人口规模的急剧膨胀。

由于近代中国政局动荡，战乱频繁，人口变动迁移剧烈，有关的人口统计既不全面也不完整，"当时的各种统计资料仅仅反映了人口数量的消长，对有关人口结构方面的情况，几乎没有触及到"①。清宣统年间民政部曾主持了全国的人口调查，但由于辛亥革命的爆发而中途夭折。民国年间政府也曾主持全国人口调查，但各级地方

① 张仲礼主编：《东南沿海城市与中国近代化》，上海人民出版社 1996 年 7 月版，第 656 页。

政府并不认真执行，不少地方只是在清末民政部调查基础上酌量增减，敷衍了事，调查结果错误百出[①]。有关唐山城市人口的统计，资料更加零碎。唐山作为北方重要的工业中心，开滦矿务局有较全面的人口统计数字，另外就是1938年唐山正式设市后，唐山市公署对全市除开滦矿区以外的人口进行过统计，但也仅仅是在唐山市成立之初，统计的年份十分有限，而且只有人口数量，其他年份则缺乏系统的统计，所以我们很难准确计算唐山城市的人口数量。由于受资料缺乏的限制，我们只能从有限的统计数据中对唐山城市人口作粗略的考察[②]。

表5-1-1　唐山人口发展概况表

<table>
<tr><th rowspan="2">年份</th><th colspan="5">人口数量</th></tr>
<tr><th>户数</th><th>男</th><th>女</th><th>开滦矿务局人口</th><th>合计</th></tr>
<tr><td>1878年</td><td>18</td><td>-</td><td>-</td><td>约250</td><td>约400人</td></tr>
<tr><td>1900年</td><td>-</td><td>-</td><td>-</td><td>-</td><td>约30 000</td></tr>
<tr><td>1922年</td><td>-</td><td colspan="2">约85 000</td><td>19 785</td><td>约100 000</td></tr>
<tr><td>1924年</td><td>-</td><td colspan="2">约70 000余</td><td>23 377</td><td>约95 000</td></tr>
<tr><td>1927年</td><td>10 342</td><td colspan="2">47 632</td><td>25 411</td><td>73 043</td></tr>
</table>

① 张仲礼、熊月之、沈祖炜主编:《长江沿江城市与中国近代化》，上海人民出版社2002年12月版，第378页。

② 《唐山调查录》，《东方杂志》第二十二卷，第十一号，第57页；北宁铁路经济调查队编:《北宁铁路沿线经济调查报告》第四册，第1247页；陈佩:《河北省滦县事情及唐山市事情调查》，第33页；唐山市公署:《唐山市政月刊》第二期，第35页；开滦矿务局档案，资料卷1-2-49；魏心镇、朱云成:《唐山经济地理》，第15页；《地方经济概况调查表》，唐山市档案馆12-6-786；唐山概览编纂组:《唐山概览》，第5页；陈克:《近代天津商业腹地的变迁》，《城市史研究》第二辑，第94页；靳宝峰、孟祥林主编:《唐山市志》第一卷，第242页。

续表

年份	人口数量				
	户数	男	女	开滦矿务局人口	合计
1928 年	-	98 000		24 117	122 117
1935 年	-	77 864		26 864	104 728
1939 年	24 222	72 950	52 934	39 307	165 191
1940 年	22 115	75 223	50 923	41 535	167 681
1941 年	22 604	78 081	53 395	44 037	175 513
1942 年	23 078	78 451	54 271	47 772	180 494
1948 年	-	149 066		44 970	194 036

注:1939 年的人口数包括 847 名外籍人。

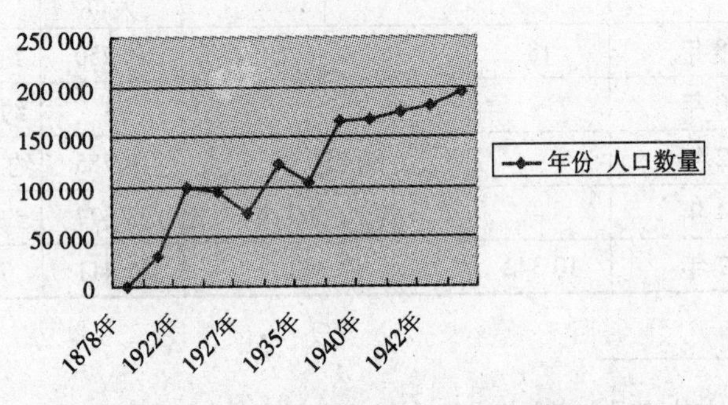

图 5-1-1 唐山城市人口发展趋势图

从上述图表可以看出,唐山城市人口经历了三个跳跃式的发展时段,虽然人口变动的总趋势是增长的,但又受到战争及天灾人祸等因素的影响表现出很大的不稳定性,曾出现过两次下滑的状态,而且愈到后期增长越缓慢。城市人口迅速增长,一个主要的原因是工商业的发展创造了大量的就业岗位,带来了人口的迅速集聚。继开平煤矿创建以来,到20世纪20年代已有一系列近代化的工矿企业相继创建,工业发展带给城市发展无限的生机,商业、交通运输业、服务业也异彩纷呈,城市人口急剧增长,唐山人口由百余人到1924年已发展为十万人,人口增长了上千倍,但这并不是人口自然增长的结果,而是大量外来人口迁移唐山造成的。唐山人口在发展的过程中也表现出了极大的不稳定性,20世纪20年代后期和30年代前期曾出现两次人口的急剧下降局面。1927年的人口与1924年相比,短短3年时间下降了20 000人左右,1935年的人口数与1928年相比也下降了20 000人左右,而1928年为何又比1927年猛增50 000人左右?其主要原因,一是由于唐山行政区划多有变更,界限不清,而人口统计制度又不健全,标准也不一样所致。上述统计数据,有的把开滦煤矿人数算在内,有的只包括唐山矿而不包括其他矿区人口,还有的则完全不包括开滦煤矿的人口,这就导致我们最终的数据发生偏差,人口数量发生重大变化。其次,与统计的时间有很大关系。城市化是农村人口向城市迁移的过程,但农民迁居城市的同时,并没有脱离与农村的关系,农闲进城做工,农忙季节往往又回到农村从事劳作,也使人口出现了季节性波动的特征。如1931年4月,天津人口统计较诸上年12月的调查数字减少了13 895人,就是源于调查时正值春耕之际,冬季自农村来津谋事者,刻均纷纷返乡①。唐山人口虽然我们找不到相关资料来验证,但也不能排除这一原因,因为这是中国近代人口变迁中较普遍的现象。三是与政局有很大关系。20世纪20年代的华北政局内战迭兴,时局纷扰,既有直奉两派军阀的争战,又有工人运动的蓬勃发展,对于工商业的发展不会不发生影响;进入20世纪30年代以后,日本人开始进犯华北,更是兵连祸结,

---

① 王印焕:《民国时期冀鲁豫农民的离村与人口近代化》,见王先明、郭卫民主编:《乡村社会文化与权力结构的变迁——"华北乡村史学术研讨会"论文集》,人民出版社2002年12月版,第191页。

浩劫重重,人民流离失所,人口必然会有大幅度的升降。如通州事变当初,“匪患猖獗,乡民相率来此避难”,人口“一时骤增”,事变后才“逐渐减少”①。可见政局对人口变动有着较大的影响。

二、唐山城市人口结构的演变

随着唐山城市人口的大量增加,人口结构也发生了变化。城市人口的职业状况及各从业人员在总人口中的比重,是考察城市性质的重要指标之一。唐山城市人口的职业构成情况可从下列图表5－1－2中窥其概貌。

表5－1－2 唐山城市人口的职业构成

职业	商人	工人	军人	警察	公务员	交通业人	自由职业	其他	开滦矿人口	合计
人数	19 946	66 312	69	310	985	1 279	6 969	34 060	39 307	153 112

资料来源:陈佩:《河北省滦县事情及唐山市事情调查》,第35页;开滦矿务局档案,资料卷1－2－49。

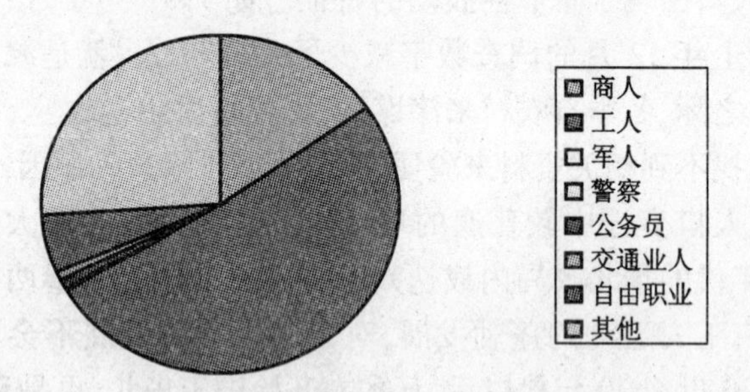

图5－1－2 唐山城市人口职业构成图

① 陈佩:《河北省滦县事情及唐山市事情调查》,第1页。

唐山“为工商业区域，耕地面积约占全市面积1/3，农作物及农家副业均不甚发达”[①]。从上述图表我们可以看出，工业人口在唐山人口中占到了绝对的比例，占43.3%，有66 000多人；商业人口占13%，有20 000人左右；工商业人口达86 000多，占全部人口的56.3%。农业人口据《唐山市概览》记载，共有4 115户，22 115人[②]，在总人口中所占比例并不高。与传统城市士农工商的职业结构相比，唐山人口的职业构成展现出了近代工商业城市的特性，在城市经济中起主导作用的是工业和商业，生产性人口在城市中占有显著的地位，也表明唐山是一个生产型为主而非消费型为主的城市。总之，随着工商业的发展，唐山逐渐形成了以煤炭、水泥、纺织等行业相适应和与生产及服务有关的市民阶层。

唐山作为一个生产型的城市，支柱产业皆是大型的重工企业，所以所用工人除纺织、制皂有少量女工外，大多为男性职工，在人口性别构成上就表现出男多女少，性别比严重失衡的特点。以表5-1-1有性别分类的统计来看，男性在总人口中占到2/3左右，1939—1942年的性别比分别为212、229、229和232，这在中国城市当中是很少见的。造成这种现象的原因是因为开滦煤矿的矿工在人口中占有相当的比重，也反映出唐山近代工业发展的不平衡，“纱厂、造铁工厂、铁道工厂、磁厂、面粉厂类，皆成本雄厚，故其出品，用能运销外埠，争胜商场。但其他乡曲编氓，望尘莫及”[③]，少量大型近代化企业是唐山工业的骨干，资本构成极端不平衡，两极分化十分严重。

---

① 于文成：《唐山市概览》，第60页。

② 于文成：《唐山市概览》，第60页。

③ 陈佩：《河北省滦县事情及唐山市事情调查》，第10页。

第二节 唐山城市管理机构的完善及对城市化的影响

一、唐山城市管理机构的逐步完善

传统中国,中央政府在大多数时间内没有建立以城市为单位的行政管理机构。城镇中的诸如市场、商业税收、交通、环境、建设、教育、治安等各种问题,在传统的管理体制中既无专门的机构,亦无法可依[①]。到处建屋,街道参差不齐,此等现象比比皆是,对于中国城市恶劣的环境在外国人的记述中也时能看到。作为新兴的工商业城市,唐山行政管理机构是伴随唐山经济社会的发展而设置的,并随着经济、政治地位的日渐突显而日益完善的。

唐山最初的管理机构是光绪二十四年(1898 年)建镇后设立的保甲局,仅是管理地方治安的机构,并不处理相关行政事宜,各村村务由各村公益会管理,重大事情诸如民事、刑事案件仍由丰滦两县县署掌管,不仅权力小,而且管辖范围也小,这种状况一直持续到 20 世纪 20 年代以后。这一时期,唐山也出现了民间军事武装组织如唐山镇绅商保卫局、唐山自卫团,但也仅仅是辅助维持治安而已。1925 年,唐山曾经设市,警察局也先后改为警察厅和特种公安局,到 1938 年正式设市前,下辖六个分局及几十个分驻所,另设警察队、消防队、卫生队、看守所和开滦公安总队,权限有所扩大,其职责除了维护地方治安外,还主管消防、卫生。但消防队"人数甚少,设备简单,以之担负全市消防时虞不逮"[②],卫生队更是 1937 年才设置,并未真正发挥作用。另外唐山特种公安局内设司法科,负有侦查、拘捕、审判之

---

① 张利民:《清末北京、天津城市行政管理机构之初立与比较》,《城市史研究》第 21 辑,天津社会科学院出版社 2002 年 3 月版,第 190 页。

② 《唐山市公报》第五卷,第一期,第 22 页。

特权,凡政治、烟毒及其他重大案件,皆由其进行秘密审讯,虽然唐山设有地方法院,并设有法院看守所,但只审理一般刑事案件,经济案件则多由民间自行调解①。其他诸如商业税收、市场管理、道路修整等并未列为其管辖范围,因此对于社会生活环境的改观并未起到明显作用。

1937年,随着日本向华北的扩张,冀东防共自治政府由通州迁移到唐山,"以唐山具有特殊情形,为适合环境之需要"②,1938年1月设唐山市政府。不久冀东防共自治政府与亲日派王克敏组织的北京临时政府合流,改称为唐山市公署,成为唐山具有近代意义的城市行政管理机构,但一定程度上也是服务于日本的殖民统治的。唐山市公署于市长之下设秘书室及参议室,市公署之内设总务、社会、财政三科,下又分设调查、社教、公用、卫生、土地、工程、文书、会庶、征收、库藏、稽核十一股(详见表5-2-1)。此后,还先后设立市政调整委员会,市政建设委员会等机构,其组织机构比较全面,管理事务几乎涵盖了社会生活的方方面面,改变了以往自然发展的局面,对于推进市政建设起到了一定的积极作用。

---

① 唐山市路南区地方志编纂委员会编:《唐山市路南区志》,第532页。

② 于文成:《唐山市概览》,第2页。

表 5－2－1　唐山城市管理机构

- 市长
  - 市政会议
  - 秘书室
  - 参议室
  - 财务科
    - 稽核股
    - 库藏股
    - 征收股
  - 总务科
    - 会庶股
    - 文书股
    - 工程股
    - 土地股
  - 社会科
    - 卫生股
    - 公用股
    - 社教股
    - 调查股

资料来源：陈佩：《河北省滦县事情及唐山市事情调查》，第 3 页。

二、唐山市政管理机构的设置对城市近代化的影响

唐山市公署作为唐山具有近代意义的城市管理机构，它的成立成为唐山城市发展的转折点，对于唐山城市的近代化起到了积极作用。唐山市公署成立后，服务于日方建设大东亚新秩序的要求，为欺骗舆论，基于“建设一模范唐山市”，与日本冀东地区本村部队长“竭力联合”，在城市规划建设方面是花费过相当心思的，制定了行政方针计划，“对于商业，则从事调查，对于居民，则颁布训诫，对于友军，随时有协助之方，对于侨民，竭力尽保护之责”①，其计划大体包括以下几个方面：

（1）实行划界，明定权限。唐山市所辖区域，暂时不变动，但鉴于长期以来唐山所管辖之村庄，分属丰、滦两县，“犬牙相错，土地问题常生纠葛”，“户口亦难求确数”②，由河北省公署下令由丰滦两县

① 《唐山市政月刊》第三号，第 1 页。

② 陈佩：《河北省滦县事情及唐山市事情调查》，第 8 页。

与唐山警务局,详细测勘,确定市县界址,户口以村庄为限,田亩则采属地主义,以便土地之分配征用,有所依据,市民产权之移转,也能有所保障。等到市区繁荣,环境需要时,再将市区逐渐扩张。至于市区之划界及扩展,则制定了三期划界计划,以建设容纳40万、80万和100万人口之大都市为目标。

(2)编制土地清册,测量房基线,确定产权。“唐山市廛栉比,街宇相望,市民之聚处于斯者,所有房屋界线,率多混杂不清。以故恃强兼并者有之,任意侵占者有之,纠纷时起,无从究诘”。唐山市公署成立后,请丰滦两县将市辖区内有关于土地之各项卷宗,“统行移送本公署接管”①,以便着手办理土地登记,编制土地清册,顺便将市民房基界线分别划清,埋立标志,使房屋产权巩固,同时也为将来修理街道,能收整齐划一之效。

(3)发展城市公用事业。由于没有专门的管理机构,唐山市内“路道率多坎坷不平,芜秽满目,一遇阴雨,遍地行潦,行旅咸为之裹足”。唐山市公署成立后,对于市内道路的整修制定了较为详细的计划,“凡属为市区辖境范围内之偏僻街巷道路,拟即督饬工程队于最短期内,一律修筑平坦,总期四通八达,尽变康庄而后已”②。对于市内卫生也十分重视。对于改建屠宰场、防疫注射、成立清洁队、购买洒水汽车等等,也准备“就财力所及,分别布置”。另外,为了防止传染病的流行,“施种牛痘、检查牲畜疾病、取缔倾倒秽水、设置公共厕所”等也计划“审度环境,逐渐施行”③。

(4)提倡实业,繁荣市面。唐山工商业虽比较发达,但主要体现在几个大型工矿企业方面,发展并不平衡,为酌盈剂虚,宜积极提倡,“小之扶植手工业,大之组织贫民工厂,俾一般无业游民,皆有一技

---

① 陈佩:《河北省滦县事情及唐山市事情调查》,第9页。

② 陈佩:《河北省滦县事情及唐山市事情调查》,第10页。

③ 陈佩:《河北省滦县事情及唐山市事情调查》,第11页。

一艺之长”，“试种美棉，劝植蚕桑，救农村之经济，增市廛之物品，凡能以裕国便民者，本市拟即设法筹款，分期举行”①。

(5)清理整顿税收。经费为万事之母，经费不足，则一切事务均无从谈起。唐山市公署成立后，除接管了唐山税务征收局的工作外，为将来市政逐渐扩展之需，对于“固定之本税，积极整顿，未定之税，着手调查”②，“期在涓滴尽归公用”③。

唐山市公署制定的行政计划，“因限于经费，泰半因陋就简，未能迎合时代之需要”，但市政之推行，“确有突飞猛进之势”，给唐山城市面貌也带来了一些新的变化。

首先，新市区的设置方向为唐山此后的发展奠定了基础。唐山市公署制定的都市计划，不仅确定了新市区的设置方向，而且具体制定了三期发展规划，按照此规划，新市街设置于东方及南方之平坦较高地带，但因市区东方地多湿洼，不适居住，划为工业区，商业区则向南推进，商业区东侧建筑居民住宅，商业区中心建筑市场④，这种规划基本奠定了近代唐山城市的初步格局。1940 年将附近 18 个村庄，也划入市署管辖，城市空间范围得到进一步拓展。

其次，推进了城市公用事业的发展，改善了城市风貌。就推进市内交通来说，“除各商店门首之招牌浮摊及妨碍交通之建筑物一律取缔，及各繁盛街市之马路一律加以展宽外”，到 1942 年时已筑成南北道门中间以及便宜街至民兴街、新成大街之洋灰马路，还举办交通安全周，印制宣传标语，实施街头讲演，同时在各冲要路口设立标语灯⑤，既便利了交通指挥，也使市民掌握了一些交通常识，这些措施的推行一定程度上改变了以往道路狭窄，“晴则沙土飞扬，雨则泥泞

① 陈佩：《河北省滦县事情及唐山市事情调查》，第 10 页。

② 陈佩：《河北省滦县事情及唐山市事情调查》，第 10 页。

③ 陈佩：《河北省滦县事情及唐山市事情调查》，第 11 页。

④ 于文成：《唐山市概览》，第 80 页。

⑤ 《唐山市公报》第五卷，第一期，第 21 页。

不堪"[1]的状况，市容也为之焕然一新。对于卫生，应兴应革均分别改善或取缔。为了防止传染病流行，"每年春秋两季，施行防疫注射，并普遍施种牛痘"[2]，而且还于1941年成立隔离病院，并制定饮水蔬菜水果消毒及垃圾倾倒街道扫除之办法，同时举行卫生宣传，组织卫生检查班随时指导，既提高了市民的健康水平，也提升了城市的文明程度。唐山市民"对公共卫生向不注意，以至脏土秽水，随地倾弃街道之旁，厕所栉比，私人粪场，到处皆是，每值夏令，秽气逼人，触鼻欲吐"[3]，一直是令政府头疼的一件事，几经整理收效甚微。唐山市公署成立后，改建了市内屠宰场，不仅"聘请专门兽医人才，充任技士，指导屠夫关于兽病的一切知识"，而且"设置各种治疗器具和药品"[4]，同时建立清洁管理所，使得"市容整洁一新"[5]，所有这些都取得了较好的成效。

唐山市公署成立后，还对市内工商各业、户口、学校、街市、银行及公共设施等做过系统调查，并围绕市政计划开展了一系列工作，这既为从事新的建设提供了依据，同时也保证了市政工作的有序进行，而且还美化了环境，虽然有些措施并未真正实行，有些未能取得良好效果，但毕竟为唐山进一步迈向近代化大都市奠定了基石。

第三节　唐山社会经济生活的变迁

一、社会团体的演进

进入20世纪，由于受到欧风美雨的浸润以及社会变革潮流的冲

① 《唐山调查录》，《东方杂志》第二十二卷，第十一号，第57页。
② 《唐山市公报》第五卷，第一期，第21页。
③ 于文成：《唐山市概览》，第118页。
④ 《唐山市公报》第五卷，第一期，第28页。
⑤ 《唐山市公报》第五卷，第一期，第27页。

击，面对国势危殆、民生日蹙的状况，清政府在镇压了维新派以后又把自己装扮成变革者，为维护濒危的统治宣布推行新政。清末新政的措施涉及政治、经济、军事、文化的方方面面，其在经济方面的措施便是奖励农工商业，但是"东西诸国，交通互市，殆莫不以商战角胜驯至富强。而揆厥由来，实皆得力于商会"，而"中国历来商务素未讲求，不特官与商隔阂，即商与商亦不相闻问。不特彼业与此业隔阂，即同业之商亦不相闻问"①，故要振兴工商业首要的任务是设立商会以资提倡。作为近代意义上的工商业社团——商会便应运而生了。唐山商会也是唐山最具有重要意义的近代社团。唐山商会于光绪三十三年(1907 年)成立后，本着"以图谋工商业及对外贸易之发展，增进工商业公共之福利"②的宗旨，也积极开展了以"筹议工商业改良及发展、工商之征询及通报、国际贸易之介绍及指导、工商业之调处及公断、工商业之说明及鉴定、工商业统计之调查编纂、开办商品陈列所商业学校等公共事业、遇有市面恐慌等事负维持及请求地方政府维持之责任"为主要内容的一系列活动，积极参与社会各项事业。

(一)维持市面，协调纠纷，调查商情，沟通官商。河北各地商务分会是早期天津商会的直属组织③，分会的立会呈文的呈转、批复均由天津商务分会审核并呈转，分会兴革各事均报总会备案④。唐山商会成立后，直接受天津商务总会的组织和领导，政府有关商界的法令往往由天津商会传达，再通过唐山商会下达众商具体实施，对天津商务总会所要求的事项，唐山商会皆给予了积极的支持。如宣统元年(1909 年)天津商务总会进行商情调查，唐山商会将唐山工商各业

---

① 天津市档案馆、天津社科院历史研究所、天津市工商业联合会编：《天津商会档案汇编》(1903—1911 年)上册，第 20 页。

② 《河北唐山商会章程》，唐山市档案馆案卷号 12 - 9 - 146。

③ 宋美云：《近代天津商会》，天津社会科学院出版社 2002 年 8 月版，第 153 页。

④ 宋美云：《近代天津商会》，第 155 页。

发展状况调查清楚后及时上报[①]。而众商与官府发生冲突时也往往通过商会居间调停、向上表达，起到了沟通官商的作用。1931年滦县县长强派修筑滦河安设电话款，唐山商民就曾以唐山地域特殊，商民向未摊派过丰滦两县地方事业款项，唐山举办地方事业亦不请求两县接济已成习惯为由，推派代表向省厅申诉，为维护商民合法权益发挥了积极作用。唐山商会作为“谋全市商民之福利的总枢纽，具有统制能力，与各业同业公会向取联络合作，凡关商业上公共福利及较重要事项，均由商会召集各同业公会首脑开联席会议，共同研讨，以多数之意见为意见，深受全市商民信赖，商民一举一动，惟以商会马首是瞻”[②]。可见其在唐山经济发展中的重要性。

（二）组建同业公会，联络感情，共谋行业福利。唐山商会成立后，为改变商人各业以及同业之间联系不多，存在隔阂的状况，积极组建同业公会。据1941年的调查，唐山共有同业公会137家，这些组织皆以发展营业、提高商业道德、增进行业福利为宗旨[③]，随着同业公会的建立，增进了同行业之间的交流与合作，联络了感情，也推动了各行业的发展。

（三）从事社会公益事业，参与社会管理。天津商会成立后，积极参与社会管理，承担社会责任。随着辛亥革命的爆发，人心惶恐，“经众商要求，拟设冬防，稽查宵小，以靖闾阎，而保治安”，于宣统三年（1911年）成立唐山镇绅商保卫局，该局以“防范土匪，保卫本镇治安，补助巡警”[④]为宗旨，经费由众商酌量筹集，为协助维持地方治安起了一定的积极意义。另外，随着唐山工商业的住户增加，商铺增

---

① 天津市档案馆、天津社科院历史研究所、天津市工商业联合会编：《天津商会档案汇编》（1903—1911年）上册，第990页。

② 陈佩：《河北省滦县事情及唐山市事情调查》，第75页。

③ 《唐山市政月刊》第九号，第61—64页。

④ 天津市档案馆、天津社科院历史研究所、天津市工商业联合会编：《天津商会档案汇编》（1903—1911年）下册，第2404—2405页。

多,为保护商民利益,唐山商会于1917年成立的“水会”,负责市区商业消防事宜,遇有火警即按议定的抽人办法奔赴现场灭火①。绅商保卫局和水会皆是唐山商会的附属组织,在参与维护治安,消除社会隐患方面无疑起到了积极作用。同时,唐山商会还担任本市警款、驻军房租、供应器物、兴办市政、修筑马路等职责,仅这些每年约需20万元之巨②,这也表明唐山商会在唐山城市社会生活中扮演了极为重要的角色。

唐山商会“范围之扩展、权限之伸张,系随地方趋势、商业情况转移”,随着工商业的发达,“一切设施,渐臻完善”③。唐山商会的设立及其组织机构的逐步扩大,标志着商人、资本家群体的发展与壮大。近代社团的出现,也是唐山城市近代化水平的体现。

二、城市近代化与区域经济变迁

是否具备城乡结合点的功能是考察城市化的重要指标。随着唐山工业化、城市化进程的推进,以运输开平煤炭为中介,唐山与天津、秦皇岛结下了不解之缘,在华北逐渐形成了天津、唐山、秦皇岛三个区域经济中心,它们之间既有密切的商贸往来,同时又都有各自的贸易圈。随着商品关系的渗透,以城乡交流、土洋货交换为指向的城镇县市的中初级市场体系逐步构建起来。在这个市场体系中,唐山成为上连天津高级市场,中接秦皇岛这个中级市场,下通初级市场的中间市场,成为沿海与内地,终点与产地市场土洋货流通不可替代的纽带。

唐山城市的崛起,带动了附近农业和手工业的发展,提高了其商

---

① 唐山市路南区地方志编纂委员会:《唐山市路南区志》,第526页。

② 《唐山商会被滦县县长孙维善强派修筑滦河安设电话两项摊款且上呈省峰》,唐山市档案馆案卷号12-10-65。

③ 《唐山市商会概况》,唐山市档案馆案卷号12-9-94。

品化程度，也促进了冀东各地农副产品的流通。随着交通运输条件的改善，冀东各地的农副产品纷纷从唐山转输，陡河沿岸村庄盛产的白菜，种植逐渐形成规模化经营，由自食转为商品，各村盛产的鱼、盐、棉花等土特产品纷纷运至唐山设点销售，而唐山当地生产的煤炭、水泥、瓷器也运到沿河村镇贩卖。在唐山转输的货品除了以煤炭、水泥、棉纱、陶瓷为大宗外，再有就是附近县镇乡村来的鸡、猪、鱼、蛋等畜产品以及蔬菜和干鲜果品。这些物品有的在唐山就地消费，有的则转输附近各地，历年来转输量都比较大，如来自遵化的鲜果每年都在30万斤左右，来自香河的柿子每年在四五十万斤。唐山因水陆交通的便利，区位优势得以进一步加强，城市的商业腹地也得到了拓展，很快成为冀东货物集散及中转的中心，经济集聚功能和辐射功能大大增强，“从前土产囤积不能销售及远，货物难于购买者今皆比比通行”[①]，商贾云集、骡车载道，甚是热闹。

在天津、唐山与秦皇岛这个市场体系中，唐山与天津的商贸往来最为频繁。天津是以开埠通商为契机，逐步发展成为北方最重要的港口和工商业中心的，“百货集散于此，通商状况逐年趋于繁盛”[②]，进入天津港的洋货、洋物，从吃、穿、用具到科技产品应有尽有，天津成为各类商贩麕集之地，各地“专司收囤转贩之户”聚集天津，争相购买百货，“盈箱累笥，载以舟车”[③]贩至华北各地，在唐山集散的适应国内贸易的一些土特产品多数以天津为销场，再由天津运往南方各口岸及外洋各地，而由天津转运来的工业产品、洋货、洋物，也多由铁路、水路运往唐山转输冀东各地。作为开滦煤的主要销售市场和

① 《振兴京津贸易说》，载宜今室人辑：《皇朝经济文新编》，商务卷八，沈云龙主编：《近代中国史料丛刊三编》，第二十九辑，总284，第228页。

② （日）中国驻屯军司令部编，侯振彤译：《二十世纪初的天津概况》，原名《天津志》，明治四十二年（1909年）九月印行，第1页。

③ 中国航海史研究会编：《天津港史》（古、近代部分），人民交通出版社1986年4月版，第82页。

转运中心，开滦煤炭由天津源源不断地运往全国各地乃至海外，而回空的轮船、煤车则把运载的各地工业品、工业原料、粮食及各种日用品贩卖到华北各地，唐山正是以开滦煤矿为中介，通过天津与上海、广州、青岛等通商大埠及海外市场联系在一起，越来越多地被卷入了国际国内日益扩大的流通领域，促进了商品经济的发展。

京奉（北宁）铁路作为联络华北和东北两大经济区的交通大动脉，横贯唐山市区，“凡长城以南，冷口以北地带输运货物，靡不经由唐山，因唐山商贾，向天津上海等处，购买货物，除运售冀东各县外，尚运往京津及满洲各地行销”[1]。东北历来是中国重要的粮食产区，京奉铁路以东北粮食市场为依托，依赖河北与东北的贸易，“竟成为中国获利最多的铁路”[2]。唐山作为工商业中心，粮食输入向来是大宗，通过京奉铁路，东北的大米、面粉、大豆等农产品被运往唐山，而在唐山集散的货物也通过京奉铁路源源不断地输往秦皇岛及东北地区。

秦皇岛，最初作为开平煤矿的专用运煤码头，在英国人占有之后，锐意经营，利用在秦皇岛取得的种种便利条件，对码头、港池、航道、船舶、铁路专用线路、机车车辆、堆场、库房和通信导航以及港口其他辅助性设施等积极经营，秦皇岛港口平面布局和港口吞吐能力都具有相当的规模[3]，与唐山的经济往来日益密切，不但为煤炭的大量输出创造了条件，亦为中外的其他贸易带来了极大方便。据北宁铁路局的调查，1937 年左右开滦所产煤炭年均 594 万吨，除在当地及天津、塘沽销售外，大部都由秦皇岛、塘沽出口，以转销青、沪及华南各地，是北宁铁路主要货运产品，每年运价收入占全部货运收入的

① 《唐山市政月刊》第三号，第 30 页。

② 吴宝晓：《清末华北铁路与经济变迁》，《历史档案》2001 年第 3 期。

③ 中国航海史研究会：《秦皇岛港史》（修订本），人民交通出版社 1993 年 4 月版，第 13 页。

40%强[1]，其他产品如缸砖、缸管、瓷器、火土、白灰等工业产品及原料，每年由唐山站运出有一万余吨，多销售于北宁路沿线各站及附近各地，有些经由海路运销上海、汉口等地[2]。随着运输条件的改善，唐山开滦煤、启新水泥厂的水泥运往秦皇岛的数量激增，冀东地区的一些农副产品也由秦皇岛转口运出，既运往中国上海、香港、烟台和长江各口岸，亦销往欧美、日本、东南亚各地。当时往返于秦皇岛港的除开滦煤矿公司船队外，还有中国海运公司、日本大阪海运公司、汉堡美洲船队，秦皇岛与各口岸市场及海外市场的联系也愈来愈密切。如滦州盛产的花生，质地优良，颇受欧洲人所欢迎，唐山生产的煤炭、水泥、陶瓷、猪鬃在世界上也享有盛誉。从秦皇岛上岸的洋货与土货，东北的大豆、黑豆、花生等农产品及秦皇岛附近各县外销之农产品、工业原料、水产品等也接踵而至，其中铁路工厂的器材，开平、滦州的井下采煤设备和码头建筑器材占了很大一部分，“其价值在进口总值中几乎占到一半”[3]，大量外来的商品由秦皇岛运至唐山，然后沿商路分销于内地城镇市场，大大刺激了冀东工商业的繁荣。

总之，以开平煤矿为媒介，以北宁铁路为纽带，唐山与天津、秦皇岛商贸中心相互间不断进行物质、信息的交换，产生对流、传导和辐射等空间互动作用。唐山及冀东各地商品经由水陆各渠道源源运往天津及全国各地，而各地商品同样可以通过便利的交通到达唐山及其附近各县镇，唐山已成为冀东各地工、农业产品运销天津乃至全国各地的中转站及贸易枢纽，改变了冀东传统的以乡村集镇为中心的市场体系，不仅以乡村城镇为中心的初级市场更形发展，又形成了以

---

① 北宁铁路经济调查队编：《北宁铁路沿线经济调查报告》第一册，第8页。

② 北宁铁路经济调查队编：《北宁铁路沿线经济调查报告》第四册，第1215—1216页。

③ 黄景海主编：《秦皇岛港史》（古、近代部分），第230页。

集散和转运为中心的中级市场，同时与全国性商品集散中心和从事进出口贸易为主要功能的中心市场也建立了紧密联系，具有近代意义的市场等级体系逐渐形成并趋于完善，商品流通格局及商品消费结构都发生了重大变化，冀东农村也逐渐卷入世界市场经济的漩涡。

三、城市社会生活的变迁

近代以来，随着西方物质文明大量输入，人们对外联系愈来愈频繁，传统封闭的社会在缓慢地开放，社会在悄悄地进步，社会风尚在外界的冲击之下也发生着不知不觉的变化。伴随近代文明的输入，华洋杂居，欧风东渐，各种新奇洋货的输入使唐山居民的社会生活也受到了潜移默化的影响。

工厂制的出现改变了劳动者的工作观念和时间观念。在唐山，随着近代化工矿企业的相继建立，资本主义生产关系逐渐确立，这里也发生了千百年来未有的巨变。工厂制的出现，严格的规章制度的制定，使工作方式变得程序化、机械化，原来日出而作、日落而息的自给自足的社会生活不复存在，自由散漫，缺乏组织纪律性的农民开始完全处在大机器工业的生产环境下，久而久之，逐渐适应了一种完全不同于农村的生活方式，变得守时守信和惯于纪律的约束，形成了定时定点有规律的生活模式。

近代化机械设备的引进，大批量制成品的出产，商品经济的发达，大机器生产带来的丰厚利润使人们谋生观念和经营理念发生了巨大变化。唐山四大支柱产业，从一开始创建即引进当时比较先进的生产设备，生产效率高，这些所带来的巨大变革，丰厚的利润，无时不在刺激着人们的感官和神经，向人们展示着工业文明带来的物质诱惑。随着唐山近代工矿企业的创办，使那些整日面朝黄土背朝天的农民也渐趋改变观念，弃农而经商营工，孜孜谋利，工商业人口在唐山城市中占据了主导地位。唐山近代工业的发展，不仅带动了附属产业的生产与发展，也促使原先手工劳作的工厂主摒弃传统守旧的观念,改变经营理念,先后引进大机器生产,并能更新工艺,研发新产品,使唐山工业化水平有了整体提升。

随着社会经济的发展和商业的繁荣,人们的思维方式与生活观念也逐渐发生了改变。社会化大生产所带来的是商品的极大丰富,眼花缭乱的商品对长期生活在较为封闭环境中的中国人来说,带来了新事物、新气息,与以往的农耕生活形成了巨大反差,社会风气为之一变,人们的消费观念也发生了深刻的变化,逐渐由崇尚俭朴转而羡慕奢华,喜新好奇的时髦心理逐渐支配着人们的审美观,行为方式、礼仪服饰出现了新的变化。婚姻生活作为社会生活的一面镜子,逐渐出现了趋新现象。就以结婚礼仪来讲,婚礼已"有行文明结婚礼者,亦有新旧参用者"①。在城市中也出现了"行为阔绰"之人,他们穿着讲究,"夏葛冬裘",饮食注重品味,"餍饫粱肉"②,与传统社会注重简朴、崇尚节俭有了明显差别,这说明人们的生活观念在物质文明的影响、熏染下已发生了改变。

在西方文明的冲击下,唐山市政建设效果显著,城市面貌有了巨大改观。大批新式建筑跃现,建筑式样新颖、风格独特,建筑材料也不断翻新。交通工具从人力车、马车到汽车、火车,道路从土路、沙石路到水泥路;信息通讯从书信传递到电话、电报,公共娱乐场所逐渐增多,出现了赛马场、电影院、高尔夫球场,斑驳陆离的新鲜事物,涉及唐山城市经济社会生活的方方面面,丰富了市民生活,提升了市民内在的生活质量,也使人们的生活方式发生了巨大变化,展露出新兴城市的风貌。

---

① 陈佩:《河北省滦县事情及唐山市事情调查》,第39页。
② 袁棻、张凤翔纂修:《滦县志》卷四《人民·生活状况》,第9页。

结 语

本书通过对唐山城市形成、发展产生重大影响的几个大型近代化企业的微观考察,探讨了唐山从一个荒凉小村发展为近代化的工业重镇,再到综合性工商业城市的变迁过程,揭示了正是在工业化的直接推动下,唐山一步步地向近代化城市演进。在凭借着地理区位和资源优势而发展起来的近代经济和特殊的社会背景这两个基本原因的交互作用下,近代唐山城市的发展呈现出其自身的一些的特点。

工业化是唐山城市发展最直接的推动力。工业化是指"因机器之助,用雄厚之资本,以实行大规模生产之制造业"[①],可见机器生产是工业化的主要标志。就唐山工业化程度来看,在当时的华北地区可以说是独一无二的。综观唐山工业化进程,可以归纳为以下几个特点:

(一)特殊的社会背景。唐山近代工业化与晚清的两次近代化运动息息相关。开平煤矿的创办是洋务运动的产物,而北洋新政的开展又导致了启新洋灰公司的收回自办。唐山因其丰富的资源而成为北方重工业中心,离不开前后两任直隶总督兼北洋大臣李鸿章与袁世凯的大力扶持。唐山近代工业以煤炭、水泥等重工业为核心,建厂周期长,耗资大,在近代中国缺乏资本原始积累的情况下,私人资

① 何廉、方显廷:《中国工业化之程度及其影响》,工商部工商访问局编印,上海华丰印刷所1930年5月,第1页。

本根本无力承担这类大规模的工业建设,如果没有政府的提倡与保护,唐山近代工业不可能迅速创办,更不可能获得较快的发展。正是有官僚政权的支持,唐山四大支柱产业——开滦矿务局、启新洋灰公司、唐山修车厂、华新纺织厂,规模都比较大,资本雄厚,创办资本多在百万元以上,从建厂之初即引进德、英等国先进的生产设备,并不断进行技术改造和设备的更新,到20世纪30年代基本上以电力代替了蒸汽作为动力。各大企业资本有机构成高,劳动生产率高,在国内同行业中皆处于领先水平。

(二)在唐山工业化进程中,能充分利用当地资源发展配套产业,这也是唐山工业化成功的关键所在。唐山地区有着丰富的矿产资源,随着开平煤矿的发展,煤炭运输问题成为生产发展的关键,于是相继修建了唐胥铁路,开挖了煤运河,而筑造矿井、修建铁路、运煤车的修理又为砖瓦业、水泥业以及机械制修业的发展提供了机会,由此以煤矿为核心,其他各业逐渐发展、兴盛起来。而启新洋灰公司在收回自办后,也以启新为龙头,发展了煤炭、砖瓦、机修、电力等附属产业,并利用积累的大量资金用于新事业的开拓,从而又形成一个以启新、滦矿为支柱的周学熙实业集团。在这两大集团的影响和带动下,百业竞进。唐山近代工业以这两大集团为核心,由点到面形成了以煤炭、水泥为主的工业体系,由单一的采煤发展到建材、机械制造、纺织、电力等多种职能,工商业经济在社会经济中起着主导作用。

(三)一批具有企业家素质的人员对唐山近代化产生了重要的影响。在近代中国民族资本发展困难重重的条件下,唐山近代工业在恶劣的市场环境中,能够战胜不利因素的干扰而生存下来并取得了长足进展,这与一代企业家的悉心经营密切相关。唐廷枢、周学熙及继他们之后的经营者,都具有勇于冒险、不断开拓创新的企业家精神,皆能按照资本主义运营方式来管理企业,建立了系统的经营管理体制,采取了灵活机动的营销策略,使企业沿着市场经济的轨道运行,他们创榛辟莽、筚路蓝缕之功对唐山近代化起了不可磨灭的影响,从中我们也可以看出中国近代企业家递嬗更替的历史发展足迹。唐廷枢为了开平煤矿殚精竭虑,艰苦备尝,终于为其以后的发展打下了雄厚的基础。周学熙经营企业,也是“苦心筹划,劳怨不辞”①,他“每举办一事,必如狮子搏兔,以全力赴之,首尾巨细,无微不至”②。正是有他们的悉心经营和管理,唐山近代工业才没有在封建势力的阻挠、外国侵略势力的压榨下萎缩、破产,而是坚持了下来,虽然后来也未免于被外国资本吞并的命运,但那是时代的悲剧,也是他们个人的力量所无法挽回的趋势。当然他们也有局限性,在企业管理上仍不免带有浓厚的封建性,毕竟他们胸中罗列的都是线装书,孜孜以求的是举业功名,所以我们不能以今天的评判标准来衡量他们。

工业化发展引起产业结构的迅速转变,随着唐山工业化的逐步展拓,工业经济在城市经济中占有绝对比重,由此也使唐山一举由农业文明而跨入工业文明的社会,并开始了其城市化和城市近代化的进程。在工业化直接推动下的城市化及城市近代化也具有一定的独特性。

(一)城区布局由于从来就没有统一的发展规划,造成了城市整体布局的杂乱无章与不合理。尽管唐山的经济辐射面和国内声誉远甚于丰滦这两个行政县,但长期以来隶属丰滦两县管辖,由于没有专门的城市管理机构,“市内建筑,向无统制,居民随地为屋,占据官道,所在多有,以致街衢狭小,曲折异常”③。唐山开滦、启新、华新、修车厂等大型企业总管理机构均设在天津,唐山只是生产基地,所以房舍大半多属工人住宅及一般贫民居舍,“建筑非特简陋,且房多院小”④,拥挤不堪。对于环境卫生也向来不太注意,“污土秽水,随地

① 陈夔龙著,俞陛云编:《庸菴尚书奏议》(四),载沈云龙主编:《中国近代史料丛刊》第五十一辑,总507,台湾文海出版社1972年3月版,第1654页。

② 周叔媜:《别传》,第180页。

③ 于文成:《唐山市概览》,第6页。

④ 于文成:《唐山市概览》,第7页。

倾弃,街头巷左,厕所栉比,私人粪场,到处皆是"[1],整个市容给人以脏、乱、差的印象。

(二)人口增长异常迅速。人口数量是衡量城市规模的一个主要标志,唐山经过60年的发展,由18户人家的小村庄发展到10多万人口的工商业城市。大量人口的集聚,一是工商业的发展提供了许多新的就业机会,吸引了大量的人口迁居;二是农村经济的衰败及灾荒造成大量流民到唐山谋食。所以说该市人口的集聚是依靠小村落农民进入自谋职业,逐渐集聚发展而来的,它不是运用政治手段或暴力强制性手段来实现人口的集聚。这不是人口自然增长的结果,主要是人口机械增长即外来人口大量迁移入唐的结果,而大量人口的迁入又进一步促进了城市的成长。

(三)展现出工矿业城市独特的空间分布格局。不同时代、不同地区、不同类型的城市皆有不同的城市结构。唐山是因开平煤矿的兴办而自然成长起来的城市,围绕几个近代化工矿企业形成了密集的居民聚居点,形成"大分散小集中的块状群"[2]。随着开平煤矿的创办,为了燃料和工业用水的便利,在围绕唐山矿的陡河沿岸工厂林立,而在这些厂矿四周则形成唐山最先的居民密集分布点。随着开平矿务局的展布及其他附属企业的开办,在林西、马家沟、赵各庄、唐家庄几个矿区周围又形成了其他的居民聚居点。但因开滦矿务局各矿区相距较远,只能形成块状群分布,而在其他非矿区地带则居民分布稀少,这也是唐山不同于一般矿区相对集中的矿业城市的一大特点。

(四)城市基础设施、公用事业皆开始起步,但发展十分有限。唐山已出现了水泥道路、赛马场、电影院、高尔夫球场,有了自来水、暖气、电话、电报、路灯、汽车等新奇事物,西方物质文明已进入唐山

---

① 王知之:《唐山事》第一辑,第34页。
② 魏心镇、朱云成:《唐山经济地理》,第17页。

城市的经济和生活领域，也表明唐山城市面貌已发生了巨大变化，它已逐步转变为近代化的都市，但这些并未对占人口多数的普通居民生活产生直接影响，只服务于为数有限的厂矿和个人。到建市前唐山只有为数很少的几条水泥路及灰渣路、碎石路，且多围绕在唐山矿附近，其他皆为土路，大多坎坷不平，天晴则灰沙扑面，沾衣袭袂，阴雨天则泥泞难行。排水沟只有开滦和铁路排水沟两条干线，而且还不能算是完全近代意义的水沟，只有三条共长566米的砖砌暗沟，更多则是土明渠，易堵塞难清理，所以无法满足城市生活、工业废水的排泄。唐山没有市内公交车，主要交通工具是人力车。其他公用设施也莫不如此，自来水、供暖设备也只是少数大型厂矿和有产阶级才能享受得到，只在少数路段设置有路灯，普通家庭安设电话的更是微乎其微。城市中没有供一般居民消遣的公园、绿地，城市近代化还处于起步阶段。

（五）城乡参半的居民生活。华洋杂居，欧风东渐，各种新奇洋货的输入使唐山居民的物质生活发生了变化。唐山近代化的大型厂矿总管理处皆设于天津，高层管理人员大多坐镇天津办公，社会中上层人数为数很少，居民多为矿工，有些甚至不是纯粹意义上的工人，他们在工作之余往往还参加农业劳动，造成唐山消费者多数是社会下层人士，消费水平低，有些甚至一年的收入不足以供温饱，更无法进行休闲消遣，生活比较简朴，“毫无都市住民之习风”①，虽然也出现了“行为阔绰”，“夏葛冬裘，餍饫粱肉”②之人，但多数人依然着粗布，食粗粮，生活水平十分低下，与农村住户别无二致。

城市是人类社会发展到一定阶段的产物，是社会进步、人类文明的象征。唐山成为城市是工业发展带动起来的，煤矿、铁路、水泥、河运是唐山城市发展的主要推力，商业、服务业及其他手工业则处于从

① 陈佩：《河北省滦县事情及唐山市事情调查》，第33页。

② 袁棻、张凤翔纂修：《滦县志》卷四《人民·生活状况》，第9页。

属地位，城市居民构成大体也是由这几个行业相适应的士、农、工、商阶层为主体。唐山是由冀东传统村落发展为城市，缺乏政治资源，因为它不是政治和军事中心，也不像沿海城市受到外国影响那么大，所以发展相对比较单一，它随着经济的发展而发展，随经济的起落而波动，但它不是传统城市的翻版。唐山城市的崛起是中国社会内部结构变革所产生的推动力，是自力更生大办民族工业发展起来的城市，它带有普遍意义。它的发展历程可为我国近现代城市的发展提供借鉴。到20世纪30年代，唐山就人口数量、煤、水泥、棉纱等工业产值而论，早已达到中等城市的水平，人口满10万，年产值逾千万元，然而在城市规划、城市管理、基础设施、生活设施、文化设施等方面的近代化水平还是相当低的，其城市化水平滞后于其工业化程度。

参考文献

一、理论著作

1. 马克思:《资本论》,人民出版社1975年6月版。

2.《列宁全集》,人民出版社1957年8月版。

3.《马克思恩格斯全集》,人民出版社1957年12月版。

4. [美]吉尔伯特·罗兹曼主编,国家社会科学基金“比较现代化”课题组译:《中国的现代化》,江苏人民出版社1995年1月版。

5. 黑格尔著,王造时译:《历史哲学》,上海书店出版社2001年8月版。

二、档案、资料汇编、调查报告

1. 陈佩:《河北省滦县事情及唐山市事情调查》,中华民国新民会中央指导部1939年11月。

2. 于文成:《唐山市概览》,唐山市公署秘书室1942年印行。

3. 王知之:《唐山事》(第一辑),唐山工商日报社1948年8月发行。

4. 孙毓棠:《中国近代工业史资料》(1840—1895年)第一辑,上、下册,科学出版社1957年4月版。

5. 顾琅:《中国十大矿厂记》,上海商务印书馆1916年8月版。

6. 汪敬虞:《中国近代工业史资料》(1895—1914年)第二辑,

上、下册,科学出版社1957年4月版。

7. 中国史学会主编:《洋务运动》,全八册,上海人民出版社、上海书店出版社2000年6月版。

8. 贺长龄辑《皇朝经世文编》,沈云龙主编:《中国近代史料丛刊》第七十四辑,总731,台湾文海出版社1972年2月版。

9. [清]朱寿朋编,张静庐等校点:《光绪朝东华录》,全五册,中华书局1984年9月版。

10.《十三经》第一册,上海书店出版社1997年8月版。

11. 中国史学会主编:《太平天国》,全八册,上海人民出版社、上海书店出版社2000年6月版。

12. 葛士睿辑:《皇朝经世文续编》,载沈云龙主编:《中国近代史料丛刊》第七十五辑,总741,台湾文海出版社1972年3月版。

13. 杨端六、侯厚培等:《六十五年来中国国际贸易统计》,"中研院"社会调查所1931年。

14. 陈良倚辑:《皇朝经世文三编》,载沈云龙主编:《中国近代史料丛刊》第七十六辑,总751,台湾文海出版社1972年4月版。

15. 甘韩编:《皇朝经世文新编续集》,载沈云龙主编:《中国近代史料丛刊》第七十九辑,总781,台湾文海出版社1972年7月版。

16. 宓汝成:《中国近代铁路史资料》(1863—1911年)全三册,中华书局1963年5月版。

17. 开平矿务局1888—1893年账略,开滦矿务局档案馆藏。

18. "中研院"近代史研究所编:《矿务档》,台湾"中研院"近代史研究所1985年4月再版。

19. 陈真:《中国近代工业史资料》第三辑,生活·读书·新知三联书店1961年10月版。

20. 徐珂编撰:《清稗类钞》第三册,中华书局1984年10月版。

21. 熊性美、阎光华主编:《开滦煤矿矿权史料》,南开大学出版社2004年9月版。

22.《开平矿务总局开办规条及煤矿章程》,光绪年间铅印,国家图书馆分馆藏。

23. 宜今室人辑:《皇朝经济文新编》,载沈云龙主编:《中国近代史料丛刊三编》第二十九辑,台湾文海出版社 1987 年 8 月版。

24.《清实录》(55),《德宗景皇帝实录》(四),中华书局 1987 年 5 月版。

25. 南开大学经济研究所、南开大学经济系编:《启新洋灰公司史料》,生活·读书·新知三联书店 1963 年 2 月版。

26. 魏心镇、朱云成:《唐山经济地理》,商务印书馆 1959 年 4 月版。

27. 开平矿务有限公司临时股东大会议事录,开滦档案 G0767 - 61。

28. 天津市档案馆、天津社科院历史研究所、天津市工商业联合会编:《天津商会档案汇编》(1903—1911 年)上、下册,天津人民出版社 1989 年 9 月版。

29. 曹从坡:《张謇的悲剧》,载《张謇研究资料》(油印本)第二期,南通市张謇研究资料室编印。

30. 天津图书馆、天津社科院历史研究所编,廖一中、罗真容整理:《袁世凯奏议》,上、中、下册,天津古籍出版社 1987 年 3 月版。

31.《启新公司董字第 21 号卷》,启新洋灰公司档案馆藏。

32. 中国第二历史档案馆编:《中华民国史档案资料汇编》第三辑《工矿业》,(南京)江苏古籍出版社 1991 年 6 月版。

33. 荣孟源、章伯锋主编:《近代稗海》第三辑,四川人民出版社 1985 年 7 月版。

34.《中国实业银行总行档案》,卷十六,200 号。

35. 甘厚慈:《北洋公牍类纂续编》,光绪三十三年(1907 年)京城益森印刷有限公司铅印本。

36.《启新公司第 108 号卷》,启新洋灰公司档案馆藏。

37.《启新公司第69号卷》,启新洋灰公司档案馆藏。

38. 郝庆元、林纯业整理:《周学熙家语》(上),中国社会科学院近代史研究所近代史资料编辑组编:《近代史资料》,总77号,中国社会科学出版社1990年7月版。

39.《启新公司第275号卷》,启新洋灰公司档案馆藏。

40.《启新洋灰有限公司唐山工厂办事总则》,启新洋灰公司档案馆藏。

41. 启新洋灰公司编:《启新公司30周年纪念册》,启新洋灰公司1935年印。

42.《启新公司第257号卷》,启新洋灰公司档案馆藏。

43.《启新公司证书汇览》,启新洋灰公司档案馆藏。

44.《启新公司第394号卷》,启新洋灰公司档案馆藏。

45.《启新公司董字第17号卷》,1913年3月,启新洋灰公司档案馆藏。

46.《启新公司董字第24号卷》,启新洋灰公司档案馆藏。

47.《启新公司第126卷》,启新洋灰公司档案馆藏。

48.《启新公司第342号卷》,启新洋灰公司档案馆藏。

49.《启新公司第348卷》,启新洋灰公司档案馆藏。

50. 开平矿务有限公司1911—1912年总理年报,开滦矿务局档案馆藏。

51. 胡光麃:《波逐六十年》,载沈云龙主编:《中国近代史料丛刊续编》第六十二辑,总616,台湾文海出版社1979年3月版。

52. 张秉彝:《开滦煤矿调查报告书》,1934年8月,天津图书馆藏。

53. 严中平:《中国近代经济史统计资料选辑》,科学出版社1955年8月版。

54.《开滦煤矿与铁路局的关系》,开滦档案案卷号1-2-45。

55. 开滦档案,案卷1109号。

56. 开滦档案,案卷1135号。

57. 上海社科院经济研究所编:《刘鸿生企业史料》(1911—1931年),上、中、下册,上海人民出版社1981年8月版。

58. 天津市档案馆、天津社科院历史研究所、天津市工商业联合会编:《天津商会档案汇编》(1912—1928年),共四册,天津人民出版社1992年10月版。

59.《中国实业银行总行档案》,卷一号。

60.《唐山华新纺织股份有限公司企业性质及资本性质补充说明》,唐山市档案馆案卷号0152-3-3。

61. 北宁铁路经济调查队编:《北宁铁路沿线经济调查报告》,全六册,北宁铁路管理局1937年12月。

62. 华新纺织厂厂史整理小组编:《华新纺织厂厂史》(初稿),1975年7月,唐山市档案馆案卷号0152-2-465。

63.《唐山华新纺织有限公司概况》,唐山市档案馆案卷号0152-2-293。

64. 唐山华新纺织厂厂史资料之十五,唐山市档案馆案卷号0152-02-298。

65.《冀东道统计概要》,唐山市档案馆案卷号K-9-1784。

66. 淮南煤矿局编:《开滦矿务总局》,南开大学图书馆藏。

67. 刘大钧:《中国工业调查报告》,经济统计研究所1937年。

68.《河北省唐山市政府工商业联合会关于粮食涨价原因、商号户数、商品价格、房租调查、洋灰劳银旬报》,唐山市档案馆案卷号12-9-29,档案号M007-09-0029。

69. 王清彬等编:《第一次中国劳动年鉴》,北平社会调查部1928年12月。

70.《河北省唐山市工商业联合会关于物资物价市场调查》,1939年,唐山市档案馆案卷号12-9-31,档案号M007-09-0031。

71. 开滦矿务局档案,资料卷1-2-49。

72.《开滦矿务总局及其职工》,约1931年编印,天津图书馆藏。

73.《开滦矿务总局惠工现况》,1923年5月印,开滦矿务局档案馆1-2-83。

74.《酒店和员司俱乐部》,开滦煤矿档案馆资料卷1-2-140,

75.季啸风、沈友益主编:《中华民国史史料外编——前日本末次研究所情报资料》,广西师范大学出版社1997年5月版。

76.何廉、方显廷:《中国工业化之程度及其影响》,工商部工商访问局编印,上海华丰印刷所1930年5月。

77.(日)中国驻屯军司令部编,侯振彤译:《二十世纪初的天津概况》,原名《天津志》,明治四十二年(1909年)九月印行。

78.陈夔龙著,俞陛云编:《庸菴尚书奏议》(四),载沈云龙主编:《中国近代史料丛刊》第五十一辑,总507,台湾文海出版社1970年6月版

三、地方志、年谱、文集、传记

1.[宋]庄绰:《鸡肋编》,中华书局1983年3月版。

2.魏源:《魏源集》,上、下册,中华书局1976年3月版。

3.冯桂芬著,戴扬本评注:《校邠庐抗议》,中州古籍出版社1998年9月版。

4.[清]吴士鸿修,孙学恒纂:《滦州志》,嘉庆十五年(1810年)刻本。

5.徐润:《徐愚斋自叙年谱》,载沈云龙主编《近代中国史料丛刊续编》第五十辑,总491,台湾文海出版社1978年2月版。

6.嵇璜、刘墉、曹文埴纂修兼总校:《清朝通志》,浙江古籍出版社1988年11月版。

7.袁棻、张凤翔纂修:《滦县志》,1937年铅活字印本。

8.张廷纲、吴祺:《弘治永平府志》,天一阁藏明代方志选刊续编(三),上海书店出版社1990年12月版。

9. 游智开总修:《永平府志》,光绪二年(1876 年)刻本。

10. 田易等纂,唐执玉、李卫等监修:《畿辅通志》,文渊阁四库全书,史部 262,地理类,总 504 册,台湾商务印书馆 1986 年景印。

11.《李鸿章全集》,全九册,海南出版社 1997 年 9 月版。

12. 开滦矿务局史志办公室编:《开滦煤矿志》(1878—1988 年),全五卷,新华出版社。

13. 周叔媜:《周止庵先生别传》,《民国丛书》编辑委员会编:《民国丛书》第三编,第七十三辑,上海书店出版社 1991 年 12 月版。

14. 唐山市路南区地方志编纂委员会编:《唐山市路南区志》,海潮出版社 2000 年 12 月版。

15. 靳宝峰、孟祥林主编:《唐山市志》共五卷,方志出版社 1999 年 11 月版。

16. 夏东元编:《郑观应集》,上、下册,上海人民出版社 1988 年 4 月版。

17. 唐山机车车辆厂厂志编审委员会编:《唐山机车车辆厂志》(1881—1992 年),中国铁道出版社 1999 年 8 月版。

18. 李述主编:《开平区志》,天津人民出版社 1998 年 12 月版。

19. 牛昶煦、郝增祜纂:《丰润县志》,1921 年铅活字印本。

20. 唐山市路北区地方志编纂委员会编:《唐山市路北区志》,中华书局 1999 年 5 月版。

21. 王克勤主编:《唐山城市建设志》,天津人民出版社 1992 年 8 月版。

22. 周学熙:《周止庵先生自叙年谱》,载虞和平等编:《周学熙集》,华中师范大学出版社 1999 年 10 月版。

23. 刘垣:《张謇传记》,载沈云龙主编《近代中国史料丛刊续编》第十三辑,总 128,台湾文海出版社 1975 年 3 月版。

24. 郝庆元:《周学熙传》,天津人民出版社 1991 年 4 月版。

25. 梁启超:《饮冰室合集》,中华书局 1989 年 3 月版。

26. 启新水泥厂厂志办公室编:《启新水泥厂厂史》(1889—1989年),启新水泥厂厂志办公室1989年编印。

27. 刘水主编:《唐山市教育志》,教育科学出版社1993年10月版。

28. 唐山概览编纂组编:《唐山概览》,红旗出版社1996年7月版。

29. 王锡彤著,郑永福、吕美颐点注:《抑斋自述》,河南大学出版社2001年6月版。

30. 虞和平等编:《周学熙集》,华中师范大学出版社1999年10月版。

31. 唐山市地名志办公室编:《唐山市地名志》,河北人民出版社1986年7月版。

四、报刊、杂志

1.《申报》,上海书店出版社1987年10月影印本。

2.《盛京时报》,《盛京时报》影印组1985年辑印。

3.《大公报》(天津版),人民出版社1982年影印。

4.《东方杂志》,商务印书馆编。

5.《工商半月刊》,实业部国际贸易局、工商访问局编辑。

6. 唐山市公署编印:《唐山市政月刊》。

7. 河北省实业厅秘书处编:《河北实业公报》,河北省实业厅印。

五、论著、译著

1. 王玺:《中英开平矿权交涉》,"中研院"近代史研究所专刊(6),1978年6月再版,台湾"中研院"近代史研究所编印、发行。

2. 郭士浩主编:《旧中国开滦煤矿工人状况》,人民出版社1985年10月版。

3. 南开大学经济研究所经济史研究室编:《旧中国开滦煤矿的

工资制度和包工制度》,天津人民出版社1983年1月版。

4. 唐山机车车辆厂厂志编审委员会编:《跨世纪的历程——唐山机车车辆厂大事记》(1881—1994年),中国铁道出版社1995年12月版。

5. 隗瀛涛主编:《中国近代不同类型城市综合研究》,四川大学出版社1998年12月版。

6. 徐纯性编:《河北城市发展史》,河北教育出版社1991年1月版。

7. 刘金声、曹洪涛:《中国近现代城市的发展》,中国城市出版社1998年5月版。

8. 王玲:《北京与周围城市关系史》,北京燕山出版社1988年11月版。

9. 杨正泰:《明代驿站考》,上海古籍出版社1994年6月版。

10. [美]费正清编,中国社会科学院历史研究所编译室译:《剑桥中国晚清史》(1800—1911年),上、下卷,中国社会科学出版社1985年2月版。

11. 赵靖、易梦虹:《中国近代经济思想史》下册,中华书局1980年6月版。

12. 白寿彝主编:《中国通史》(十五),上海人民出版社1999年3月版。

13. 徐永志:《开埠通商与津冀社会变迁》,中央民族大学出版社2000年8月版。

14. 张国辉:《洋务运动与中国近代企业》,中国社会科学出版社1979年12月版。

15. 卡尔逊:《开平煤矿》,南开大学经济研究所译。(未刊稿)

16. 苑书义:《中国近代化历程研究》,东方出版社2001年12月版。

17. 郝延平:《十九世纪的中国买办——东西间桥梁》,上海社会科学院出版社 1988 年 9 月版。

18. 汪敬虞:《唐廷枢研究》,中国社会科学出版社 1983 年 7 月版。

19. 宓汝成:《帝国主义与中国铁路》(1847—1949 年),上海人民出版社 1980 年 8 月版。

20. 来新夏:《天津近代史》,南开大学出版社 1987 年 3 月版。

21. [美]费维恺著,虞和平译:《中国早期工业化》,中国社会科学出版社 1990 年 10 月版。

22. [美]郝延平著,陈潮、陈任译:《中国近代商业革命》,上海人民出版社 1991 年 12 月版。

23. 肯德著,李抱宏等译:《中国铁路发展史》,生活·读书·新知三联书店 1958 年 6 月版。

24. 黄景海主编:《秦皇岛港史》(古、近代部分),人民交通出版社 1985 年 11 月版。

25. 江淮主编:《唐山经济概况》,河北人民出版社 1986 年 7 月版。

26. 唐山市政协文史资料委员会等编:《唐山历史写真》,中国文史出版社 1999 年 2 月版。

27. 王树才主编:《河北省航运史》,人民交通出版社 1988 年 9 月版。

28. 黄逸峰、姜铎等著:《旧中国民族资产阶级》,江苏古籍出版社 1990 年 10 月版。

29. 马敏:《官商之间——社会剧变中的近代绅商》,天津人民出版社 1995 年 1 月版。

30. 徐梗生:《中外合办煤铁矿业史话》,商务印书馆 1947 年 8 月版。

31. 刘念智:《实业家刘鸿生传略》,文史资料出版社 1982 年 3 月版。

32. 虞和平:《商会与中国早期现代化》,上海人民出版社1993年8月版。

33. 张仲礼著,李荣昌译:《中国绅士——关于其在十九世纪中国社会中作用的研究》,上海社会科学院出版社1991年5月版。

34. 罗澍伟主编:《近代天津城市史》,中国社会科学出版社1993年7月版。

35. 孔令仁主编:《中国近代企业的开拓者》(下),山东人民出版社1991年6月版。

36. 陈旭麓:《近代中国社会的新陈代谢》,上海人民出版社1992年7月版。

37. 刘旭阳主编:《唐山公路运输史》,河北科学技术出版社1992年4月版。

38. 何一民:《从农业时代到工业时代:中国城市发展研究》,巴蜀书社2009年8月版。

39. 张仲礼主编:《东南沿海城市与中国近代化》,上海人民出版社1996年7月版。

40. 张仲礼、熊月之、沈祖炜主编:《长江沿江城市与中国近代化》,上海人民出版社2002年12月版。

41. 王先明、郭卫民主编:《乡村社会文化与权力结构的变迁——"华北乡村史学术研讨会"论文集》,人民出版社2002年12月版。

42. 宋美云:《近代天津商会》,天津社会科学院出版社2002年8月版。

43. 中国航海史研究会:《秦皇岛港史》(修订本),人民交通出版社1993年4月版。

44. 中国航海史研究会编:《天津港史》(古、近代部分),人民交通出版社1986年4月版。

六、文史资料

1. 中国人民政治协商会议唐山市委员会教科文工作委员会编:《唐山文史资料》。

2. 天津社会科学院历史研究所编:《天津历史资料》第二期,1964 年 9 月 30 日。

3. 中国人民政治协商会议天津市委员会文史资料研究委员会编:《天津文史资料选辑》。

4. 中国社会科学院近代史研究所近代史资料编辑组编:《近代史资料》,中国社会科学出版社。

5. 中国人民政治协商会议全国委员会文史资料研究委员会编:《文史资料选辑》,文史资料出版社。

6. 中国人民政治协商会议全国委员会文史资料研究委员会编:《工商经济史料丛刊》,文史资料出版社。

7. 中国人民政治协商会议全国文史委员会文史资料研究委员会编:《工商史料》,文史资料出版社。

七、论文

1. 徐永志:《李鸿章与开平煤矿》(1878—1900 年),《河北师范学院学报》1987 年第 1 期。

2. 张国辉:《论开平、滦州煤矿的创建、发展和历史结局》,载丁日初编:《近代中国》第三辑,上海社会科学院出版社 1993 年 5 月版。

3. 张国辉:《从开滦煤矿联营看近代煤矿业发展状况》,《历史研究》1992 年第 4 期。

4. 丁长清:《中英开平矿务案始末》,《南开学报》1994 年第 4 期。

5. 丁长清:《从开滦看旧中国煤矿业中的竞争和垄断》,《近代史研究》1987 年第 2 期。

6. 丁长清:《开滦煤矿的市场经营策略》,《南开经济研究所年刊》1986 年,天津大学出版社 1987 年 11 月版。

7. 丁长清:《开滦煤在旧中国市场上的运销初析》,《中国经济史研究》1988 年第 3 期。

8. 丁长清:《旧开滦煤矿的劳动生产效率研究》,《南开学报》1990 年第 4 期。

9. 丁长清:《从开滦看中国近代企业经济活动和中外经济关系》,《中国经济史研究》1997 年第 1 期。

10. 唐少君:《周学熙与滦州煤矿公司》,《历史教学》1989 年第 1 期。

11. 唐少君:《周学熙与启新洋灰公司》,《安徽史学》1989 年第 4 期。

12. 唐少君:《周学熙与华新纺织股份有限公司》,《安徽史学》1990 年第 4 期。

13. 郭士浩、孙兆录:《从启新洋灰公司看旧中国水泥业中的垄断活动》,《经济研究》1960 年第 9 期。

14. 郭士浩:《从启新洋灰公司兼并湖北水泥厂看旧中国水泥工业中的资本集中问题》,《南开大学学报》(经济科学)第四卷第一期,1963 年 12 月。

15. 郭士浩:《早期开平煤田的开发》,《南开学报》1980 年第 6 期。

16. 郭士浩、阎光华:《旧中国开滦煤矿工人队伍的形成》,《南开学报》1984 年第 4 期。

17. 姜铎:《中国近代经济史上触目惊心的一页——开滦矿权被断送经过》,《江海学刊》1982 年第 6 期。

18. 陈绛:《开平矿务局经济活动试析》(1878—1900 年),《复旦学报》1983 年第 3 期。

19. 王波:《开平煤矿被英商骗占及收回经过》,《历史档案》1991年第4期。

20. 董增刚:《官督商办酿苦果——有关开平煤矿被英商骗夺的思考》,《首都师范大学学报》1997年第4期。

21. 熊性美:《论英国资本对开滦煤矿经营的控制——开滦矿权丧失的原因分析之一》,《南开经济研究所年刊》1986年,天津大学出版社1987年11月版。

22. 阎永增:《唐廷枢与唐山近代工矿交通业的兴起》,《唐山师专学报》第22卷第1期,2000年1月。

23. 阎永增:《试论滦州矿务公司与开平矿务公司的合并》,《唐山师范学院学报》第24卷第6期,2002年11月。

24. 李玉:《袁世凯与晚清直隶矿权交涉》,《贵州师范大学学报》2001年第4期。

25. 刘佛丁:《开平矿务局经营得失辨析》,《南开学报》1986年第2期。

26. 王玉茹:《开滦煤矿的资本集成和利润水平的变动》,《近代史研究》1989年第4期。

27. 孙海泉:《开平煤矿近代化进程简论》,《徐州师范学院学报》1992年第1期。

28. 孙海泉:《唐廷枢时代开平煤矿成功原因浅析》,《徐州师范学院学报》1994年第4期。

29. 孙海泉:《唐廷枢时代开平煤矿的投资环境及其优化》,《中国经济史研究》2001年第1期。

30. 李志英:《从唐廷枢看买办在洋务企业管理中的作用》,《河北学刊》1994年第1期。

31. 李志英:《唐廷枢与轮船招商局、开平矿务局的资金筹措》,《北京师范大学学报》1994年第2期。

32. 阎光华、丁长清:《旧中国开滦煤矿工人工资水平剖析》,《南开经济研究所年刊》1981—1982 年。

33. 阎光华:《旧开滦煤矿包工制中帝国主义和封建包工头的勾结与矛盾》,《南开经济研究所年刊》1981—1982 年。

34. 欧阳跃峰:《论启新洋灰公司的经营特点——周学熙集团企业个案研究》,《安徽师大学报》1992 年第 3 期。

35. 欧阳跃峰:《启新洋灰公司成功的奥秘——周学熙实业集团经营之道管窥》,《安徽教育学院学报》1995 年第 3 期。

36. 王士立、牟鸿玺:《建国以来唐山地方史研究的成就》,《唐山师范学院学报》第 24 卷第 1 期,2002 年 1 月。

37. 杨振歧:《唐山——中国近代民族工业的摇篮》,《档案天地》2000 年增刊。

38. 裴赞芬:《近代河北城市化试论》,《河北师范大学学报》1998 年第 4 期。

39. 陈克:《近代天津商业腹地的变迁》,载天津社会科学院历史研究所、天津城市科学研究会合编:《城市史研究》第二辑,天津教育出版社 1990 年 1 月版。

40. 刘海岩:《近代华北交通的演变与区域城市重构(1860—1937)》,载天津社会科学院历史研究所、天津城市科学研究会合编:《城市史研究》第 21 辑,天津社会科学院出版社 2002 年 3 月版。

41. 宋美云:《北洋军阀统治时期天津近代工业的发展》,《天津文史资料选辑》第四十一辑。

42. [美]赵冈:《论中国历史上的市镇》,《中国社会经济研究史》1992 年第 2 期。

43. 盛斌:《周学熙资本集团的垄断倾向》,《历史研究》1986 年第 4 期。

44. 盛斌:《周学熙资本集团的历史地位》,《学习与探索》1992 年第 1 期。

45. 沈家五:《从农商部注册看北洋时期民族资本的发展》,《历史档案》1984年第4期。

46. 白吉尔:《民族资本主义与帝国主义——1923年华商纱厂危机》,《国外中国近代史研究》第五辑,中国社会科学出版社1983年8月版。

47. 张仲礼:《中国近代资本主义在二十世纪二十年代的发展问题》,载复旦大学历史系、《历史研究》编辑部、《复旦学报》编辑部联合编辑:《近代中国资产阶级研究》(续辑),复旦大学出版社1986年7月版。

48. 王笛:《晚清重商主义与经济变革》,《上海社会科学院学术季刊》1989年第4期。

49. 张利民:《清末北京、天津城市行政管理机构之初立与比较》,《城市史研究》第21辑,天津社会科学院出版社2002年3月版。

50. 吴宝晓:《清末华北铁路与经济变迁》,《历史档案》2001年第3期。

51. 胡中应:《启新洋灰公司的寻租活动分析》,《北京航空航天大学学报》第20卷第3期,2007年9月。

52. 冯云琴:《周学熙与启新洋灰公司》,《领导之友》2000年第3期。

53. 冯云琴:《官商之间——从周学熙与袁世凯北洋政权的关系看启新内部的官商关系》,《河北师范大学学报》第26卷第4期,2003年7月。

54. 冯云琴:《启新洋灰公司经营管理体制论略》,《石家庄经济学院学报》第27卷第5期,2004年10月。

55. 凌宇、方强:《启新洋灰公司发展策略浅记》,《唐山师范学院学报》第28卷第3期,2006年5月。

56. 阎永增:《记近代工业与唐山教育事业的发展》,《唐山学院学报》第21卷第3期,2008年5月。

57. 王经会:《唐廷枢与唐山近代工业》,《唐山学院学报》第21卷第3期,2008年5月。

58. 阎永增、韩松青:《周学熙与唐山近代工业》,《唐山学院学报》第21卷第3期,2008年5月。

外文

1. 伊藤武雄:《冀东各县概况调查》(日文),天津事务所调查课。

后 记

本书是在我博士论文的基础上修改补充而成的。在本书付梓之际,我要感谢一切指导、关心、帮助和支持过我的师长、朋友。

本书的初稿之所以能够按时完成,首先要感谢我的导师林家有教授,论文从选题到写作、修改的整个过程都离不开林先生的悉心指导。论文完成后,导师又逐字逐句进行了审阅,甚至连标点符号都不放过,字里行间都留下了导师增删的痕迹。书稿出版之际,导师又在百忙之中抽出时间为本书作序。导师严谨的治学作风令人十分敬佩,也是激励我以后努力工作的动力。在此我真诚地向导师道声谢谢!

在博士论文开题时中山大学历史系邱捷教授、周兴樑教授等皆提出了宝贵意见,在论文答辩时华南师范大学的谢放教授、华中师范大学的罗福惠教授、中山大学的桑兵、吴义雄教授也都提出了极具参考价值的意见和建议,这些在写作和修改的过程中不同程度地予以吸收,对他们的无私教诲,我深表感谢!

论文能如期完成,离不开查阅资料的过程中许多学者、朋友及素昧平生的热心人士的帮助。中国社会科学院的张国辉先生、虞和平先生,天津社科院的郝庆元先生,南开大学丁长清教授、王玉茹教授,他们或借阅资料,或提供线索,给予了我真诚的帮助。唐山市档案馆王金国处长及其同事,启新洋灰公司李久生书记及档案馆王女士,开滦煤矿档案馆赵伯亚科长及其同事,唐山机车车辆厂张东平先生及唐山市图书馆、天津市图书馆、南开大学图书馆及广州市图书馆、中山图书馆的工作人员皆为我查找资料提供了方便,在此我一并向他们致以深深的谢意!

我的硕士导师苑书义教授不仅引领我走入学术的殿堂,而且多年来一直给予我关心和指导,在论文选题、搜集资料及写作过程中苑先生都提了许多宝贵的意见,使我受益匪浅。先生兢兢业业的治学精神也一直鼓舞和激励着我,在此我向苑先生致以衷心的感谢!

在这里,我还要感谢石家庄经济学院人文学院的侯万福教授及各位领导和同事多年以来对我的关心和帮助。书稿在完成之后能够顺利出版,主要是获得石家庄经济学院学术出版基金的资助以及天津古籍出版社的大力支持,在此一并致谢!

我也要感谢我的家人,没有他们的默默奉献,我根本不可能安心地完成学业,也不可能有今天的成绩。

本书的研究是我在学术领域的初步尝试,由于个人能力、学术水平、学识视野的局限,本书的浅陋、错误、不妥之处在所难免,恳切期望得到专家、读者的批评指教。

冯云琴

2010 年 5 月